Diogenes Taschenbuch 22703

detebe

W0466142

Honoré de Balzac

Meister-erzählungen

Ausgewählt von
Auguste Amédée de Saint-Gall
Mit einem Nachwort von
Georges Simenon

Diogenes

Die vorliegende Auswahl erschien
erstmals 1979 unter dem Titel ›Liebesgeschichten‹
Diogenes Verlag
Mit freundlicher Genehmigung
der Rowohlt Verlag GmbH,
Reinbek bei Hamburg
Das Nachwort von Georges Simenon
ist dem Band ›Balzac – Leben und Werk‹
(detebe 22661) entnommen
Umschlagillustration von
Honoré Daumier

Veröffentlicht als Diogenes Taschenbuch, 1982
Alle Rechte an dieser Ausgabe vorbehalten
Diogenes Verlag AG Zürich
www.diogenes.ch
40/01/8/3
ISBN 3 257 22703 5

Inhalt

Das rote Wirtshaus

Ein Pariser Bankier, der sehr ausgedehnte Handelsbeziehungen in Deutschland besaß, hatte einmal einen Geschäftsfreund, den er lange nicht gesehen hatte, mit dem er aber in Korrespondenz stand, zu Gast.

Dieser Freund, der Inhaber irgendeiner bedeutenden Nürnberger Firma, war ein biederer, dicker Deutscher. Er verfügte über Geschmack und Bildung und war ein leidenschaftlicher Pfeifenraucher; er hatte ein hübsches, breites Nürnberger Gesicht und eine viereckige, offene Stirn, die von spärlichen, blonden Haaren umrahmt war. Er war der echte Sohn des reinen und edlen Germanien, das so fruchtbar ist an ehrenwerten Charakteren, deren friedfertige Sitten sich selbst nach sieben Invasionen nicht verleugnen. Der Fremde hatte ein argloses Lachen, hörte aufmerksam zu und trank sein gehöriges Quantum; dem Champagner schien er ebensoviel Geschmack abzugewinnen wie dem Johannisberger.

Er hieß Hermann, wie fast alle Deutschen, die uns von den Schriftstellern geschildert werden. Als ein Mensch, der nichts leichtzunehmen weiß, saß er behäbig am Tisch des Bankiers und speiste mit dem in Europa so berühmten, alten deutschen Appetit, mit Bewußtsein die Vorschriften der Fastenzeit mißachtend.

Um den Gast zu ehren, hatte der Hausherr einige vertraute Freunde, Kapitalisten oder Kaufleute eingeladen und auch etliche liebenswürdige, hübsche Damen, deren anmutiges Geplauder und ungezwungene Natürlichkeit mit der germanischen Herzlichkeit gut zusammenstimmten.

Ja, wirklich, wer wie ich die Freude gehabt hätte, diesen fröhlichen Kreis von Leuten zu betrachten, die ihre Kaufmannskrallen eingezogen hatten, um sich nur den Annehmlichkeiten des Daseins zu weihen – dem wäre es schwer geworden, die Wucherzinsen zu hassen und die Konkurse zu verfluchen. Der Mensch kann nicht immer Böses tun. Selbst unter Piraten muß es dann und wann ruhige Stunden geben, während derer man auf ihrem finsteren Schiff glauben kann, sich auf friedlicher Schaukel zu befinden.

»Bevor Herr Hermann uns verläßt, wird er uns hoffentlich eine deutsche Geschichte erzählen, daß uns ein Schauder über den Rücken läuft.«

Diese Worte sprach beim Dessert ein bleiches, blondes, junges Mädchen, das Hoffmanns Novellen und Walter Scotts Romane sicher gelesen hatte. Die Sprecherin war die einzige Tochter des Bankiers, ein hinreißendes Geschöpf, das in die Stücke, die am Gymnase-Theater gespielt wurden, vernarrt war.

Die Gäste befanden sich gerade in dem behaglichen Zustand von Faulheit und Schweigen, in den uns ein auserlesenes Mahl versetzt, wenn wir unserer Verdauungskraft ein bißchen zuviel zugemutet haben. Den Rücken an die Stuhlwand gelehnt, die Hand leicht auf dem Tischrand ruhend, spielte jeder Gast nachlässig mit dem vergoldeten Griff seines Messers.

In diesem Stadium des Diners spielen die einen mit dem Kern einer Birne, die andern rollen eine Brotkrume zwischen Zeigefinger und Daumen; der Verliebte setzt aus den Obstschalen ungestalte Buchstaben zusammen; der Geizhals zählt seine Nüsse und bringt sie in Reih und Glied, wie ein Regisseur im Hintergrund der Bühne seine Statisten aufstellt. Das sind so kleine gastronomische Glückseligkeiten, die der sonst so vollkommene Brillat-Savarin in seinem Buche nicht erwähnt. Die Diener hatten sich entfernt. Das Dessert glich einer Schwadron nach dem Kampf, alles war zersprengt und verwüstet. Die Platten irrten auf dem Tisch herum, obwohl die Herrin des Hauses immer wieder hartnäckig versuchte, sie an ihren Platz zurückzubringen. Einige Leute betrachteten die Schweizer Landschaften, die in symmetrischen Abständen an den grauen Wänden des Speisesaals hingen. Keiner von den Gästen langweilte sich. Gibt es doch keinen Menschen, der sich nach einer guten Mahlzeit in trauriger Stimmung der Verdauung überließe. Wir lieben es dann, in einem Ruhezustand zu verharren, der zwischen der Träumerei des Denkers und der Befriedigung der wiederkäuenden Geschöpfe die richtige Mitte hält; einen solchen Zustand könnte man die materielle Melancholie der Gastronomie nennen. Jetzt wandten sich alle Gäste dem biederen Deutschen zu, alle waren entzückt, eine Ballade zu vernehmen, selbst eine uninteressante.

Bei solch einer gemütlichen Pause scheint unseren erschlafften Sinnen die Stimme eines Erzählers immer köstlich, sie schafft ihnen ein negatives Glück. Als Liebhaber von Bildern bewunderte ich die von einem Lächeln belebten, vom Kerzenlicht bestrahlten Gesichter, die das ausgiebige Mahl gerötet hatte; ihr verschiedener Ausdruck bot inmitten der Kandelaber, des Porzellangeräts, der Früchte und der Kristallschalen einen reizvollen Anblick.

Plötzlich wurde meine Phantasie durch einen Gast, der mir gerade gegenübersaß, gefesselt. Es war ein Mann von mittlerem Wuchs, ziemlich korpulent, der häufig lachte und das Aussehen und Gehaben eines Wechselmaklers hatte; er schien mir von mittelmäßigen Geistesgaben zu sein. Ich hatte ihn noch gar nicht bemerkt. Jetzt hatte sein vom Schatten des Kerzenlichts verdunkeltes Gesicht gleichsam den Ausdruck verändert; es bot einen schrecklichen Anblick, violette Töne durchzuckten es. Man glaubte den Totenschädel eines Sterbenden zu erblicken. Er saß unbeweglich, wie die gemalten Figuren in einem Diorama, seine stumpfen Blicke hafteten an den glitzernden Facetten des Kristallstöpsels; er zählte sie aber sicher nicht, sondern schien in eine Phantasie der Zukunft oder der Vergangenheit verloren.

Als ich dies zweideutige Gesicht lange angesehen hatte, machte es mich nachdenklich: »Leidet er?« fragte ich mich. »Hat er zuviel getrunken? Hat die Baisse der Staatspapiere ihn ruiniert? Denkt er darüber nach, wie er seine Gläubiger begaunern kann?«

»Sehen Sie«, sagte ich zu meiner Nachbarin, auf das Gesicht des Unbekannten weisend, »ist das nicht ein Bankrott, wie er leibt und lebt?«

»Oh«, erwiderte sie mir, »er wird schon fröhlicher werden.«

Dann fügte sie mit graziösem Kopfschütteln hinzu:

»Wenn der da jemals Bankrott machte, würde ich die Nachricht bis Peking bringen. Er besitzt eine Million in Grundbesitz. Er ist ein ehemaliger Armeelieferant der kaiserlichen Heere, ein origineller Bursche. Er hat sich aus Berechnung wieder verheiratet und macht seine Frau trotzdem sehr glücklich. Er hat eine hübsche Tochter, die er lange nicht anerkennen wollte; aber der Tod seines im Duell getöteten Sohnes hat ihn veranlaßt, sie zu sich zu nehmen, denn er bekommt wohl keine Kinder mehr. Das arme Mädchen ist auf diese Art eine der reichsten Erbinnen von Paris geworden. Der Verlust seines einzigen Sohnes hat den braven Mann in einen Kummer gestürzt, der ihn nie ganz verläßt.«

In diesem Augenblick hob der Armeelieferant die Augen zu mir auf; sein Blick ließ mich erzittern, so düster und gedankenvoll war er. Dieser Blick enthielt sicher sein ganzes Leben. Aber plötzlich wurde sein Aussehen heiter; er nahm den Kristallstöpsel, setzte ihn mit einer mechanischen Bewegung einer vor seinem Teller stehenden Wasserflasche auf und wandte sich lächelnd Herrn Hermann zu. Dieser Mann, den seine gastronomischen Freuden verklärten, wälzte zweifellos nicht zwei Gedanken in seinem Hirn. Wahrscheinlich dachte er an gar nichts. Ich schämte mich daher etwas, meine psychologischen Kenntnisse in anima vili eines feisten Bankiers verschwendet zu haben.

Während ich so ganz ergebnislose phrenologische Studien trieb, hatte sich der biedere Deutsche eine Prise genehmigt, und er begann seine Erzählung. Es wäre mir nicht leicht, sie wortgetreu mit ihren häufigen Unterbrechungen und wortreichen Abschweifungen wiederzugeben. Ich habe sie daher auf meine Weise niedergeschrieben, die Fehler dem Nürnberger überlassen und mir selbst alles genommen, was sie an Poetischem und Interessantem enthalten mochte. Das habe ich mit der Treuherzigkeit der Autoren getan, die vergessen, über ihre Bücher zu setzen: Aus dem Deutschen übersetzt.

Gedanke und Tat

»Ende des Vendémiaire im Jahre VII nach der Zeitrechnung der Republik, nach unserer also am 20. Oktober 1799, langten zwei junge Leute, die morgens von Bonn aufgebrochen waren, bei Sonnenuntergang in der Nähe von Andernach an, einer kleinen Stadt auf dem linken Rheinufer, nicht weit von Koblenz.

Damals manövrierte das vom General Augereau befehligte französische Heer unter den Augen der Österreicher, die das rechte Stromufer besetzt hielten. Das Hauptquartier der republikanischen Division war in Koblenz, und eine Halbbrigade des Korps Augereau hatte ihr Standquartier in Andernach.

Die beiden Reisenden waren Franzosen. An ihren blauen und weißen Uniformen mit roten Samtaufschlägen, ihren Säbeln und vor allem an ihrer Kopfbedeckung mit dem trikoloregeschmückten Federbusch hätten selbst deutsche Bauern sie als Feldärzte erkannt, als Leute von Bildung und Verdienst, die überall beliebt waren, nicht nur beim Heer, sondern auch bei der Bevölkerung der von unseren Truppen besetzten Gebiete.

In dieser Zeit hatten die durch das Aushebungsgesetz

ihrem medizinischen Beruf entrissenen jungen Leute es natürlich vorgezogen, ihre Studien auf dem Schlachtfeld fortzusetzen, als sich dem Dienst mit der Waffe zu unterziehen, der mit ihrer bisherigen Erziehung und ihrer friedlichen Bestimmung so wenig in Einklang stand. Diese studierten und hilfsbereiten jungen Leute taten in all dem Elend Gutes, und es bestand eine Gesinnungsgemeinschaft zwischen ihnen und den Gebildeten der verschiedenen Gegenden, durch die die grausame Zivilisation der Republik hindurchmarschierte.

Die beiden jungen Leute, die mit einem Reisepaß und einer Legitimation als Unterärzte ausgerüstet waren, begaben sich zur Halbbrigade, der sie zugeteilt waren. Beide gehörten mäßig begüterten Bürgerfamilien aus Beauvais an, in denen sanfte Sitten und provinziale Ehrbarkeit sich weitervererbten. Eine bei jungen Menschen natürliche Neugier hatte sie schon vor der Gestellungszeit auf den Kriegsschauplatz geführt; die Reise bis Straßburg hatten sie mit der Post gemacht. Obwohl mütterliche Vorsicht ihnen nur eine kleine Summe mitzunehmen erlaubt hatte, glaubten sie sich doch reich im Besitz einiger Louisdor, die in einer Zeit, da die Assignaten den niedrigsten Stand ihres Wertes erreicht hatten und das Gold großen Kaufwert besaß, einen wahren Schatz darstellten. Die beiden Feldunterärzte, die höchstens zwanzig Jahre alt waren, gaben sich mit aller Begeisterung ihrer Jugend der Poesie ihrer Lage hin. Von Straßburg bis Bonn hatten sie das Kurfürstentum und die Ufer des Rheins als Künstler, Philosophen und Beobachter durchwandert.

Wenn wir eine wissenschaftliche Bestimmung haben,

sind wir in diesem Alter sehr vielseitige Geschöpfe. Selbst wenn er sich mit der Liebe beschäftigt oder eine Reise macht, muß ein Unterarzt bestrebt sein, die Fundamente seines Vermögens oder seines künftigen Ruhmes zu legen. Die beiden jungen Leute hatten sich also der tiefen Bewunderung hingegeben, von der alle Gebildeten beim Anblick der Rheinufer zwischen Köln und Mainz ergriffen werden. Diese Landschaft ist eine reiche, hügelige Gegend voller Naturschönheiten, voller Erinnerungen an das Mittelalter, ein blühendes Land, das aber überall die Merkmale von Verheerungen aufweist, die die Feldzüge Ludwigs XIV. und Turennes hinterlassen haben. Hier und da zeugen Ruinen von dem Hochmut oder vielleicht der Vorsicht des Königs von Versailles, der die wundervollen Schlösser, die einst diesen Teil Deutschlands zierten, schleifen ließ. Beim Anblick dieses herrlichen Landes mit seinen Wäldern und seinen zahlreichen malerischen Ruinen aus dem Mittelalter begreift man den deutschen Genius, seine Träume und seine Mystik.

Der Aufenthalt der beiden Freunde diente indessen nicht nur dem Vergnügen, sondern auch gleichzeitig einem wissenschaftlichen Zweck. Das große Lazarett des französisch-holländischen Heeres und die Division Augereau hatten im kurfürstlichen Schloß Quartier bezogen. Die frischgebackenen Unterärzte hatten sich also dorthin begeben, um Kameraden zu besuchen, ihren Vorgesetzten Empfehlungsbriefe zu übergeben und sich mit den elementaren Angelegenheiten ihres Berufes vertraut zu machen. Hier wie auch anderswo befreiten sie sich von den Vorurteilen, die wir zugunsten der Baulichkeiten und Naturschönheiten unseres Vaterlandes hegen. Überrascht vom Anblick der Marmorsäulen, die das kurfürstliche Schloß schmücken, bewunderten sie die Großzügigkeit der deutschen Bauwerke, und bei jedem Schritt stießen sie auf neue Kunstschätze aus Altertum oder Neuzeit.

Dann und wann führten die Wege, auf denen die Freunde bei ihrem Marsch nach Andernach wandelten, auf den Gipfel eines Granitbergs, der die andern überragte. Von dort aus konnten sie durch einen Waldeinschnitt oder durch eine Felsenschlucht den Rhein erblikken, den Sandsteinhügel umsäumten oder üppige Auen. Täler, Wege und Bäume hauchten den herbstlichen Duft aus, der zur Träumerei verführt. Die Wipfel der Wälder begannen schon sich golden zu färben, warme, braune Töne verkündeten, daß es mit dem Sommer zu Ende war; die Blätter fielen, aber der Himmel leuchtete noch in schönem Blau, und die trockenen Wege zeichneten gelbe Striche in die Landschaft, die im Glanze der untergehenden Sonne lag.

Eine halbe Stunde vor Andernach wandelten die beiden Freunde inmitten eines tiefen Schweigens, es war, als ob der Krieg niemals dies schöne Land verheert hätte. Sie schritten über einen Ziegenpfad, der über die hohen Mauern aus bläulichem Granit führte, zwischen denen der Rheinstrom schäumte.

Bald stiegen sie den Abhang einer Schlucht hinab, in deren Tiefe die kleine Stadt malerisch am Ufer ruht und den Schiffern einen bequemen Hafen bietet.

›Deutschland ist ein sehr schönes Land‹, rief einer der jungen Leute, namens Prosper Magnan, als er die bemalten

Häuser Andernachs erblickte, die sich wie Eier in einem Korb aneinanderdrängten. Zwischen den Häusern erkannte man Bäume, Gärten und Blumen. Eine Zeitlang bewunderte er die spitzen Dächer mit den vorspringenden Giebeln, die Holztreppen und Galerien tausend friedlicher Heimstätten und die Boote, die sich auf den Wellen des Hafens schaukelten.«

In dem Augenblick, da Herr Hermann den Namen Prosper Magnan nannte, ergriff der Armeelieferant die Karaffe, goß sich ein Glas Wasser ein und leerte es mit einem Zug.

Diese Bewegung hatte meine Aufmerksamkeit auf ihn gelenkt, ich glaubte zu bemerken, daß seine Hände zitterten und Schweißtropfen von seiner Stirn rannen.

»Wie heißt der ehemalige Armeelieferant?« fragte ich meine gefällige Nachbarin.

»Taillefer«, antwortete sie mir.

»Fühlen Sie sich unwohl?« sagte ich, da ich den sonderbaren Menschen erbleichen sah.

»Nein, nein«, gab er mit einer freundlichen Geste zurück. »Ich höre zu«, wandte er sich mit einem Kopfneigen an die übrigen Mitglieder der Tafelrunde, die ihn alle gleichzeitig anblickten.

»Den Namen des andern jungen Mannes habe ich vergessen«, sagte Herr Hermann. »Aus den Mitteilungen Prosper Magnans weiß ich lediglich, daß sein Kamerad braun und ziemlich mager und ein fröhlicher Geselle war. Mit Ihrer Erlaubnis werde ich ihn Wilhelm nennen, um Unklarheiten in meiner Geschichte zu vermeiden.«

Der biedere Deutsche nahm seine Erzählung wieder

auf, nachdem er also ohne Rücksicht auf Romantik und Lokalfarbe den französischen Unterarzt mit einem deutschen Namen getauft hatte.

»Es war bereits Nacht, als die beiden jungen Leute in Andernach anlangten. In der Annahme, auf der Suche nach ihren Vorgesetzten und bei der Vorstellung dort zu viel Zeit zu verlieren, und weil sie in der bereits mit Soldaten überfüllten Stadt kein militärisches Nachtquartier mehr zu finden glaubten, beschlossen sie, die letzte Nacht der Freiheit in einer etwa hundert Schritt von Andernach entfernten Herberge zu verbringen, deren schöne Farben sie beim Sonnenuntergang bereits von der Höhe der Felsen aus bewundert hatten. Dieser vollständig rotbemalte Gasthof zeichnete sich sehr reizvoll in der Landschaft ab, sei es, weil er sich vor die Hauptmasse der Stadt schob, sei es, weil er sich wie ein roter Vorhang vom Grün der verschiedenen Laubsorten und in seiner lebhaften Färbung vom monotonen Grau des Wassers abhob. Das Haus verdankte seinen Namen der Bemalung, die ihm sicher vor unvordenklichen Zeiten die Laune seines Begründers gegeben haben mochte. Ein bei den verschiedenen Besitzern sehr natürlicher kaufmännischer Aberglaube hatte wohl die Beibehaltung des Brauches veranlaßt. Bei den Rheinschiffern stand das Haus in großem Ansehen.

Als der Wirt vom ›Roten Wirtshaus‹ das Pferdegetrappel vernahm, erschien er auf der Schwelle. ›Wahrhaftig, meine Herren‹, rief er aus, ›etwas später, und Sie hätten im Freien übernachten müssen, wie die meisten Ihrer Landsleute, die auf der anderen Seite von Andernach biwakieren. Bei mir ist alles besetzt. Wenn Sie in einem guten Bett schlafen wollen, so kann ich Ihnen nur mein eigenes Zimmer anbieten. Ihren Pferden werde ich in einer Ecke des Hofes Streu hinlegen lassen. Mein Stall ist heute voller Christenmenschen... Kommen die Herren aus Frankreich?‹ fuhr er nach einer kleinen Pause fort. ›Aus Bonn‹, rief Prosper, ›und wir haben seit heute morgen nichts gegessen.‹ ›Oh, was das Essen anlangt‹, sagte der Wirt, ›man kommt zehn Meilen weit, um im ‚Roten Wirtshaus' sich gütlich zu tun. Sie sollen ein fürstliches Mahl haben, Rheinfisch! Das sagt alles.‹

Nachdem sie dem Wirt, der vergebens nach seinen Knechten rief, ihre ermüdeten Gäule anvertraut hatten, gingen die beiden Unterärzte in die Wirtsstube. Dichte und weiße Tabakschwaden erlaubten ihnen im menschenwimmelnden Zimmer zunächst nicht, die Leute zu erkennen, mit denen sie sich hier zusammen aufhalten sollten. Mit der durch Erfahrung erworbenen Geduld des philosophischen Reisenden, der weiß, daß es doch keinen Zweck hat, Lärm zu schlagen, nahmen sie an einem Tisch Platz und unterschieden bald im Tabaksqualm die üblichen Requisiten eines deutschen Gasthofs: den Ofen, die Standuhr, die Tische, die Bierkrüge und die langen Pfeifen; hier und dort absonderliche Gestalten, Juden, Deutsche, etliche rauhe Schiffergesichter. Die Epauletten französischer Offiziere glitzerten im Nebel, und das Klirren von Sporen und Säbeln hallte andauernd auf dem steinernen Fußboden wider. Die einen spielten Karten, andere unterhielten sich oder schwiegen, aßen, tranken oder gingen auf und ab.

Eine kleine dicke Frau mit schwarzer Samthaube, mit

blauem und silbernem Mieder, mit gelocktem Haare, dem Schlüsselbund und silberner Schnalle, den typischen Merkmalen aller deutschen Wirtinnen, deren Tracht so häufig auf Kupferstichen dargestellt worden ist, daß sich eine Schilderung erübrigt – die Frau des Wirtes also wußte mit außerordentlicher Geschicklichkeit die beiden Freunde geduldig und ungeduldig zu stimmen. Schließlich wurde der Lärm schwächer, die Reisenden zogen sich zurück, und der Qualm verflog. Als für die Unterärzte serviert, und der berühmte Rheinsalm aufgetragen wurde, schlug es elf Uhr, und der Saal war leer.

In der Stille der Nacht konnte man hören, wie die Pferde ihr Futter kauten oder mit den Hufen aufstampften. Man hörte das Murmeln der Wellen des Rheinstroms und all die undefinierbaren Geräusche, die ein Gasthaus beleben, wenn alle schlafen gehen. Fenster und Türen wurden geöffnet und geschlossen, es gab Stimmengemurmel und dann und wann einen Ruf aus den Zimmern.

So herrschte Stille und Lärm. Die beiden Franzosen hörten ihrem Wirte zu, der ihnen Andernach, das Essen, seinen Rheinwein, das republikanische Heer und seine Gattin pries – da wurden plötzlich rauhe Schifferrufe und das Geräusch eines im Hafen anlegenden Bootes vernehmbar.

Der Wirt, dem die Kehllaute der Schiffer offenbar vertraut waren, stürzte hinaus und kam bald zurück. Er brachte einen kleinen dicken Mann mit, hinter dem zwei Schiffer ein schweres Felleisen und mehrere Ballen schleppten. Als seine Sachen im Saal niedergelegt waren, nahm der kleine Mann sein Felleisen an sich und setzte sich ohne weiteres den Unterärzten gegenüber an den Tisch. ›Legt euch im Boot schlafen‹, sagte er zu den Schiffern, ›das Gasthaus ist besetzt. Das wird schon das beste sein.‹ ›Mein Herr‹, sagte der Wirt zu dem eben Angekommenen, ›das ist alles, was von meinen Vorräten noch übrig ist...‹ Und er zeigte auf das den Franzosen aufgetragene Abendessen. ›Ich habe keine Brotkruste, keinen Knochen mehr im Hause.‹ – ›Und Sauerkraut?‹ ›Nicht so viel, wie in den Fingerhut meiner Frau geht. Wie ich Ihnen bereits sagen mußte, können Sie kein anderes Bett haben als den Stuhl, auf dem Sie sitzen, und kein anderes Zimmer als diesen Saal.‹

Bei diesen Worten warf der Kleine auf den Wirt, auf den Saal und die beiden Franzosen einen Blick, in dem sich Sorge und Angst in gleicher Weise malten.

Ich muß hier bemerken«, unterbrach sich Herr Hermann, »daß wir den wahren Namen und die Geschichte des Unbekannten niemals erfahren haben. Aus seinen Papieren ging nur hervor, daß er aus Aachen stammte; er nannte sich Walhenfer und besaß in der Gegend von Neuwied eine ziemlich bedeutende Stecknadelfabrik. Wie alle Fabrikanten seiner Gegend trug er einen Überrock aus derbem Tuch, Hose und Weste aus dunkelgrünem Samt, Stiefel und einen breiten Ledergürtel. Sein Gesicht war ganz rund, sein Benehmen freimütig und freundlich; aber an diesem Abend fiel es ihm gar nicht leicht, geheime Befürchtungen oder vielleicht grausame Sorgen nicht laut werden zu lassen. Die Meinung des Wirtes war immer, der deutsche Kaufmann sei auf der Flucht aus seinem Vaterlande gewesen. Später habe ich in Erfahrung gebracht, daß seine Fabrik durch einen der unglücklichen Zufälle, die in Kriegszeiten so häufig sind, abgebrannt war. Trotz seinem sorgenerfüllten Gesichtsausdruck deutete sein Aussehen auf großes Wohlwollen. Er hatte sympathische Züge und einen breiten Hals, dessen Weiße durch ein schwarzes Halstuch vorteilhaft hervorgehoben wurde; Wilhelm machte seinen Freund Prosper scherzend darauf aufmerksam.«

Hier trank Herr Taillefer ein Glas Wasser.

»Prosper bot dem Kaufmann höflich an, das Mahl mit ihnen zu teilen, und Walhenfer nahm an, ohne viel Umstände zu machen, wie einer, der sich imstande weiß, eine solche Höflichkeit zu erwidern. Er legte sein Felleisen auf die Erde, stellte die Füße darauf, nahm seinen Hut ab, rückte an den Tisch heran, entledigte sich seiner Handschuhe und zweier Pistolen, die am Gürtel hingen. Der Wirt hatte schnell noch ein Gedeck gebracht, und die drei Tischgenossen begannen schweigend ihren Hunger zu stillen. Die Luft im Saal war so schwül, und es gab so viele Fliegen, daß Prosper den Wirt bat, das Fenster zu öffnen, das auf den Hafen ging, um frische Luft hereinzulassen. Das Fenster war durch eine Eisenstange verbarrikadiert, deren Enden in zwei Löchern ruhten, die in der Fensteröffnung angebracht waren. Zur größeren Sicherheit waren die Fensterläden mit je einer Schraube in die Schraubenmutter eingeschraubt. Zufällig beobachtete Prosper den Griff, mit dem der Wirt das Fenster öffnete.

Da ich gerade von der Örtlichkeit spreche«, sagte Herr Hermann, »so muß ich Ihnen die innere Anlage des Gasthofs schildern, da das Interesse an dieser Geschichte von der genauen Kenntnis des Schauplatzes abhängig ist. Der Saal, in dem die drei Leute sich befanden, hatte zwei Ausgänge. Der eine ging auf die Straße nach Andernach, die den Rhein entlang führt. Dort vor dem Wirtshaus befand sich natürlich ein kleiner Landungsplatz, wo das Boot, das der Kaufmann für seine Reise gemietet hatte, vor Anker gegangen war. Die andere Tür ging auf den Hof des Gasthauses. Dieser Hof war von sehr hohen Mauern umschlossen und zur Zeit ganz von Vieh und Pferden angefüllt, da die Ställe voller Menschen waren.

Das große Haustor war so sorgsam verschlossen, daß der Wirt in der Eile den Kaufmann und die Schiffer durch die Tür des Saales, die auf die Straße ging, eingelassen hatte. Nachdem er, wie Prosper Magnan gebeten, das Fenster geöffnet hatte, machte er sich daran, diese Tür zu schließen, er schob die Riegel vor und schloß die Schrauben.

Das Zimmer des Wirtes, wo die beiden Unterärzte schlafen sollten, grenzte an den für die Gäste bestimmten Raum und war von der Küche, wo die Wirtsleute zu übernachten gedachten, durch eine dünne Wand getrennt. Die Magd war ausgegangen, um auf irgendeiner Krippe, in einem Winkel des Speichers oder sonstwo zu übernachten. Leicht begreiflich, daß der für die Gäste bestimmte Raum, das Zimmer des Wirtes und die Küche gewissermaßen von den übrigen Räumen getrennt waren. Im Hofe gab es zwei starke Hunde, deren gefährliches Gebell ihre Wachsamkeit verriet.

›Welche Stille und welch schöne Nacht‹, sagte Wilhelm und betrachtete den Himmel, als der Wirt die Tür verschlossen hatte.

Das Plätschern der Wellen war der einzige Laut, der vernehmbar war.

›Meine Herren‹, wandte sich der Kaufmann an die beiden Franzosen, ›gestatten Sie mir, Ihnen ein paar Flaschen Wein anzubieten, um Ihren Rheinsalm zu begießen. Wenn wir trinken, erholen wir uns von diesem mühsamen Tag. An Ihrem Aussehen und am Zustand Ihrer Kleider ersehe ich, daß Sie, ebenso wie ich, heute einen weiten Weg zurückgelegt haben.‹

Die beiden Freunde nahmen an, und der Wirt ging durch die Küchentür hinaus, um in den Keller hinabzusteigen, der sich offenbar unter diesem Teil des Gebäudes befand. Als fünf vom Wirt herbeigebrachte Flaschen auf dem Tisch standen, war seine Frau mit der Bedienung der Gäste gerade fertig geworden. Sie warf einen Hausfrauenblick auf den Saal und die Gerichte, und als sie sicher war, daß für alle Bedürfnisse der Reisenden gesorgt sei, zog sie sich in die Küche zurück.

Die vier Tischgenossen, denn der Wirt war noch dazu geladen worden, hörten nicht, daß sie schlafen ging; aber später, während der Gesprächspausen, brachten sehr deutliche Schnarchlaute, die durch die gewölbten Balken des Hängebodens, auf dem sie sich eingenistet hatte, noch sonorer wurden, die Freunde, und besonders den Wirt, zum Lachen.

Um Mitternacht, als nur noch Gebäck und Käse, Dörrobst und guter Wein auf dem Tisch standen, wurden die Tischgenossen, besonders die jungen Franzosen, mitteilsam. Sie sprachen von ihrem Vaterland, ihren Studien und vom Krieg. Zum Schluß wurde die Unterhaltung sehr lebhaft. Prosper Magnan rührte den auf der Flucht befindlichen Kaufmann bis zu Tränen, als er mit der Freimütigkeit der Pikarden und der Harmlosigkeit eines guten und zärtlichen Jungen sich in Vermutungen darüber erging, was gerade in diesem Augenblick wohl seine Mutter tun würde, in diesem Augenblick, da er sich an den Ufern des Rheinstroms befand.

›Ich sehe sie‹, sagte er, ›wie sie vor dem Schlafengehen ihr Abendgebet liest. Sie vergißt mich gewiß nicht und fragt sich: Wo mag mein armer Prosper jetzt sein? Hat sie aber beim Spiel einer Nachbarin, deiner Mutter vielleicht‹ – dabei stieß er Wilhelm mit dem Ellbogen an –, ›einige Sous abgewonnen, so wird sie sie in den großen Tontopf tun, wo sie die Summe spart, mit der sie die dreißig Morgen Land, die in ihren kleinen Grundbesitz in Lescheville hineingemengt sind, aufkaufen will. Diese dreißig Morgen sind etwa sechzigtausend Franken wert. Welch prachtvolle Wiesen! Wenn ich sie eines Tages besäße, so würde ich ohne Ehrgeiz mein ganzes Leben in Lescheville verbringen. Wie oft hat sich mein Vater diese dreißig Morgen und den hübschen Wasserlauf, der sich durch die Wiesen schlängelt, gewünscht! Und er ist gestorben, ohne sie kaufen zu können. Dort hab' ich so oft gespielt... Herr Walhenfer, haben Sie nicht auch so eine Sehnsucht?‹ fragte Prosper. ›O doch, aber jetzt ist alles so gekommen, und jetzt...‹ Er schwieg, ohne seinen Satz zu vollenden. ›Ich‹, sagte der Wirt, dessen Gesicht eine etwas rötliche Färbung angenommen hatte, ›habe im letzten Jahr einen Weinberg gekauft, den ich mir seit zehn Jahren gewünscht hatte.‹ So plauderten sie wie Leute, deren Zunge der Wein gelöst hatte, und sie empfanden füreinander diese vorübergehende Freundschaft, mit der wir auf der Reise so freigebig sind, und so geschah es, daß, als man sich schlafen legen wollte, Wilhelm dem Kaufmann sein Bett anbot. ›Sie können das um so eher annehmen‹, sagte er, ›da ich ja bei Prosper schlafen kann. Das wird nicht das erste und sicher nicht das letzte Mal sein. Sie sind unser Senior, wir müssen das Alter ehren.‹ ›Das Bett meiner Frau‹, sagte der Wirt, ›hat mehrere Matratzen; davon können Sie eine auf den Boden legen.‹

Und er schloß das Fenster und machte dabei den Lärm, den eine solche Tätigkeit mit sich brachte.

›Ich nehme an‹, sagte der Kaufmann. ›Ich gestehe‹, fügte er mit leiser Stimme und einem Blick auf die beiden Freunde hinzu, ›daß mir dieser Vorschlag sehr nach Wunsch ist. Meine Schiffer sind mir verdächtig. Es ist mir sehr lieb, diese Nacht in Gesellschaft zweier tapferer und wackerer junger Leute, französischer Soldaten, zuzubringen. Ich habe hunderttausend Franken in Gold und Diamanten in meinem Felleisen.‹

Die Zurückhaltung, mit der diese unvorsichtige Vertraulichkeit von den beiden jungen Leuten entgegengenommen wurde, beruhigte den guten Deutschen. Der Wirt half seinen Gästen, eins der Betten umzubauen. Dann, als alles aufs beste geordnet war, wünschte er ihnen gute Nacht und ging auch schlafen.

Der Kaufmann und die beiden Unterärzte scherzten über ihre komischen Kopfkissen. Prosper legte sein und Wilhelms chirurgisches Besteck unter seine Matratze, um sie auf diese Weise zu erhöhen und das Kopfkissen zu ersetzen, das ihm fehlte. In diesem Augenblick bemerkte er, daß Walhenfer überängstlich sein Felleisen unter sein Kopfkissen schob. ›Wir schlafen beide auf unserem Vermögen: Sie auf Ihrem Gold; ich auf meinem Chirurgenbesteck! Bleibt nur zu wissen, ob meine Instrumente mir so viel einbringen wie das Gold, das Sie sich erworben haben.‹ – ›Hoffen Sie es immerhin‹, meinte der Kaufmann, ›Arbeit und Rechtschaffenheit erreichen alles; haben Sie nur Geduld.‹

Walhenfer und Wilhelm schliefen bald ein. Prosper blieb wach, vielleicht weil sein Bett zu hart war, vielleicht weil er übermüdet oder seelisch allzusehr erregt war. Unwillkürlich kam er auf böse Gedanken. Immer mußte er an die hunderttausend Franken denken, auf denen der Kaufmann schlief.

Für ihn waren hunderttausend Franken ein ungeheueres Vermögen. Er begann, sie auf tausend verschiedene Arten zu verwenden, er baute Luftschlösser, wie wir es alle mit so großem Behagen in der Stunde vor dem Einschlafen tun, wenn unser Hirn die seltsamsten Dinge ausbrütet und im Schweigen der Nacht der Gedanke oft eine magische Macht bekommt. Er erfüllte die Wünsche seiner Mutter, er kaufte die dreißig Morgen Wiesenland, er heiratete ein Fräulein aus Beauvais, auf das das Mißverhältnis der beiderseitigen Vermögen ihn vorläufig zu verzichten zwang. Mit dieser Summe schuf er sich ein herrliches Leben, er sah sich glücklich, als Familienvater, reich, geachtet in seiner Heimatprovinz, vielleicht wurde er gar Maire von Beauvais. Sein pikardischer Schädel glühte, er suchte nach Mitteln, seine Hirngespinste in Wirklichkeit zu verwandeln.

Mit heftiger Leidenschaft ersann er in der Theorie ein Verbrechen.

Er träumte vom Tod des Kaufmanns, er sah ganz deutlich das Gold und die Diamanten. Seine Augen waren geblendet. Sein Herz zitterte. Diese Überlegung war ja zweifellos schon ein Verbrechen. Fasziniert von so viel Gold sprach er sich Mut zu mit Gründen, die Mördern in solchen Fällen zu Gebote stehen. Er fragte sich, ob das Leben dieses armen Deutschen wohl wirklich eine Notwendigkeit sei, und nahm an, er hätte niemals existiert. Kurz, er beschloß das Verbrechen, aber so, daß er straflos dabei blieb. Das andere Rheinufer war von den Österreichern besetzt; unter dem Fenster waren Schiffer und ein Boot; er konnte dem Manne den Hals abschneiden, ihn in den Rhein werfen, sich mit dem Felleisen durch das Fenster flüchten, den Schiffern Gold anbieten und das von den Österreichern besetzte Ufer erreichen. Er stellte schon in Rechnung, daß er bei Handhabung seiner Instrumente eine solche Geschicklichkeit erworben hatte, daß er sein Opfer köpfen konnte, ohne daß es einen einzigen Schrei ausstieß.« Hier trocknete sich Herr Taillefer die Stirn und trank wieder ein wenig Wasser.

»Prosper erhob sich langsam, ohne Geräusch zu machen. Sicher, niemanden geweckt zu haben, zog er sich an und begab sich in die Wirtsstube; dann schraubte er mit der verhängnisvollen Klugheit, mit der Umsicht und Willenskraft, die der Mensch plötzlich in sich entdeckt und die den gefangenen Verbrechern bei Ausführung ihrer Pläne eignet, die Eisenstangen los, und ohne das leiseste Geräusch nahm er sie aus ihren Löchern heraus, er lehnte sie an die Wand und öffnete die Fensterläden, mit seinem ganzen Gewicht drückte er auf die Angeln, um ihr Knirschen nicht laut werden zu lassen. Der Mond, dessen bleiches, klares Licht über dieser Szene lag, ließ ihn die Gegenstände im Zimmer, wo Wilhelm und Walhenfer schliefen, undeutlich erkennen. Dort machte er einen Augenblick halt, wie er mir selbst erzählt hat. Das Zucken seines Herzens war so heftig, stark und laut, daß es ihn ganz verstörte. Er fürchtete daher, nicht kaltblütig handeln zu können; seine Hände zitterten, und es kam ihm vor, als ob seine Fußsohlen auf glühenden Kohlen stünden. Aber die Ausführung seiner Absicht war von so glücklichen Umständen begleitet, daß er in dieser Gunst des Schicksals so etwas wie Vorbestimmung erblickte. Er öffnete das Fenster, kehrte ins Zimmer zurück und nahm sein Chirurgenbesteck und suchte das zur Ausführung seines Verbrechens am meisten geeignete Instrument heraus. ›Als ich vor dem Bett war‹, erzählte er mir später, ›empfahl ich mich mechanisch Gottes Gnade.‹

Als er gerade den Arm mit voller Kraft erhob, klang es in ihm wie eine innere Stimme. Er glaubte einen Lichtstrahl zu bemerken. Er warf das Instrument auf sein Bett, floh ins andere Zimmer und stellte sich ans Fenster. Dort empfand er tiefes Entsetzen vor sich selbst; da er fühlte, daß sein Wille zur Tugend schwach war, und da er fürchtete, wieder dem Wahn, dessen Opfer er war, zu unterliegen, stürzte er schnell auf die Straße und ging am Rhein entlang auf und ab und spielte so gewissermaßen Schildwache vor dem Wirtshaus. Oft kam er bei seiner eiligen Wanderung nach Andernach, oft führten ihn seine Schritte an den Abhang, an dem er zum Wirtshaus heruntergestiegen war. Aber das Schweigen der Nacht war so tief, und er vertraute so sehr auf die Wachhunde, daß er manchmal das Fenster, das er offengelassen hatte, aus den Augen verlor. Er wollte sich ermüden und schläfrig werden.

Wie er so unter dem wolkenlosen Himmel dahinwanderte und die schönen Sterne bewunderte, versank er bei der reinen Nachtluft und dem melancholischen Plätschern der Wellen in eine Träumerei, die ihn allmählich wieder zu gesunden Gedanken zurückführte. Die Vernunft kam wieder, und der Wahn des Augenblicks verflog. Seine Erziehung, die Vorschriften der Religion und vor allem, so sagte er mir, die Bilder des bescheidenen Lebens, das er bis dahin im Elternhaus geführt, triumphierten über die bösen Gedanken.

Als er nach einer langen Betrachtung, in die er sich am Ufer des Rheins, auf einen großen Stein gekauert, beseligt verloren, zurückkehrte, hätte er, wie er mir erzählte, neben einer Milliarde Gold nicht nur schlafen, sondern auch wachen können. In dem Augenblick, da seine Rechtschaffenheit sich stark und stolz aus diesem Kampfe erhob, kniete er glückselig und begeistert nieder und dankte Gott; er fühlte sich glücklich, leicht und zufrieden wie am Tag seiner ersten Kommunion, da er sich der Engel würdig wähnte, weil er den Tag verbracht hatte, ohne in Worten, Taten oder Gedanken zu sündigen.

Er ging zum Wirtshaus zurück, schloß das Fenster, ohne darauf zu achten, ob ein Geräusch dabei entstehe, und legte sich sofort schlafen. Seine körperliche und seelische Ermattung überlieferte ihn widerstandslos dem

Schlaf. Kurz nachdem er sich hingelegt, fiel er in die erste, traumerfüllte Schlaftrunkenheit, die dem tiefen Schlummer vorangeht. Die Sinne erschlaffen, und das Leben scheint aufzuhören; die Gedanken sind unvollständig, und die letzten Zuckungen unserer Sinne werden zu Träumereien. ›Wie schwül es ist‹, dachte Prosper. ›Mir ist, als ob ich feuchten Dampf atmete.‹

Er erklärte sich diese Wirkung der Atmosphäre durch den Unterschied, der zwischen der Temperatur des Zimmers und der frischen Luft bestehen mußte. Bald hörte er ein regelmäßiges Geräusch, es war, als ob Wassertropfen aus einem Brunnenhahn fielen. Panischer Schrecken ergriff ihn, er wollte aufstehen, den Wirt rufen, den Kaufmann oder Wilhelm wecken; da erinnerte er sich unglücklicherweise der Standuhr, und er hielt das Geräusch für den Pendelschlag, in dieser wirren, undeutlichen Vorstellung schlief er ein.«

»Wünschen Sie etwas Wasser, Herr Taillefer?« sagte der Hausherr, wie er sah, daß der Bankier mechanisch die Karaffe nahm.

Sie war leer.

Nach einer kurzen Pause, während der der Bankier Gegenstand der allgemeinen Aufmerksamkeit war, fuhr Herr Hermann in seiner Erzählung fort.

»Am nächsten Morgen«, sagte er, »wurde Prosper Magnan durch einen großen Lärm geweckt. Er glaubte durchdringende Schreie vernommen zu haben, und er empfand die heftige Nervenerschütterung, die uns befällt, wenn wir noch beim Erwachen eine peinliche Empfindung, die schon im Schlaf begonnen hat, weiter spüren. Es vollzieht sich dann ein physiologischer Vorgang, ein ›Ruck‹, um mich eines volkstümlichen Ausdrucks zu bedienen, es ist ein Vorgang, der noch nicht genügend aufgeklärt ist, obwohl er merkwürdige Erscheinungen für die Wissenschaft enthält. Diese furchtbare Angst, die vielleicht von einer zu plötzlichen Vereinigung unserer beiden fast immer getrennten Naturen während des Schlafes hervorgerufen ist, dauert gewöhnlich nicht lange. Bei dem armen Unterarzt aber währte sie lange, steigerte sich sogar und erregte ihm den gräßlichsten Schauder, als er ein Blutmeer zwischen seiner Matratze und dem Bette Walhenfers entdeckte. Der Kopf des armen Deutschen lag auf dem Boden, der Körper war noch im Bett. Alles Blut war aus dem Halse geströmt.

Als Prosper Magnan die noch offenen und starren Augen erblickte und das Blut, das seine Tücher und selbst seine Hände befleckte, und als er sein chirurgisches Instrument auf dem Bett wiedererkannte, sank er in Ohnmacht und fiel in Walhenfers Blut. ›Das war schon‹, sagte er mir, ›eine Strafe für meine Gedanken.‹

Als er das Bewußtsein wiedererlangte, befand er sich in der Gaststube. Er saß auf einem Stuhl, inmitten von französischen Soldaten und einer neugierig gaffenden Menge. Stumpfen Blickes sah er, wie ein republikanischer Offizier die Zeugenaussagen aufnahm und das Protokoll fertigstellte. Er erkannte den Wirt, die Frau des Wirtes, die beiden Schiffer und die Magd. Das chirurgische Instrument, dessen sich der Mörder bedient hatte . . .«

Hier hustete Herr Taillefer, zog sein Taschentuch aus der Tasche, schnaubte sich und trocknete sich die Stirn. Diese so natürlichen Bewegungen wurden nur von mir beobachtet; alle Tischgenossen schauten auf Herrn Hermann und hingen mit Begierde an seinen Lippen. Der Armeelieferant stützte den Ellenbogen auf den Tisch, legte den Kopf in die rechte Hand und blickte Hermann fest an. Von da an ließ er sich kein Zeichen von Erregung oder Interesse mehr entschlüpfen; aber sein Aussehen blieb gedankenvoll und schrecklich wie in dem Augenblick, da er mit dem Stöpsel der Karaffe gespielt.

»Das chirurgische Instrument, dessen sich der Mörder bedient hatte, befand sich auf dem Tisch, ebenso das Felleisen, das Portefeuille und die Papiere Prospers. Der Anwesenden Blicke richteten sich abwechselnd auf diese Beweisstücke und den jungen Mann, der wie tot schien und dessen erloschene Augen nichts sahen. Der wirre Lärm von draußen stammte von der Menge, die durch die Kunde von dem Verbrechen und vielleicht auch durch den Wunsch, den Mörder zu sehen, angelockt war. Der Schritt der unter den Fenstern der Wirtsstube aufgestellten Schildwachen und das Klirren ihrer Waffen beherrschten das Gemurmel der Menge; aber das Wirtshaus war geschlossen, und der Hof war leer und still.

Prosper Magnan war unfähig, den Blick des ihn verhörenden Offiziers zu ertragen. Er fühlte, wie jemand seine Hand ergriff, und er hob die Augen, um zu sehen, wer wohl unter dieser feindlichen Menge sein Beschützer sei. An der Uniform erkannte er den Oberarzt der Halbbrigade, die in Andernach lag. Der Blick dieses Mannes war so durchdringend und streng, daß der arme junge Mann erschauerte und den Kopf auf die Stuhllehne sinken ließ. Ein Soldat ließ ihn Essig atmen, und alsbald erlangte er sein Bewußtsein wieder. Seine verstörten Augen waren jedoch so sehr ohne Teilnahme und Leben, daß der Wundarzt, nachdem er Prospers Puls befühlt, zu dem Offizier sagte: ›Herr Hauptmann, es ist unmöglich, den Menschen jetzt zu verhören.‹ – ›Schön‹, unterbrach der Hauptmann den Wundarzt, ›führt ihn also ab‹, und er wandte sich an einen Unteroffizier, der hinter dem Wundarzt stand.

›Verdammter Feigling‹, raunte ihm der Soldat zu. ›Versuche wenigstens, vor diesen deutschen Kötern stramm aufzutreten, um die Ehre der Republik zu retten.‹

Dieser Zuruf weckte Prosper Magnan, der aufstand und einige Schritte machte; als aber die Tür geöffnet wurde und er den Windhauch spürte und die Menge eindringen sah, verließen ihn die Kräfte, seine Knie zitterten, er schwankte. ›Dieser verdammte Arztlehrling verdient zweimal den Tod. Vorwärts marsch!‹ sagten die beiden Soldaten, die ihn unter den Arm nahmen, um ihn zu halten. ›Oh, der Feigling, seht den Feigling... Da ist er, da.‹

Es war ihm, als spräche eine einzige Stimme diese Worte, die tumultuarische Stimme der Masse, die ihn mit Verwünschungen begleitete und sich bei jedem Schritt vergrößerte. Während dieser Überführung vom Wirtshaus zum Gefängnis, während die Volksmenge und die Soldaten lärmten und der Gefangene den Himmel sah und die Stadt Andernach und den Rheinstrom, berührten alle diese Eindrücke seine Seele nur matt und verworren, wie alles, was er seit seinem Erwachen empfunden hatte. Es gab Augenblicke, so erzählte er mir, da er glaubte, nicht mehr zu leben.«

»Ich war damals im Gefängnis«, unterbrach sich Herr Hermann. »Begeistert, wie man mit zwanzig Jahren ist, hatte ich mein Vaterland verteidigen wollen und kommandierte eine Freischar, die ich in der Umgegend von Andernach organisiert hatte. Einige Tage vorher war ich in der Nacht einer französischen Abteilung, die aus achthundert Mann bestand, in die Hände gefallen. Wir waren insgesamt nur zweihundert Mann. Meine Spione hatten mich verkauft. Ich wurde in Andernach ins Gefängnis geworfen. Ich sollte erschossen werden, an mir sollte zur Einschüchterung des Landes ein Exempel statuiert werden. Die Franzosen wollten Repressalien ausüben, aber der Mord, den sie an mir rächen wollten, war nicht im Kurfürstentum begangen worden. Mein Vater hatte einen Aufschub von drei Tagen erlangt, um beim General Augereau um meine Begnadigung nachzusuchen, der sie ihm gewährte.

Ich sah also Prosper Magnan in dem Augenblick, als er das Gefängnis von Andernach betrat, und er flößte mir das tiefste Mitleid ein. Obgleich er bleich und mitgenommen aussah und blutbesudelt war, hatte sein Gesichtsausdruck doch etwas Reines und Unschuldiges, das mich tief berührte. Auf mich wirkte er mit seinen langen blonden Haaren und seinen blauen Augen wie ein Deutscher. Als Abbild meines ohnmächtigen Vaterlandes erschien er mir: als Opfer, nicht aber als Mörder. Als er unter meinem Fenster vorüberging, warf er einen lächelnden Blick, der doch voller Schwermut und Bitterkeit war, ins Ungewisse, wie ein Irrer, der einen flüchtigen, lichten Moment hat. Dies Lächeln war sicher nicht das eines Mörders. Als ich den Kerkermeister sah, fragte ich ihn über seinen neuen Gefangenen aus. ›Seit er in seiner Zelle ist, hat er noch nicht gesprochen. Er hat sich hingesetzt, den Kopf zwischen die Hände gelegt, er schläft oder grübelt über seine Sache nach. Wie die Franzosen sagen, wird morgen früh mit ihm abgerechnet, binnen vierundzwanzig Stunden wird er erschossen.‹

Abends, während der kurzen Zeit, die man mir zu einem Spaziergang im Gefängnishof eingeräumt hatte, ging ich ans Fenster des Gefangenen. Wir plauderten miteinander, und er erzählte mir freimütig sein Abenteuer und beantwortete richtig meine verschiedenen Fragen. Nach dieser kurzen Unterhaltung zweifelte ich nicht mehr an seiner Unschuld. Ich erbat und erlangte die Vergünstigung, einige Stunden bei ihm zu bleiben. Ich sah ihn also noch öfter, und der arme Junge weihte mich ohne Vorbehalt in alle seine Gedanken ein. Er hielt sich gleichzeitig für schuldig und unschuldig. Wenn er der gräßlichen Versuchung gedachte, der zu widerstehen er die Kraft gehabt hatte, fürchtete er, im Schlaf oder in einem Anfall von Somnambulismus das Verbrechen, von dem er als Wacher geträumt, begangen zu haben.

›Aber Ihr Kamerad?‹ fragte ich ihn. ›Oh‹, rief er feurig, ›Wilhelm ist nicht imstande…‹

Er sprach nicht zu Ende. Bei diesen Worten, aus denen Jugend und Tugend sprachen, drückte ich ihm die Hand.

›Bei seinem Erwachen‹, fuhr er fort, ›war er sicher entsetzt, er wird den Kopf verloren und sich in Sicherheit gebracht haben.‹

›Ohne Sie zu wecken‹, sagte ich. ›Aber dann wäre Ihre

Verteidigung ja leicht, da Walhenfers Felleisen ja nicht ausgeraubt sein müßte.‹

Plötzlich brach er in Tränen aus.

›Ja, ja, ich bin unschuldig‹, rief er. ›Ich habe nicht getötet. Ich erinnere mich noch meiner Träume. Ich spielte Fangen mit meinen Kameraden. Ich kann dem Kaufmann doch nicht den Kopf abgeschnitten haben, während ich träumte, daß ich lief.‹

Obwohl ein Hoffnungslicht ihn manchmal etwas beruhigte, fühlte er sich doch immer von Gewissensbissen zerrissen. Er hatte ja wirklich den Arm erhoben, um dem Kaufmann den Kopf abzuschneiden. Er hielt Gerichtstag über sich und fand sein Herz nicht mehr rein, nachdem er das Verbrechen in Gedanken begangen hatte. ›Aber ich bin doch ein guter Mensch‹, rief er. ›Oh, meine arme Mutter. Vielleicht sitzt sie jetzt gerade heiter mit ihren Nachbarinnen in ihrer kleinen guten Stube beim Spielchen. Wenn sie wüßte, daß ich auch nur die Hand erhoben, um einen Menschen umzubringen . . . oh, sie würde sterben. Und ich bin im Gefängnis, unter Anklage eines Verbrechens. Wenn ich den Kaufmann nicht getötet habe, so bringe ich doch sicher meine Mutter unter die Erde.‹

Bei diesen Worten weinte er nicht mehr; aber von der plötzlichen Raserei gepackt, die bei Pikarden häufig vorkommt, warf er sich an die Mauer, und er hätte sich den Kopf zerschmettert, wenn ich ihn nicht zurückgehalten hätte.

›Warten Sie Ihr Urteil ab‹, sagte ich. ›Sie werden freigesprochen. Sie sind ja unschuldig. Und Ihre Mutter . . .‹
›Meine Mutter‹, rief er wild, ›sie wird doch von der An-

klage gegen mich erfahren. In Kleinstädten ist das immer so. Und die arme Frau wird vor Kummer sterben. Ich bin übrigens nicht unschuldig. Wollen Sie die ganze Wahrheit wissen? Ich fühle, daß ich meines Gewissens Unschuld verloren habe.‹

Nach diesem schrecklichen Wort setzte er sich hin, kreuzte die Arme über der Brust, senkte den Kopf und blickte finster zu Boden. In diesem Augenblick kam der Schließer und ersuchte mich, mich in meine Zelle zurückzuverfügen. Ich war betrübt, meinen Genossen in einem Augenblick tiefster Mutlosigkeit verlassen zu müssen, und ich schloß ihn freundschaftlich in meine Arme.

›Haben Sie Geduld‹, sagte ich zu ihm, ›vielleicht wird alles gutgehen. Wenn das Wort eines ehrenhaften Mannes Ihre Zweifel zum Schweigen bringen kann, so empfangen Sie die Versicherung, daß ich Sie achte und Sie liebe. Nehmen Sie meine Freundschaft an, und suchen Sie Ruhe an meinem Herzen, wenn Sie in Ihrem keinen Frieden finden.‹

Am andern Morgen wurde er von einem Unteroffizier und vier Füsilieren abgeholt. Als ich den Lärm hörte, den die Soldaten verursachten, stellte ich mich ans Fenster. Als der junge Mann über den Hof ging, sah er mich an. Niemals werde ich diesen Blick vergessen, diesen gedankenschweren Blick, der voller Vorahnung und Resignation und gewissermaßen voller trauriger Anmut und Melancholie war. Es war ein schweigendes und doch beseeltes Testament, mit dem ein Freund sein verlorenes Leben seinem letzten Freunde vermachte.

Die Nacht war zweifellos sehr hart, sehr einsam für ihn

gewesen; aber vielleicht war die Blässe, die sich auf seinem Antlitz ausprägte, der Beweis für einen Stoizismus, den er aus einer neuen Selbstachtung schöpfte. Vielleicht fühlte er sich durch seine Gewissensqualen gereinigt, und er glaubte seine Verfehlung durch Leid und Scham hinweggespült. Er ging mit festem Schritt, und er hatte die Blutflecken ausgetilgt, mit denen er sich unfreiwillig beschmutzt hatte. ›Meine Hände sind wohl hineingetaucht, während ich schlief, denn mein Schlaf ist immer sehr unruhig‹, hatte er mir am Abend vorher in gräßlicher Verzweiflung gesagt.

Ich erfuhr, daß er vor einem Kriegsgericht erscheinen sollte. Die Division sollte am übernächsten Tage den Vormarsch antreten, und der Kommandant der Halbbrigade wollte Andernach nicht verlassen, ohne das Verbrechen am Tatort selbst abzuurteilen. Während der Dauer der Verhandlung war ich in tödlicher Angst. Endlich, um die Mittagszeit, wurde Prosper Magnan ins Gefängnis zurückgebracht. Ich machte eben meinen gewohnten Spaziergang; er bemerkte mich und stürzte sich in meine Arme.

›Verloren‹, sagte er zu mir; ›ich bin verloren, hoffnungslos. Hier hält mich jeder für einen Mörder.‹

Stolz hob er den Kopf.

›Diese Ungerechtigkeit hat mich vollkommen meiner Unschuld zurückgegeben. Mein Leben wäre voller Verwirrung gewesen, mein Tod wird ohne Makel sein. Aber gibt es ein Fortleben nach dem Tode?‹

In dieser plötzlichen Frage lag das ganze achtzehnte Jahrhundert. Er blieb nachdenklich.

›Was haben Sie denn geantwortet? Was hat man Sie gefragt? Haben Sie nicht, wie mir gegenüber, den Hergang ganz offen erzählt?‹

Er sah mich einen Augenblick starr an, dann, nach einer furchtbaren Pause, erwiderte er mit fieberhafter Lebhaftigkeit: ›Zuerst hat man mich gefragt: ‚Haben Sie den Gasthof nachts verlassen?' Das habe ich bejaht. ‚Auf welchem Wege?' ‚Durch das Fenster', antwortete ich errötend. ‚Sie hatten es also geöffnet.' Ich bejahte auch das. ‚Das müssen Sie sehr vorsichtig gemacht haben. Der Wirt hat nichts gehört.' Ich war verdutzt. Die Schiffer bekundeten, sie hätten mich auf und ab wandern sehen, bald nach Andernach, bald nach dem Walde zu. Ich hätte, sagten sie, den Weg ein paarmal gemacht. Das Gold und die Diamanten hätte ich vergraben. Das Felleisen ist nicht wieder aufgefunden worden. In meinem Gewissen tobte die ganze Zeit ein Kampf. Wenn ich sprechen wollte, rief mir eine unerbittliche Stimme zu: ‚Du hast das Verbrechen begehen wollen.' Alles war gegen mich, sogar ich selbst. Ich wurde über meinen Kameraden ausgefragt, und ich habe ihn nach Kräften verteidigt. Darauf erklärte man mir: ‚Nur Sie, Ihr Kamerad, der Wirt und seine Frau können die Schuldigen sein. Heute morgen fand man alle Türen und Fenster geschlossen.' ›Bei dieser Bemerkung‹, fuhr er fort, ›versagte mir die Stimme; mit meiner seelischen Kraft war es zu Ende. Meines Freundes war ich sicherer als meiner selbst, ich konnte ihn nicht beschuldigen. Ich begriff, daß wir beide als gemeinsame Täter galten und daß ich als der Gefährlichere erschien. Ich wollte die Mordtat als im Somnambulismus begangen erklären und meinen

Freund rechtfertigen; ich redete wirres Zeug. Ich bin verloren. Ich las meine Verurteilung in den Augen der Richter, die mir mit ungläubigem Lächeln zuhörten. Die Ungewißheit ist aus. Morgen werde ich erschossen. Ich denke nicht mehr an mich, nur noch an meine arme Mutter.‹

Er hielt inne, sah zum Himmel empor und vergoß keine Träne mehr. Seine Augen waren trocken und krampfhaft verdreht. ›Friedrich . . .‹

Ja, der andere hieß Friedrich, ganz richtig, Friedrich. Ja, so hieß er«, rief Hermann triumphierend.

Meine Nachbarin stieß mich mit dem Fuß an und machte mir, auf Herrn Taillefer deutend, ein Zeichen.

Der ehemalige Armeelieferant hatte die Hand lässig auf seine Augen gelegt, zwischen seinen Fingern glaubten wir zu sehen, daß sein Blick wie eine düstere Flamme brannte.

»Wenn er nun Friedrich hieße?« flüsterte sie mir zu.

Ich gab ihr mit dem Auge ein Zeichen, das bedeuten sollte: »Still.«

Hermann fuhr folgendermaßen fort:

»›Friedrich‹, rief der Unterarzt, ›Friedrich hat mich feige verlassen. Er hat wohl Angst gehabt. Vielleicht hat er sich im Gasthof verborgen, denn am Morgen standen unsere beiden Pferde noch im Hof. – Welch unbegreifliches Geheimnis‹, fügte er nach einem Augenblick des Schweigens hinzu. ›Der Somnambulismus, der Somnambulismus! Ich habe in meinem ganzen Leben nur einen Anfall gehabt, und dazu noch in meinem sechsten Lebensjahr. Soll ich sterben‹, und er stampfte dabei mit dem Fuß auf den Boden, ›und all meinen Glauben an Freundschaft verlieren? Ich muß doppelten Tod erleiden, wenn ich an einer Freundschaft zweifeln muß, die begann, als ich fünf Jahre alt war, und die sich auf der Schule und während der Studienzeit fortsetzte. Wo ist Friedrich?‹

Er weinte. Ein Gefühl ist uns also kostbarer als das Leben.

›Gehen wir ins Gefängnis zurück‹, sagte er zu mir. ›Ich bin lieber in meiner Zelle. Ich möchte nicht, daß man mich weinen sieht. Ich werde mutig in den Tod gehen, aber ich kann nicht zur Unzeit heroisch sein, ich gestehe, daß mein junges, schönes Leben mich dauert. Ich habe die letzte Nacht nicht geschlafen, an meine Kindheit hab' ich denken müssen, ich hab' mich durch die Wiesen laufen sehen, die vielleicht meinen Untergang verschulden. Ich hatte eine Zukunft. Was ist jetzt meine Zukunft? Zwölf Mann, ein Leutnant, der kommandiert: ‚Gewehr auf, legt an, Feuer!' Ein Trommelwirbel. Schluß. Oh, es muß einen Gott geben, sonst wäre all das doch zu sinnlos.‹

Dann ergriff er mich und preßte mich mit aller Kraft an sich.

›Sie sind der letzte Mensch, dem ich mein Herz ausschütten kann. Sie werden wieder frei werden. Sie werden Ihre Mutter wiedersehen. Ich weiß nicht, ob Sie arm oder reich sind, ganz gleich. Für mich sind Sie die ganze Welt. Der Krieg wird nicht ewig dauern. Gehen Sie nach Beauvais, wenn wieder Friede ist. Wenn meine Mutter die Trauerkunde von meinem Tode überlebt, so suchen Sie sie auf. Sagen Sie ihr die tröstenden Worte: ‚Er war unschuldig.' Sie wird Ihnen glauben. Ich will ihr schreiben. Sie aber werden ihr meinen letzten Brief überbringen, Sie werden ihr sagen, daß Sie der letzte Mensch sind, den ich umarmt habe. Wie wird sie Sie lieben, die arme Frau. Sie, der Sie mein letzter Freund gewesen sind ... Hier‹, sagte er nach einem Augenblick des Schweigens, da seiner Erinnerungen Last ihn zu überwältigen schien, ›hier sind Vorgesetzte und Soldaten mir unbekannt, und ich flöße ihnen allen Schauder ein. Ohne Sie wäre meine Unschuld ein Geheimnis zwischen dem Himmel und mir.‹

Ich schwor ihm zu, seinen letzten Willen als heiliges Vermächtnis zu erfüllen. Meine Worte, meine Herzlichkeit rührten ihn. Kurz danach holten ihn die Soldaten wieder ab und führten ihn wieder vors Kriegsgericht. Er war verurteilt.

Ich weiß nicht, welche Formalitäten es gab, ich weiß nicht, ob der junge Chirurg sein Leben nach allen Regeln verteidigte; aber er war darauf vorbereitet, am nächsten Morgen in den Tod zu gehen, und er verbrachte die Nacht damit, seiner Mutter zu schreiben.

›Wir werden beide frei sein‹, sagte er lächelnd, als ich ihn am anderen Morgen besuchte. ›Ich habe gehört, daß der General Ihre Begnadigung unterzeichnet hat.‹

Ich blieb schweigsam und betrachtete ihn, um mir seine Züge gut einzuprägen. Er machte eine verdrossene Miene und sagte:

›Ich bin doch ein trauriger Feigling. Ich habe die ganze Nacht diese Mauern um Erbarmen angefleht.‹ Und er wies auf die Wände seiner Zelle.

›Ja, ja‹, fuhr er fort, ›ich habe vor Verzweiflung geheult, ich habe mich empört, ich habe die fürchterlichste Todesangst ausgestanden ... Ich war allein. Jetzt denke ich daran, was die andern sagen werden. Der Mut ist eine

Maske. Ich muß mit gebührendem Anstand in den Tod gehen ...«

Die beiden Gerechtigkeiten

»Oh, erzählen Sie nicht zu Ende«, unterbrach das junge Mädchen, das diese Geschichte verlangt hatte, den Nürnberger. »Ich will in Ungewißheit bleiben und glauben, daß er gerettet worden ist. Wenn ich heute hörte, er wäre erschossen worden, so könnte ich diese Nacht nicht schlafen. Erzählen Sie mir morgen den Schluß.« Wir standen vom Tisch auf. Meine Nachbarin nahm Herrn Hermanns Arm und sagte: »Nicht wahr, er ist erschossen worden?«

»Ja, ich war Zeuge der Urteilsvollstreckung.«

»Wie, mein Herr, Sie konnten es über sich bringen ...«

»Er hatte es so gewünscht, gnädiges Fräulein. Es ist entsetzlich, dem Leichenzug eines lebendigen Menschen zu folgen, eines Menschen, den man liebt, eines Schuldlosen! Der arme junge Mann wandte keinen Blick von mir. Er schien nur noch in mir zu leben. Er wollte, ich solle seiner Mutter seinen letzten Seufzer überbringen.«

»Haben Sie seine Mutter gesehen?«

»Nach dem Frieden von Amiens ging ich nach Frankreich, um seiner Mutter das schöne Wort ›Er war unschuldig‹ zu überbringen. Ich hatte diese Pilgerfahrt mit frommen Gefühlen unternommen. Aber Frau Magnan war inzwischen an der Auszehrung gestorben. Nicht ohne tiefe Rührung habe ich den Brief verbrannt, dessen Überbringer ich sein sollte. Sie machen sich vielleicht über meinen deutschen Gefühlsüberschwang lustig, ich aber erblickte hier ein Drama voll tiefer Melancholie in diesem ewigen Geheimnis, das dies Lebewohl zwischen zwei Gräbern verhüllen sollte, von dem die ganze Menschheit nichts wußte.«

»Und wenn man Sie einem der hier im Salon Versammelten gegenüberstellte und Ihnen sagte: ›Da ist der Mörder‹, wäre das nicht auch ein Drama?« unterbrach ich ihn. »Und was täten Sie dann?«

Herr Hermann nahm seinen Hut und ging.

»Sie handeln wie ein unbesonnener junger Mann«, sagte meine Nachbarin zu mir. »Sehen Sie Taillefer. Er sitzt im Lehnstuhl am Kamin, Fräulein Fanny bietet ihm eine Tasse Kaffee an. Er lächelt. Könnte ein Mörder, den die Wiedergabe des Vorfalls doch auf die Folter spannen müßte, so ruhig dasitzen? Sieht er nicht wahrhaftig aus wie ein Patriarch?«

»Ja, aber fragen Sie ihn doch, ob er den Krieg in Deutschland mitgemacht hat!« rief ich.

»Warum nicht?«

Und mit der Kühnheit, die Frauen selten fehlt, wenn ein Abenteuer sie lockt oder ihr Sinn von Neugierde beherrscht ist, näherte sich meine Nachbarin dem Armeelieferanten.

»Sind Sie einmal in Deutschland gewesen?«

Taillefer ließ seine Untertasse fallen.

»Ich, gnädiges Fräulein? Nein. Niemals.«

»Was sagst du da, Taillefer?« warf der Bankier ein. »Warst du nicht beim Feldzug von Wagram beim Train?«

»Richtig«, antwortete Herr Taillefer, »damals bin ich dabeigewesen.«

»Sie irren sich, er ist ein Biedermann«, sagte meine Nachbarin zu mir zurückkehrend.

»Nun gut«, rief ich aus, »bevor der Abend zu Ende ist, werde ich den Mörder aus dem Kote jagen, in dem er sich versteckt.«

Alle Tage spielen sich im Leben Vorgänge von erstaunlicher Tiefe ab, die aber so einfach scheinen, daß wir sie gar nicht bemerken.

Wenn sich in einem Salon zwei Menschen begegnen, von denen der eine das Recht hat, den anderen zu verachten oder zu hassen, sei es, weil er von einem geheimen Vergehen weiß, das den anderen befleckt, sei es, daß er eine Rache zu nehmen hat, so erraten die beiden einander, und sie fühlen den Abgrund, der sie trennt oder trennen sollte. Sie beobachten einander unbewußt, und sie beschäftigen sich in Gedanken miteinander; ihre Blicke, ihre Gesten hauchen in unerklärlicher Weise ihre Gedanken aus, eine magnetische Kraft besteht zwischen ihnen. Ich weiß nicht, was am meisten einander anzieht, Rachsucht oder Verbrechen, Haß oder Schande. So wie ein Priester in Anwesenheit eines bösen Geistes die Hostie nicht weihen kann, so fühlen sich beide gelähmt und mißtrauisch; der eine ist höflich, der andere abweisend, der eine errötet oder erbleicht, der andere zittert. Oft ist der Rächer ebenso feig wie das Opfer.

Nur wenige Menschen haben den Mut, ein Unglück zu veranlassen, selbst wenn es notwendig ist; und viele Leute schweigen oder verzeihen, weil sie den Skandal nicht lieben oder weil sie eine tragische Lösung fürchten. Diese Spannung der Seele und der Gefühle entzündete einen geheimen Kampf zwischen dem Armeelieferanten und mir.

Seit der ersten Anrede, mit der ich mich während Herrn Hermanns Erzählung an ihn gewandt, floh er vor meinen Blicken. Vielleicht vermied er auch die Blicke aller Tischgenossen. Er plauderte mit der unerfahrenen Fanny, der Tochter des Bankiers; zweifellos empfand er wie alle Verbrecher das Bedürfnis, sich der Unschuld zu nähern, in der Hoffnung, dort Ruhe zu finden. Obwohl ich weit von ihm entfernt saß, hörte ich genau, und mein durchdringender Blick bannte den seinen. Wenn er glaubte, mich ungestraft belauern zu können, so trafen sich unsere Blicke, und seine Pupillen senkten sich dann sofort.

Von dieser Folter ermüdet, machte Taillefer ihr schnell ein Ende, indem er zum Spieltisch ging. Ich kam dazu, um auf seinen Gegner zu wetten, wünschte aber dabei, mein Geld zu verlieren. Mein Wunsch erfüllte sich. Ich nahm den Platz des ausscheidenden Spielers ein und befand mich Stirn gegen Stirn dem Mörder gegenüber.

»Wollen Sie«, sagte ich zu ihm, »die Freundlichkeit haben, die Karten anzusagen?«

Er warf die Spielkarten schnell von rechts nach links. Meine Nachbarin war nah zu mir herangekommen, und ich warf ihr einen Blick des Einverständnisses zu.

»Sind Sie vielleicht«, wandte ich mich an den Armeelieferanten, »Herr Friedrich Taillefer, dessen Familie in Beauvais ich gut gekannt habe?«

»Ja«, erwiderte er. Er ließ seine Karten fallen, erbleichte, ließ den Kopf in die Hände sinken und bat einen derer, die auf ihn wetteten, für ihn zu spielen. Dann stand er auf.

»Es ist zu heiß hier«, rief er. »Ich fürchte...«

Er vollendete seinen Satz nicht. Plötzlich zeigten seine Züge, daß er furchtbar litt. Er ging schnell hinaus. Der Hausherr, der lebhaften Anteil an seinem Zustand zu nehmen schien, begleitete ihn. Meine Nachbarin und ich sahen uns an, ich glaubte einen bitteren Zug in ihrem Gesicht zu entdecken.

»Ist Ihr Benehmen barmherzig?« fragte sie mich, und sie führte mich in eine Fensternische, nachdem ich das Spiel verloren hatte. »Möchten Sie die Macht haben, in allen Herzen zu lesen? Warum lassen Sie der göttlichen und menschlichen Gerechtigkeit nicht ihren Lauf? Wenn wir der einen entgehen, so fallen wir der anderen in die Hände. Ist ein Gerichtspräsident wohl um sein Amt zu beneiden? Sie haben beinah das Henkeramt ausgeübt...«

»Nachdem Sie meine Neugierde geteilt und aufgereizt haben, halten Sie mir jetzt eine Moralpredigt.«

»Ihr Verhalten hat mich nachdenklich gemacht.«

»Also Friede den Verbrechern, Krieg den Unglücklichen und Vergötterung dem Gold. Aber lassen wir das«, fügte ich lächelnd hinzu. »Sehen Sie sich doch bitte die junge Dame an, die gerade hereinkommt.«

»Und?«

»Ich habe sie vor drei Tagen auf dem Ball des neapolitanischen Gesandten gesehen, ich habe mich leidenschaftlich in sie verliebt. Sagen Sie mir doch bitte ihren Namen. Niemand hat...«

»Es ist Fräulein Victorine Taillefer.«

Mich befiel ein Taumel.

»Ihre Stiefmutter«, sagte meine Nachbarin, deren

Stimme ich kaum vernahm, »hat sie vor kurzem erst aus dem Kloster genommen, wo ihre Erziehung etwas verspätet vollendet wurde. Ihr Vater hat sich lange geweigert, sie anzuerkennen. Sie kommt zum erstenmal hierher. Sie ist sehr schön und sehr reich.«

Diese Worte wurden von einem sardonischen Lächeln begleitet.

In diesem Augenblick hörten wir heftige, aber erstickte Schreie. Sie schienen aus einem benachbarten Zimmer zu kommen und hallten in den Gärten schwach wider.

»Ist das nicht Taillefers Stimme?« rief ich.

Wir richteten unsere Aufmerksamkeit gespannt auf dies Geräusch, und schreckliche Seufzer drangen an unser Ohr. Die Gemahlin des Bankiers lief schnell auf uns zu und schloß das Fenster. »Daß es nur keine Szenen gibt«, sagte sie zu uns. »Wenn Fräulein Taillefer ihren Vater hörte, könnte sie einen Nervenschock bekommen.«

Der Bankier kam wieder in den Salon zurück, suchte Victorine dort und flüsterte ihr etwas zu. Das junge Mädchen stieß einen Schrei aus, stürzte zur Tür und verschwand. Dieser Vorfall rief große Aufregung hervor. Die Spielpartien wurden im Stich gelassen. Ein jeder befragte seinen Nachbarn. Das Stimmengewoge wuchs an, und es bildeten sich Gruppen.

»Sollte sich Herr Taillefer ...?« »Getötet haben«, rief meine spöttische Nachbarin, »Sie würden die Trauer heiter tragen.«

»Aber was ist ihm denn geschehen?«

»Der arme Mann«, erwiderte die Herrin des Hauses, »ist einer Krankheit unterworfen, deren Namen ich nicht behalten kann, obgleich Herr Brousson ihn mir oft genug genannt hat. Jetzt hat er einen Anfall.«

»Von welcher Art ist denn diese Krankheit?« fragte plötzlich der Untersuchungsrichter.

»Oh, es ist ein schreckliches Leiden«, antwortete sie. »Die Ärzte kennen kein Heilmittel dagegen. Es scheint fürchterliche Qualen zu verursachen. Eines Tages hatte der arme Taillefer während eines Aufenthaltes auf meinem Landsitz einen Anfall, ich mußte damals zu einer Nachbarin flüchten, um sein Schreien nicht hören zu müssen; er stößt gräßliche Schreie aus und will sich ums Leben bringen; seine Tochter mußte ihn auf seinem Bett festbinden und ihm die Zwangsjacke anlegen. Der arme Mann behauptet, Tiere im Kopf zu haben, die ihm das Gehirn zerfressen; es sind stechende Schmerzen, es ist ihm, als ob eine Säge in jedem Nerv zerrte. Er hat solche Schmerzen im Kopf, daß er die Brennkegel gar nicht spürte, die man ihm auflegte, um die Schmerzen abzulenken. Herr Brousson, sein Arzt, hat sie verboten, er behauptet, daß es sich um eine Nervenüberreizung, eine Nervenentzündung handelt, gegen die er Blutegel im Nacken und Opium auf den Kopf für notwendig hält. Und die Anfälle sind wirklich seltener geworden und treten nur noch jedes Jahr gegen Ende des Herbstes auf. Wenn er wieder genesen ist, wiederholt Taillefer unaufhörlich, daß er lieber gerädert werden als noch einmal solche Schmerzen erdulden möchte.«

»Er scheint also sehr zu leiden«, sagte ein Wechselagent, der Schöngeist des Salons.

»Oh«, erwiderte sie, »im vorigen Jahr ist er fast zugrunde gegangen. Er war allein auf seinen Landsitz gefahren, einer dringlichen Sache wegen; er lag vierundzwanzig Stunden in Erstarrung und wie tot da, vielleicht, weil es ihm an Hilfe gebrach. Er ist nur durch ein sehr heißes Bad gerettet worden.«

»Es ist also eine Art Starrkrampf?« fragte der Wechselagent.

»Ich weiß nicht«, erwiderte sie. »Ungefähr dreißig Jahre hat er mit dieser Krankheit zu tun, die er sich im Heeresdienst zugezogen hat; wie er sagt, ist ihm, als er in ein Boot fiel, ein Holzsplitter in den Kopf gedrungen; Brousson hofft aber, ihn zu heilen. Man behauptet, die Engländer hätten ein Mittel erfunden, um diese Krankheit gefahrlos durch Blausäure zu heilen.«

In diesem Augenblick tönte ein besonders durchdringender Schrei durchs Haus und ließ uns vor Schreck erstarren.

»Darauf habe ich jeden Augenblick gewartet«, fuhr die Gattin des Bankiers fort. »Das schleudert mich vom Stuhl und reißt mir an den Nerven. Aber sonderbar: Trotz seiner unerhörten Schmerzen ist der arme Taillefer niemals in Lebensgefahr. Während der Pausen, die das schreckliche Leiden ihm läßt, ißt er und trinkt er wie gewöhnlich. Die Natur ist wirklich sonderbar. Ein deutscher Arzt hat ihm gesagt, es wäre eine Art Kopfgicht; das würde mit der Meinung Broussons einigermaßen übereinstimmen.«

Ich verließ die Gruppe, die sich um die Herrin des Hauses gebildet hatte, und ging mit Fräulein Taillefer hinaus, die ein Lakai abgerufen hatte.

»Oh, mein Gott, mein Gott«, rief sie weinend, »was hat mein Vater dem Himmel getan, daß er ihm solche Leiden auferlegt? . . . Er ist doch so gut.«

Ich ging mit ihr die Treppe hinunter, und als ich ihr in den Wagen half, sah ich ihren Vater wie ein Häufchen Unglück dasitzen. Fräulein Taillefer versuchte, das Stöhnen ihres Vaters zu ersticken, indem sie seinen Mund mit einem Taschentuch bedeckte; unglücklicherweise bemerkte er mich, sein Gesicht zog sich noch mehr zusammen, ein krampfhafter Schrei zerriß die Luft, er warf mir einen schrecklichen Blick zu, und der Wagen fuhr ab.

Dieses Diner, dieser Abend übten einen grausamen Einfluß auf mein Leben und meine Gefühle aus. Ich liebte Fräulein Taillefer, vielleicht gerade deshalb, weil Ehre und Feingefühl mir verboten, mich mit einem Mörder zu verbinden, mochte er ein noch so guter Vater und Gatte sein. Ein Verhängnis brachte mich dazu, mich gerade in den Häusern zu zeigen, in denen ich glaubte, Victorine zu begegnen.

Oft, wenn ich mir selbst das Ehrenwort gegeben hatte, auf ihren Anblick zu verzichten, fand ich mich noch am selben Abend in ihrer Gesellschaft. Meine Wonne war unvergleichlich. Meine Liebe, in die sich eingebildete Gewissenbisse mischten, bekam die Glutfarbe einer verbrecherischen Leidenschaft. Ich verachtete mich, weil ich Taillefer grüßte, wenn er zufällig einmal mit seiner Tochter zusammen war; aber ich grüßte ihn doch. Zum Unglück ist Victorine nicht nur ein hübsches Mädchen, sie ist mehr, gebildet, talentvoll und anmutig und dabei ohne die geringste Pedanterie oder Anmaßung. Sie plaudert mit

Zurückhaltung, und ihr Charakter besitzt eine melancholische Anmut, der niemand wiederstehen kann. Sie liebt mich oder läßt es mich wenigstens glauben; sie hat ein Lächeln, das nur für mich bestimmt ist, und für mich wird ihre Stimme noch sanfter. Oh, sie liebt mich, aber sie betet ihren Vater an, sie rühmt mir seine Güte, seine Milde, seine auserlesenen Eigenschaften. Solche Lobreden sind ebensoviel Dolchstöße, mit denen sie mein Herz zersticht.

Eines Tages machte ich mich fast zum Mitschuldigen des Verbrechens, auf dem der Reichtum der Familie Taillefer beruht: Ich wollte um Victorines Hand anhalten. Da entfloh ich, ich reiste, ich ging nach Deutschland, nach Andernach. Aber ich kehrte zurück. Ich sah Victorine wieder, sie war bleich und mager geworden. Hätte ich sie gut aussehend und heiter wiedergesehen, so wäre ich wohl gerettet gewesen. Meine Leidenschaft flammte wieder aufs heftigste auf.

Da ich befürchtete, meine Skrupel könnten zur Monomanie werden, beschloß ich eine Versammlung reiner Herzen zu befragen, um in dies moralische und philosophische Problem einiges Licht zu bringen. Seit meiner Rückkehr war der Fall noch viel komplizierter geworden.

Vorgestern versammelte ich daher diejenigen meiner Freunde, denen ich am meisten Rechtschaffenheit, Fein- und Ehrgefühl zutraue. Ich hatte zwei Engländer, einen Gesandtschaftssekretär und einen Puritaner eingeladen, einen ehemaligen, mit allen Feinheiten der Politik vertrauten Minister, einen Priester, einen Greis, dann meinen früheren Vormund, einen reinen Menschen, der mir die schönste Vormundschaftsabrechnung geliefert hat, deren man sich im Justizpalast erinnern kann, einen Advokaten, einen Notar, einen Richter, kurzum: alle gesellschaftlichen Anschauungen, alle Tugenden des praktischen Lebens gaben sich ein Stelldichein. Wir fingen damit an, gut zu speisen, zu reden, Lärm zu machen; dann, beim Dessert, erzählte ich ganz schlicht meine Geschichte und bat um gute Ratschläge; den Namen meiner Erwählten verschwieg ich.

»Gebt mir euren Rat, liebe Freunde«, sagte ich zum Schluß. »Beratet über den Fall, als ob es sich um einen Gesetzesentwurf handelte. Die Urne und die Billardkugeln werden euch gebracht, und ihr sollt euch in geheimer Abstimmung für oder gegen meine Heirat entscheiden.«

Plötzlich herrschte tiefes Schweigen. Der Notar weigerte sich, an der Abstimmung teilzunehmen.

»Es handelt sich hier um einen Vertrag«, äußerte er.

Der Wein hatte meinen früheren Vormund schweigsam gemacht, und man mußte ihn unter Vormundschaft stellen, damit ihm auf dem Heimweg nichts zustoße.

»Ich verstehe«, rief ich. »Sich der Abstimmung enthalten bedeutet, mir energisch zu sagen, was ich tun muß.«

Es ging eine Bewegung durch die Gesellschaft.

Ein Hausbesitzer, der für arme Kinder und das Grab des Generals Foy gespendet hatte, rief:

»Die Tugend nicht allein, das Laster auch kennt Stufen.«

»Schwätzer«, sagte der ehemalige Minister leise, und er stieß mich mit dem Ellenbogen an.

»Worin besteht denn die Schwierigkeit?« fragte ein Herzog, dessen Vermögen aus Gütern bestand, die nach

Aufhebung des Edikts von Nantes den widerspenstigen Protestanten abgenommen worden waren.

Der Advokat erhob sich:

»Die juristische Seite des Falles dürfte nicht die geringste Schwierigkeit machen. Der Herr Herzog hat recht«, rief der Vertreter des Gesetzes. »Gibt es denn keine Verjährung? Wo kämen wir alle hin, wenn man den Ursprung der Vermögen erforschen wollte? Das ist nur Sache des Gewissens. Wenn Sie die Sache unbedingt vor einen Schiedsrichter bringen wollen, so gehen Sie damit zum Beichtvater.«

Dies Fleisch gewordene Gesetzbuch setzte sich und trank ein Glas Champagner. Der Mann, dessen Amt es war, die Heilige Schrift zu deuten, der gute Priester, erhob sich.

»Gott hat uns schwach geschaffen«, sagte er mit Würde. »Lieben Sie die Erbin des durch das Verbrechen erworbenen Gutes, so heiraten Sie sie, aber begnügen Sie sich mit ihrem mütterlichen Erbteil, und geben Sie das Vermögen des Vaters den Armen.«

»Aber«, rief einer dieser mitleidslosen Rechthaber, denen man so oft in der Welt begegnet, »der Vater hat vielleicht nur deshalb eine gute Partie machen können, weil er reich geworden war. Ist nicht der geringste Glücksfall in seinem Dasein immer eine Frucht des Verbrechens?«

»Die Erörterung ist an sich schon ein Urteil! Es gibt Dinge, die kein Diskussionsthema sind!« rief mein früherer Vormund, der die Gesellschaft durch einen betrunkenen Geistesblitz aufzuklären wähnte.

»Ja«, sagte der Gesandtschaftssekretär.

»Ja«, rief der Priester.

Die beiden Männer konnten sich nicht verständigen.

Ein Doktrinär, dem bei hundertundfünfzig Wählern nur hundertundfünfzig Wahlstimmen gefehlt hatten, erhob sich.

»Meine Herren, dieser außerordentliche Fall des seelischen Lebens gehört zu denen, die ganz besonders vom normalen Zustand der Gesellschaft abweichen«, sagte er. »Die Entscheidung, die wir fällen, muß uns von unserem Gewissen eingegeben sein, sie muß eine Erleuchtung sein, ein lehrreicher Richterspruch, sie muß . . .«

»Stimmen wir ab«, riefen meine Gäste.

Ich ließ jedem zwei Kugeln bringen, eine weiße und eine rote. Die weiße, das Symbol der Jungfräulichkeit, sollte die Ehe in Acht und Bann tun; die rote Kugel sollte die Ehe billigen. Aus Taktgefühl enthielt ich mich selbst der Abstimmung.

Siebzehn meiner Freunde waren anwesend; die Zahl neun bildete also die absolute Mehrheit. Jeder legte seine Kugel in den enghalsigen Weidenkorb, in den die numerierten Kugeln hineingesteckt werden, wenn die Spieler ihren Platz beim Billard auslosen. Wir waren sehr neugierig, denn diese Abstimmung geläuterter Moral hatte etwas Originelles. Als ich das Ergebnis der Abstimmung feststellte, fand ich neun weiße Kugeln. Das setzte mich nicht in Erstaunen; ich ließ es mir einfallen, unter meinen Richtern die jungen Leute meines Alters zu zählen. Es gab neun Kasuisten unter meinen Freunden, und sie hatten alle denselben Gedanken gehabt.

»Oh, oh«, sagte ich mir, »es gibt also eine geheime Übereinstimmung für die Ehe und gegen die Ehe. Wie komme ich da nur heraus?«

»Wo wohnt der Schwiegervater?« fragte unbesonnen einer meiner Studiengenossen, der weniger heuchlerisch als die andern war.

»Es gibt keinen Schwiegervater mehr«, rief ich aus. »Vorher sprach mein Gewissen klar genug, um eure Befragung überflüssig zu machen. Und wenn meines Gewissens Stimme heute schwächer ist, so seht hier die Gründe meiner Feigheit. Vor zwei Monaten bekam ich diesen verführerischen Brief.«

Ich zog folgende Einladung aus der Tasche und zeigte sie ihnen:

»Sie werden gebeten, an der Leichenfeier für Herrn Johann Friedrich Taillefer vom Hause Taillefer & Co., ehemaligen Armeelieferanten, Ritter der Ehrenlegion und des goldenen Sporens, Hauptmann der ersten Kompagnie der zweiten Legion der Nationalgarde von Paris, teilzunehmen. Herr Taillefer ist am 1. Mai in seinem Hause, Rue Joubert, entschlafen. Das Begräbnis findet statt usw.«

»Was soll ich jetzt tun?« fuhr ich fort. »Ich will euch die Frage ganz ausführlich darlegen. Allerdings fließt ein Blutmeer durch Fräulein Taillefers Besitzungen, das Vermächtnis ihres Vaters ist ein ungeheueres Hacelma. Aber Prosper Magnan hat keine Erben hinterlassen, es ist mir auch nicht möglich gewesen, die Familie des in Andernach ermordeten Stecknadelfabrikanten wieder aufzufinden. Wem könnte man also das Vermögen wiedererstatten? Und soll man das ganze Vermögen wiedererstatten? Habe ich das Recht, ein von mir erschlichenes Geheimnis zu verraten, die Mitgift eines unschuldigen, jungen Mädchens um einen abgeschnittenen Kopf zu vergrößern, ihr böse Träume zu verursachen, ihr eine schöne Illusion zu rauben, ihr den Vater zum zweitenmal dadurch zu töten, daß ich ihr sage: ›Alle deine Taler sind blutbefleckt.‹ Ich habe mir von einem alten Geistlichen einen ›Ratgeber in Gewissenssachen‹ geliehen und dort keine Lösung meiner Zweifel gefunden.

Sollte man für das Seelenheil Prosper Magnans, Walhenfers, Taillefers eine fromme Stiftung machen? Wir leben doch im neunzehnten Jahrhundert. Ein Hospiz erbauen oder einen Tugendpreis stiften? Der würde doch nur Schurken gegeben werden. Und die meisten Hospize erscheinen mir nur als Zufluchtsstätten des Lasters. Außerdem, bedeuten solche mehr oder minder der Eitelkeit schmeichelnden Gründungen wirklich eine Wiedergutmachung? Und schulde ich eine solche? Ich liebe leidenschaftlich. Meine Liebe ist mein Leben. Wenn ich grundlos einer an Luxus gewöhnten jungen Dame, die sich jeden Kunstgenuß verschaffen kann und es liebt, in ihrer Opernloge zu sitzen und Rossinis Musik zu lauschen, wenn ich ihr vorschlagen würde, sich zugunsten blöder Greise oder gespenstischer Aussätziger freiwillig um fünfzehnhunderttausend Franken zu berauben, so würde sie mir lächelnd den Rücken drehen, und ihre beste Freundin würde mich für einen üblen Spaßmacher halten; wenn ich ihr im Überschwang der Liebe die Reize eines bescheidenen Lebens und mein Häuschen am Ufer der Loire rühmen und im Namen unserer Liebe Verzicht auf ihr Pariser

Leben heischen wollte, so wäre das zunächst eine tugendhafte Lüge; ich könnte dabei vielleicht auch eine traurige Erfahrung machen und das Herz einer solchen jungen Dame verlieren, die Bälle und Schmuck und für den Augenblick auch mich liebt. Irgendein schlanker Offizier mit wohlfrisiertem Schnurrbart, der Klavier spielt, für Lord Byron schwärmt und gut zu Pferde sitzt, würde sie mir entführen... Was tun, meine Herren? Erbarmen! Einen Rat!«

Der ehrbare Puritaner, den ich schon erwähnt, hatte bis dahin kein Wort von sich gegeben. Jetzt zuckte er die Achseln und sagte:

»Schafskopf, warum hast du ihn gefragt, ob er aus Beauvais sei?«

Sarrasine

Ich war in eine tiefe Träumerei versunken, der alle, selbst leichtsinnige Menschen, inmitten rauschender Feste verfallen. Die Turmuhr des Elysée-Bourbon hatte eben Mitternacht verkündet. In einer Fensternische hinter den welligen Falten eines Moirévorhangs konnte ich gemächlich in den Garten des Hauses hinabschauen, in dem ich den Abend verbrachte. Die Bäume, auf denen nur wenig Schnee lag, hoben sich kaum vom grauen und wolkigen Hintergrund des Himmels ab, der nur von blassem Mondlicht erhellt wurde. In dieser phantastischen Atmosphäre sahen sie aus wie Gespenster, die nur notdürftig mit Laken bedeckt sind, es war ein Spukgebilde wie der berühmte »Totentanz«.

Wandte ich mich nach der anderen Seite, so konnte ich den Tanz der Lebenden bewundern, einen glänzenden Salon mit silber- und goldblitzenden Wänden und Kronleuchtern, auf denen Garben von Kerzen glühten. Die hübschesten, die reichsten, die erlauchtesten Damen von Paris wiegten sich dort im Tanz und schwebten vorüber in der funkelnden Pracht ihrer Diamanten. Sie trugen Blumen auf dem Haupt, am Busen, in den Haaren; ihre Gewänder waren mit Blumen bedeckt, und Blumengewinde schlangen sich um ihre Füße. Das leichte Beben der Leiber, die wollüstigen Schritte brachten die Spitzen, die

Gaze und die Seide, die sich um ihre schlanken Hüften schmiegten, in kreisende Bewegung. Hier und dort drang ein perlender Blick durchs Dunkel, ließ die Lichter und der Diamanten Feuer erblassen und entflammte Herzen, die schon allzu stürmisch schlugen. Schon gab es aufmunternde Zeichen für die Liebhaber und frostige Gebärden für die Ehemänner. Aufschreie von Spielern bei Überraschungen des Kartenspiels, das Rollen der Goldstücke mischte sich mit der Musik und dem Gesumm der Plaudernden; um die Menge, die schon von verführerischem Zauber aller Art berauscht war, vollends zu betäuben, drangen Ströme von Wohlgerüchen und ein alle erfassender Taumel auf die aufgewühlten Sinne ein.

So hatte ich zur Rechten das finstere und schweigende Bild des Todes, zur Linken die in den Grenzen der Schicklichkeit bleibenden Bacchanalien des Lebens: hier die schweigende, düstere, trauererfüllte Natur, dort die fröhlichen Menschen. Ich stand an der Grenze der beiden so verschiedenartigen Sphären, die sich so oft und in mancherlei Gestalt wiederholen und Paris zur amüsantesten und am meisten philosophischen Stadt der Welt machen: halb Lust, halb Todesleid. Mit dem linken Fuß schlug ich den Takt der Musik, mit dem rechten glaubte ich im Sarge zu sein. Mein Bein war von der Zugluft, die die eine Hälfte des Körpers frieren und die andere an der Hitze der Zimmer schlaff werden läßt, ganz eisig geworden. Auf Bällen soll das häufig vorkommen.

»Herr von Lanty besitzt dies Haus noch nicht lange?«

»Doch. Vor fast zehn Jahren hat der Marschall von Carigliano es ihm verkauft.«

»So.«

»Die Leute müssen ein unermeßliches Vermögen besitzen.«

»Das muß wohl so sein.«

»Was für ein Fest! Das ist ja ein unverschämter Luxus.«

»Sind sie Ihrer Meinung nach ebenso reich wie Herr von Nucingen oder Herr von Gondreville?«

»Aber wissen Sie denn nicht –?«

Ich beugte den Kopf vor und erkannte die beiden Sprecher als Angehörige der Sippe von Neugierigen, die sich in Paris ausschließlich mit dem »Warum? Wieso? Woher kommt er? Wer sind sie? Was gibt's? Was hat sie getan?« beschäftigen. Sie fingen an, leise zu sprechen, und entfernten sich, um auf einem abseits stehenden Sofa ungestörter plaudern zu können. Niemals hatte sich für Leute, die Geheimnisse aufspüren wollen, ein ergiebigerer Schacht geöffnet. Denn niemand wußte, aus welchem Lande die Familie Lanty kam, aus welchem Handel, aus welcher Plünderung, aus welchem Seeraub oder welcher Erbschaft ihr auf mehrere Millionen geschätztes Vermögen stammte. Alle Mitglieder der Familie sprachen Italienisch, Französisch, Spanisch, Englisch und Deutsch so perfekt, daß die Annahme nahelag, sie hätten bei diesen Völkern gelebt. Waren es Zigeuner? Waren es Seeräuber?

»Wenn sie auch der Teufel wären«, sagten junge Politiker, »ihre Empfänge sind wundervoll.«

»Wenn der Graf von Lanty auch ein Maurenschloß geplündert hätte, seine Tochter würde ich doch heiraten«, meinte ein Philosoph.

Wer hätte Mariannina nicht gern heiraten mögen, dies

junge Mädchen von sechzehn Jahren, dessen Schönheit die Träume und Märchen orientalischer Dichter verwirklichte! Sie hätte verschleiert bleiben müssen wie die Tochter des Sultans in der Geschichte von der Wunderlampe. Vor ihrem Gesang verblaßten unvollkommene Talente wie die Malibran, die Sonntag oder die Fodor, bei denen die Vorherrschaft einer Eigenschaft immer die Vollkommenheit des Ganzen ausschließt, während Mariannina in gleichem Grade Reinheit des Tons, Empfindung, Korrektheit der Stimmführung und der Intonation, Seele und Technik zu vereinen verstand. Das Mädchen war das Urbild der geheimen Poesie, die allen Künsten innewohnen muß und die immer denen fernbleibt, die sie suchen. Mariannina war sanft und bescheiden, gebildet und geistvoll, und sie wurde höchstens von ihrer Mutter in den Schatten gestellt.

Sind Sie jemals einer von den Frauen begegnet, deren triumphierende Schönheit dem Anfall des Alterns Trotz bietet und die mit sechsunddreißig Jahren noch begehrenswerter scheinen als fünfzehn Jahre vorher? Ihr Antlitz ist eine in Leidenschaft glühende Seele; jeder Zug sprüht von Geist, aus jeder Pore leuchtet, besonders bei Kerzenschimmer, ein besonderer Glanz. Ihre verführerischen Augen locken an oder weisen ab, sprechen oder schweigen, ihr Gang ist Wissen und Unschuld zugleich; ihre Stimme entfaltet den Reichtum süßer und bestrickender Melodien. Ihre auf Vergleiche gestützten Komplimente schmeicheln der heftigsten Eigenliebe. Ein Zucken ihrer Augenbrauen, das winzigste Spiel des Auges oder das

Kräuseln ihrer Lippen läßt die Männer erbeben, die ihr Leben und ihr Glück in diesen Frauen finden. Ein in der Liebe unerfahrenes Mädchen ist Liebesreden zugänglich und kann verführt werden; aber für diese Art Frauen muß ein Mann, wie Herr von Jaucourt, es verstehen, nicht zu schreien, wenn ihm, beim Versuch, sich zu verstecken, die Zofe zwei Finger in der Türangel zerbricht. Diese machtgebietenden Sirenen zu lieben bedeutet: sein Leben aufs Spiel zu setzen. Und gerade deshalb lieben wir sie vielleicht mit solcher Leidenschaft.

Eine Frau dieser Art war die Gräfin von Lanty.

Filippo, Marianninas Bruder, besaß wie seine Schwester die wunderbare Schönheit der Gräfin. Mit einem Wort, der junge Mann war ein lebendes Bild des Antinous, nur daß seine Formen schlanker waren. Aber diese Schlankheit und Feinheit des Körpers stimmt gut zur Jugend, wenn olivenfarbener Teint, kräftige Augenbrauen und das Feuer eines Samtauges für die Zukunft männliche Leidenschaften und großherzige Gedanken versprechen. Lebte Filippo in den Herzen der jungen Mädchen als Ideal, so galt er bei den Müttern als die beste Partie Frankreichs.

Schönheit, Geist, Anmut hatten beide Kinder einzig von ihrer Mutter geerbt. Der Graf von Lanty war klein, häßlich und pockennarbig, finster wie ein Spanier und langweilig wie ein Bankier. Er galt überdies als ein tiefer Politiker, vielleicht weil er selten lachte und immer Herrn von Metternich oder Wellington zitierte.

Diese geheimnisvolle Familie hatte all den Reiz einer Dichtung von Lord Byron, und ihre Geheimnisse wurden von jedem Mitglied der Gesellschaft anders gedeutet: ein dunkler Gesang, aber herrlich von Strophe zu Strophe. Die Zurückhaltung, die Herr und Frau von Lanty über ihre Abstammung, über ihr früheres Leben und ihre Beziehungen zu den vier Weltteilen bewahrten, hätte in Paris nicht lange Erstaunen verursacht. Denn in keinem Lande wird wohl der Grundsatz Vespasians besser verstanden. Hierzulande verraten die Taler, selbst wenn Schmutz oder Blut an ihnen klebt, nichts, aber sie bedeuten alles. Wenn die gute Gesellschaft nur die Ziffer deines Vermögens kennt, wirst du unter die Summen, die dir entsprechen, einrangiert; nach den Urkunden fragt dich dann niemand, weil jeder weiß, wie wenig sie kosten. In einer Stadt, in der die sozialen Probleme durch algebraische Gleichungen gelöst werden, haben Abenteurer vortreffliche Chancen. Selbst wenn die gute Gesellschaft annahm, daß diese Familie von Zigeunern abstammte, konnte sie ihr ihre kleinen Geheimnisse wohl verzeihen, da sie doch so reich und so anziehend war. Aber unglücklicherweise bot die rätselhafte Geschichte des Hauses von Lanty der Neugierde einen immerwährenden Stoff, ganz so wie die Romane der Anna Radcliffe.

Beobachter, die Leute, die immer wissen, in welchem Geschäft man seine Kandelaber kauft, oder nach dem Preis der Miete fragen, wenn Eure Wohnung ihnen gefällt, hatten dann und wann bei Festen, Konzerten, Bällen und Empfängen eine seltsame Persönlichkeit bemerkt. Zum ersten Male wurde der Mann bei einem Konzerte im Hause der Lantys bemerkt. Die zauberhafte Stimme von Mariannina hatte ihn wohl dorthin gezogen.

»Mir ist auf einmal kalt geworden«, sagte eine Dame, die an der Tür saß, zu ihrer Nachbarin.

Der Unbekannte, der neben der Frau stand, ging fort.

»Wie sonderbar! Jetzt ist mir heiß«, sagte die Dame, nachdem der Fremde sich entfernt hatte. »Und Sie halten mich vielleicht für verrückt, aber ich glaube tatsächlich, daß mein Nachbar, der Herr in Schwarz, der Grund meines Fröstelns war.« Bald entstanden aus der natürlichen Übertreibungssucht der guten Gesellschaft ganz tolle Einfälle, bizarre Redereien und ganz lächerliche Romane über die geheimnisvolle Persönlichkeit. Ohne wirklich ein Vampir, ein Zauberer, ein Homunkulus oder eine Art Faust zu sein, hatte er doch von all diesen menschenähnlichen Gestalten etwas an sich, wie wenigstens die Freunde des Phantastischen sagten. Hier und da nahm ein Deutscher diesen geistvollen Ulk der Pariser Bosheit für bare Münze. Der Fremde war einfach ein alter Mann. Etliche junge Leute, die jeden Morgen in eleganten Phrasen über Europas Zukunft zu entscheiden pflegten, wollten in dem Unbekannten einen großen Verbrecher und den Besitzer immenser Schätze sehen. Romanschreiber erzählten das Leben des alten Mannes und gaben wirklich merkwürdige Einzelheiten über die Grausamkeiten, die er in der Zeit begangen hätte, als er im Dienste des Fürsten von Mysore stand. Die Bankiers, mehr auf das Positive bedacht, brachten eine glaubhaftere Legende auf. »Ach«, sagten sie und hoben mitleidig die breiten Schultern, »dieser kleine Alte hat ein Genueser Köpfchen.«

»Und darf ich Sie bitten, mir zu erklären, was ein Genueser Köpfchen ist!«

»Mein Lieber, das ist ein Mann, an dessen Leben unermeßliche Kapitalien und an dessen Wohlbefinden zweifellos die Einkünfte dieser Familie gebunden sind.« Ich erinnere mich, bei Madame d'Espard einen Magnetiseur kennengelernt zu haben, der mit sehr triftigen Gründen nachwies, daß der Alte, bei Lichte besehen, der berüchtigte Balsamo wäre, Cagliostro genannt. Nach der Meinung dieses modernen Alchimisten wäre der sizilianische Abenteurer dem Tode entgangen und vergnügte sich damit, für seine Enkel Gold zu machen. Der Gouverneur von Ferette behauptete, in der seltsamen Persönlichkeit den Grafen von St.-Germain erkannt zu haben. Diese Witzeleien, die in geistreichelndem Ton und mit der spöttischen Miene ausgesprochen wurden, die für die glaubenslose Gesellschaft von heute bezeichnend ist, unterhielten unbestimmte Gerüchte über das Haus von Lanty, und die Mitglieder dieser Familie rechtfertigten durch ein seltsames Zusammentreffen von Umständen die Vermutungen der Gesellschaft: Sie trugen nämlich ein geheimnisvolles Verhalten gegenüber dem alten Manne zur Schau, dessen Leben gegen alle Nachforschungen gefeit schien.

Wenn er die Schwelle des Gemaches überschritt, das er, wie man annahm, im Hause Lanty bewohnte, so verursachte sein Erscheinen immer große Aufregung in der Familie. Es war geradezu ein wichtiges Ereignis. Filippo, Mariannina, Frau von Lanty und ein alter Diener hatten allein das Privileg, dem Unbekannten beim Gehen, beim Aufstehen und beim Sichhinsetzen zu helfen. Jeder überwachte seine geringfügigsten Bewegungen. Er schien ein verzaubertes Wesen zu sein, von dem Glück, Leben und

Vermögen aller abhing. War es Furcht oder Hingebung? Die Gesellschaft konnte keinen Schlüssel zu diesem Geheimnis finden. Ganze Monate lang in einem verborgenen Allerheiligsten versteckt, entstieg der Hausgeist plötzlich und unerwartet seiner Verborgenheit und erschien inmitten der Gesellschaftsräume wie die Feen, die auf ihren fliegenden Drachen heraneilten, um die Feste zu stören, zu denen man sie nicht gebeten hatte. Auch die geübtesten Beobachter konnten an der Unruhe ihrer Wirte, die ihre Gefühle mit großer Geschicklichkeit zu verbergen wußten, nur herumrätseln. Aber manchmal warf Mariannina, die noch allzu naiv war, einen angsterfüllten Blick auf den Alten, wenn sie Quadrille tanzte. Oder Filippo glitt durch die Menge zu ihm, blieb bei ihm und war zärtlich um ihn besorgt, als ob der Menschen Berührung oder der leiseste Hauch dies seltsame Wesen zerbrechen könnte. Die Gräfin suchte sich ihm zu nähern, wobei sie den Anschein, als ob sie ihn aufsuche, vermied; sie nahm dabei eine Haltung und einen Ausdruck an, in dem sich Unterwürfigkeit und Zärtlichkeit, Sklaverei und Tyrannei ausprägten; sie sagte dem Alten zwei oder drei Worte, denen er sich fast immer fügte. Er verschwand, von ihr geführt oder, besser, geschleppt. War Frau von Lanty nicht da, so wandte der Graf tausend Listen an, um an ihn heranzukommen; aber auf ihn schien er nicht leicht zu hören, und er behandelte ihn wie ein verzogenes Kind, dessen Launen die Mutter nachgibt oder dessen Widerspenstigkeit sie fürchtet. Als einige Indiskrete gewagt hatten, den Grafen von Lanty geradezu auszufragen, stellte sich der kühle und reservierte Mann, als ob er die Fragen der Neugierigen nicht verstünde. Daher versuchte denn auch nach so vielen Attacken, die die Vorsicht aller Familienmitglieder vereitelt hatte, niemand mehr, ein so wohlbehütetes Geheimnis zu enthüllen. Die Salonschnüffler, Zeitvertrödler und Diplomaten waren schließlich des Gefechts und der Beschäftigung mit diesem Geheimnis überdrüssig geworden.

Aber trotzdem gab es in den strahlenden Gesellschaftsräumen Philosophen, die, während sie ein Eis oder einen Sorbet nahmen oder ein leeres Punschglas auf die Konsole stellten, dachten: »Ich würde mich gar nicht wundern, zu erfahren, daß diese Leute Spitzbuben sind. Der Alte, der sich verborgen hält und nur an Tag- und Nachtgleichen oder Sonnenwenden zum Vorschein kommt, sieht ganz wie ein Mörder aus...«

»Oder wie ein Bankerotteur...«

»Das ist kein großer Unterschied. Einem Menschen das Vermögen zu rauben ist oft schlimmer, als ihm das Leben zu nehmen.«

»Ich habe zwanzig Louis gesetzt, ich bekomme vierzig heraus...«

»Ja, aber es liegen doch nur dreißig auf dem Tisch...«

»Da können Sie sehen, was das hier für eine gemischte Gesellschaft ist. Man kann hier nicht einmal richtig spielen.«

»Da haben Sie recht. Aber jetzt haben wir schon seit bald sechs Monaten das Hausgespenst nicht mehr gesehen. Glauben Sie, daß es ein lebendiges Wesen ist?«

»Je nun, allerhöchstens...«

Diese letzten Worte wurden in meiner Nähe von Unbekannten gesprochen, die in dem Augenblick weggingen, als ich meine Betrachtungen, die aus Schwarz und Weiß, aus Leben und Tod gemischt waren, abschließend zusammenfaßte. Meine trunkene Seele sah ebenso wie meine Augen abwechselnd auf das Fest in der Höhe seines Glanzes und auf das schwermütige Bild der Gärten. Ich weiß nicht, wie lange ich über diese beiden Gegensätze des Menschenlebens nachsann; plötzlich weckte mich das unterdrückte Lachen einer jungen Dame. Ich blieb sprachlos bei dem Anblick, der sich jetzt meinen Augen bot und meinen Gedanken Gestalt zu verleihen schien. Der kleine Alte war aus seinem Zimmer entwischt wie ein Geisteskranker aus der Zelle, und er hatte sich geschickt hinter der Menge herangeschlichen, die aufmerksam Mariannina lauschte, die eben die Kavatine aus Tankred beendete. Er erschien wie aus der Versenkung gestiegen. Unbeweglich und düster ruhten seine Augen auf dem Fest, dessen Schall vielleicht bis an sein Ohr gedrungen war. Seine fast nachtwandlerische Benommenheit war so sehr von den Dingen in Anspruch genommen, daß er mitten in der Gesellschaft stand, ohne sie zu bemerken. Er war ohne weiteres neben einer der bezauberndsten Frauen von Paris aufgetaucht, einer eleganten jungen Tänzerin mit feinen Formen und einem frischen rosigen Kindergesicht, das so durchsichtig war, daß der Blick eines Mannes hindurchzugehen schien wie Sonnenstrahlen durch edles Glas. Die beiden standen so dicht beisammen vor mir, daß der Alte das hauchzarte Kleid, die Blumenranken, das leicht gelockte Haar und die wehende Schärpe streifte.

Ich hatte die junge Dame auf den Ball der Frau von Lanty geführt. Da sie zum ersten Male in diesem Hause war, verzieh ich ihr unterdrücktes Lachen, aber ich gab ihr schnell einen energischen Wink, der sie zum Schweigen brachte und sie Achtung für ihren Nachbarn bekommen ließ. Sie setzte sich zu mir. Der Alte wollte das reizende Geschöpf nicht verlassen, er hing sich mit der stummen Beharrlichkeit an sie, deren Grund nicht zu erkennen ist und die die ganz alten Leute befällt, die dadurch wieder zu Kindern werden. Um sich neben sie setzen zu können, mußte er einen Klappsessel heranziehen. Seine geringfügigsten Bewegungen brachten die kalte Schwerfälligkeit und die stupide Unentschlossenheit zum Ausdruck, die die Gesten eines Paralytikers bezeichnen. Er ließ sich langsam und vorsichtig auf seinen Sessel nieder und murmelte dabei ein paar unverständliche Worte. Seine gebrochene Stimme war wie das Geräusch eines Steins, der in den Brunnen fällt. Die junge Dame drückte heftig meine Hand, als ob sie sich vor einem Abgrund retten wollte, und ein Schauder befiel sie, als der Alte ihr zwei erloschene, meergrüne Augen, die man nur mit glanzlosem Perlmutter vergleichen konnte, zuwandte.

»Ich habe Angst«, flüsterte sie mir ins Ohr.

»Sie können laut sprechen«, antwortete ich, »er hört äußerst schwer.«

»Sie kennen ihn also?«

»Ja.«

Sie fand jetzt so viel Mut, um einen Augenblick lang dies Geschöpf, für das die menschliche Sprache keinen Namen hat, dies substanzlose Gebilde, dies leblose Wesen oder dies wesenlose Leben zu betrachten. Sie war im Banne der ängstlichen Neugier, die die Frauen dazu treibt, sich gefährliche Erregungen zu verschaffen, gefesselte Tiger anzusehen und Schlangen zu betrachten, wobei ein Grausen sie befällt, daß sie nur durch schwache Gitter von ihnen getrennt sind. Obwohl der Rücken des Alten gekrümmt war wie der eines Tagelöhners, konnte man doch leicht wahrnehmen, daß sein Wuchs einmal normal gewesen war. Seine große Magerkeit und die Zartheit seiner Glieder bewiesen, daß er immer schlank gewesen war. Er hatte eine schwarzseidene Hose an, die wie ein windloses Segel um seine fleischlosen Schenkel schlotterte. Ein Anatom hätte sofort die Symptome einer gräßlichen Auszehrung erkannt, wenn er die Beinchen gesehen hätte, die diesen seltsamen Körper trugen. Mitleid und Schrecken ergriff das Herz, wenn man beim aufmerksamen Hinsehen die Hinfälligkeit dieses Schemens erkannte. Der Unbekannte trug eine weiße, goldgestickte Weste nach einer vergangenen Mode, seine Wäsche war blendend weiß. Ein rotgelbes Spitzenjabot, dessen Pracht einer Königin Neid erregt hätte, rieselte in Falten über seine Brust; aber an ihm sah die Spitze mehr wie ein Lumpen als ein Schmuck aus. Auf dem Jabot glitzerte ein Diamant von unermeßlichem Werte gleich einer kleinen Sonne. Dieser altmodische Luxus, dieser geschmacklose Prunk machten das Gesicht des seltsamen Wesens noch auffallender. Der Rahmen war des Bildes würdig. Das aschfarbene Gesicht war winklig und ausgehöhlt. Kinn und Schläfen waren hohl, die Augen verloren sich in gelblichen Höhlen. Die Backenknochen sprangen infolge der unbeschreiblichen Magerkeit hervor. Die Wangen waren eingefallen. Es mag noch häßlichere alte Männer geben; was aber am meisten dazu beitrug, dem so plötzlich erschienenen Gespenst den Anschein eines künstlichen Gebildes zu geben, war das Rot und Weiß, das auf ihm glänzte. Das strahlende Licht der Kronleuchter ließ die sorgfältig ausgeführte Schminkarbeit deutlich erkennen. Zum Glück war sein leichenhafter Schädel unter einer blonden Perücke verborgen, deren Lockenfülle eine außergewöhnliche Eitelkeit verriet. Überdies wurde die weibische Koketterie der Gestalt noch deutlicher durch die goldenen Ohrringe betont und durch die Ringe, deren wundervolle Steine an seinen Fingern glänzten. Eine Uhrkette, die wie eine Diamantschnur auf einem Frauenhalse blitzte, vervollständigte das Bild. Schließlich hatte dieses Etwas, das wie ein japanischer Götze aussah, auf seinen bläulichen Lippen ein stereotypes Lächeln, das unversöhnlich und spöttisch war wie das Grinsen eines Totenkopfs. Schweigsam und unbeweglich saß er da, ein Moschusduft strömte von ihm aus wie aus alten Kleidern, die die Erben einer Herzogin aus den Schubladen nehmen, wenn sie den Nachlaß ordnen. Wenn der Alte den Blick auf die Gesellschaft richtete, sah es aus, als ob seine Augen, aus denen das Licht nicht widerstrahlte, mittels einer unsichtbaren Maschinerie bewegt würden.

Sah man neben dieser menschlichen Ruine ein junges Weib, dessen Hals, Arme und Büste nackt und weiß schimmerten, dessen volle und blühende Formen und dessen Haare über der Alabasterstirn Liebe erregten, dessen Augen das Licht nicht zu empfangen, sondern auszustrahlen schienen, ein Weib, das hold und taufrisch war und dessen duftige Locken, dessen Atem voll Wohlgeruch zu stark und mächtig schien für diesen Schatten, den Menschen aus Staub: so war das der Tod und das Leben, eine Chimäre, halb widerlich, halb Götterweib. ›Solche Ehen gibt es in der guten Gesellschaft oft genug‹, dachte ich mir.

»Er strömt Kirchhofsgeruch aus«, rief die junge Frau voller Entsetzen. Sie preßte sich an mich, als ob sie Schutz bei mir suchen wollte. Ich merkte ihren aufgeregten Bewegungen an, daß sie große Angst hatte. »Das ist ein schrecklicher Anblick«, fuhr sie fort, »ich kann hier nicht länger bleiben. Wenn ich ihn noch lange ansehe, glaube ich, daß der Tod mich holen will. Lebt er denn eigentlich?« Sie legte mit der Kühnheit, die Frauen aus ihren heftigen Begierden schöpfen, ihre Hand auf die Gestalt. Aber kalter Schweiß brach aus ihren Poren, denn als sie den Alten berührt hatte, hörte sie einen Schrei, der wie eine Kinderklapper schrillte. Die scharfe Stimme, wenn das überhaupt noch eine Stimme war, entrang sich einer fast ausgetrockneten Kehle. Dem Schrei folgte ein krampfhaftes Kinderhüsteln, das ganz merkwürdig hell klang. Bei diesem Geräusch warfen uns Mariannina, Filippo und Frau von Lanty Blicke zu, die wie Blitze waren. Die junge Frau neben mir wünschte sich dorthin, wo das Wasser am tiefsten ist. Sie nahm meinen Arm und zog mich in ein Nebengemach. Alle Männer und Frauen machten uns Platz. Als wir am Ende der Empfangsräume angelangt waren, kamen wir in ein halbkreisförmiges Kabinett. Meine Gefährtin warf sich auf einen Diwan; vor Angst zitternd, wußte sie nicht, wo sie war.

»Gnädige Frau, Sie sind ja ganz außer sich«, sagte ich.

»Aber«, erwiderte sie nach einem Augenblick des

Schweigens, währenddessen ich sie bewundernd anblickte, »ist das meine Schuld? Warum läßt Frau von Lanty Gespenster in ihrem Hause umgehen?«

»Stellen Sie sich doch nicht so dumm«, antwortete ich. »Sie halten einen Greis für ein Gespenst.«

»Schweigen Sie«, antwortete sie mit der beherrschenden und spöttischen Miene, die allen Frauen so gut steht, wenn sie recht haben wollen. – »Welch hübsches Boudoir«, rief sie und hielt Umschau. »Blauer Satin macht sich als Wandbekleidung immer prachtvoll. Oh, das schöne Gemälde.« Sie erhob sich und stellte sich vor das wundervoll gerahmte Bild. Wir blieben einen Augenblick in die Betrachtung des herrlichen Gemäldes versunken, das einer göttlichen Kunst zu entstammen schien. Das Bild stellte Adonis dar, der auf einem Löwenfell ausgestreckt dalag. Die Lampe warf einen milden Schimmer auf die Leinwand und ließ uns alle Schönheiten des Bildes genießen.

»Gibt es wirklich ein so vollkommenes Wesen?« fragte sie mich, nachdem sie mit einem anmutigen Lächeln der Zufriedenheit die Köstlichkeit der Konturen, die Haltung, die Farbe, die Haare, kurzum alles betrachtet hatte.

»Er ist zu schön für einen Mann«, äußerte sie, nachdem sie das Bild geprüft hatte, als ob es eine Rivalin wäre.

Oh, wie fühlte ich jetzt die Eifersucht, von der ein Dichter mich vergebens zu überzeugen gesucht hatte: die Eifersucht auf Stiche, Bilder, Statuen, in denen die Künstler die menschliche Schönheit übertreiben auf Grund der Doktrin, die sie veranlaßt, alles zu idealisieren.

»Es ist ein Porträt«, antwortete ich ihr. »Wir verdanken es dem talentvollen Vien. Der große Künstler hat das

Original aber niemals gesehen, und Ihre Bewunderung würde vielleicht geringer werden, wenn Sie wüßten, daß das Bild nach einer weiblichen Statue gemalt wurde.«

»Aber wen stellt es vor?«

Ich zögerte mit der Antwort.

»Ich will es wissen«, beharrte sie.

»Ich glaube«, sagte ich, »dieser Adonis stellt einen ... einen ... einen Verwandten von Frau von Lanty vor.«

Ich hatte den Schmerz, sie in die Betrachtung des Bildes verloren zu sehen. Sie saß schweigend da, ich setzte mich neben sie und nahm ihre Hand, ohne daß sie es bemerkte. Um eines Bildes willen vergessen. In diesem Augenblick hörte man in der Stille das leichte Geräusch von Schritten einer jungen Frau, deren Kleid rauschte. Wir sahen die junge Mariannina eintreten, noch strahlender durch den Glanz ihres unschuldigen Antlitzes als durch ihre Anmut und ihr Gewand. Sie ging langsam und führte mit mütterlicher Sorgfalt und der liebevollen Besorgnis einer Tochter das bekleidete Gespenst, das uns aus dem Musikzimmer hatte fliehen lassen; sie führte ihn langsam und sah ihn voller Unruhe an. So gelangten beide ziemlich mühevoll an eine verborgene Tapetentür. Mariannina klopfte leise an. Wie durch Zauber herbeigerufen, erschien sofort ein großer, hagerer Mann, eine Art Hausgeist. Bevor das junge Mädchen diesem geheimnisvollen Wärter den wandelnden Leichnam übergab, küßte sie ihn ehrerbietig, und diese keusche Liebkosung hatte etwas von der schmeichlerischen Zärtlichkeit, die das Geheimnis einiger bevorzugter Frauen ist. »Addio, addio«, sagte sie im liebenswürdigsten Ton ihrer jungen Stimme.

An die letzte Silbe schloß sie sogar einen Triller, den sie wundervoll, aber mit leiser Stimme ausführte, als ob sie das Überströmen des Herzens durch ihre Kunst zum Ausdruck bringen wollte. Befallen von irgendeiner Erinnerung, blieb der Alte auf der Schwelle des geheimen Verschlages stehen. In der tiefen Stille hörten wir einen schweren Seufzer, der seiner Brust entstieg; er zog den schönsten Ring, den er an seinen klapperdürren Fingern trug, ab und steckte ihn an Marianninas Busen. Die junge Närrin lachte, nahm den Ring, steckte ihn über den Handschuh an einen Finger und ging schnell auf den Salon zu, aus dem gerade die ersten Takte eines Kontertanzes erklangen. Da wurde sie unserer ansichtig.

»Oh, Sie waren hier?« rief sie errötend.

Erst sah sie uns an, als ob sie uns ausforschen wollte, dann eilte sie mit dem sorglosen Ungestüm ihrer Jugend ihrem Tänzer entgegen.

»Was bedeutet das?« fragte mich meine junge Partnerin. »Ist es ihr Mann? Ich glaube zu träumen. Wo bin ich?«

»Sie, gnädige Frau«, antwortete ich, »die Sie außer sich sind, Sie, die Sie die kaum wahrnehmbaren Regungen so gut verstehen und in eines Mannes Herzen das köstlichste Gefühl pflanzen, ohne es zu beugen und vom ersten Tage an zu zerbrechen, Sie, die Sie Mitleid haben mit den Qualen des Herzens und mit dem Geist einer Pariserin die flammende Leidenschaft einer Italienerin oder Spanierin verbinden...«

Sie fühlte, daß meine Sprache voll bitterer Ironie war; sie stellte sich aber, als ob sie das nicht verstände, und unterbrach mich mit den Worten: »Oh, ich soll so sein, wie Sie mich haben wollen. Seltsame Tyrannei! Sie wollen mich anders, als ich bin.«

»Oh, ich will nichts«, rief ich, durch ihr strenges Gehaben erschreckt. »Ist es wenigstens wahr, daß Sie gern der Geschichte der wilden Leidenschaften lauschen, die die entzückenden Frauen des Südens unseren Herzen einflößen?«

»Ja. Und?«

»Gut, dann komme ich morgen abend um neun Uhr zu Ihnen und enthülle Ihnen das Geheimnis.«

»Nein«, antwortete sie widerspenstig, »ich will es sofort wissen.«

»Sie haben mir noch nicht das Recht gegeben, Ihnen zu gehorchen, wenn Sie mir sagen: Ich will.«

»Jetzt«, erwiderte sie mit einer Koketterie, die einen zur Verzweiflung treiben konnte, »habe ich den lebhaften Wunsch, das Geheimnis zu erfahren. Morgen werde ich Ihnen vielleicht nicht mehr zuhören.« –

Sie lächelte, und wir trennten uns; sie stolz und abweisend wie immer, und ich in diesem Augenblick gerade so lächerlich wie sonst. Sie besaß die Kühnheit, mit einem jungen Adjutanten Walzer zu tanzen, und ich war abwechselnd wütend, schmollte, bewunderte, liebte und verzehrte mich in Eifersucht.

»Auf morgen!« rief sie mir zu, als sie gegen zwei Uhr den Ball verließ.

›Ich werde nicht kommen‹, dachte ich, ›und ich will nichts mehr von dir wissen. Du bist ja noch tausendmal launenhaftiger und unbeständiger als meine Phantasie.‹

Am nächsten Tage saßen wir zwei in einem kleinen

eleganten Salon vor einem guten Feuer; sie saß auf einem Sofa, ich auf den Kissen zu ihren Füßen und sah zu ihr auf. Auf der Straße war es ganz still. Die Lampe verbreitete ein mildes Licht. Es war einer von den Abenden, die der Seele so köstlich sind, einer von den Augenblicken, die man nie wieder vergißt, eine Stunde des Friedens und der Sehnsucht, nach deren Zauber man sich später, auch wenn man noch viel glücklicher ist, zurücksehnt. Wer kann den lebhaften Eindruck der ersten Liebe aus seinem Herzen reißen?

»Fangen Sie an«, bat sie, »ich höre.«

»Ich wage nicht, anzufangen. Die Geschichte hat Stellen, die dem Erzähler gefährlich werden können. Wenn ich in Begeisterung gerate, werden Sie mir Schweigen gebieten.«

»Fangen Sie doch an!«

»Ich gehorche Ihnen.«

»Ernest-Jean Sarrasine war der einzige Sohn eines Sachwalters in der Franche-Comté«, hub ich nach einer Pause an. »Sein Vater hatte in Ehren sechs- bis achttausend Franken Rente erworben, was damals als Vermögen eines Provinzanwalts für ganz kolossal galt. Der alte Herr Sarrasine, der nur das eine Kind hatte, verabsäumte bei dessen Erziehung nichts. Er hoffte, einen Beamten aus ihm zu machen und so lange zu leben, bis er sah, wie der Enkel des Matthieu Sarrasine, der ein Bauer in der Gegend von Saint-Dié gewesen war, sich auf den Richterstuhl setzte, um zum Ruhme der Jurisprudenz in der Sitzung zu schlafen. Aber der Himmel gönnte dem wackeren Sachwalter diese Freude nicht. Der junge Sarrasine, der früh den Jesuiten anvertraut war, gab Beweise einer ganz absonderlichen Heftigkeit. Er hatte die Kindheit eines genialen Menschen. Er wollte nur arbeiten, wenn es ihm paßte, er war oft widerspenstig und blieb manchmal stundenlang in wirres Nachdenken versunken; bald war er damit beschäftigt, seinen Kameraden beim Spiel zuzusehen, bald damit, sich die Helden Homers vorzustellen. Wenn es ihm einfiel, sich zu zerstreuen, so betrieb er seine Spiele mit außerordentlicher Heftigkeit. Erhob sich ein Streit zwischen einem Kameraden und ihm, so endete der Kampf selten ohne Blutvergießen. Wenn er der Schwächere war, biß er. Er war abwechselnd energisch oder passiv, stumpf oder zu intelligent. Sein seltsamer Charakter machte ihn in gleicher Weise bei seinen Lehrern wie bei seinen Kameraden gefürchtet. Anstatt Griechisch zu lernen, zeichnete er den ehrwürdigen Pater ab, der ihnen eine Thukydidesstelle erklärte, den Präfekten, den Mathematiklehrer oder den Schuldiener und verschmierte alle Wände mit fratzenhaften Zeichnungen. Anstatt in der Kirche das Lob des Herrn zu singen, vergnügte er sich damit, an einer Bank herumzuschnitzeln oder, wenn er ein Stück Holz erwischte, eine Heiligenfigur zu schnitzen. Hatte er kein Holz, keinen Stein oder keinen Bleistift zur Hand, so modellierte er seine Einfälle aus Brot. Ob er nun die Gestalten der Bilder kopierte, die den Chor zierten, oder ob er improvisierte, immer hinterließ er auf seinem Platz derbe Skizzen, deren Frechheit die jüngeren geistlichen Lehrer zur Verzweiflung brachte. Böse Zungen meinten, daß die alten Jesuiten darüber lächelten. Endlich wurde er, wenn man der Chronik des Instituts glauben darf, weggejagt, weil er an einem

Karfreitag, als er wartete, bis er zum Beichten an die Reihe kommen sollte, aus einem großen Scheit Holz eine Christusfigur geschnitzt hatte. Die Gottlosigkeit, die in dieser Figur zum Ausdruck kam, war so unerhört, daß sie dem Künstler eine Züchtigung zuziehen mußte. Er hatte sogar die Kühnheit gehabt, diese so zynische Figur auf den Tabernakel zu stellen. Sarrasine suchte in Paris Zuflucht vor dem Zorn seines Vaters. Er besaß eine starke Willenskraft, die keine Widerstände kannte. Er gehorchte dem Gebot seines Genies und trat in das Atelier Bouchardons ein. Den ganzen Tag über arbeitete er; abends ging er betteln, um sein Leben zu fristen. Bouchardon, der von den Fortschritten und dem Talent des jungen Künstlers begeistert war, erriet bald, in welchem Elend sich sein Schüler befand; er unterstützte ihn, gewann ihn lieb und behandelte ihn wie seinen eigenen Sohn. Als sich dann das Genie Sarrasines in einem der Werke enthüllt hatte, in denen das spätere Talent noch mit dem Sturm und Drang der Jugend ringt, versuchte der edelmütige Bouchardon, ihn wieder mit dem alten Sachwalter zu versöhnen.

Vor der Autorität des berühmten Bildhauers besänftigte sich der Zorn des Vaters. Ganz Besançon beglückwünschte sich, die Geburtsstadt eines großen Mannes der Zukunft zu sein. Im ersten Augenblick der Begeisterung, in die seine geschmeichelte Eitelkeit den habgierigen Anwalt versetzte, gab er seinem Sohn die Mittel, standesgemäß in der Welt aufzutreten. Die langen und mühevollen Studien, die die Bildhauerkunst erfordert, bändigten eine Zeitlang den verwegenen Charakter und das wilde Genie von Sarrasine. Bouchardon, der ahnte, mit welcher Wildheit die Leidenschaften in dieser jungen Seele tobten, die vielleicht so gewaltsam war wie die des Michelangelo, erstickte die Wildheit in unaufhörlicher Arbeit. Es gelang ihm, das Ungestüm Sarrasines in Schranken zu halten, indem er ihm zu arbeiten verbot und ihn aufforderte, sich zu zerstreuen, wenn er sah, wie er von einem Gedanken zerrissen wurde, oder indem er ihm wichtige Arbeiten in dem Augenblick übertrug, wenn er sah, daß er im Begriff war, sich in einem wüsten Leben zu verlieren. Gegen diesen Vulkan war Sanftmut immer die mächtigste Waffe, und der Meister erlangte große Gewalt über seinen Schüler dadurch, daß er in ihm Dankbarkeit für seine väterliche Güte erweckte. Im Alter von zweiundzwanzig Jahren wurde Sarrasine dem heilsamen Einfluß, den Bouchardon auf sein Leben ausübte, entzogen. Er gewann den Bildhauerpreis, den der Marquis von Marigny, der Bruder der Frau von Pompadour, der so viel für die Künste getan hat, gestiftet hatte. Diderot rühmte die Statue des Schülers von Bouchardon als ein Meisterwerk.

Nicht ohne tiefen Schmerz ließ der Bildhauer des Königs den jungen Mann, den er grundsätzlich in einer großen Unkenntnis über die Dinge des Lebens gelassen hatte, nach Italien ziehen. Sarrasine war sechs Jahre lang Bouchardons Tischgenosse gewesen. Er war ein Fanatiker der Kunst, wie später Canova. Er stand ganz früh auf, ging ins Atelier und verließ es erst zur Nachtzeit, er lebte nur mit seiner Muse. In die Comédie française ging er nur, wenn er von seinem Meister dorthin geschleppt wurde. Bei Madame Geoffrin und in der großen Welt, in die Bouchardon ihn einzuführen suchte, fühlte er sich so wenig am Platze, daß er lieber allein blieb und die Genüsse dieser ausschweifenden Zeit verschmähte. Er hatte keine andere Geliebte gehabt als die Bildhauerkunst und Clotilde, eine Berühmtheit der Großen Oper. Aber diese Liebe hatte nicht lange gedauert. Sarrasine war ziemlich häßlich, immer schlecht gekleidet, und er hatte ein so hemmungsloses Wesen und ein so ungeregeltes Privatleben, daß die berühmte Nymphe eine Katastrophe fürchtete und den Bildhauer bald seiner Liebe zur Kunst zurückgab.

Sarrasine reiste im Jahre 1758 nach Italien. Auf der Reise entflammte sich seine glühende Einbildungskraft unter dem leuchtenden Himmel und beim Anblick der wundervollen Denkmale, mit denen die Heimat der Künste besät ist. Er bewunderte die Statuen, die Fresken, die Gemälde, voller Ehrgeiz kam er nach Rom, er wünschte glühend, seinen eignen Namen neben den Namen Michelangelos und Bouchardons zu schreiben. So teilte er denn während der ersten Tage seine Zeit zwischen seinen Arbeiten im Atelier und der Besichtigung der Kunstwerke, die es in Rom so zahlreich gibt. Er hatte schon vierzehn Tage in dem Zustand der Begeisterung verbracht, der alle jungen Leute von Phantasie beim Anblick der Königin der Ruinen befällt, als er eines Abends ins Theater ›Argentina‹ ging, vor dem sich eine zahlreiche Menge drängte. Er fragte nach der Ursache des Andrangs, und man antwortete ihm mit zwei Namen: »Zambinella! Jomelli!«

Er tritt ein, setzt sich ins Parterre, eingeengt von zwei riesig dicken Abbati, aber sein Platz vor der Bühne war ganz gut. Der Vorhang hob sich. Er hörte zum ersten Male in seinem Leben die Musik, die ihm Jean-Jacques Rousseau bei einer Abendgesellschaft des Barons von Holbach so beredt gepriesen hatte. Die Sinne des jungen Bildhauers wurden durch den Wohllaut der göttlichen Töne Jomellis aufgelockert. Die natürliche Weichheit der italienischen Stimmen, die sich miteinander vermählten, versetzten ihn in Begeisterung und Entzücken. Er blieb stumm und unbeweglich und fühlte nicht einmal, wie er von den beiden Priestern gequetscht wurde. Seine Seele war ganz in seinen Augen und Ohren, er glaubte, mit allen seinen Poren zu hören.

Der Beifall, der sich beim Auftreten der Primadonna erhob, ließ den Saal fast einstürzen. Sie ging kokett bis an die Rampe vor und grüßte das Publikum mit unendlichem Liebreiz. Die Beleuchtung, die Begeisterung eines ganzen Volkes, die Illusion der Bühne, die Reize der Gewandung, die zu der Zeit sehr verführerisch war, wirkten zugunsten des Weibes. Sarrasine stieß Rufe des Entzückens aus. Er bewunderte hier die ideale Schönheit, deren Vollkommenheit er bisher in der Natur nie vereint gefunden hatte. Er hatte von einem oft minderwertigen Modell die Rundungen eines vollendet schönen Beins, von einem anderen die Formen des Busens nehmen müssen, von einem dritten die weißen Schultern, von einem jungen Mädchen den Hals und von irgendeiner Frau die Hände und die hübschen Knie von einem Kind. Aber niemals hatte er unter dem kühlen Himmel von Paris die lieblichen und vollendeten Gestalten des alten Griechenlands gefunden. Die Zambinella zeigte ihm in köstlicher Vereinigung die erlesenen Formen des weiblichen Körpers, die er so glühend ersehnt hatte, für deren Beurteilung ein Bildhauer gleichzeitig der strengste und der leidenschaftlichste Richter ist. Sie hatte einen ausdrucksvollen Mund, Liebe verheißende Augen und einen blendendweißen Teint. Und zu diesen Einzelheiten, die einen Maler entzückt hätten, füge man alle Wunder der Liebesgöttin, die die Griechen verehrt und mit dem Meißel gestaltet haben. Der Künstler bewunderte unablässig die unnachahmliche Grazie, mit der die Arme sich an die Büste schlossen, oder die zauberhafte Rundung des Nackens, die schön geschweiften Augenbrauen, das vollkommene Oval des Gesichts, die Reinheit der lebensprühenden Konturen und die Wirkung der dichten Wimpern und der großen wollüstigen Lider. Das war mehr als ein Weib, das war ein Meisterwerk. Dies unerhörte Wesen verkörperte die Liebe, die jeden Mann entzückt, und die Schönheit, die den Kenner befriedigt. Sarrasine verschlang mit den Augen die Statue Pygmalions, die für ihn von ihrem Piedestal herabgestiegen war. Als die Zambinella sang, entstand ein Taumel der Begeisterung.

Der Künstler erschauerte; danach spürte er, wie tief in seinem Innern, an der Stelle, die wir mangels eines anderen Wortes Herz nennen, eine Flamme aufzuckte. Er applaudierte nicht, er sagte nichts, er fühlte etwas von dem Wahnsinn, der Raserei, die uns in dem Alter überfällt, da der Trieb etwas Schreckliches und Infernalisches hat. Sarrasine wollte sich auf die Bühne stürzen und sich des Weibes bemächtigen. Seine Kraft, die durch eine moralische Depression verhundertfacht wurde, die man nicht erklären kann, weil sich diese Vorgänge in einer der menschlichen Beobachtung unzugänglichen Region abspielen, wollte sich mit schmerzhafter Heftigkeit äußern.

Wenn man ihn jetzt sah, hätte man ihn für starr und stumpf gehalten. Ruhm, Wissen, Zukunft, Leben und Lorbeer waren verschwunden. ›Geliebt werden oder sterben‹, das war der Urteilsspruch, den Sarrasine über sich selbst verhängte. Er war so außer sich, daß er den Saal, die Zuschauer, die Schauspieler nicht mehr sah und die Musik nicht mehr hörte. Noch mehr: Zwischen ihm und der Zambinella gab es keinen Zwischenraum mehr, er besaß sie, seine Augen verschlangen sie und bemächtigten sich ihrer. Eine fast teuflische Macht ließ ihn den Hauch ihrer Stimme einsaugen und den Duft des Puders atmen, der auf ihren Haaren lag; er sah die Rundungen ihres Gesichtes so deutlich vor sich, daß er die blauen Adern zählen konnte, die die ganz zarte Haut schattierten. Die Stimme in ihrer Frische und ihrem Silberton, die biegsam war wie ein Faden, dem der leiseste Hauch eine Form gibt, die er auf- und abrollt, entfaltet und wieder auflöst, diese Stimme ergriff ihn so, daß er wiederholt unwillkürlich Schreie ausstieß, wie sie krampfhafter Rausch entreißt, den die Leidenschaften den Menschen allzuselten gewähren.

Bald mußte er das Theater verlassen. Seine zitternden Beine wollten ihn nicht mehr tragen. Er war zerschlagen und schwach wie ein Nervenkranker, der einen entsetzlichen Wutanfall erlitten hat. Er hatte so viel Freude oder vielleicht so viel Leid erlebt, daß sein Leben ausgelaufen war wie Wasser aus einem durch einen Stoß umgestürzten Gefäß. Er fühlte eine Leere in sich, eine Vernichtung, die wie die Schwächezustände waren, die die Genesenden zur Verzweiflung bringen, wenn die schwere Erkrankung schon vorüber ist. Eine unerklärliche Traurigkeit befiel ihn, und er ließ sich auf den Stufen einer Kirche nieder. Er lehnte den Rücken an eine Säule und verlor sich in ein wirres Nachsinnen wie in einen Traum. Die Leidenschaft hatte ihn wie ein Blitz getroffen. Als er in seine Wohnung zurückgekehrt war, befiel ihn ein Paroxismus des Schaffensdrangs, der uns zeigt, daß neue Elemente in unserem Wesen die Oberhand gewinnen. Er war die Beute des ersten Liebesfiebers, das gleichzeitig Wonne und Qual ist. Um seine Ungeduld und seinen Rausch zu bezähmen, zeichnete er Zambinella aus dem Gedächtnis. Auf dem einen Blatt stand Zambinella in der ruhigen und anscheinend kühlen Haltung, die Raffael, Giorgione und alle großen Maler geliebt haben. Auf dem andern Blatt wandte sie den Kopf kokett zur Seite und schien einer Koloratur zu lauschen, die sie gerade sang. Sarrasine zeichnete seine Geliebte in allen Stellungen: Er nahm ihr den Schleier, ließ sie sitzen, stehen oder liegen, er zeichnete sie zurückhaltend oder verliebt, er verwirklichte mit seinem trunkenen Zeichenstift alle die Launen und Einfälle, denen unsere Phantasie sich überläßt, wenn wir an eine Geliebte denken. Aber seine wütende Einbildungskraft ging weiter als die Zeichnung. Er sah die Zambinella, sprach mit ihr, flehte sie an, verlebte tausend Jahre des Glücks mit ihr, seine Phantasie erfand alle möglichen Situationen, und so kostete er sozusagen die Zukunft mit ihr aus. Am nächsten Tag ließ er von seinem Diener für die ganze Saison eine Loge ganz nahe der Bühne mieten. Wie alle leidenschaftlichen jungen Leute hatte er eine übertriebene Vorstellung von den Schwierigkeiten seines Unternehmens, und er fütterte seine Leidenschaft zunächst nur mit dem Glück, seine Geliebte ungestört bewundern zu können. Dies goldene Zeitalter der Liebe, bei dem wir unser eigenes Gefühl genießen und durch uns selbst fast glücklich sind, konnte bei Sarrasine nicht lange dauern. Die Ereignisse überfielen ihn schon, als er noch unter dem Zauber der gleichzeitig unschuldigen und wollüstigen Halluzination stand. In acht Tagen lebte er ein ganzes Leben, morgens war er damit beschäftigt, den Ton zu kneten, mit dem es ihm gelang, die Zambinella trotz den Schleiern, Röcken, Korsetten und Bandschleifen, die sie ihm verbargen, zu gestalten. Abends war er schon frühzeitig in seiner Loge; auf seinem Sofa liegend wie ein opiumberauschter Türke, schuf er sich ein reiches Glück, wie sein Herz es begehrte. Zuerst machte er sich mit den zu wilden Erregungen vertraut, die der Gesang seiner Geliebten erweckte, dann zwang er seine Augen, sie anzublicken, und schließlich konnte er sie anschauen, ohne den Ausbruch der dumpfen Wut zu befürchten, die ihn am ersten Tag überkommen hatte. Seine Leidenschaft wurde tiefer und stiller. Übrigens duldete der wilde Bildhauer nicht, daß seine von Bildern bevölkerte und von phantastischen Hoffnungen unermeßlichen Glücks geschmückte Einsamkeit von seinen Kameraden gestört wurde. Er liebte mit solcher Kraft und solcher Naivität, daß er all die unschuldigen Zweifel erlitt, die uns bestürmen, wenn wir zum erstenmal lieben. Als er zu merken begann, daß er handeln, intrigieren und erfragen mußte, wo Zambinella wohnte, ob sie eine Mutter, einen Onkel, einen Vormund, eine Familie hätte, als er überlegte, wie er sich ihren Anblick verschaffen und mit ihr sprechen könnte, da fühlte er sein Herz von so anspruchsvollen Vorstellungen anschwellen, daß er diese Sorgen auf den nächsten Tag verschob. Seine physischen Qualen beglückten ihn ebenso wie die Freuden seines Geistes.«

»Aber«, unterbrach mich Frau von Rochefide, »ich sehe noch nichts von Mariannina und ihrem Alten.«

»Sie sehen nur ihn«, rief ich ungeduldig wie ein Dichter, den man um den Bühneneffekt bringt.

»Seit mehreren Tagen«, fuhr ich nach einer Pause fort, »hatte sich Sarrasine so getreu in seiner Loge eingefunden, und aus seinen Blicken sprach so viel Liebe, daß, wenn dies Abenteuer sich in Paris begeben hätte, es dort das Tagesgespräch gewesen wäre; in Italien aber, gnädige Frau, ist jeder mit seinen eigenen Interessen und Leidenschaften im Theater, für die Operngläserspionage ist hier kein Platz. Aber die Raserei des Bildhauers konnte den Blicken der Sänger und Sängerinnen nicht lange entgehen. Eines Abends bemerkte der Franzose, daß man auf der Bühne über ihn lachte. Möglicherweise hätte er sich zu Maßlosigkeiten hinreißen lassen, wenn die Zambinella nicht dazwischengetreten wäre. Sie warf Sarrasine einen der beredten Blicke zu, die oft viel mehr sagen, als die Frauen beabsichtigen. Dieser Blick war eine Offenbarung. Sarrasine war geliebt. ›Wenn das nur eine Laune ist‹, dachte er, ›kennt sie nicht die Herrschaft, unter die sie fallen wird. Hoffentlich wird ihre Laune so lange dauern wie mein Leben.‹

In diesem Augenblick klopfte es dreimal leise an die Logentür. Der Künstler öffnete. Eine alte Frau trat geheimnisvoll ein.

›Junger Mann‹, sagte sie, ›wenn Sie glücklich sein wollen, seien Sie vorsichtig. Hüllen Sie sich in einen Mantel, drücken Sie Ihren Hut tief ins Gesicht,und stellen Sie sich um zehn Uhr abends auf dem Korso vor dem Hotel d'Espagne ein.‹ ›Ich werde dort sein‹, antwortete er und ließ zwei Goldstücke in die verrunzelte Hand der Alten gleiten.

Er entfernte sich aus seiner Loge, nachdem er Zambinella ein Zeichen des Einverständnisses gegeben hatte. Sie senkte verschämt ihre wollüstigen Lider wie eine Frau, die glücklich ist, endlich verstanden worden zu sein. Dann eilte er nach Hause, um sich dort so schön wie möglich zu machen.

Als er das Theater verließ, hielt ihn ein Unbekannter am Arm fest. ›Nehmen Sie sich in acht, Herr Franzose‹, flüsterte er ihm zu, ›es handelt sich um Leben und Tod. Der Kardinal Cicognara protegiert sie, und der versteht keinen Spaß.‹

Wenn ein Dämon die Abgründe der Hölle zwischen Sarrasine und die Zambinella geworfen hätte, in diesem Augenblick hätte er den Höllenschlund mit einem Satz übersprungen. Die Leidenschaft des Bildhauers hätte in einem Augenblick unendliche Weiten durchmessen, gleich den Rossen der Unsterblichen bei Homer.

›Wenn mich beim Verlassen des Hauses auch der Tod erwartete‹, antwortete er, ›ich ginge nur noch schneller –‹ ›Poverino‹, rief der Unbekannte und verschwand.

Einem Verliebten von Gefahr sprechen, heißt das nicht seine Wonne verdoppeln? Niemals hatte Sarrasines Diener seinen Herrn so sorgfältig Toilette machen sehen. Sein

Galadegen, ein Geschenk Bouchardons, die Schleife, die Clotilde ihm verehrt hatte, sein mit Flittern bestickter Rock, seine Silberbrokatweste, seine goldene Tabaksdose und seine kostbaren Uhren, alles wurde aus den Laden geholt, und er schmückte sich gleich einem jungen Mädchen, das sich ihrem ersten Geliebten zeigen soll. Liebestrunken und hoffnungsgeschwellt eilte Sarrasine, das Gesicht tief im Mantel verborgen, zur verabredeten Stunde zu dem Rendezvousplatz, den die Alte angegeben hatte. Die Duenna erwartete ihn schon. ›Sie haben sich Zeit gelassen‹, sagte sie, ›kommen Sie mit.‹ Sie führte den Franzosen durch mehrere Gassen und blieb vor einem Palast, der ganz stattlich aussah, stehen. Sie klopfte. Die Tür wurde geöffnet. Sie führte Sarrasine durch ein Labyrinth von Treppen, Galerien und Gelassen, die nur durch das ungewisse Licht des Mondes erhellt wurden, und sie gelangten an eine Tür, durch deren Spalte heller Lichtschein und fröhliches Gelächter drangen. Sarrasine stand plötzlich geblendet, als er auf ein Wort der Alten in das geheimnisvolle Zimmer eingelassen wurde und sich in einem glänzend erleuchteten und prunkvoll ausgestatteten Salon befand, in dessen Mitte ein reichbeladener Tisch mit ehrwürdigen, verstaubten Flaschen und glänzenden Kristallkaraffen stand. Er erkannte die Sänger und Sängerinnen des Theaters, dazwischen entzückende Frauen, die zu einem ausgelassenen Künstlerfest nur noch auf ihn zu warten schienen. Sarrasine unterdrückte eine Bewegung des Unwillens und beherrschte sich. Er hatte gehofft, ein matt erleuchtetes Gemach und seine Geliebte neben einem glimmenden Kohlenbecken zu finden; er hatte von einem

Eifersüchtigen im Hinterhalt, von Liebe und Tod, von geflüsterten Geständnissen, von vertrautem Miteinander und gefährlichen Küssen geträumt, Wange an Wange, und daß Zambinellas Haar seine Stirn gestreift hätte, die von Sehnsucht und Glück glühte. ›Es lebe die Lust‹, rief er, ›signori e belle donne. Gestatten Sie mir, mich später zu revanchieren und Ihnen meine Erkenntlichkeit für die Art, wie Sie einen armen Bildhauer in Ihrer Mitte aufnehmen, zu bezeugen.‹

Nachdem er diejenigen, die er vom Sehen kannte, freundlich begrüßt hatte, versuchte er, sich dem Lehnstuhl zu nähern, auf dem Zambinella nonchalant ausgestreckt lag. Oh, wie schlug sein Herz, als er ihren niedlichen Fuß sah, der in Pantöffelchen steckte, die, gestatten Sie es mir zu sagen, gnädige Frau, früher dem Fuße der Frau einen so koketten, so wollüstigen Reiz gaben, daß ich nicht weiß, wie die Männer ihm widerstehen konnten. Die straff gespannten weißen Strümpfe mit grünen Zwickeln, die kurzen Röcke, die spitzen Pantoffeln mit den Stöckeln à la Louis XV. haben vielleicht ein wenig dazu beigetragen, Europa samt dem Klerus um die Moral zu bringen.«

»Ein wenig!« warf die Marquise ein. »Haben Sie denn nichts gelesen?«

»Die Zambinella«, fuhr ich lächelnd fort, »hatte ihre Beine herausfordernd übereinandergeschlagen und wippte schäkernd das obere auf und nieder. Sie hatte ihr Theaterkostüm abgelegt und trug ein Leibchen, das sich ihrer schlanken Taille anschmiegte, die, durch den gebauschten Rock über einem seidenen Unterkleid, mit blauen Blumen bestickt, besonders zur Geltung gebracht wurde. Ihr

Busen, verborgen unter köstlichen Spitzen, glänzte in strahlendem Weiß. Unter ihrer Frisur à la Dubarry erschien ihr Gesicht trotz der großen Haube, die sie trug, nur um so zierlicher, und der Puder stand ihr gut. Sie sehen und sie anbeten war eins. Sie lächelte dem Bildhauer voller Anmut zu. Sarrasine, der verstimmt war, daß er sie nur vor Zeugen sprechen konnte, setzte sich höflich an ihre Seite und unterhielt sich mit ihr über Musik, wobei er ihr herrliches Talent pries. Aber seine Stimme zitterte vor Liebe, Furcht und Hoffnung.

›Was fürchten Sie?‹ fragte ihn Vitagliani, der berühmteste Sänger der Truppe. ›Sie haben hier keinen Nebenbuhler zu befürchten.‹ Nach diesen Worten lächelte der Tenor still vor sich hin. Die Lippen aller Gäste wiederholten das Lächeln, dessen verborgener Spott einem Liebhaber entgehen mußte. Das Bewußtsein, daß alle von seiner Liebe wußten, war für Sarrasine wie ein plötzlicher Dolchstoß ins Herz. Er besaß eine große Charakterstärke, und die Heftigkeit seiner Leidenschaft war unbezwingbar, aber er hatte noch nicht daran gedacht, daß Zambinella fast eine Kurtisane war und daß er nicht gleichzeitig die reine Wonne, die eines jungen Mädchens Liebe so köstlich macht, und die stürmischen Erregungen auskosten konnte, mit denen eine Dame des Theaters ihren gefährlichen Besitz erkaufen läßt. Er überließ sich Gedanken der Resignation. Das Souper wurde aufgetragen. Sarrasine und Zambinella setzten sich ohne weiteres nebeneinander. Bei Beginn des Mahls bewahrten die Künstler einige Zurückhaltung, und der Bildhauer konnte mit der Sängerin plaudern. Er fand, daß sie Geist und Klugheit besaß; aber sie war von einer überraschenden Kenntnislosigkeit, und sie zeigte sich schwach und abergläubisch. Der Feinheit ihrer Glieder entsprach ihre Geistigkeit. Als Vitagliani die erste Champagnerflasche entkorkte, las Sarrasine in den Augen seiner Nachbarin einen heftigen Schrecken vor dem kleinen Knall, den das Freiwerden des Gases erzeugte. Das unwillkürliche Zittern des Frauenkörpers wurde von dem verliebten Künstler als Anzeichen besonderer Empfindlichkeit gedeutet. Diese Schwäche entzückte den Franzosen. ›Meine Stärke soll dich schützen wie ein Schild.‹ Steht dieser Satz nicht auf dem Grunde jeder Liebeserklärung geschrieben? Sarrasine, zu leidenschaftlich, um der schönen Italienerin Galanterien zu sagen, war, wie alle Verliebten, abwechselnd ernst, heiter oder gesammelt. Obwohl er den Tischgenossen zuzuhören schien, vernahm er kein Wort von dem, was gesprochen wurde; so sehr gab er sich dem Vergnügen hin, neben ihr zu sein, ihre Hand zu berühren und sie zu bedienen. Er schwamm in geheimer Wonne. Trotz der Beredsamkeit einiger stummer Blicke war er doch erstaunt über die Zurückhaltung, die Zambinella ihm gegenüber wahrte. Zwar hatte sie als erste angefangen, leise an seinen Fuß zu stoßen und ihn in der neckischen Weise einer freien und verliebten Frau zu reizen; aber dann, nachdem Sarrasine einen kleinen Zug von sich erzählt hatte, der die ungewöhnliche Heftigkeit seines Charakters verriet, spielte sie das schüchterne junge Mädchen. Als aus dem Souper eine Orgie wurde, fingen die Tischgenossen an zu singen: entzückende Duette, kalabrische Lieder, spanische Seguidillen und neapolitanische Kanzonetten. In aller Augen, in der Musik, in den Herzen und Stimmen war Berauschtheit. Plötzlich brach eine hinreißende Lebhaftigkeit, Herzlichkeit, eine echt italienische Bonhommie aus, von der sich keine Vorstellung machen kann, wer nur die Gesellschaften von Paris, die Empfänge in London und die Wiener Geselligkeit kennt. Scherze und Liebesworte, Gelächter, Flüche, Anrufungen der Heiligen Jungfrau und des Kindes kreuzten sich wie Kugeln in einer Schlacht. Einer legte sich auf ein Sofa und schlief ein. Ein junges Mädchen lauschte einer Liebeserklärung, ohne dabei zu merken, das sie den Xeres auf das Tischtuch goß. Inmitten dieses Durcheinanders blieb die Zambinella nachdenklich, wie von Angst gepeinigt. Sie mochte nicht trinken, sprach aber desto mehr den Speisen zu, aber die Lust an gutem Essen ist ja, heißt es wenigstens, bei Frauen ein Reiz mehr. Sarrasine bewunderte die Zurückhaltung seiner Geliebten und stellte ernsthafte Betrachtungen über die Zukunft an. Zweifellos will sie geheiratet werden, dachte er. Und sofort verlor er sich in den Wonnen dieser Ehe. Sein ganzes Leben schien ihm nicht auszureichen, um den Born des Glückes auszuschöpfen, der ihm aus ihrer Seele strömte. Sein Nachbar Vitagliani füllte ihm sein Glas so häufig, daß er um drei Uhr morgens zwar noch nicht vollständig betrunken, aber außerstande war, seine Begierde zu zügeln. In einem Augenblick der Raserei trug er die Geliebte in eine Art Boudoir, das an den Salon stieß. Die Italienerin zückte einen Dolch.

›Wenn du mir zu nahe kommst, muß ich diesen Stahl in dein Herz tauchen. Du müßtest mich verachten. Ich habe zuviel Achtung vor dir, um mich so preiszugeben. Ich will in dem Gefühl, das du für mich hegst, nicht sinken.‹

›Ach! Ach!‹ sagte Sarrasine. ›Es ist ein schlechtes Mittel, ein Feuer zu löschen, indem man hineinbläst. Bist du so verderbt, und ist dein Herz abgestorben, daß du dich wie eine Dirne benimmst, die die Leidenschaften anfacht, mit denen sie Handel treibt?‹

›Aber heute ist doch Freitag‹, erwiderte sie entsetzt ob der Heftigkeit des Franzosen.

Sarrasine, der nicht fromm war, fing an zu lachen. Die Zambinella sprang davon wie ein Reh und entschlüpfte in den Saal. Als Sarrasine hinter ihr hereilte, wurde er von einem infernalischen Gelächter empfangen. Er sah die Zambinella ohnmächtig auf einem Sofa liegen. Sie war bleich und erschöpft. Obwohl Sarrasine nur wenig Italienisch verstand, hörte er doch, wie seine Geliebte leise zu Vitagliani sagte: ›Er wird mich noch töten.‹

Diese seltsame Szene brachte den Bildhauer vollständig in Verwirrung. Die Vernunft kam ihm zurück. Zuerst stand er unbeweglich, dann fand er die Sprache wieder und beteuerte ihr seine Achtung. Er fand die Kraft, seine Leidenschaft in Worte zu fassen, indem er der Geliebten glühende Liebesreden hielt. Um seine Liebe zu malen, entfaltete er den ganzen Reichtum der zauberhaften Beredsamkeit, an die die Frauen so gerne glauben. Als der heraufdämmernde Morgen die Gäste überraschte, schlug eine Dame vor, nach Frascati zu fahren. Alle begrüßten lebhaft den Einfall, den Tag in der Villa Ludovisi zu verbringen. Vitagliani ging hinunter, um die Wagen zu mieten. Sarrasine hatte das Glück, die Zambinella in einem Phaethon zu fahren. Als sie erst aus der Stadt heraus waren, wurde die Heiterkeit wieder wach, die bei allen durch den Kampf mit dem Schlaf eine Weile gedämpft gewesen war. Damen und Herren, alle schienen an dieses seltsame Leben gewöhnt, an die fortgesetzten Vergnügungen und an die Lebensweise des Künstlers, der das Dasein zu einem ewigen Fest macht, auf dem man fröhlich ist, ohne sich Gedanken zu machen. Die Gefährtin des Bildhauers war die einzige, die niedergeschlagen schien.

›Sind Sie krank‹, fragte Sarrasine, ›möchten Sie lieber nach Hause fahren?‹ ›Ich fühle mich nicht stark genug, um alle diese Strapazen auszuhalten, ich brauche große Schonung. Aber neben Ihnen fühle ich mich so wohl! Ohne Sie wäre ich nicht bei diesem Souper geblieben. Eine verlorene Nachtruhe bringt mich um alle Frische.‹ ›Sie sind so zart‹, äußerte Sarrasine und betrachtete das entzückende Geschöpf.

›Die Orgien richten meine Stimme zugrunde.‹

›Jetzt, da wir allein sind‹, rief der Künstler, ›und da Sie das Aufbrausen meiner Leidenschaft nicht mehr zu fürchten haben, sagen Sie mir, daß Sie mich lieben.‹

›Warum‹, erwiderte sie, ›was versprechen Sie sich davon? Ich gefalle Ihnen, aber Sie sind Franzose, und Ihr Gefühl wird vergehen. Oh, Sie könnten mich nicht lieben, wie ich geliebt sein möchte.‹

›Wie meinen Sie das?‹ ›Ohne das Ziel der niedrigen Triebe, rein. Ich verabscheue die Männer, vielleicht die Männer noch mehr, als ich die Frauen hasse. Ich muß Zuflucht in der Freundschaft suchen. Für mich ist die Welt eine Wüste. Ich bin ein verlorenes Geschöpf, bin dazu verdammt, das Glück zu begreifen, es zu fühlen und zu ersehnen, und wie so viele andere muß ich sehen, wie es mich stündlich flieht. Vergessen Sie nicht, daß ich Sie nicht getäuscht habe. Ich verbiete Ihnen, mich zu lieben. Ich kann Ihnen ein hingebender Freund sein, denn ich bewundere Ihre Kraft und Ihren Charakter. Ich brauche einen Bruder, einen Beschützer. Seien Sie mir das, aber nicht mehr.‹

›Ich soll Sie nicht lieben?‹ rief Sarrasine. ›Aber geliebter Engel, du bist doch mein Leben, mein Glück.‹

›Wenn ich Ihnen ein Wort sagte, würden Sie mich mit Abscheu von sich stoßen.‹

›Herzlose! Nichts kann mich schrecken. Sag mir, daß ich dir meine Zukunft opfern muß, daß ich in zwei Monaten sterbe, daß ich verdammt bin, nur weil ich dich umarme …!‹

Er umarmte sie, so sehr Zambinella sich auch bemühte, sich seinem leidenschaftlichen Kuß zu entziehen.

›Sag mir, daß du ein Dämon bist, daß ich dir mein Glück, meinen Namen, meinen Ruhm geben muß! Soll ich nicht mehr Bildhauer sein? Sprich.‹

›Wenn ich nun keine Frau wäre?‹ fragte die Zambinella zaghaft mit ihrer silbernen, sanften Stimme.

›Nicht solche Scherze!‹ rief Sarrasine. ›Glaubst du, ein Künstlerauge täuschen zu können? Habe ich nicht seit zehn Tagen die Vollendung dieser Linien geprüft, bewundert und in mich gesogen? Nur eine Frau kann einen so runden, vollen Arm, eine so elegante Erscheinung haben. Oh, du willst wohl, daß ich dir Komplimente mache?‹

Sie lächelte traurig und murmelte: ›Verhängnisvolle Schönheit!‹ Sie hob die Augen gen Himmel. Und jetzt erhielt ihr Blick einen Ausdruck so unbeschreiblicher Angst, daß Sarrasine erzitterte.

›Herr Franzose‹, nahm sie wieder das Wort, ›vergessen Sie auf ewig einen Augenblick des Wahns. Ich achte Sie ... aber nimmer heischen Sie Liebe von mir; dies Gefühl ist ausgelöscht in meinem Herzen. Ich habe kein Herz mehr!‹ rief sie und brach in Tränen aus. ›Die Bühne, auf der Sie mich gesehen haben, der tosende Beifall, die Musik und der Ruhm, zu dem man mich verdammt hat, das ist mein Leben. Ich habe kein anderes. In einigen Stunden werden Sie mich nicht mehr mit denselben Augen sehen. Das Weib, das Sie lieben, wird tot sein.‹ – Der Bildhauer antwortete nicht. Eine dumpfe Wut befiel ihn und preßte ihm das Herz zusammen. Er konnte dies seltsame Weib nur mit leidenschaftlichen Augen ansehen. Die zärtliche Stimme, das Benehmen und die Gebärden Zambinellas, die voller Trauer, Melancholie und Mutlosigkeit waren, weckten alle Leidenschaften in seiner Seele. Jedes Wort war ein Stachel. In diesem Augenblick waren sie in Frascati angelangt. Als der Künstler die Arme ausstreckte, um seiner Geliebten beim Aussteigen zu helfen, fühlte er, wie ein Schauder sie überlief. ›Was fehlt Ihnen?‹ rief er, als er sie erblassen sah. ›Ich müßte sterben, wenn Sie den geringsten Schmerz hätten, dessen Ursache ich wäre, selbst ohne mein Verschulden.‹ ›Eine Schlange‹, sagte sie und wies auf eine Natter, die sich in einem Graben schlängelte. ›Ich fürchte mich vor diesen widerwärtigen Tieren.‹ Sarrasine zertrat der Natter den Kopf.

›Wie haben Sie nur den Mut dazu?‹ meinte die Zambinella und sah mit sichtlicher Angst auf das tote Reptil. ›Nun‹, sagte der Künstler lächelnd, ›wagen Sie immer noch zu behaupten, daß Sie kein Weib sind?‹

Sie vereinigten sich mit ihren Gefährten und spazierten in den Anlagen der Villa Ludovisi, die damals dem Kardinal Cicognara gehörte. Der Morgen verrann dem verliebten Bildhauer zu schnell, er war voll von kleinen Zwischenfällen, die ihm die Koketterie, die Schwäche, die Ziererei dieser weichen und kraftlosen Seele enthüllten. Es war das Weib mit seinen plötzlichen Ängsten, seinen unvernünftigen Launen, seiner triebhaften Unruhe, seinem grundlosen Übermut, seinen Prahlereien und seiner köstlichen Feinheit des Empfindens. Als sie sich in die freie Campagna hinausgewagt hatte, bemerkte die kleine Schar fröhlicher Sänger von weitem einige bis an die Zähne bewaffnete Männer, deren Tracht nichts Beruhigendes hatte. Bei dem Wort ›Briganten‹ verdoppelte jeder seine Schritte, um sich hinter den Mauern der Villa des Kardinals in Sicherheit zu bringen. In diesem kritischen Augenblick merkte Sarrasine an Zambinellas Blässe, daß sie zum Laufen keine Kraft mehr hatte; er nahm sie in seine Arme und trug sie eine Zeitlang laufend. In der Nähe einer Vigna ließ er seine Geliebte zu Boden gleiten.

›Erklären Sie mir doch‹, sagte er zu ihr, ›wieso dies Übermaß an Schwäche, das bei jeder anderen Frau häßlich wäre und mir so mißfallen würde, daß es meine Liebe zum Erlöschen brächte, mir bei Ihnen gefällt und mich entzückt? Oh, wie sehr liebe ich Sie. Alle Ihre Fehler, Ihre Furchtsamkeit, Ihre kleinen Schwächen vermehren nur die Anmut Ihrer Seele. Ich fühle, daß ich eine starke Frau, eine mutige Sappho voller Energie und Leidenschaft verabscheuen würde. Oh, gebrechliches und sanftes Wesen, wie könntest du anders sein? Diese zärtliche Engelstimme wäre ein Widersinn, käme sie aus einem anderen Körper als dem deinen.‹

›Ich kann Ihnen‹, antwortete sie, ›keine Hoffnung machen. Hören Sie auf, so zu mir zu reden, man würde sich über Sie nur lustig machen. Ich kann Ihnen den Besuch des Theaters unmöglich verbieten, aber wenn Sie mich lieben und klug sind, gehen Sie nicht mehr hin. Gehorchen Sie mir‹, schloß sie in feierlichem Ernst.

›Oh, schweige‹, rief der liebestrunkene Künstler. ›Die Widerstände schüren die Liebe in meinem Herzen.‹

Die Zambinella verharrte in bescheidener Zurückhaltung, sie blieb schweigsam, als ob ein gräßlicher Gedanke ihr ein Unglück offenbart hätte. Bei der Rückfahrt nach Rom stieg sie in eine viersitzige Kutsche und befahl dem Bildhauer mit grausam herrischem Gehaben, allein in dem Phaethon zurückzufahren. Unterwegs beschloß Sarrasine, die Zambinella zu entführen. Den ganzen Tag verbrachte er damit, Pläne zu schmieden, von denen der eine ungereimter war als der andere. Als er bei Anbruch der Nacht ausgehen wollte, um sich zu erkundigen, wo der von seiner Geliebten bewohnte Palast lag, begegnete er auf der Schwelle einem seiner Kameraden.

›Mein Lieber‹, sagte der, ›ich bin von unserem Botschafter damit beauftragt, dich für heute abend zu ihm einzuladen. Er gibt ein prachtvolles Konzert, und weißt du auch, daß die Zambinella dasein wird ...‹ ›Zambinella‹, rief Sarrasine, der bei diesem Namen seinem Liebesrausch verfiel, ›ich bin hingerissen von ihr.‹ ›Da geht es dir wie allen anderen‹, erwiderte ihm sein Kamerad. ›Aber wenn ihr meine Freunde seid, du, Vien, Lauterbourg und Allegrain, würdet Ihr mir zu einem Handstreich nach dem Fest euren Beistand leihen?‹ fragte Sarrasine. ›Es ist doch kein Kardinal dabei umzubringen?‹ ›Nein, nein‹, sagte Sarrasine, ›ich fordere von euch nichts, was ehrenhafte Menschen nicht tun können.‹

In kurzer Zeit hatte der Bildhauer seinen Anschlag vorbereitet. Er kam als einer der letzten zum Botschafter, aber er kam in einem Wagen, der mit kräftigen Pferden bespannt war. Sein Kutscher war der verwegenste Vetturino von Rom. Der Palast des Botschafters war voller Menschen, nicht ohne Mühe gelangte der Bildhauer, den niemand kannte, in den Salon, wo Zambinella gerade sang.

›Sicher ist sie wegen der hier anwesenden Kardinäle, Bischöfe und Abbés‹, fragte Sarrasine, ›als Mann gekleidet mit Haarbeutel, gekräuselten Haaren und einem Degen?‹ ›Sie? Welche Sie?‹ verwunderte sich der alte Herr, an den Sarrasine sich gewandt hatte. ›Die Zambinella.‹ ›Die Zambinella?‹ erwiderte der römische Fürst. ›Sie machen sich wohl lustig über mich? Woher kommen Sie? Hat in Rom jemals eine Frau die Bühne betreten? Wissen Sie denn nicht, von was für Geschöpfen die Frauenrollen im Kirchenstaat gespielt werden? Ich bin Zambinellas Mäzen. Ich habe dem Burschen alles bezahlt, sogar seinen Gesanglehrer. Aber er ist dafür so wenig dankbar, daß er sich bei mir nicht hat blicken lassen. Und dabei verdankt er mir doch alles.‹

Fürst Chigi hätte noch lange sprechen können, ohne daß Sarrasine ihn gehört hätte. Eine entsetzliche Wahrheit hatte sich seiner Seele bemächtigt. Er war wie vom Blitz getroffen. Er blieb unbeweglich, und seine Augen hafteten an dem Wesen, das ein Sänger sein sollte. Sein leuchtender Blick hatte magnetischen Einfluß auf Zambinella: Der Sänger wandte sich Sarrasine zu, und seine himmlische Stimme schwankte. Er zitterte. In der Gesellschaft, die wie gebannt an seinen Lippen hing, machte sich ein unwillkürliches Flüstern bemerkbar, er wurde verwirrt, mußte sich setzen und die Arie abbrechen.

Der Kardinal Cicognara, der erspäht hatte, welche Richtung der Blick seines Protegés genommen, bemerkte jetzt den Franzosen. Er neigte sich zu einem Geistlichen seiner Umgebung und schien nach dem Namen des Bildhauers zu fragen. Als er die erwünschte Antwort erhalten, sah er den Künstler aufmerksam an und gab einem Abbé Befehle, der danach eilig verschwand.

Inzwischen hatte Zambinella sich erholt, und er begann das Stück, das er so eigensinnig abgebrochen hatte, von neuem; aber es gelang ihm schlecht, und trotz aller Bitten weigerte er sich, etwas anderes zu singen. Er übte hier zum erstenmal die launenhafte Tyrannei aus, die ihn später nicht weniger berühmt machte als sein Talent und sein unermeßliches Vermögen, das er, wie man sagte, in gleicher Weise seiner Stimme und seiner Schönheit verdankte. Es ist eine Frau, dachte Sarrasine, der sich allein glaubte. Dahinter steckt eine geheime Intrige. Der Kardinal Cicognara täuscht den Papst und ganz Rom. Der Bildhauer verließ sofort den Salon, versammelte seine Freunde und legte sie im Hof des Palastes in den Hinterhalt. Als Zambinella sich vergewissert hatte, daß Sarrasine fortgegangen, schien er seine Ruhe wiederzufinden. Um Mitternacht verließ er die Gesellschaft, nachdem er wie einer, der einen

Feind sucht, in den Sälen herumgeirrt war. Als er gerade die Schwelle des Palastes überschritt, wurde er von einigen Männern gepackt, die ihn mit einem Taschentuch knebelten und in den von Sarrasine gemieteten Wagen setzten. Starr vor Schrecken kauerte Zambinella reglos in einer Ecke. Er sah die furchterregende Gestalt des Künstlers vor sich, der in tödlichem Schweigen verharrte. Die Fahrt war kurz. Zambinella wurde aus dem Wagen gehoben und befand sich bald in einem finsteren und leeren Atelier. Halb tot sank der Sänger auf einen Stuhl und wagte nicht, die Statue einer Frau anzusehen, in der er seine eigenen Züge erkannt hatte. Er brachte kein Wort hervor, aber seine Zähne klapperten. Er war vor Angst erstarrt. Sarrasine ging mit großen Schritten auf und ab. Plötzlich blieb er vor Zambinella stehen.

›Sag mir die Wahrheit‹, fragte er mit heiserer Stimme, ›bist du ein Weib? Der Kardinal Cicognara ...‹

Zambinella sank in die Knie und ließ, ohne zu antworten, den Kopf sinken.

›Oh, du bist ein Weib‹, rief der Künstler wie rasend. ›Denn selbst ein ...‹ Er führte den Satz nicht zu Ende. ›Nein‹, fing er wieder an, ›auch so einer würde nicht so niederträchtig sein.‹

›Oh, töten Sie mich nicht‹, rief Zambinella weinend. ›Nur meinen Kameraden zuliebe, die lachen wollten, habe ich eingewilligt, Sie zu täuschen.‹

›Zu lachen‹, schrie der Bildhauer. ›Zu lachen! Zu lachen. Du hast es gewagt, mit der Leidenschaft eines Mannes zu spielen, du?‹

›Gnade‹, wimmerte Zambinella.

›Ich müßte dich töten‹, rief Sarrasine und zog den Degen. ›Aber‹, fuhr er mit eisiger Verachtung fort, ›wenn ich mit dem Stahl in deinem Wesen bohrte, fände ich da ein Gefühl, das ich auslöschen, eine Rache, die ich befriedigen könnte? Du bist nichts. Einen Mann oder ein Weib würde ich töten. Aber...‹ Sarrasine machte eine Geste des Abscheus, wobei er den Kopf zur Seite wenden mußte. Sein Blick fiel auf die Statue.

›Das ist ein Blendwerk‹, rief er.

Dann wandte er sich wieder an Zambinella: ›Das Herz einer Frau war für mich eine Zuflucht, eine Heimat. Hast du Schwestern, die so sind wie du? Nein! Dann stirb. Nein, du sollst leben. Wenn man dich leben läßt, überantwortet man dich Schlimmerem als dem Tod. Ich klage nicht um mein Blut und mein Leben, nur um meine Zukunft und das Glück meines Herzens. Deine schwache Hand hat mein Glück zerschmettert. Welche Hoffnung könnte ich dir rauben für alle die, die du zum Welken gebracht hast? Du hast mich bis zu dir erniedrigt. Lieben! Geliebt werden! Für mich sind das von jetzt an leere Worte ohne Sinn, so wie für dich. Wenn ich ein wirkliches Weib sehe, werde ich immer an das Weib denken, das es nur in der Vorstellung gibt.‹ Mit verzweifelter Gebärde wies er auf die Statue. ›Immer werde ich an eine himmlische Harpye denken müssen, die alle anderen Frauen mit dem Mal der Unvollkommenheit zeichnen wird. Scheusal! Du selbst kannst kein Leben schaffen, mir aber hast du alle Frauen der Erde genommen.‹

Sarrasine setzte sich dem furchtbebenden Sänger gegenüber. Aus seinen Augen rannen zwei schwere Tränen seine männlichen Wangen hinab und fielen zu Boden: zwei Tränen der Wut, zwei beißende, glühende Tränen.

›Keine Liebe mehr! Jeder Freude, jeder menschlichen Regung bin ich erstorben.‹ Bei diesen Worten ergriff er einen Hammer und schleuderte ihn mit so rasender Gewalt gegen die Statue, daß er sie nicht traf. Er glaubte das Denkmal seines Wahnes zerstört zu haben, und er ergriff wieder seinen Degen, und er schwang ihn, um den Sänger zu töten. Zambinella stieß durchdringende Schreie aus. In diesem Augenblick kamen drei Männer herein, und der Bildhauer sank, von drei Stilettstichen durchbohrt, zu Boden. ›Im Auftrag des Kardinals Cicognara‹, sagte einer von den Kerlen. – ›Ein gutes Werk, das eines Christen würdig ist‹, antwortete der Franzose und gab seinen Geist auf.

Die düsteren Sendlinge berichteten Zambinella, daß sein Protektor voller Unruhe am Tor in einem geschlossenen Wagen auf ihn warte, um ihn gleich nach seiner Befreiung mit sich fortzuführen.«

»Aber«, wandte sich Frau von Rochefide an mich, »was für eine Beziehung besteht denn zwischen dieser Geschichte und dem kleinen Alten, den wir bei den Lanty gesehen haben?«

»Gnädige Frau, der Kardinal Cicognara setzte sich in den Besitz der Zambinella-Statue und ließ sie in Marmor ausführen, heute befindet sie sich im Museum Albani. Im Jahre 1791 fand die Familie Lanty sie dort wieder und bat Vien, sie zu kopieren. Das Porträt, das Ihnen Zambinella im Alter von zwanzig Jahren gezeigt hat, nachdem Sie ihn einen Augenblick früher als Hundertjährigen gesehen, war später das Modell für den ›Endymion‹ von Girodet.«

»Aber der oder die Zambinella?«

»Ist kein anderer, gnädige Frau, als der Großonkel von Mariannina. Sie dürften jetzt verstehen, was für ein Interesse Frau von Lanty daran haben muß, die Herkunft eines Vermögens, das herrührt ...«

»Genug«, sagte sie und machte eine zum Gehorsam zwingende Gebärde.

Eine Zeitlang verharrten wir in tiefem Schweigen. »Nun?« fragte ich zuletzt.

»Oh«, rief sie, erhob sich und ging mit großen Schritten im Zimmer auf und ab. Sie sah mich an und sagte mit einer Stimme, die mir fremd erschien: »Sie haben mir für lange Zeit Leben und Leidenschaften verekelt. Alle menschlichen Gefühle münden ja doch in grausamen Enttäuschungen. Sind wir Mütter, so ermorden uns die Kinder durch ihren bösen Lebenswandel oder durch ihre Lieblosigkeit, sind wir Gattinnen, so werden wir verraten, sind wir Geliebte, so werden wir verlassen. Freundschaft? Gibt es die? Ich würde morgen Nonne, wenn ich inmitten der Stürme des Lebens nicht ein unerschütterlicher Fels zu bleiben wüßte. Wenn die Zukunft des Christen auch ein Trug ist, so wird sie wenigstens erst nach dem Tode zerstört. Lassen Sie mich allein.«

»Oh«, sagte ich, »Sie verstehen zu strafen.«

»Hatte ich unrecht?«

»Ja«, antwortete ich mutig. »Nachdem die Geschichte, die in Italien ziemlich bekannt ist, zu Ende erzählt ist, kann ich Ihnen einen hohen Begriff von den Fortschritten der gegenwärtigen Zivilisation geben. Man macht in Italien diese unglücklichen Geschöpfe nicht mehr.«

»Paris«, meinte sie, »ist ein gastfreundlicher Boden. Paris nimmt alles auf, die schändlichen Vermögen und die blutigen. Verbrechen und Schmach finden hier ihre Zuflucht; nur der Tugend baut man keine Altäre. Aber die reinen Seelen haben im Himmel ihre Heimat. Niemand wird mich erkannt haben ... darauf bin ich stolz.«

Und die Marquise versank in Nachsinnen.

Eine Leidenschaft in der Wüste

»So etwas ist ja beängstigend!« rief sie aus, als wir die Menagerie des Monsieur Martin wieder verließen. Sie hatte gerade zugeschaut, wie dieser verwegene Mensch mit seiner Hyäne »arbeitete« – wenn man so marktschreierisch reden darf. Und sie fuhr fort: »Womit hat er seine Tiere wohl derartig gezähmt, daß er ihrer Zutraulichkeit sicher genug ist, um ...?« Ich unterbrach sie: »Was Ihnen da Problem scheint, ist nur etwas ganz Natürliches.« – »Oh!« machte sie, und ein ungläubiges Lächeln zuckte um ihre Lippen. – »Glauben Sie denn wirklich, diese Tiere haben gar keine Leidenschaft?« fragte ich. »Ich versichere Sie sogar, wir vermögen ihnen alle Laster beizubringen, auf die unsere Zivilisation so stolz ist.« Sie sah mich erstaunt an.

»Allerdings muß ich zugeben«, fuhr ich fort, »daß mir, genau wie Ihnen, ein Ausruf der Überraschung entglitt, als ich Monsieur Martin zum erstenmal sah. Ich stand nahe bei einem Invaliden, dem man das rechte Bein abgenommen hatte. Wir waren zusammen eingetreten, und sein Gesicht war mir gleich aufgefallen. Er hatte eine jener scharfen Physiognomien, die der Krieg geprägt hat, die Schlachten Napoleons standen darauf geschrieben. Vor allem hatte der alte Soldat etwas Klares und Vergnügtes an sich, und das nimmt mich immer für einen Menschen ein.

Er war ohne Zweifel einer dieser Kriegsknechte, die überhaupt nichts mehr rührt, die noch in der letzten verzerrten Grimasse ihres Kameraden etwas zum Lachen finden, die ihn seelenvergnügt begraben und seinen Tornister leeren, die taub bleiben für das Heulen der Kugeln – ihre Gedanken sind kurz, und mit dem Teufel würden sie ohne weiteres Brüderschaft trinken. Er hatte eben zugesehen, wie der Besitzer der Menagerie aus dem Käfig stieg, und darüber den Mund ziemlich geringschätzig verzogen, wie überlegene Menschen das so tun, um sich von den Dummen zu unterscheiden. Und als ich nun Monsieur Martins Mut laut bewunderte, lächelte er nur und sagte dann, wobei er den Kopf in den Nacken warf, mit betonter Wichtigkeit: ›Alte Sache!‹ – ›Wieso: alte Sache?‹ fragte ich. ›Wenn Sie mir dieses Phänomen erklären wollten, wäre ich Ihnen schon sehr verbunden!‹ Wir schlossen Bekanntschaft miteinander; einige Augenblicke später verließen wir die Menagerie und traten in das erste beste Restaurant ein, um zu speisen. Beim Nachtisch lockerte eine Flasche Champagner die Erinnerungen dieses merkwürdigen Soldaten. Er erzählte mir seine Geschichte, und ich muß zugeben: Er hatte sein ›Alte Sache!‹ mit einigem Recht gerufen.«

Vor ihrem Hause quälte sie mich noch so lange und versprach mir so viel, daß ich endlich nachgab, ihr die Geschichte des Soldaten aufzuschreiben. Sie bekam also folgenden Tages diese Episode aus einem Epos, das man überschreiben könnte: »Die Franzosen in Ägypten«.

»Seinerzeit, als General Desaix seine Streife durch Oberägypten machte, wurde ein Soldat aus der Provençe von Berbern gefangengenommen und in die Wüste westlich der Nil-Katarakte weitergeschleppt. Um von den Franzosen möglichst unbehelligt zu bleiben, rückten die Araber in Eilmärschen ab; erst in der Nacht machten sie halt. Sie lagerten bei einem palmenumstandenen Brunnen, wo sie schon früher allerlei Vorräte vergraben hatten. Da ihnen gar nicht der Gedanke kam, der Gefangene könne auf Flucht sinnen, fesselten sie ihm lediglich die Hände; nachdem sie dann noch einige Datteln gegessen und ihren Pferden Gerste gestreut hatten, legten sie sich hin und schliefen ein. Als der tolle Provençale merkt, daß er nicht weiter bewacht wird, greift er sich mit den Zähnen einen Serra heran, klemmt ihn zwischen die Knie, schneidet die Stricke durch, die ihm die Hände unbeweglich gemacht hatten – und ist frei. Darauf langt er sich einen Karabiner, einen Dolch, stopft sich die Taschen mit trockenen Datteln voll, nimmt ein Säckchen Gerste an sich, Pulver, Kugeln, schnallt einen Säbel um, besteigt ein Pferd und macht sich aus dem Staub – dorthin, wo das französische Heer sein muß. Vor lauter Ungeduld nach dem Biwak spornt er das arme, schon müde Pferd derart heftig, daß es mit aufgefetzten Weichen auf der Strecke bleibt, verendet und den Franzosen, mitten in der Wüste, allein läßt.

Mutig wie ein entsprungener Sträfling war er nun lange durch den Sand weitergewandert; schließlich mußte er rasten, denn der Tag ging zur Neige. Obwohl der Himmel in diesen Nächten des Orients von hinreißendem Zauber ist, flößte er ihm doch nicht so viel Kraft ein, daß er seinen Marsch fortsetzen konnte. Wenigstens aber hatte er eine Düne erreicht, auf der ein paar Palmen standen; schon aus der Ferne hatten ihre Blätter süßeste Hoffnungen in ihm geweckt. Er war so müde, daß er sich einfach auf eine Granitstufe hinwarf, die von der Natur wunderlicherweise gekehlt war wie ein Feldbett; dort schlief er gleich ein, ohne auch nur im entferntesten für einen Schutz während des Schlafs gesorgt zu haben. Er hatte schon das Opfer seines Lebens gebracht, sein letzter Gedanke war sogar ein Anflug der Reue gewesen: Er bedauerte seine Flucht vor den Arabern; ihr vagantisches Dasein erschien ihm plötzlich in recht angenehmem Licht, seitdem er nicht mehr bei ihnen und ohne alle Hilfe war. Die Sonne weckte ihn, ihre unerbittlichen Strahlen fielen steil auf den Granit und lösten eine barbarische Glut aus. Nun aber war der Provençale so ungeschickt gewesen, sich auf die Sonnenseite zu legen, außerhalb das Schattens, den die grünen hohen Palmenkronen warfen ... Er sah die Bäume in ihrer ragenden Einsamkeit an und erbebte. Er mußte jener wundervollen Schäfte mit den schlanken Blättersimsen gedenken, die in Arles die sarazenischen Säulen der Kathedrale schmücken. Als er aber die Palmen gezählt hatte und sich weiter umschaute, überfiel ihn eine furchtbare Verzweiflung: Er sah nichts als ein Meer ohne Ende, schwärzlich und unabsehbar dehnte sich der Sand nach allen Seiten, er glitzerte wie eine stählerne Klinge, auf die ein scharfer Lichtstrahl trifft. Er konnte zweifeln: War das ein Meer aus Eis oder eine Unzahl spiegelglatter Seen! Feuriger Dunst brodelte in Wellen auf über dieser selbstbewegten Fläche. Der Himmel war hoffnungslos klar, wie er es nur im Orient sein kann: Es bleibt der Phantasie nichts mehr zu wünschen übrig. Himmel und Erde standen in vollen Flammen. Diese Stille war furchtbar, weil sie zugleich wild und grauenhaft erhaben war. Eine maßlose Unendlichkeit bedrängte von allen Seiten her die Seele; keine Wolke am Himmel, kein Flor in der Luft, keine Schwellung im Schoß des Sandes, der doch aus tausend kleinsten Wellen zittert; und der Horizont schnitt, wie man es bei strahlendem Wetter auf dem Meere erleben kann, das alles mit einer lichten Kante ab, die scharf wie eine Säbelschneide war. Der Provençale umarmte einen Palmenstamm, als wäre das der Leib eines Freundes, und er weinte unter seinem dünnen, harten Schatten; er hockte sich auf den Granit nieder, blieb dort sitzen und ließ seine trauerschweren Blicke über diese unerbittliche Landschaft rundum gleiten. Er schrie – als könne er so die Einsamkeit erforschen. Seine Stimme versickerte in die Dünen, ihr matter Klang trug nicht weit, er fand kein Echo: Echo kam aus seiner Brust: Der Provençale war zweiundzwanzig Jahre alt, er lud den Karabiner, aber – ›ach, dazu ist es noch immer nicht zu spät‹, sagte er und legte die Waffe, die ihn befreien konnte, wieder neben sich.

Während er bald in die schwarze, bald in die blaue Ferne schweifte, mußte er an Frankreich denken. Mit innigem Entzücken roch er Ruch der Gossen von Paris; alle die Städte, durch die er gekommen war, fielen ihm wieder ein; er erinnerte sich an die Gesichter der Kameraden und an die kleinen Dinge seines Lebens. Und unter dem Wogen der Hitze von der weiten Wüste her zauberte eine südliche Phantasie ihm sogar die Kieselsteine seiner lieben Provence hin. Da er sich vor den Gefahren dieser schmerzenden Spiegelung fürchtete, stieg er den Hügel wieder hinab, und zwar nicht dort, wo er gestern heraufgekommen war, sondern auf der entgegengesetzten Seite. Wie groß war seine Freude, als er in dem gewaltigen Granitgeröll, über dem die Düne sich erhob, eine natürliche Höhle entdeckte. Aus den Überbleibseln einer Matte schloß er, daß sie schon von Menschen benutzt worden war. Etliche Schritte weiter fand er Palmen mit Datteln drauf – und sogleich war der Instinkt wieder wach in ihm, der uns ans Dasein bindet. Vielleicht würde er sich so lange halten, bis irgendein Trupp Araber vorüberkäme; ja, vielleicht würde er sogar den Donner der Kanonen hören – denn jetzt durcheilte Bonaparte Ägypten. Von solchen Vorstellungen ins Leben zurückgerissen, schlug sich der Franzose einige Kolben reifer Datteln herunter; als er dieses plötzliche Manna schmeckte, wurde ihm gewiß, daß der Bewohner der Höhle die Palmen angepflanzt hatte, das saftige, frische Fleisch der Früchte lobte die Sorgfalt seines Vorgängers. In einer Sekunde durchmaß der Provençale jäh die gewaltige Spanne von dunkelster Verzweiflung zu wildester Freude. Er stieg wieder hinauf auf den Hügel, und er nutzte den Rest dieses Tages, eine der fruchtlosen Palmen zu fällen, unter denen er gestern abend geschlummert hatte. Von ungefähr fielen ihm die Tiere der Wüste ein; und weil er wohl annehmen konnte, sie würden, um zu trinken, an die Quelle kommen, die unter den Blöcken entsprang und im Sand verrieselte, so dachte er sich vor ihnen zu schützen, indem er eine Barriere um sich baute. Aber so eifrig er auch war, so stark ihn die Furcht machte, mitten im Schlaf zerfetzt zu werden, er brachte es heute nicht mehr fertig, die Palme zu zerteilen; nur fällen konnte er sie. Und als dieser König der Wüste im Abend stürzte, ging der Hall davon in die Ferne, er meinte die Einsamkeit aufstöhnen zu hören; der Soldat zitterte, es hatte wie eine Prophezeiung von Unglück geklungen. Doch der Erbe betrauert nicht lange den Tod des Verwandten –: Bald riß er die breiten langen Blätter vom Stamm, die ihn so reizvoll schmückten, und er besserte damit die Matte aus, auf der er schlafen wollte. Müde von Hitze und Arbeit entschlummerte er unter dem rötlichen Dach seiner feuchten Höhle. Aber mitten in der Nacht drang ein seltsames Geräusch in seinen Schlaf. Er setzte sich hoch. Und in der namenlosen Stille des Ortes konnte er ein regelmäßiges Atmen hören, so wild, so voller Kraft, wie es keine menschliche Kreatur hat. Eine Furcht, von Dunkel, Stille und den Visionen des Erwachens vertieft, durcheiste sein Herz. Er merkte gar nicht einmal den starken Schmerz in der Kopfhaut, als er mit immer weiter aufbrechenden Pupillen durch die Finsternis in zwei schwache gelbe Lichter starrte. Er meinte anfangs, es müßten irgendwie Reflexe in seinen eigenen Augen sein; bald aber schien die Nacht selbst so stark herein, daß er mehr und mehr die Dinge in der Höhle unterscheiden konnte. Und da sah er, wenige Schritte weg, ein ungeheueres Tier liegen. Ein Löwe? Ein Tiger? Ein Krokodil? Der Provençale war zu wenig gebildet, um seinen Feind gleich in die richtige Gattung einordnen zu können; die Angst fiel um so schwerer auf ihn, als er in seinem Nichtwissen alles mögliche Unglück kommen sah. Er durchlitt die furchtbarste Folter, indem er auf diesen Atem horchte, sein Stärker und Schwächer auffing. Nicht das leiseste entging ihm, aber er wagte nicht, sich zu rühren. Durch die Höhle zog ein

Geruch, ähnlich stark wie der von Füchsen, nur noch schärfer, intensiver; als der Provençale diesen durch die Nase sog, war seine Angst über alle Maßen groß, nun stand nicht mehr zu zweifeln, daß ein furchtbarer Kamerad da war und daß er selbst in dessen königlicher Höhle lag. Und schon bald fiel ein Schimmer vom Mond, der draußen unterging, in die Höhle herein, und das scheckige Fell eines Panthers leuchtete allmählich und seidig auf. Dieser ägyptische Löwe schlummerte, zusammengeringelt wie ein großer Hund, der friedlich in seiner schönen Nische am Eingang eines großen Hauses liegt. Die Augen waren nur einen Moment lang offen gewesen, sie hatten sich wieder geschlossen. Die Schnauze lag in Richtung auf den Franzosen zu. Durch das Hirn des also Eingeschlossenen zuckten zahllose irre Gedanken; ein Schuß aus dem Karabiner tötete das Tier vielleicht; aber zwischen ihm und der Bestie war – er konnte es sehen – nicht einmal Platz genug zum Zielen, schon das Rohr hätte darüber hinausgereicht. Wenn sie aber erwachte? Der Gedanke allein machte ihn wieder starr. Als er durch die tiefe Stille hindurch das eigene Herz schlagen hörte, verfluchte er diesen heftig pochenden Andrang seines Blutes; denn er mußte fürchten, einen Schlaf zu stören, der – noch – ihn auf Rettung sinnen ließ. Zweimal griff er nach dem Säbel, um seinem Feind den Kopf abzuhauen; aber es war wohl zu schwer, ein Fell, so hart und so glatt, einfach durchzuschlagen; da gab er es auf, denn: ›Ihn fehlen wäre der sichere Tod‹, dachte er. Lieber kämpfen, auf welche Art es auch sei. So wollte er den Tag abwarten, und der Tag kam bald. Jetzt konnte der Franzose seinen Panther recht studieren.

Das Maul war blutbeschmiert. ›Also hat er gut gefressen!‹ meinte jener, ohne sich einen einzigen Gedanken zu machen, ob es vielleicht Menschenfleisch gewesen war. ›Er wird nicht gerade hungrig sein, wenn er aufwacht.‹

Es war ein Weibchen. An Bauch und Schenkeln schimmerte der Pelz ganz weiß. Rund um die Tatzen zeichneten sich ein paar Flecke hübsch wie samtene Spangen ab. Auch der kräftige Schweif war weiß, hatte am Ende aber schwarze Ringe. Der obere Pelz schien gelb wie von mattem Gold, doch seidenweich und besät mit jenen eigenartigen Tüpfelrosetten, durch die man den Panther von anderem Raubzeug unterscheidet. Ganz ruhig schnarchte diese schreckliche Wirtin, und sie lag so anmutig da wie eine Katze in den Kissen einer Ottomane. Die blutigen, festen, kralligen Tatzen waren geradeaus gestreckt, und der Kopf mit seinen paar silbrigen Bartfäden ruhte darauf. Wäre das in einem Käfig gewesen, der Provençale hätte unbedingt die Grazie dieses Viehs und die lebhaften Gegensätze seiner Farben bestaunt, die diesen Pelz geradezu königlich machten. Jetzt aber fühlte er das Auge vor diesem gefährlichen Anblick verschwimmen. Schon das Dasein des schlafenden Panthers bezwang ihn so, wie die magnetischen Schlangenaugen die Nachtigall bezwungen haben sollen. Einen Moment lang war aller Mut vor dieser Gefahr wie weggeblasen, während er zweifellos vor den Kartätschen gewaltiger Kanonenmäuler seine Begeisterung behalten hätte. Zuletzt wagte sich ein so toller Gedanke aus seinem Hirn, daß ihm der kalte Schweiß von der Stirne tropfte und im Sand verrann. Er handelte wie jene Leute, die ein Unglück zum Äußersten treibt: Schließlich bieten sie dem

Tod die Stirn und fordern seinen Schlag heraus. Ohne sich weiter darüber klar zu sein, sah er dieses Abenteuer als eine Tragödie an, in der er seine Rolle bis zum Schluß ehrenvoll durchführen würde.

Er sagte sich: ›Vorgestern hätten mich vielleicht die Araber getötet!‹ Und indem er meinte, er sei schon tot, wartete er gefaßt und höchstens von Neugierde erregt darauf, daß seine Feindin erwachte. Mit Sonnenaufgang öffnete plötzlich auch der Panther seine Augen; er spreizte die Tatzen gehörig, als wollte er die Schlafstarre aus ihnen hinaustreiben. Dann gähnte er, und dabei kam ein schreckliches Spalier von Zähnen und eine harte, rauhe, gespaltene Zunge zum Vorschein. ›Gerade wie eine Kokette!‹ dachte der Franzose, als er das Tier sich hin und her wälzen und dabei die anmutigsten, verführerischsten Bewegungen machen sah. Sie schleckte sich das Blut von Tatzen und Lefzen ab, und mehrmals kratzte sie sich zärtlich am Kopf. ›Na also! Mach erst etwas Toilette!‹ meinte im stillen der Franzose, mit dem Mut war auch seine Heiterkeit wieder da. ›Und nun wollen wir uns guten Morgen sagen!‹ Damit griff er nach dem kurzen schmalen Dolch, den er von den Arabern mitgenommen hatte.

Da – drehte die Pantherkatze den Kopf herum und sah den Franzosen fest an, ohne sich einmal zu rühren. Unter der metallenen Starre und der furchtbaren Klarheit dieser Augen erbebte der Provençale, und ganz besonders, als plötzlich das Tier auf ihn zuschritt. Aber nun hatte er einen bezaubernden, zärtlichen Blick, mit dem er es etwas von der Seite her ansah, als wolle er es hypnotisieren. Und so ließ er den Panther dicht an sich herankommen. Mit einer Bewegung, so sanft, so innig, als gälte es die reizendste Frau zu streicheln, glitt seine Hand über den ganzen Körper hin vom Kopf bis zum Schweif; mit den Nägeln umfuhr er die Wirbelbuchten im gelben Pantherrücken. Voller Wollust hob das Tier seinen Schwanz, ein Schleier fiel um die Augen; und als der Franzose es mit guter Berechnung zum drittenmal so liebkoste, da fing es an zu schnurren wie eine Katze, die sich wohl fühlt. Dieses Schnurren aber stieg aus einer so tiefen und vollen Kehle, daß die Höhle förmlich hallte wie eine Kirche vom mächtigsten Orgelgedröhn. Der Provençale merkte, was es mit seiner Liebkosung auf sich hatte, also fuhr er gründlicher damit fort, denn er mußte diese herrische Kurtisane gründlich betäuben. Und wie er nun wähnte, seine launische Kameradin, die Gott sei Dank ihren Hunger gestern gestillt hatte, ganz und gar besänftigt zu haben, erhob er sich, um die Höhle zu verlassen. Die Katze ließ ihn auch ruhig hinaus. Aber kaum war er über den Hügel, da sprang sie ihm schon nach, leicht wie die Spatzen im Geäst, rieb sich an den Beinen des Soldaten, wobei sie den Rücken krümmte, wie das die Katzen eben tun. Darauf blickte sie ihren Gast mit Augen an, die aus einer Weichheit schimmerten, und stieß einen jener wilden Schreie aus, den die Naturforscher ›sägen‹ heißen. ›Nun, sie ist anspruchsvoll!‹ lachte der Franzose.

Er spielte jetzt ein wenig an ihren Ohren, kraulte sie am Bauch, kratzte ihr mit den Nägeln auf dem Kopf herum; als er merkte, wie sehr ihr das behagte, ließ er seine Dolchspitze auf ihrem Schädel hin und her fahren und wartete nur auf den Augenblick, wo er sie töten könnte. Aber der Knochen war doch recht hart, und der Gedanke, daß es mißlingen würde, durchschauerte ihn. Die Sultanin der Wüste hob den Kopf, reckte ihm den Hals hin, und mit ihrer verhaltenen Lage verriet sie den Rausch – das war die Anerkennung für seine Sklaventalente. Der Franzose meinte jetzt, um die wilde Prinzessin mit einem Schlag zu töten, müsse er ihr den Dolch in die Kehle stoßen. Schon hob er die Klinge, als sie plötzlich, wohl ganz und gar befriedigt, sich mit Grazie vor seine Füße warf. Ab und zu sah sie zu ihm empor, und durch die natürliche Härte hindurch spielte ein fernes Wohlwollen. Der arme Provençale hatte sich an einen Palmenstamm gelehnt und aß von seinen Datteln. Mitunter aber schweiften seine Blicke über die Wüste, ob wohl Retter kämen, mitunter schaute er nach seiner Gefährtin, ob ihre unsichere Gunst wohl anhielte. Immer wenn er einen Dattelkern ausspuckte, sah sich der Panther die Stelle an, wo der hinfiel, und seine Augen verrieten ein tiefes Mißtrauen. Er überwachte den Franzosen wie einen unsicheren Kunden; aber die Kontrolle ergab doch ein Resultat, das für ihn günstig sein mochte. Denn als er mit seinem famosen Mahl fertig war, leckte ihm das Tier die Schuhe ab, so gründlich und wundervoll, daß die harte, rauhe Zunge den Staub sogar aus den Knicken und Falten herauswischte.

›Und wenn sie nun doch hungrig wird?‹ dachte der Provençale. Bei allem Grauen, das dieser Gedanke in ihm weckte, fing er doch an, aufmerksam die Proportionen des Tieres zu schätzen: Zweifellos war es ein Prachtstück seiner Gattung, denn es maß in der Höhe drei, in der Länge ohne Schweif vier Fuß. Auch diese mächtige Waffe, die knüppelrund war, hatte fast ihre drei Fuß. Der Kopf, so groß wie der einer Löwin, zeigte einen besonders feinen Ausdruck: Natürlich war da zunächst die Kälte und Grausamkeit von Tigern – und dann doch etwas wie aus dem Antlitz einer verschlagenen Frau; die einsame Königin schien jetzt sogar von einiger Fröhlichkeit, die an den betrunkenen Nero erinnerte: Die Bestie war satt von Blut – nun wollte sie spielen. Der Soldat versuchte auf und ab zu gehen, der Panther rührte sich nicht vom Fleck, verfolgte ihn aber mit den Augen; und da ähnelte er nicht so sehr einem treuen Hund als einer Angorakatze, die sogar von den Bewegungen ihres Herrn irritiert wird. Als er sich umsah, entdeckte er bei der Quelle die Überreste seines Gauls, bis hierhin hatte der Panther sie geschleift. Ungefähr zwei Drittel waren aufgefressen. Der Anblick stimmte den Franzosen ruhig. Jetzt konnte er sich die Abwesenheit der Bestie und die Schonung des schlafenden Menschen erklären. Er wurde so froh über dieses Glück, daß er es ruhig auf die Zukunft ankommen lassen wollte: Er wiegte sich in der wahnwitzigen Hoffnung: wie er den ganzen Tag über friedlich mit der Katze verbringen würde, indem er alles aufböte, sie zu zähmen und zutraulich zu machen. Er trat wieder nahe an sie heran, und es machte ihn unsagbar glücklich, daß sie da ein ganz klein wenig den Schweif hob. Und ohne alle Furcht setzte er sich neben sie nieder und fing an, mit ihr zu spielen: Er griff nach ihren Tatzen, nach ihrer Schnauze, drehte ihr die Ohrlappen hin und her, rollte sie auf den Rücken, kraulte ihr tief die warmen seidigen Weichen. Sie ließ alles über sich ergehen; und als der Soldat ihr das Fell an den Tatzen glattmachen wollte, zog sie sorgsam die Krallen ein, die gekrümmt waren wie Damaszenerklingen. Noch einmal erwog der Franzose, den Dolch, den er mit einer Hand festhielt, dem allzu zutraulichen Tier in den Bauch zu rennen; jetzt aber befürchtete er, sie würde in einem letzten Schüttelkrampf zugleich ihn erdrücken. Auch hörte er in seinem Herzen die Stimme des Gewissens mahnen, er solle ein harmloses Geschöpf schonen. Er hatte das Gefühl, die grenzenlose Wüste habe ihm eine Freundin geschenkt. Unwillkürlich mußte er an seine erste Geliebte denken: ganz paradox hatte er sie ›Liebling‹ genannt, denn ihre Eifersucht war so wild gewesen, daß er in den Zeiten dieser Liebe immer das Messer fürchten mußte, mit dem sie ihm beständig drohte. Diese Jugenderinnerung brachte ihn auf den Gedanken, auszuprobieren, ob er das junge Pantherweibchen, dessen Flinkheit, Grazie und Schmiegsamkeit er jetzt weniger ängstlich ansah, nicht an diesen Namen gewöhnen könne.

Gegen Abend hatte er sich mit seiner gefährlichen Lage abgefunden, ja fast liebte er seine Nöte. Schon fing seine Gefährtin an, nach ihm zu schauen, wenn er im Falsett ›Liebling‹ rief. Als die Sonne unterging, brummte sie mehrmals tief und melancholisch auf. ›Sie ist recht fromm erzogen!‹ meinte der lustige Soldat, ›sie sagt ihr Gebet her!‹ Dieser Scherz ohne Worte war ihm aber erst gekommen, als er die andauernd friedliche Haltung seiner Kameradin sah. ›Geh schon, kleiner Blondling‹, sagte er, ›leg dich nur zuerst schlafen.‹ Insgeheim rechnete er, mit seinen flinken Beinen – was hast du, was kannst du – davonzulaufen, wenn sie nur erst eingeschlummert wäre; dann wollte er sich für heute ein anderes Nachtlager suchen.

Voller Ungeduld wartete der Soldat, daß die Stunde zur Flucht käme; als sie da war, lief er spornstreichs in Richtung auf den Nil davon. Doch kaum war er eine Viertelstunde durch den Sand gelaufen, als er auch schon das Pantherweibchen hinter sich her springen hörte; ab und zu sägte es jene gewissen Schreie, die ihn noch viel mehr ängsteten als der dumpfe Laut der Sprünge. Da sagte er sich: ›Sie hat also Freundschaft mit mir geschlossen!... Am Ende ist noch keiner dem jungen Weib begegnet; immerhin: schmeichelhaft, den Frühling ihrer Liebe zu empfangen!‹ In diesem Augenblick versackte der Franzose in einen jener Seen aus ganz lockerem Sand, die für Menschen höchst gefährlich sind; wieder herauszukommen ist eigentlich unmöglich; als er sich so vom Sand umrungen fühlte, schrie er schrecklich auf; da packte ihn das junge Pantherweib mit den Zähnen am Kragen, sprang ruckweise zurück, so daß er wie durch ein Wunder wieder aus dem Abgrund herauskam. ›Liebling‹, rief der Soldat aus und streichelte sie gerührt, ›wir gehören also auf Leben und Tod zusammen! – Nur keine Faxen!‹ Dann kehrte er um. Jetzt war die Wüste geradezu belebt; sie hatte ein Wesen, mit dem der Franzose reden konnte und das seine natürliche Wildheit bei ihm abgelegt hatte; die Ursachen dieser merkwürdigen Freundschaft vermochte er sich nicht zu erklären. Sosehr der Soldat auf seiner Hut bleiben wollte – er schlief doch ein. Als er aufwachte, war ›Liebling‹ nicht mehr da; er bestieg die Düne, und da sah er das Tier aus der Ferne angesprungen kommen; alle diese

Tiere springen, denn die Elastizität ihrer Wirbelsäule läßt ein einfaches Laufen nicht zu. ›Liebling‹ kam und hatte blutige Lefzen. Sie empfing vom Gefährten ihre Dosis Liebkosungen, und mehrfaches tiefes Schnurren zeigte an, wie glücklich sie war. Noch inniger als gestern ruhten ihre milden Augen auf dem Provençalen, der mit ihr redete, als sei sie ein Haustier: ›Nun, mein Fräulein – denn nicht wahr, wir sind doch ein anständiges Mädchen? Sieh mal an! Lassen uns gerne streicheln! Und schämen uns gar nicht? Haben wir am Ende einen Araber gefressen? Gut! Doch das sind auch nur Tiere wie Sie! ... Aber Franzosen werden Sie mir nicht verspeisen –!? Ich hätte Sie sonst gar nicht mehr lieb!‹

Sie spielte – ein junger Hund mit seinem Herrn; sie ließ sich bald auf den Rücken rollen, bald schlagen, bald kraulen, und manchmal bettelte sie geradezu, indem sie die Tatze in bittender Art an den Soldaten legte.

So vergingen etliche Tage. Der Kamerad hinderte den Provençalen nicht, die Herrlichkeiten der Wüste zu bestaunen. Nun, da er nach Stunden der Angst Ruhe, Nahrung und ein Wesen gefunden hatte, an das er denken konnte, war er im tiefsten erfüllt von den Gegensätzen ... denn es war ein Dasein der Gegensätze. Die Einsamkeit tat ihre Geheimnisse vor ihm auf, umgab ihn mit ihrem ganzen Zauber. Im Auf- und Untergang der Sonne erlebte er Schauspiele, die die Welt nicht kennt. Er konnte erbeben, wenn über ihm der Fittich eines Vogels leise rauschte – welch seltener Gast! – oder wenn er zusah, wie die Wolken sich ineinanderschoben, immer neue bunte Wanderer! Er beobachtete nachts, was für Lichter der Mond aus dem sandenen Meer lockte, in das der Samum in schnellem Wechsel Woge auf Woge trieb. Sein Leben fing an, den Tag des Orients zu begreifen und seine Märchenprächte zu bewundern; oft nach dem schrecklichen Schauspiel des Sturmes über dieser Ebene – wo die steigenden Sandwirbel rote trockene Nebel und tödliche Wolken ballten – sah er entzückt die Nacht aufkommen, denn sie brachte die wohlige Kühle der Sterne herab. Er horchte nach der geisterhaften Musik des Himmels. Und die Einsamkeit lehrte ihn, die Gaben des Traums zu erfassen. Er verbrachte viele Stunden damit, an etwas Unbestimmtes zu denken, sein Leben von einst mit dem von jetzt zu vergleichen. Endlich ergriff ihn Leidenschaft zu diesem jungen Pantherweib, er mußte etwas haben, das er lieben konnte. Vielleicht hatte sein Wille, der sich so zäh äußerte, das Wesen der Gefährtin geändert; vielleicht auch warfen ihr die Kämpfe, die es jetzt am Rand der Wüste gab, genügend Nahrung ab – jedenfalls: Sie schonte das Leben des Franzosen, der schließlich alles Mißtrauen verlor, als er ihre Zahmheit sah. Die meiste Zeit über schlief er; gleichwohl war er dabei immer wach wie eine Spinne im Netz, um jederzeit, wenn jemand am Horizont auftauchte, bereit zu sein. Sein Hemd hatte er als Fahne oben an einen kahlen Palmenstrunk gebunden. Die Not machte ihn erfinderisch, mittels einiger Stäbe wußte er die Fahne auszuspreitzen, denn möglicherweise blies der Wind gerade dann nicht, wenn der ersehnte Wanderer in die Wüste hinausspähte.

Mit dem Pantherweibchen unterhielt er sich in den langen Stunden der Hoffnungslosigkeit. Allmählich war er dahintergekommen, was sie mit dem Auf und Ab ihrer

Stimme und mit dem Ausdruck ihrer Augen sagen wollte und welche Laune gerade aus den goldenen Tüpfeln ihres Pelzes sprach. ›Liebling‹ knurrte auch nicht mehr, wenn er den Busch am Ende des schrecklichen Schweifes zwischen seine Finger nahm, um die schwarzen und weißen Ringe zu zählen, die ihn so schön machten und die schon von weitem wie ein Geschmeide in der Sonne funkelten. Es machte ihm ein großes Vergnügen, ihre anmutigen und dabei sehr kräftigen Linien zu betrachten und ihren weißen Bauch und ihren schlanken Schädel. Ganz besonders gern beobachtete er sie beim Spielen, und ihre Flinkheit, ihre jugendlichen Bewegungen machten ihn immer wieder staunen. Und wie geschmeidig sie beim Springen, Klettern, Gleiten, Kriechen, Sich-Anklammern, Herumwälzen, Sich-Dehnen und Niederwerfen war! Sie mochte noch so voll im Schwung sein, der Granit mochte noch so blank sein – beim Anruf ›Liebling‹ blieb sie auf der Stelle stehen.

Eines Tages aber kreiste im grellen Sonnenschein ein mächtiger Vogel durch die Luft. Der Provençale ließ seine Pantherin stehen, um den neuen Gast besser betrachten zu können, aber nur einen kleinen Augenblick wartete die verlassene Sultanin, dann knurrte sie dumpf. ›Weiß Gott, ich glaube, sie ist eifersüchtig!‹ rief er, und ihre Augen waren wieder ganz kalt und hart geworden. ›Gewiß ist die Seele der Virginie in ihren Leib gefahren . . .!‹

Der Adler entschwand, während der Soldat die runde Kruppe der Pantherin bewunderte. Wieviel Grazie und Jugend lag doch in dieser Linie! Sie war gerade so hübsch wie eine Frau. Das schöne matte Weiß an den Schenkeln verschmolz schillernd mit dem Blond des Fells. Ein verschwenderisches Sonnenlicht weckte unsagbare Reize aus dem lebendigen Gold und Braun. Provençale und Pantherin sahen sich verständnisinnig an. Die Kokette erschauerte, als der Freund ihr mit dem Fingernagel über den Schädel fuhr; in ihren Pupillen blitzte es, dann klappte sie entschlossen die Lider zu. ›Sie hat doch Seele!‹ meinte er und betrachtete die Ruhe der Wüstenkönigin, die in Gold schimmerte wie der Sand, weiß wie er, einsam und heiß wie er –«

»Nun«, sagte sie, »ich habe Ihre Apologie der Bestien gelesen. Doch wie endeten diese beiden Wesen, die zu einem gegenseitigen Verständnis wie geschaffen waren?« – »Sie – haben geendet wie alle großen Leidenschaften: durch ein Mißverständnis. Man glaubt auf beiden Seiten an Verrat, der Stolz verbietet jedes Wort, man überwirft sich aus Trotz.« – »Manchmal, ja, in den schönsten Minuten«, meinte sie, »ein Blick, ein Ton, genug –. Machen Sie Schluß mit Ihrer Geschichte.«

»Oh, das ist schrecklich schwer. Aber Sie werden es herausfühlen. Der alte Bursche hatte es mir schon beim letzten Tropfen Champagner erzählt: ›Gott weiß, was ich ihr getan hatte – sie wandte sich plötzlich wie wütend um; ihre Schneidezähne bissen mich in den Schenkel, zweifellos noch ganz leicht. Ich aber meinte, sie wollte mich auffressen – ich drückte ihr den Dolch in den Hals. Sie warf sich herum unter einem Schrei, der mir das Herz erstarrte. Ohne Zorn verzuckte sie. Um alles in aller Welt, selbst um das Kreuz, das ich übrigens damals noch nicht hatte, wollte ich sie wieder ins Leben zurückhaben. Mir war tatsächlich, als hätte ich einen Menschen ermordet. Und die Soldaten, die meine Fahne entdeckt hatten und mir zu Hilfe eilten, fanden mich in Tränen... Inzwischen‹, fuhr er nachher fort, ›habe ich in Deutschland, Rußland, Frankreich gekämpft, überall habe ich meinen Kadaver spazierengetragen – aber ich habe nichts gesehen, was der Wüste geglichen hätte... Wie schön sie ist!‹ – ›Und was empfanden Sie dort?‹ fragte ich. – ›Junger Mann, das läßt sich nicht aussprechen. Übrigens, ich habe durchaus nicht immer Sehnsucht nach Palmenbusch und Pantherweib; nur wenn ich traurig bin. In der Wüste, wissen Sie, da ist alles und nichts.‹ – ›Immerhin, sagen Sie mir...‹ – ›Dort‹, und es entfuhr ihm eine ungeduldige Bewegung, ›ist Gott ohne die Menschen.‹«

Der Auftrag

Ich habe schon immer gewünscht, eine einfache wahre Geschichte zu berichten, bei deren Erzählung ein junger Mensch und seine Geliebte von Schrecken ergriffen werden und sich einer an das Herz des andern flüchten würde, wie zwei Kinder sich aneinander drängen, wenn sie am Waldrande eine Schlange vor sich sehen. Auf die Gefahr hin, das Interesse an meiner Erzählung zu verringern oder für affektiert zu gelten, beginne ich mit der Verkündung des Endes meiner Geschichte. In diesem beinahe alltäglichen Drama habe ich eine Rolle gespielt; wenn es den Leser nicht fesselt, so trifft die Schuld entweder mich, oder der Fehler liegt darin, daß es sich in Wirklichkeit so ereignet hat. Die Hälfte dichterischer Begabung beruht ja darauf, daß man aus dem Wirklichen das auswählt, was für die poetische Darstellung geeignet ist.

Im Jahre 1819 begab ich mich von Paris nach Moulins. Der Zustand meiner Börse nötigte mich, das Verdeck der Diligence zu benutzen. Man weiß, daß die Engländer die Plätze dieses luftigen Wagenteils für die besten halten. Während der ersten Meilen des Weges hatte ich auch tausend vortreffliche Gründe, die Ansicht unserer Nachbarn für gerechtfertigt zu halten.

Ein junger Mann, der mir etwas wohlhabender als ich zu sein schien, stieg auf und setzte sich, da er Gefallen an mir zu finden schien, neben mich auf die Bank. Bald ließen die anscheinende Gleichaltrigkeit, eine gewisse Übereinstimmung im Denken, in der gemeinsamen Vorliebe für frische Luft, für die Schönheiten des Landschaftsbildes, die wir in uns entdeckten, während der schwere Wagen langsam weiterfuhr, sodann eine Art von unerklärlicher magnetischer Anziehungskraft zwischen uns jene momentane Intimität lebendig werden, der sich Reisende um so lieber hingeben, als dieses vorübergehende Empfinden schnell wieder schwindet und zu nichts für die Zukunft verpflichtet. Wir hatten noch keine dreißig Meilen zurückgelegt, als wir von Weibern und von der Liebe plauderten. Und natürlich war bei aller Vorsicht im Ausdruck, wie sie bei solcher Gelegenheit geboten erscheint, von unsern Geliebten die Rede. Jung, wie wir beide waren, hielten wir erst bei der »Frau von gewissen Jahren«, das heißt bei der Frau zwischen fünfunddreißig und vierzig. Oh, ein Dichter, der uns von Montargis bis ich weiß nicht zu welcher Station zugehört hätte, würde recht glühende Ausdrücke, entzückende Persönlichkeitsschilderungen und sehr süße Bekenntnisse haben sammeln können! Unsere schamhafte Zurückhaltung, unsere verschweigenden Empfindungsworte, unsere Blicke, die uns noch erröten ließen, waren von einer Beredsamkeit, deren naives Entzücken ich nicht zum zweitenmal empfunden habe. Man muß jung sein, wenn man die Jugend verstehen will. Daher verstanden wir uns auch wundervoll über alle wesentlichen Grundzüge der Leidenschaft. Wir hatten zuvörderst mit der Feststellung begonnen, daß es nichts Törichteres in der Welt gäbe als ein Geburtsdatum; daß viele vierzigjährige

Frauen jünger seien als manche zwanzigjährige und daß zuletzt die Frauen tatsächlich das Alter hätten, das sie zu haben schienen. Solche Grundsätze ließen keine Beschränkungen in der Liebe zu, und wir schwammen im besten Glauben in einem grenzenlosen Ozean. Und nachdem wir so unsere Geliebten als junge, entzückende, hingebende Gräfinnen von feinstem Geschmack, geistreich und klug geschildert hatten; nachdem wir von ihren schönen Füßen, von ihrer seidigen und sogar süß duftenden Haut geschwärmt hatten, gestanden wir uns, er, daß »Frau Soundso« achtunddreißig Jahre alt sei, und ich, daß ich eine Vierzigjährige anbetete. Als wir so beide eine gewisse unbestimmte Angst losgeworden waren, erschöpften wir uns in neuen Geständnissen, da wir uns ja als Mitbrüder in der Liebe ansahen. Dann handelte es sich darum, wer von uns beiden ein glühenderes Gefühl empfände. Der eine hatte einmal einen Weg von zweihundert Meilen gemacht, um mit seiner Geliebten eine Stunde lang zusammenzusein. Der andere hatte riskiert, in einem Park für einen Wolf gehalten und niedergeschossen zu werden, um sich zu einem nächtlichen Rendezvous einzufinden. So beichteten wir uns alle unsere Torheiten! Wenn es angenehm ist, sich an vorübergegangene Gefahren zu erinnern, ist es nicht auch sehr süß, entschwundener Freuden zu gedenken? Genießt man dann nicht zum zweitenmal? Bestandene Gefahren, große und kleine Seligkeiten, alles gestanden wir einander, selbst Scherze. Die Gräfin meines Freundes hatte eine Zigarre geraucht, nur ihm zuliebe; die meinige bereitete mir meine Schokolade selbst und ließ keinen Tag vorübergehen, ohne mir zu schreiben oder mich zu besuchen; die seinige hatte drei Tage in seiner Wohnung zugebracht auf die Gefahr hin, sich ins Verderben zu stürzen; und die meinige hatte noch Besseres oder, wenn man will, noch Schlimmeres getan. Die Ehemänner beteten im übrigen unsere Gräfinnen an; sie waren von dem Reiz, den alle liebenden Frauen ausströmen, gefesselt; und vorschriftswidrig töricht, bedeuteten sie für uns gerade so viel Gefahr, wie nötig war, um unsere Genüsse noch zu steigern. Oh, wie schnell der Wind unsere Worte und unser fröhliches Lachen davontrug!

Als wir in Pouilly anlangten, prüfte ich sehr genau die Persönlichkeit meines neuen Freundes. Ich war schnell überzeugt, daß er sicherlich sehr ernsthaft geliebt würde. Man stelle sich einen jungen Mann von mittlerem, aber sehr wohlproportioniertem Wuchse vor, mit einem angenehmen, ausdrucksvollen Gesicht. Er hatte schwarzes Haar und blaue Augen; seine Lippen waren leicht gerötet, seine Zähne weiß und wohlgebildet; eine reizvolle Blässe hob seine feinen Züge noch mehr hervor, seine Augen waren von leichten dunklen Ringen umzogen, als ob er eine Krankheit überstanden hätte. Nimmt man dazu, daß er weiße, schön modellierte und wie bei einer hübschen Frau gepflegte Hände besaß, daß er sehr gebildet erschien und geistvoll war, so wird man zugestehen müssen, daß mein Reisegenosse dazu angetan war, einer Gräfin Ehre zu machen. Mehr als ein junges Mädchen hätte ihn gewiß gern zum Manne genommen, denn er war Vicomte und besaß eine Rente von zwölf- bis fünfzehntausend Franken, ungerechnet das, was er noch zu »erwarten« hatte. Eine Meile hinter Pouilly stürzte die Diligence um. Mein unglücklicher Kamerad glaubte sich in Sicherheit bringen zu können, wenn er auf ein frisch beackertes Feld hinübersprang, anstatt wie ich sich an die Sitzbank anzuklammern und das Umfallen mitzumachen. Ich weiß nicht, ob er schlecht absprang oder ausglitt, aber der Wagen stürzte auf ihn, und er wurde zerschmettert. Wir brachten ihn in das Haus eines Bauern. Mitten zwischen dem Stöhnen, das ihm seine furchtbaren Schmerzen auspreßten, konnte er mir noch die Erfüllung eines Vermächtnisses ans Herz legen, dem der letzte Wunsch eines Sterbenden ein geheiligtes Siegel aufprägte. Mitten in seinem Todeskampfe wurde das arme Kind in all der Unschuld, die in seinem Alter so oft zu finden ist, von dem Gedanken an den Schrecken gepeinigt, der seiner Geliebten eingejagt werden würde, wenn sie seinen Tod plötzlich aus der Zeitung erführe. Er bat mich, zu ihr zu gehen und ihr selbst davon Mitteilung zu machen. Dann ließ er mich einen Schlüssel suchen, den er an einem Bande auf der Brust trug. Ich fand ihn halb ins Fleisch eingebohrt. Der Sterbende ließ keine Klage laut werden, als ich ihn so sanft wie nur möglich aus der Wunde, die er gemacht hatte, herauszog. Als er mir alle erforderlichen Aufklärungen gegeben hatte, wie ich bei ihm in Charité-sur-Loire die Liebesbriefe seiner Geliebten an mich nehmen sollte, und nachdem er mich beschworen hatte, sie ihr zu übergeben, konnte er mitten im Satze nicht weitersprechen und gab mir nur mit einer Geste zu verstehen, daß mir der verhängnisvolle Schlüssel für die Erfüllung meiner Mission als Ausweis bei seiner Mutter dienen sollte. Traurig darüber, daß er mir kein einziges Wort des Dankes mehr sagen konnte, denn er zweifelte nicht an meinem Eifer, seinen Wunsch zu erfüllen, betrachtete er mich einen Augenblick mit flehenden Blicken und nahm Abschied von mir mit einem Zucken seiner Wimpern; dann neigte er sein Haupt und verschied. Sein Tod war das einzige Unglück, das das Umwerfen des Wagens verursacht hatte. Und daran hatte er selbst ein wenig schuld, wie der Kondukteur sagte.

In Charité erfüllte ich das mündliche Vermächtnis des armen Reisenden. Seine Mutter war, gewissermaßen zu meinem Glück, abwesend. Trotzdem mußte ich eine alte Dienerin in ihrem Schmerze trösten, die beinahe umgesunken wäre, als sie den Tod ihres jungen Herrn erfuhr; sie fiel halbtot auf einen Stuhl, sobald sie den noch blutbedeckten Schlüssel erblickte; da ich mich aber mit einem viel schlimmeren Schmerz beschäftigen mußte, dem einer Frau, der das Schicksal den Gegenstand ihrer letzten Liebe entrissen hatte, so ließ ich die alte Haushälterin mit ihren Klagen allein und nahm die kostbare Korrespondenz mit mir, die mein Eintagsfreund sorgfältig eingeschlagen hatte.

Das Schloß, das die Gräfin bewohnte, lag acht Meilen von Moulins entfernt, und um hinzugelangen, mußte man auch noch einige Meilen nach dem Gute zu Fuß machen. Es war also ziemlich schwierig für mich, meinen Auftrag auszuführen. Durch ein Zusammentreffen verschiedener Umstände, deren Aufzählung überflüssig wäre, besaß ich nicht genug Geld, um Moulins zu erreichen. Gleichwohl beschloß ich in meiner jugendlichen Begeisterung, den Weg zu Fuß zu machen, und zwar eilig, um der Verbreitung der bösen Nachricht, die so schnell vor sich zu gehen pflegt, zuvorzukommen. Ich erkundigte mich nach dem kürzesten Wege und ging auf den Fußsteigen des Bourbonnais, indem ich sozusagen einen Toten mit mir schleppte. Je näher ich dem Schlosse von Montpersan kam, um so schrecklicher erschien mir die eigenartige Pilgerfahrt, die ich unternommen hatte. Meine Phantasie spiegelte mir Tausende von romantischen Bildern vor. Ich stellte mir alle Situationen vor, in denen ich Frau von Montpersan, oder um der romanhaften Poesie zu genügen, der so sehr geliebten »Juliette« des jungen Reisenden, begegnen könnte. Ich dachte mir geistvolle Antworten auf Fragen aus, von denen ich annahm, daß sie mir gestellt werden könnten. An jeder Waldesecke, an jedem Hohlweg wiederholte sich die Szene vom Soias und seiner Laterne, der er den Schlachtbericht abstattet. Wie ich zu meiner Schande gestehen muß, dachte ich zunächst nur an mein Auftreten, an meine geistreichen Worte, an die Gewandtheit, die ich entwickeln wollte; erst als ich mich auf dem Gute selbst befand, traf mich eine Erwägung wie ein Blitzstrahl, der einen Schleier grauer Wolken durchdringt und zerreißt. Welche schreckliche Nachricht sollte ich einer Frau bringen, die in diesem Augenblick ganz mit ihrem jungen Freunde beschäftigt war, die von Stunde zu Stunde auf namenlose Freuden hoffte, nachdem sie sich tausendfach Mühe gegeben hatte, um ihn in unverdächtiger Weise bei sich empfangen zu können. Es war somit die Erfüllung einer grausamen Pflicht, der Botschaftsüberbringer des Toten zu sein. Und so beschleunigte ich meine Schritte, wobei ich mich beschmutzte, wenn ich in dem Kot der Wege des Bourbonnais steckenblieb. Ich erreichte nun bald eine große Kastanienallee, an deren Ende die Massen des Schlosses von Montpersan sich gegen den Himmel wie dunkle Wolken mit hellen phantastischen Rändern abzeichneten. Als ich an der Tür des Schlosses anlangte, fand ich sie vollkommen offenstehend. Dieser unvorhergesehene Umstand störte meine Pläne und Voraussetzungen. Nichtsdestoweniger trat ich mutig ein und sah bald neben mir zwei Hunde, die wie wahre Dorfköter bellten. Auf diesen Lärm hin kam ein dickes Dienstmädchen herbeigelaufen, und als ich ihr gesagt hatte, daß ich die Frau Gräfin sprechen wollte, zeigte sie mit der Hand auf die Baumgruppen eines englischen Parks, der sich um das Schloß herumzog, und antwortete mir: »Die gnädige Frau ist dort...«

»Danke«, sagte ich ironisch. Ihr »dort« konnte mich zwei Stunden lang im Park umherirren lassen.

Inzwischen war ein hübsches kleines Mädchen mit lokkigen Haaren, einem rosa Gürtel um das weiße Kleid und einem plissierten Kragen dazugekommen und hörte oder begriff meine Frage und die Antwort. Als sie mich gesehen hatte, verschwand sie wieder und rief in etwas scharfem Ton: »Mama, da ist ein Herr, der dich sprechen will!« Ich folgte über die Windungen der Alleen hin dem Auf und Ab ihres weißen Kragens, der, ähnlich einem Irrlicht, mir den Weg anzeigte, den das kleine Mädchen einschlug.

Ich will nichts verschweigen. Bei dem letzten Gebüsch der großen Allee hatte ich meinen Kragen hinaufgezogen, meinen schlechten Hut und meine Beinkleider mit den Schößen meines Rockes, meinen Rock mit den Ärmeln und diese einen mit dem andern gereinigt; dann hatte ich den Rock sorgfältig zugeknöpft, um den Stoff der Aufschläge, der immer etwas frischer als das übrige aussieht, sehen zu lassen; endlich ließ ich die Beinkleider über die Stiefel herab, die ich sorgsam im Grase gereinigt hatte. Dank dieser Gaskogner-Toilette hoffte ich, nicht für einen Landstreicher der Unterpräfektur gehalten zu werden; aber wenn ich mich in diese Stunde meines Jugendlebens heute zurückversetze, so muß ich selbst darüber lachen.

Gerade als ich mich so in Positur gesetzt hatte, bemerkte ich plötzlich hinter der Krümmung eines grünen Gebüsches inmitten von tausend von einem warmen Sonnenstrahl übergossenen Blumen Juliette und ihren Mann. Das hübsche kleine Mädchen hielt die Mutter an der Hand, und man konnte leicht wahrnehmen, daß die Gräfin auf die merkwürdigen Worte ihres Kindes hin ihre Schritte beschleunigt hatte. Erstaunt über den Anblick eines Unbekannten, der sich ziemlich linkisch vor ihr verbeugte, blieb sie stehen und zeigte mir ein Gesicht, auf dem sich kühle Höflichkeit mit einem entzückenden Schmollen mischte, das alle ihre getäuschten Hoffnungen verriet. Ich suchte aber vergeblich nach einigen meiner schönen Redensarten, die ich mir so mühsam ausgeklügelt hatte. Während dieses Moments, da wir beide zu sprechen zögerten, war auch der Ehegatte auf dem Schauplatz erschienen. Tausend Gedanken durchkreuzten mein Hirn. Um mir etwas Haltung zu geben, redete ich einige nichtssagende Worte, indem ich fragte, ob die hier anwesenden Personen auch wirklich der Herr Graf und die Frau Gräfin von Montpersan seien. Dieses Geschwätz gestattete mir, die beiden Ehegatten, deren Zurückgezogenheit so heftig gestört werden sollte, mit einem einzigen Blick zu beurteilen und mit einer für mein Alter seltenen Scharfsichtigkeit über ihren Charakter klarzuwerden. Der Mann schien mir der Typus des Landedelmannes zu sein, wie er augenblicklich den schönsten Schmuck der Provinz bildet. Er trug grobe Schuhe mit dicken Sohlen; ich erwähne sie zuerst, weil sie mir noch mehr ins Auge fielen als sein schwarzer, abgetragener Rock, seine abgeschabte Hose, seine schlecht gebundene Krawatte und sein heruntergedrückter Hemdkragen. Es steckte in diesem Manne etwas von einem Richter, viel mehr von einem Präfekturrat, die ganze Wichtigkeit eines kantonalen Bürgermeisters, dem niemand Widerstand zu leisten vermag, und die Verstimmung eines wählbaren Kandidaten, der seit dem Jahre 1816 regelmäßig durchgefallen war; er wies eine unwahrscheinliche Mischung von bäurischem praktischem Verstande und von Dummheit auf; keine Manieren, aber den Dünkel der Reichen; starke Untertänigkeit seiner Frau gegenüber, sonst aber sich für den gebietenden Herrn haltend, der in den unerheblichsten Dingen Widerstand leistet, sich aber um die wichtigen Angelegenheiten nicht kümmert; im übrigen ein verlebtes, sehr runzliges, vertrocknetes Gesicht mit einigen wenigen grauen, langen, flach anliegenden Haaren, so war die Erscheinung dieses Mannes. Aber die Gräfin! Oh, welchen starken und auffallenden Gegensatz bildete sie zu ihrem Manne! Sie war eine kleine Frau von schlanker, graziöser Figur, reizend, zierlich und so zart, daß man fürchten mußte, sie beim Berühren zu zerbrechen; sie trug ein weißes Musselinkleid und auf dem Kopfe ein hübsches Häubchen mit rosa Bändern, einen rosa Gürtel und einen Umhang, der ihre Schultern und ihre schöne Büste so reizvoll umschloß, daß der Anblick die unwiderstehliche Begierde, sie zu besitzen, aufkeimen ließ. Sie hatte lebhafte, schwarze, ausdrucksvolle Augen, reizvolle Bewegungen und entzückende Füße. Ein alter erfahrener Frauenkenner hätte sie höchstens auf dreißig Jahre geschätzt, so viel Jugend leuchtete auf ihrer Stirn und zeigte sich in den geringsten Einzelheiten ihres Kopfes. Was ihren Charakter anlangt, so erinnerte sie auch gleichzeitig an die Gräfin de Lignolles und an die Marquise de B..., zwei Frauentypen, die sich im Gedächtnis eines jungen Mannes, der den Roman von de Louvet gelesen hat, immer lebendig erhalten. Mir wurden plötzlich alle Geheimnisse dieser Ehe klar, und ich faßte den Entschluß, diplomatisch wie ein alter Gesandter vorzugehen. Es war das vielleicht einzige Mal in meinem Leben, daß ich richtigen Takt entwickelte und daß ich begriff, worin die Geschicklichkeit von Höflingen und Weltleuten bestand.

Seit diesen Tagen unbekümmerten Daseins habe ich allzu viele Kämpfe durchfechten müssen, als daß ich die unbedeutenden Handlungen im Leben auf die Waagschale legen und die tausend Vorschriften der Etikette und des guten Tons hätte erfüllen können, die die edelmütigsten Regungen des Herzens ersticken.

»Herr Graf, ich möchte mit Ihnen allein sprechen«, sagte ich mit geheimnisvoller Miene, während ich einige Schritte zurücktrat.

Er folgte mir. Juliette ließ uns allein und entfernte sich, unbekümmert wie eine Frau, die sicher ist, die Geheimnisse ihres Mannes zu erfahren, sobald sie sie zu wissen wünscht. Ich erzählte dem Grafen kurz den Tod meines Reisebegleiters. Der Eindruck dieser Nachricht bewies mir, daß er eine warme Zuneigung zu seinem jungen Mitarbeiter hatte, und diese Entdeckung gab mir den Mut zu meiner Antwort in dem Zwiegespräch, das nun zwischen uns beiden sich entspann.

»Meine Frau wird in Verzweiflung sein«, rief er, »und ich werde alle Vorsicht gebrauchen müssen, wenn ich sie von diesem unglückseligen Ereignis in Kenntnis setze.«

»Wenn ich mich zuerst an Sie wandte, Herr Graf«, sagte ich, »so habe ich damit eine Pflicht erfüllt. Ich wollte mich dieses Auftrags, mit dem mich ein Unbekannter betraut hatte, nicht vor der Frau Gräfin entledigen, ohne Sie vorher davon benachrichtigt zu haben; aber er hat mir auch eine Art ehrenvoller letztwilliger Verfügung anvertraut, ein Geheimnis, das ich nicht berechtigt bin, preiszugeben. Nach der hohen Meinung, die ich von Ihrem Charakter gefaßt habe, denke ich, daß Sie sich nicht der Erfüllung eines solchen letzten Wunsches widersetzen werden. Es wird der Frau Gräfin überlassen bleiben, das Schweigegebot, das mir auferlegt worden ist, zu brechen.«

Da er so sein Loblied singen hörte, wiegte der Edelmann sehr erfreut seinen Kopf hin und her. Dann erwiderte er mit einem ziemlich gewundenen Kompliment und ließ mir schließlich freie Hand. Als wir uns zurückwandten, rief die Glocke gerade zum Diner; ich wurde eingeladen, daran teilzunehmen. Juliette prüfte verstohlen unsere Mienen, als sie uns ernst und schweigsam zurückkommen sah. Ganz erstaunt darüber, daß ihr Mann leichtfertig einen Vorwand suchte, um uns allein zu lassen, blieb sie stehen und warf mir einen Blick zu, wie er nur einer Frau zu Gebote steht. In diesem Blick lag die ganze berechtigte Neugierde einer Hausherrin, die einen Fremden bei sich empfängt, der wie vom Himmel herabgefallen erscheint; es lagen darin tausend Fragen über die seltsamen Gegensätze meiner Kleidung, meiner Jugend, meiner Physiognomie; dann die Geringschätzung einer angebeteten Geliebten, vor deren Augen kein anderer Mann Gnade findet außer einem einzigen; es lag darin das unwillkürliche Gefühl von Angst, von Furcht und von der Verstimmung, einen unerwarteten Gast zu haben, während sie doch sicherlich alle Seligkeiten der Einsamkeit für ihre Liebe hatte aufsparen wollen. Ich verstand dieses beredte Schweigen und antwortete darauf mit einem trüben Lächeln voll Mitleid und Teilnahme. Einen Augenblick lang betrachtete ich sie in dem ganzen Glanze ihrer Schönheit, umstrahlt von der Heiterkeit des Tages, inmitten des schmalen von Blumen umrahmten Laubganges. Und während ich dieses Bild bewunderte, konnte ich einen Seufzer nicht unterdrücken.

»Ach, Frau Gräfin, ich habe eine sehr mühselige Reise gemacht, die ich ... allein um Ihretwillen unternommen hatte.«

»Wie, mein Herr?!« sagte sie.

»Oh«, fuhr ich fort, »ich komme im Namen dessen, der Sie Juliette nennt.« Sie erbleichte. »Sie werden ihn heute nicht sehen können.«

»Ist er krank?« fragte sie leise.

»Ja«, erwiderte ich. »Aber um Himmels willen verraten Sie sich nicht. Ich bin von ihm beauftragt worden, Ihnen gewisse Sie betreffende Geheimnisse anzuvertrauen; ich bitte Sie, zu glauben, daß es niemals einen diskreteren und ergebeneren Boten gegeben hat.«

»Aber, was ist denn mit ihm?«

»Wenn er Sie nun nicht mehr lieben sollte?«

»Oh, das ist nicht möglich!« rief sie und ließ ein kleines Lächeln sehen, das nichts weniger als ungezwungen erschien.

Plötzlich überlief sie ein Schauder, sie warf mir einen milden schnellen Blick zu, errötete und sagte: »Lebt er?«

Großer Gott, was für eine schreckliche Frage! Ich war noch zu jung, um den Ton ertragen zu können, ich fand keine Antwort und sah die unglückselige Frau wie erstarrt an.

»Mein Herr, geben Sie mir Antwort!« rief sie.

»Ja, Frau Gräfin.«

»Ist es auch wahr? Oh, sagen Sie mir die Wahrheit, ich kann sie hören. Sagen Sie sie mir. Jeder Schmerz ist weniger peinigend als diese Ungewißheit.«

Ich antwortete mit zwei Tränen, die mir der seltsame Ton, mit dem ihre Worte gesprochen wurden, abpreßte.

Sie stützte sich an einen Baum und stieß einen schwachen Schrei aus.

»Gnädige Frau«, sagte ich, »hier kommt Ihr Herr Gemahl!«

»Habe ich denn einen Mann?«

Nach diesen Worten floh sie davon und verschwand.

»Das Essen wird ja kalt!« rief der Graf. »Kommen Sie, mein Herr.«

Daraufhin folgte ich dem Hausherrn, der mich in einen

Speisesaal führte, wo die Mahlzeit mit all dem Luxus serviert war, an den uns die Pariser Tafeln gewöhnt haben. Es waren fünf Kuverts gedeckt: diejenigen der beiden Gatten und der kleinen Tochter, das »meinige«, das eigentlich das »seinige« sein sollte, und das letzte für einen Domherrn von Saint-Denis, der, nachdem er das Tischgebet gesprochen hatte, fragte: »Wo ist denn unsre liebe Gräfin?«

»Oh, sie wird schon kommen«, erwiderte der Graf, der uns eifrig die Suppe auftat und sich dann mit einer sehr reichlichen Portion davon versorgte, die er mit bewunderungswürdiger Schnelligkeit vertilgte.

»Ach, mein lieber Neffe«, rief der Domherr, »wenn deine Frau zugegen wäre, würdest du vernünftiger sein.«

»Papa wird krank werden«, sagte das kleine Mädchen mit schlauer Miene.

Gleich nach dieser eigenartigen gastronomischen Episode, gerade als der Graf ich weiß nicht welche Sorte Wildbret tranchierte, erschien eine Kammerfrau und sagte: »Herr Graf, die gnädige Frau ist nirgends zu finden!«

Auf diese Worte hin erhob ich mich sofort, da ich ein Unglück befürchtete, und mein Gesicht drückte meine Angst so deutlich aus, daß der alte Domherr mir in den Garten folgte. Der Ehegatte ging aus Anstand bis zur Schwelle mit.

»Bleiben Sie doch, bleiben Sie doch! Sie brauchen sich gar nicht zu beunruhigen«, rief er uns nach.

Aber er begleitete uns nicht. Der Domherr, die Kammerfrau und ich, wir durchstreiften die Wege und Rasenflächen des Parks, wir riefen, wir horchten und waren alle um so mehr in Sorge, als ich von dem Tode des jungen Vicomte berichtete. Während wir liefen, erzählte ich die näheren Umstände des verhängnisvollen Ereignisses und bemerkte dabei, daß die Kammerfrau ganz außerordentlich an ihrer Herrin hing; denn sie teilte meine geheime Angst viel mehr als der Domherr. Wir eilten zu den Wasserflächen, wir durchsuchten alles, ohne die Gräfin zu finden und ohne auch nur die geringste Spur zu entdecken, daß sie irgendwo vorbeigekommen war. Endlich, als wir an einer Mauer entlanggingen, hörte ich ein dumpfes, gewaltsam ersticktes Stöhnen, das aus einer Art von Scheune hervorzudringen schien. Auf alle Fälle trat ich hinein: Da entdeckten wir Juliette, die, um ihre Verzweiflung zu ersticken, sich hier tief ins Heu vergraben hatte. Einem unüberwindlichen Schamgefühl gehorchend, hatte sie ihren Kopf versteckt, um ihre fürchterlichen Verzweiflungsschreie nicht laut werden zu lassen; es war ein Stöhnen, ein Kinderweinen, nur noch durchdringender und jammervoller. Nichts schien mehr auf der Welt für sie zu existieren. Die Kammerfrau machte ihre Herrin von dem Heu frei, die alles mit der kraftlosen Gleichgültigkeit eines sterbenden Tiers mit sich geschehen ließ. Die Kammerfrau fand keine andern Worte, als immer zu wiederholen: »Ach bitte, gnädige Frau, ach, bitte...«

Der alte Domherr fragte: »Aber was ist ihr denn? Was fehlt dir denn, liebe Nichte?«

Endlich gelang es mir, Juliette mit Hilfe der Kammerfrau in ihr Zimmer zu bringen; ich empfahl, sorgsam über sie zu wachen und allen Leuten zu sagen, daß die Gräfin

Migräne hätte. Dann gingen der Domherr und ich wieder in den Speisesaal hinunter. Es war eine ziemliche Zeit vergangen, seit wir den Grafen verlassen hatten, und ich dachte erst wieder an ihn, als ich in die Vorhalle trat und seine Gleichgültigkeit mich überraschte; aber mein Erstaunen wuchs noch, als ich ihn mit philosophischem Gleichmut am Tisch sitzen sah; er hatte fast das ganze Diner aufgegessen, zum großen Vergnügen seiner Tochter, die sich darüber amüsierte, wie ihr Vater sich über die Anordnungen der Gräfin ganz und gar hinwegsetzte. Die merkwürdige Gleichgültigkeit dieses Ehemanns wurde mir verständlich durch eine Diskussion, die sich sofort zwischen dem Domherrn und ihm erhob. Der Graf sollte eine strenge Diät innehalten, die die Ärzte ihm verordnet hatten, um ihn von einer ernsten Krankheit zu heilen, deren Name mir entfallen ist; von wilder Gefräßigkeit, wie sie ziemlich häufig bei Rekonvaleszenten vorkommt, verzehrt, hatte der tierische Hunger alle vernünftige menschliche Überlegung besiegt. So hatte ich zu gleicher Zeit die Natur in all ihrer Nacktheit in zwei Bildern beobachten können, bei denen das Komische inmitten des furchtbarsten Schmerzes zutage trat. Der Abend verlief in trüber Stimmung. Ich war sehr ermüdet. Der Domherr wandte all seinen Scharfsinn auf, um den Grund für den Jammer seiner Nichte herauszubekommen. Der Ehemann verdaute stillschweigend, nachdem er sich mit einer ziemlich unbestimmten Aufklärung begnügt hatte, die ihm die Gräfin durch ihre Kammerfrau geben ließ und die, wie ich glaube, in Zusammenhang mit dem natürlichen Unwohlsein der Frauen gebracht wurde. Dann begaben wir uns alle zeitig zur Ruhe. Da ich bei dem Zimmer der Gräfin vorbeikam, um mein Nachtlager unter Führung des Kammerdieners aufzusuchen, erkundigte ich mich ängstlich nach ihrem Befinden. Als sie meine Stimme erkannte, ließ sie mich bei sich eintreten und wollte mit mir sprechen; aber sie konnte kein Wort herausbringen, nickte nur mit dem Kopfe, und ich zog mich zurück. Trotz der furchtbaren Aufregungen, die ich mit der vollen Anteilnahme eines jungen Menschen durchgemacht hatte, schlief ich gleich ein, überwältigt von Müdigkeit infolge meines Gewaltmarsches. Da wurde ich in später Nachtstunde durch das kreischende Geräusch der Ringe meiner Bettvorhänge jäh geweckt, die heftig zurückgezogen wurden, und ich sah die Gräfin zu Füßen meines Bettes sitzen. Ihr Antlitz war von der Lampe meines Tisches hell beleuchtet.

»Ist es denn wirklich wahr, mein Herr?« sagte sie. »Ich weiß nicht, wie ich nach dem furchtbaren Schlage, der mich getroffen hat, noch weiterleben soll; aber jetzt bin ich ganz ruhig. Ich will alles wissen.«

›Eine schöne Ruhe!‹ sagte ich mir, als ich die erschrekkende Blässe ihres Gesichts wahrnahm, die von der braunen Farbe des Haars abstach, als ich den Grabeston ihrer Stimme hörte und entsetzt feststellte, wie verwüstet und verzerrt ihr Antlitz war. Sie erschien wie verblüht, wie ein Blatt, das seine letzten Herbstfarben eingebüßt hat. Ihre Augen waren rot und geschwollen, hatten alle ihre Schönheit verloren und spiegelten nur ihren tiefen bittern Schmerz wider: Man hätte sagen mögen, daß an die Stelle der lachenden Sonne eine graue Wolke getreten war.

Ich schilderte ihr in einfacher Weise, ohne allzusehr

gewisse Einzelheiten, die für sie zu schmerzlich sein mußten, zu berühren, den plötzlichen Unglücksfall, der ihr ihren Herzensfreund geraubt hatte. Ich erzählte ihr von unserem ersten Reisetage, der mit den Erinnerungen an ihre Liebe ausgefüllt war. Sie weinte nicht, sie hörte begierig zu, das Haupt zu mir hin geneigt, wie ein sorgsamer Arzt, der einer Krankheit auf der Spur ist. Als ich sie ganz ihrem Schmerz hingegeben und in ihr Unglück versunken sah, ergriff ich die Gelegenheit, ihr von den Befürchtungen des sterbenden armen Jungen zu berichten und weshalb er mir den traurigen Auftrag gegeben hatte. Das düstere Feuer, das tief in ihrer Seele flammte, ließ ihre Tränen versiegen. Sie wurde womöglich noch bleicher. Als ich ihr die Briefe reichte, die ich unter meinem Kopfkissen verwahrt hatte, nahm sie sie mechanisch entgegen; dann ging ein heftiges Zittern durch ihren Körper, und sie rief mit rauher Stimme: »Ach, und ich habe die seinigen verbrannt! Nichts von ihm habe ich, nichts, nichts!«

Und sie schlug sich heftig vor die Stirn.

»Gnädige Frau«, sagte ich. Sie machte eine krampfhafte Bewegung und sah mich an. »Ich habe ihm eine Locke abgeschnitten«, fuhr ich fort, »hier ist sie.«

Und ich gab ihr dieses unverwüstliche Restchen dessen, den sie liebte. Ach, wenn Ihr wie ich die glühenden Tränen gefühlt hättet, die jetzt auf meine Hand tropften. Dann würdet Ihr wissen, was Dankbarkeit ist, die unmittelbar auf eine Wohltat folgt. Sie preßte meine Hände und sagte mit erstickter Stimme, während ihre Augen im Fieber glänzten und inmitten ihres furchtbaren Schmerzes ein Strahl flüchtigen Glücksgefühls hervorbrach:

»Ach, auch Sie lieben! Mögen Sie stets glücklich sein und die, die Ihnen teuer ist, nie verlieren!«

Sie vollendete den Satz nicht und entfloh mit ihrem Schatze.

Am andern Morgen erschien mir diese mit meinen Träumen vermischte nächtliche Szene ganz unwirklich. Es bedurfte erst, um mich von ihrer traurigen Wahrheit zu überzeugen, des vergeblichen Suchens nach den Briefen unter meinem Kissen. Von den Ereignissen des nächsten Tages ist nichts erwähnenswert. Ich verweilte noch einige Stunden bei Juliette, die mein armer Reisegenosse mir so sehr gerühmt hatte. Die geringsten Äußerungen, Gesten und Handlungen dieser Frau überzeugten mich von der Vornehmheit ihres Denkens und der Zartheit ihres Empfindens, die sie zu einem jener köstlichen für die Liebe und die Hingebung geschaffenen Wesen machten, die so spärlich auf dieser Erde vorkommen. Am Abend brachte mich der Graf von Montpersan persönlich nach Moulins. Als wir dort anlangten, sagte er ziemlich verlegen zu mir: »Wenn ich damit Ihre Freundlichkeit nicht mißbrauche, mein Herr, und nicht allzu vertraulich gegenüber einem Unbekannten handle, gegen den wir uns schon genug verpflichtet fühlen, so würde ich Sie bitten, in Paris, wohin Sie ja reisen, bei Herrn von… [den Namen habe ich vergessen] in der Rue Sentier einen Betrag, den ich ihm schulde und den er bald zu empfangen wünscht, abzugeben.«

»Gern«, sagte ich.

Und ich nahm in aller Unschuld eine Rolle von fünfundzwanzig Louisdors entgegen, die mir dazu verhalf, nach Paris zurückzukehren, und die ich dann getreulich dem Korrespondenten, dem sogenannten Gläubiger des Herrn von Montpersan, wieder zustellte.

Erst in Paris wurde mir, als ich den Betrag in das angegebene Haus brachte, die feinsinnige Geschicklichkeit klar, mit der mir Juliette einen Dienst leistete. Die Form, in der mir dieses Gold geliehen wurde, die über meine leicht erkennbare Geldnot bewahrte Diskretion – zeigen sie nicht deutlich die geniale Fähigkeit eines liebenden Weibes?

Und welches Entzücken genoß ich, als ich dieses Abenteuer einer anderen Frau erzählen konnte, die mich voll Angst an sich drückte und sagte: »Ach, Geliebter, du, du darfst mir nicht sterben!«

Facino Cane

Ich wohnte damals in einer Gasse, die wohl kaum jemand kennen dürfte: in der Rue de Lestiguières, sie führt von der Rue Saint-Antoine, gegenüber einem Brunnen nächst dem Bastilleplatz, bis zur Rue de la Cerisaie. Meine Liebe zur Wissenschaft zwang mich, in einer Mansarde zu wohnen, wo ich nachts arbeitete, die Tage aber verbrachte ich in einer nahen Bibliothek. Ich lebte äußerst einfach, ja fast mönchisch, wie ein geistiger Arbeiter eben leben muß. Selten einmal leistete ich mir bei schönem Wetter einen Spaziergang auf dem Boulevard Bourdon. Nur eine Leidenschaft drohte mich diesem Leben als Forscher abspenstig zu machen – indessen, gehört sie nicht auch dazu? Ich studierte nämlich das Leben des Faubourg, seine Leute und ihren Charakter. Ich war genauso schlecht angezogen wie die Arbeiter und kümmerte mich nicht darum, wie ich aussah; deshalb genierten sie sich auch nicht vor mir; also konnte ich mich ruhig unter sie mischen und zuschauen, wie sie ihre kleinen Geschäfte betrieben und abends nach Arbeitsschluß ihre kleinen Streitigkeiten ausfochten. Beobachten war bei mir schon ganz intuitiv geworden; ich konnte Seele erkennen, ohne den Leib zu vernachlässigen; oder richtiger gesagt, alle äußerlichen Einzelheiten waren mir von vornherein so deutlich, daß ich sogleich durch sie hindurch forschte, meine Beobachtungsgabe ließ mich das

Leben jenes Menschen, für den ich mich gerade interessierte, unbedingt mitleben; ich konnte mich ganz genau so in ihn hineinversetzen, wie der Derwisch aus Tausendundeinernacht sich in Leib und Seele derer wandelte, über die er bestimmte Formeln sprach.

Sah ich nachts zwischen elf und zwölf Uhr einen Arbeiter mit seiner Frau vom Ambigu-Comique heimkehren, so machte es mir Spaß, vom Boulevard du Pont-aux-Choux bis zum Boulevard Beaumarchais hinter ihnen herzugehen. Natürlich redeten diese Biederleute zuerst von dem Stück, das sie sich angesehen hatten; nach und nach aber landeten sie todsicher bei ihren privaten Sorgen; die Mutter schleifte ihr Kind hinter sich her, ohne im geringsten auf dessen Klagen und Fragen zu hören; man rechnete aus, wieviel Geld es am nächsten Tag setzen würde, und gab es schon auf zwanzig Arten aus. Dann vertieften sie sich in den Haushalt: Die Kartoffeln waren zu teuer und der Winter zu lang und der Preis für den Torf zu hoch; wieviel der Bäcker zu bekommen hatte, war nicht ganz klar, sie gerieten deswegen aneinander, wurden immer heftiger, und bei solchen drastischen Reden zeigte jeder, wie er war. Hörte ich diesen Leuten zu, so drang ich auch schon in ihr Leben hinein: Mein Leib fühlte ihre Lumpen, ich ging in ihren verschlampten Schuhen; meine Seele nahm ihre Hoffnungen und Schmerzen auf, und ich dachte, sie empfänden es ebenso. Es war ein Wachtraum. Ich erboste mich mit ihnen über die Meister, die sie unterdrückten, und über die üble Behandlung, daß man sie oft vergeblich nach ihrem Geld laufen ließ. Meine ganze Zerstreuung bestand darin, meine Gewohnheiten aufzugeben, mich moralisch durch und durch in einen anderen zu verwandeln und ein Spiel der Willkür zu spielen. Wem verdanke ich diese Anlage? Ist das ein zweites Gesicht? Ist das eine jener Fähigkeiten, durch deren Übersteigerung man wahnsinnig werden könnte? Ich habe niemals den Quellen dieser Macht nachgespürt, sie sind in mir, ich nutze sie – gut! Ich kann nur sagen, daß ich damals schon die Elemente der zusammengewürfelten Masse, die sich Volk heißt, durchgrübelt und genug analysiert hatte, um ihr Gut oder Schlecht wohl einschätzen zu können. Ich wußte schon, was in diesem Faubourg, in dieser Brutstätte der Revolutionen, alles drinsteckte – Helden, Erfinder, Techniker, Schufte, Verworfene, Tugenden und Laster, vom Elend hinuntergestopft, von der Not entkräftet, von Wein und Schnaps verseucht und zerstört. Niemand vermag sich vorzustellen, wie viele namenlose Schicksale, wie viele verschüttete Tragödien sich in dieser Stadt des Leidens abspielen! Wieviel furchtbar Schönes! Keine Phantasie kann die Wirklichkeit ausmalen, die sich hier verbirgt, keiner kann sie finden, kaum einer ihr nahekommen; die Tiefe ist zu schauerlich, in der Tragik und Komik sich so wunderbar zu Meisterwerken des Zufalls entfalten. Ich weiß nicht, warum ich die Geschichte, die ich erzählen möchte, so lange bei mir behalten habe, sie ist eine jener seltsamen Dinge, die wie Lotterienummern im Sack bleiben, bis eine Laune des Gedächtnisses sie herauszieht. Ich habe noch einen größeren Vorrat davon, alle sind gleich sonderbar; und sie kommen noch alle dran, verlaßt euch drauf!

Eines Tages bat mich meine Aufwartung, eine Arbeiterfrau, ich möge doch die Hochzeit einer ihrer Schwestern mit meiner Anwesenheit beehren. Damit man sich vorstellen mag, was für eine Hochzeit das sein würde, muß ich noch sagen, daß ich dieser armen Person, die mir jeden Morgen das Bett machte, die Schuhe reinigte, das Zimmer wischte und das Frühstück richtete, im Monat ganze vierzig Sous gab; für den Rest des Tages stand sie an der Kurbel einer Maschine, und damit drehte sie sich täglich noch saure zehn Sous zusammen. Ihr Mann, ein Tischler, verdiente vier Franken. Aber sie hatten drei Kinder, und da war das doch ein recht kümmerliches Leben. Ich habe gleichwohl niemals eine so restlose Ehrlichkeit gefunden wie bei diesen Leuten. Als ich schon aus dem Faubourg verzogen war, kam Mutter Vaillant noch fünf Jahre lang jedesmal zu meinem Namenstag und gratulierte mir mit Blumenstrauß und Orangen, obwohl sie täglich kaum zehn Sous zu verzehren hatte. Das Elend hatte uns zueinander geführt. Nie konnte ich ihr mehr als zehn Franken geben, und auch diese mußte ich mir oft erst leihen. Meine Zusage zur Hochzeit war also erklärlich, auch hoffte ich, daß ich mich in die Freude der armen Menschen hineinleben könnte. Schmaus und Tanz dieser Hochzeit fanden bei einem Weinhändler, in einem ersten Stockwerk in der Rue de Charenton statt. Man saß in einem größeren Zimmer, das von Reflektoren aus Weißblech erhellt wurde; die Wände waren etwa bis Tischhöhe mit einer schmierigen Tapete bekleistert. Man hatte Holzbänke aufgestellt. In diesem Zimmer nun saßen achtzig Menschen im Sonntagsstaat, mit Sträußen und Bändern geschmückt, und alle waren sie versessen auf ihr Vergnügen und tanzten sich heiß, als sei das Ende der Welt da. Zur allgemeinen Freude umarmten sich die Jungvermählten, man schrie Ah! und Eh! und machte tausend Späße, die im Grunde viel weniger unpassend waren als der züchtige Augenniederschlag des wohlerzogenen jungen Mädchens. Das brutale Wohlgefühl dieser Leute hatte geradezu etwas Ansteckendes.

Aber weder die Gesichter dieser Gesellschaft noch die Hochzeit selbst, noch irgend etwas aus diesem Kreis steht in näherem Zusammenhang mit meiner Geschichte. Ich bitte nur den Leser, sich diesen sonderbaren Rahmen vor Augen zu halten. Man vergegenwärtige sich diese ordinäre, rotbepinselte Kneipe, atme ihren Weindunst, entferne sich nicht aus unserem Faubourg, von seinen Arbeitern, alten Leuten und armen Weibern, die sich in herzlichster Ausgelassenheit für eine Nacht dem Vergnügen hingaben.

Musik wurde von drei Blinden aus der Blindenanstalt gemacht: Der erste spielte die Geige, der zweite die Klarinette, der dritte das Flageolett. Alle drei zusammen bekamen für diese eine Nacht sieben Franken. Natürlich verlangte niemand von ihnen um diesen Preis Rossini oder Beethoven; sie mochten spielen, was sie wollten und konnten, kein Mensch machte ihnen einen Vorwurf, alles war eitel Zufriedenheit. Aber ihre Musik bearbeitete das Trommelfell so hahnebüchen, daß ich gleich zu Anfang über die ganze Gesellschaft weg mir erst einmal dieses Blindentrio anschaute. Ich wurde nachsichtiger, als ich aus ihren Uniformen ihr Gebrechen erkannte. Die Künstler saßen in einer Fensternische; wollte man ihre Gesichter betrachten, so mußte man dicht herantreten. Ich tat das nicht gleich; als ich aber nahe bei ihnen stand, war alles entschieden; Hochzeit und Musik verschwanden, meine Neugier war aufs tiefste erregt, denn meine Seele ging ein in den Leib des Klarinettenspielers. Geige und Flageolett hatten die typischen Physiognomien von Blinden: angespannt und ernst; die Klarinette aber mußte den Künstler und Philosophen sofort in ihren Bann ziehen. Man stelle sich vor, über die Gipsmaske Dantes fließe rotes Lampenlicht, und ein Wald schneeweißer Haare stünde darüber. Die Blindheit vertiefte den bitteren und wehen Ausdruck dieses prächtigen Kopfes; denn ein tätiger Geist belebte freudig die blinden Augen. Aus diesem Gesicht mit seiner gewölbten Stirn, die von Runzeln wie morsches Mauerwerk durchfaltet waren, sprach ein einziger, leidenschaftlicher, zäher Wille. Der Alte spielte drauflos, wie es ihm gerade paßte, weder kümmerte er sich um Takt noch um Melodie, seine Finger drückten rein mechanisch auf den alten Klappen hin und her; die gräßlichen Quiektöne, die er da herausbrachte, gingen ihn überhaupt nichts an; die Tänzer merkten das ebensowenig wie die beiden Kameraden meines Italieners; denn ich wollte, daß er ein Italiener wäre – und er war es! Über diesem greisen Homer, der wohl eine ungekannte Odyssee in sich trug, lag etwas Mächtiges und Tyrannisches. Noch aus dem Elend strahlte eine wirkliche Größe, und das Tyrannische aus ihm war viel stärker als seine Armut. In diesem wundervoll geschnittenen Gesicht waren alle die heftigen Leidenschaften da, die den Menschen gut und böse, zum Zuchthäusler oder zum Helden machen können; er hatte, wie man das an Italienern oft findet, eine fahle Gesichtsfarbe;

über den tiefen dunklen Augenhöhlen standen Büsche graugewordener Brauen, und nur mit Schaudern dachte man an die Gedanken, die dahinter flackerten, man mußte sie fürchten wie Räuber, die mit Fackeln und Dolchen aus der Mündung einer Höhle herausstürzen. Und in diesem Fleischkäfig steckte ein Löwe, der mit vergeblicher Wut an dem eisernen Gitter gerüttelt hatte. Das Feuer seiner Verzweiflung war zu Asche zerfallen, die Lava ausgeglüht; aber diese Runzeln, diese Ruine und einiger Rauch deuteten an, wie heftig der Ausbruch und wie verheerend das Feuer wütete. Beim Anblick dieses Menschen drang meine Seele so warm in meine Gedanken hinauf, wie die Mienen dieses Mannes eisig waren.

Nach jedem Konter hängten Geige und Flageolett, die sich für Glas und Flasche lebhaft interessierten, ihr Instrument an einen Knopf des schäbigen Rockes, griffen zurück nach einem kleinen Tisch in der Fensternische, wo sie ihre Vorräte hatten, und gaben dem Italiener, der nicht dahinlangen konnte, weil der Tisch hinter ihm stand, ein volles Glas. Die Klarinette nickte einen freundlichen Dank. Sie hatte die exakten Bewegungen, die man immer an den Blinden der großen Pariser Blindenanstalten mit Respekt beobachtet; man meint durchaus, sie könnten sehen. Ich trat, um ihr Gespräch zu hören, näher an die drei heran; als ich aber dicht bei ihnen war, lauschten sie plötzlich vor sich hin, ganz sicher merkten sie, daß jemand in ihrer Nähe war, der nicht zu den Arbeitern hier gehörte; und sie schwiegen still.

»Sie, Klarinettenspieler«, fragte ich, »aus welchem Land sind Sie eigentlich?«

»Aus Venedig«, antwortete der Blinde in leichtem italienischem Akzent. – »Sind Sie blind geboren, oder war es ein...?« – »Ja, ein Unglück«, fiel er ein, »ein ganz gemeiner schwarzer Star!« – »Venedig ist eine sehr schöne Stadt, ich hatte immer große Sehnsucht danach.«

Da wurden die Züge des Alten lebendig, seine Runzeln zuckten, er war offensichtlich tief bewegt. »Wenn ich mit Ihnen ginge«, sagte er, »so würden Sie nicht um Ihre Zeit betrogen sein.«

»Reden Sie um Gottes willen mit ihm nicht von Venedig«, sagte die Geige, »sonst hört unser Doge überhaupt nicht wieder auf, zumal Durchlaucht schon zwei Pullen im Bauch hat!« – »Vorwärts, gespielt! Alter Quietscher!« rief das Flageolett. Und alle drei begannen wieder zu spielen; während sie aber die vier Sätze des Konters herunterhaspelten, schnupperte der Venezianer nach mir, weil er wohl das besondere Interesse roch, das ich ihm zuwandte. Die leblose Trauer seines Gesichtes verschwand; unbestimmte Hoffnung hellte seine Mienen auf, flackerte durch seine Runzeln; er lächelte, wischte sich über die Stirne, über diese verwegene, furchtbare Stirn, und wurde vergnügt wie jemand, der bei seinem Lieblingsthema angelangt ist.

»Wie alt sind Sie?« fragte ich. – »Zweiundachtzig Jahre.« – »Und seit wann blind?« – »Das sind nun an die fünfzig Jahre her«, antwortete er wie einer, der nicht nur das Augenlicht verlor, sondern obendrein noch eine große, große Macht. – »Und warum nennen Ihre Freunde Sie den Dogen?« fragte ich weiter. – »Ach, Unsinn!« erwiderte er. »Ich bin nämlich venezianischer Patrizier, ich hätte also ebensogut wie jeder andere Doge werden können.« – »Und wie heißen Sie?« – »Hier – bin ich lediglich der alte Canet. Mein Name konnte nur so registriert werden; aber auf italienisch heißt er Marco Facino Cane, Fürst von Varese!« – »Wie, Sie sind ein Nachkomme des berühmten Condottiere Facino Cane, den die Herzöge von Mailand beerbten?« – »È vero! Seinerzeit floh der Sohn des Cane, weil er fürchten mußte, von den Visconti umgebracht zu werden, nach Venedig und ließ sich dort in das Goldene Buch eintragen. Heute freilich gibt es weder einen Cane noch ein Goldenes Buch mehr!« Und er zog eine Grimasse, die seinen erstarrten Patriotismus und den Ekel vor allem, was Mensch heißt, wieder hochtrieb.

»Nun, wenn Sie venezianischer Senator waren, so mußten Sie reich sein. Wodurch verloren Sie Ihr Vermögen?«

Da wandte er mir mit einer Bewegung voll tiefster Tragik den Kopf zu, als wolle er mich ansehen, und sagte nur: »Durch Unglück!«

Er vergaß das Trinken, ja, das Glas Wein, das ihm jetzt das alte Flageolett reichen wollte, wies er mit einer Gebärde ab. Sein Kopf sank. Das vermochte meine Neugier, weiß Gott, nicht niederzuschlagen. Während darauf die drei mechanisch einen neuen Konter dudelten, sah ich mir den alten venezianischen Nobile mit den leidenschaftlichen Empfindungen eines Zwanzigjährigen an. Vor mir tauchten Venedig und die Adria auf: Auf seinem verwüsteten Antlitz sah ich ihre Verwüstung. Ich durchschlenderte diese Stadt, die ihre Bewohner so sehr lieben, ich kam vom Rialto zum Canale Grande, vom Molo dei Schiavoni zum Lido, ich kehrte zurück zum Markusdom, der so seltsam prächtig ist, ich sah mir die Fenster der Casa d'oro an, die alle verschieden geschmückt sind, und dann die üppigen Marmorpaläste – also all den Zauber, den der, der darum weiß, so sehr liebt, weil er ihn jederzeit heranbefehlen kann, ohne sich durch die Realität in seinen dichterischen Träumen stören zu lassen. Ich malte mir das Leben aus, das dieser Enkel aus der Familie der größten Condottieri geführt hatte; ich forschte nach den Zeichen seines Unglücks und wieso er körperlich und moralisch so heruntergekommen sein konnte, was übrigens jetzt seine Größe und seinen Adel dennoch schön sein ließ, wo ein neues Leben über ihn gekommen schien. Zweifellos trafen sich unsere Gedanken; ich glaube immerhin, daß Blindheit den Austausch der Geister leichter macht, weil die Aufmerksamkeit nicht von äußeren Dingen abgelenkt wird. Und die Probe dieser Sympathie zwischen uns ließ nicht lange auf sich warten. Facino Cane hörte auf zu spielen, er erhob sich, trat auf mich zu und sagte in einem Ton, der mich wie ein elektrischer Schlag traf: »Gehen wir!«

Draußen auf der Straße fragte er: »Wollen Sie mich nach Venedig führen? Wollen Sie mitkommen? Wollen Sie mir glauben? Sie werden reicher sein als die zehn reichsten Häuser von Amsterdam oder London, reicher als die Rothschilds, reich wie die Märchenmenschen aus Tausendundeinernacht!«

Ich hielt ihn für wahnsinnig. Aber aus seiner Stimme gebot eine Macht, der ich gehorchen mußte. Ich ließ mich von ihm führen. Er ging so schnell, als könne er sehen, zu den Bastillegräben. An ganz abgelegener Stelle, wo man seither eine Brücke über den Saint-Martin-Kanal, der zur Seine fließt, geschlagen hat, setzte er sich auf einen Prellstein, und ich setzte mich ihm gegenüber auf einen anderen. Im hellen Mondlicht glitzerte sein weißes Haar wie Silber. Der dumpfe Lärm von den Boulevards herüber störte die Stille fast gar nicht. Nächtliche Stimmung kam hinzu, und so war es wirklich eine romantische Szene.

»Sie reden zu einem jungen Menschen von Millionen. Können Sie zweifeln, daß er auch nur einen einzigen Augenblick zögert, tausend Leiden auf sich zu nehmen, um sie sich zu verschaffen? Wollen Sie mich verspotten?« – »Mag ich ohne Absolution sterben«, stieß er heftig hervor, »wenn das, was ich Ihnen zu sagen habe, nicht stimmt. Ich war zwanzig Jahre alt wie Sie heute; reich, schön, adelig; und ich steckte in der ersten großen Torheit: in der Liebe. Ich habe geliebt, wie heutzutage kein Mensch mehr liebt, so inbrünstig, daß ich mich in eine Kiste stecken ließ auf die Gefahr hin, erstochen zu werden, und das alles nur, um das Versprechen eines Kusses zu erhalten. Leben hieß mir: für sie sterben; 1760 verliebte ich mich in eine Vendramini; sie war eine Frau von achtzehn Jahren, an einen Sagredo verheiratet, einen unermeßlich reichen Senator von damals dreißig Jahren, der in seine Frau leidenschaftlich verliebt war. Wir, meine Angebetete und ich, waren so unschuldig beieinander wie zwei Engel, als uns der ›Sposo‹ überraschte; wir sprachen gerade über die Liebe. Ich war waffenlos, er bewaffnet. Aber er fehlte. Ich sprang zu, drosselte ihn mit beiden Händen, drehte ihm wie einem Hahn den Hals um. Ich wollte mit Bianca fliehen, aber sie mochte nicht! Da haben Sie die Weiber! Ich floh allein. Wurde verurteilt. Man zog meine Güter zugunsten meiner Erben ein; doch hatte ich Diamanten, fünf zusammengerollte Tizians und mein ganzes Gold bei mir. Ich ging nach Mailand, dort kümmerte man sich nicht um mich, mein Fall interessierte den Staat nicht. – Nebenbei, ehe ich weitererzähle«, sagte er nach einer kurzen Pause, »ich weiß nicht, ob die Einbildungen einer Frau in den Zeiten ihrer Schwangerschaft oder während der Empfängnis einen Einfluß auf das Kind haben – oder ob nicht; Tatsache bleibt, daß meine Mutter, während sie mich trug, eine besondere Leidenschaft für Gold hatte. Ich habe eine Sucht auf Gold, die meinem Leben so wahrhaft Bedürfnis ist, daß ich noch zu keiner Stunde ohne Gold war. Stets habe ich mit Gold zu tun. In meiner Jugend trug ich immer Schmuck und hatte immer zwei-, dreihundert Dukaten bei mir.«

Und während er das sagte, langte er zwei Dukaten aus der Tasche und wies sie mir.

»Ich rieche das Gold. In meiner Blindheit bleibe ich unweigerlich vor jedem Juwelierladen stehen. Diese Leidenschaft hat mich ruiniert: Um mit Gold spielen zu können, bin ich Spieler geworden. Gauner war ich nicht, aber man begaunerte mich, machte mich kaputt. Als das Geld alle war, packte mich das rasende Verlangen, Bianca wiederzusehen. Heimlich kehrte ich nach Venedig zurück, ich fand sie, ein halbes Jahr lang war ich glücklich, sie verbarg mich und brachte mir zu essen. Ich träumte von einem Glück bis ans Ende meines Lebens. Der Proveditore warb um sie. Er ahnte einen Nebenbuhler, in Italien riecht man so etwas; er spionierte uns aus, er überraschte uns im Bett, dieser Schuft! Sie stellen sich vor, wie wir miteinander kämpften; zwar brachte ich ihn nicht um, aber ich verwundete ihn schwer. Das war das Ende meines Glückes. Von dieser Stunde an habe ich Bianca nie wiedergesehen. Ich habe schöne Dinge erlebt, am Hof Ludwigs XV. hatte ich die berühmtesten Weiber. Aber an keiner fand ich die Wunder, die Reize, die Anmut meiner teuren Venezianerin... Der Proveditore hatte damals seine Leute mitgebracht. Er rief sie, man umzingelte den Palazzo, drang ein. Ich wehrte mich, dann wollte ich unter Biancas Augen sterben, sie wollte mir nur helfen, den Proveditore zu töten. Sie hatte einmal mit mir nicht fliehen wollen – nach diesem halben Jahr des Glückes aber wollte sie an meiner Seite sterben, sie bekam mehrere Stiche. Durch einen großen Mantel, den man über mich stülpte, wurde ich gegriffen, hinuntergerollt, in eine Gondel geworfen und schließlich in einen unterirdischen Kerker. Ich war damals zweiundzwanzig Jahre alt! Ich hielt den Säbelknauf so fest, daß man mir hätte die Faust abschlagen müssen, um ihn zu kriegen. Ein sonderbarer Zufall, vielleicht auch eine Ahnung der Vorsicht ließ mich das Stück Eisen in einer Ecke verstecken, als könne es mir doch noch einmal von Nutzen sein. Man pflegte mich. Meine Wunden waren keineswegs tödlich. Mit zweiundzwanzig Jahren wird man mit allem fertig. Es hieß, ich würde enthauptet. Um Zeit zu gewinnen, stellte ich mich krank. Da ich annahm, mein Kerker grenze an einen Kanal, sann ich auf Flucht, und zwar wollte ich durch die Mauer hindurchbrechen und über den Kanal schwimmen, auch wenn ich ertrinken müßte. Nun hören Sie, worauf sich meine Hoffnungen stützten!

Immer, wenn mir der Kerkermeister das Essen hereinbrachte, konnte ich an den Wänden die Angaben lesen:

Palastseite, Kanalseite, Kellerseite; und schließlich bohrte ich mich in einen Plan hinein, den ich vielleicht selber nicht ganz faßte, der aber aus dem augenblicklichen Zustand des unfertigen Dogenpalastes erklärlich ist. Mit dem Scharfsinn, den die Sehnsucht nach Freiheit einem schenkt, enträtselten meine Fingerspitzen auf einem Stein eine arabische Inschrift. Da teilte der, der diese Arbeit begonnen hatte, seinen Nachfolgern mit: er habe in der untersten Mauerschicht zwei Steine gelockert und in einer Tiefe von elf Fuß weitergegraben. Um voranzukommen, hatte er die Abfälle von Stein und Mörtel über den ganzen Kerkerboden hin verteilen müssen. Hätte die Anlage des Gebäudes, für die eine ganz oberflächliche Bewachung ausreichend schien, die Wächter oder die Inquisitoren nicht sicher gemacht, so hätte gleichwohl die Lage der unterirdischen Kerker, zu denen man auf etlichen Stufen hinuntersteigt, es noch erlaubt, den Boden allmählich aufzuhöhen, ohne daß der Argwohn der Wächter geweckt worden wäre. Diese tolle Arbeit hatte anscheinend nichts genützt, denn da sie nicht fertig geworden war, mußte der Unbekannte wohl gestorben sein. Seine hingebende Mühe konnte aber nur dann nicht für ewige Zeiten umsonst verschwendet sein, wenn einmal ein Gefangener kam, der Arabisch verstand; ich nun hatte im armenischen Kloster orientalische Sprachen studiert. Ein Satz auf der Rückseite des Steins teilte das Schicksal dieses Unglücklichen mit: Er war gestorben als das Opfer seiner gewaltigen Schätze, die Venedig in gieriger Weise an sich gerissen hatte. Erst nach einem Monat fand ich das heraus. Unter meiner Arbeit und in den Augenblicken einer fast tödlichen Erschöpfung hörte ich Gold klingen, sah ich Gold glitzern, war ich geblendet vom Schein der Diamanten!... Ah, warten Sie nur!

Einmal nachts rammte mein stumpfes Eisen Holz. Ich schliff das Säbelende und bohrte damit ein Loch in das Holz. Wollte ich arbeiten, so mußte ich wie eine Schlange auf dem Bauch kriechen, mußte mich nackt ausziehen, mußte wie ein Maulwurf buddeln, die Hände nach vorn und den Stein zur Stütze. Zwei Tage ehe ich vor meine Richter treten sollte, wollte ich, nachts, den allerletzten Versuch unternehmen; ich bohrte tiefer in das Holz, bis mein Eisen nirgends mehr Widerstand fand.

Und nun stellen Sie sich meine Überraschung vor, als ich mein Auge dem Loch näherte: Das war die Wandverschalung eines unterirdischen Raumes, der nur ganz matt, aber doch so weit erhellt war, daß ich einen Berg Gold sehen konnte. In dieser Höhle saßen der Doge und einer von den Zehn. Ich vermochte ihre Stimme deutlich zu hören; aus ihren Worten erfuhr ich, daß hier der Geheime Schatz der Republik, die Stiftungen der Dogen, die Rücklagen aus der Beute verwahrt wurden, die man den Venezianischen Pfennig hieß; dahinein floß von allem Kriegsertrag ein gewisser Prozentsatz.

Hier mußte meine Rettung liegen!

Als dann der Kerkermeister kam, schlug ich ihm vor, er solle mir zur Flucht behilflich sein und selber mit mir fliehen; wir wollten zusammenraffen, was wir nur schleppen konnten. Er bedachte sich keine Minute, sondern schlug ein. Eben sollte ein Schiff die Anker nach der Levante lichten. Wir hatten für alles vorgesorgt. Bianca stand dem Kerkermeister bei, so daß er ausführen konnte, was ich ihm auftrug. Damit nicht der leiseste Verdacht entstünde, sollte Bianca uns erst in Smyrna treffen. Endlich, eines Nachts, war ein so großes Loch herausgebrochen, daß wir in den Geheimen Schatz von Venedig eindringen konnten. Welch eine Nacht! Vor mir vier Fässer voller Gold! Im Raum daneben hatte man das Silber in zwei richtigen Bergen aufgeschichtet, ein schmaler Weg nur war dazwischen frei geblieben, damit man das Zimmer passieren konnte. Münzen waren an den Wänden bis zu fünf Fuß Höhe wie Böschungen hochgetürmt. Ich glaubte, der Kerkermeister würde wahnsinnig, er sang, tanzte, lachte, schlug Purzelbäume in das Gold hinein. Ich drohte ihn zu erwürgen, wenn er Zeit verlöre oder uns durch Lärm verriete. Er war so berauscht, daß er einen Tisch mit lauter Diamanten zuerst gar nicht sah, und ich war geschickt genug, mich davorzustellen. Ich stopfte, soviel ich nur konnte, in meine Matrosenjacke und in die Hosentaschen. Du lieber Gott, ich habe noch nicht einmal ein Drittel davon an mich genommen. Unter diesem Tisch lagen goldene Barren. Ich bestimmte meinen Kameraden, so viele Säcke mit Gold zu füllen, wie wir eben schleppen konnten; nur so, sagte ich, blieben wir im Ausland unentdeckt. ›Perlen, Edelsteine, Diamanten würden uns nur verraten!‹

Aber, so versessen wir auch waren, wir konnten allerhöchstens zweitausend Pfund fortschleifen, und schon dazu mußten wir sechsmal vom Gefängnis bis zur Gondel hin und her gehen. Der Wachtposten am Wassertor war mit einem Säckchen von zehn Pfund Gold bestochen. Die beiden Gondoliere wähnten sich im Dienst der Republik. Als der Tag graute, brachen wir auf. Und wie ich dann auf hoher See diese Nacht überdachte, mir alle die Aufregungen der letzten Zeit wieder vergegenwärtigte und diesen unermeßlichen Schatz, und wie ich mir berechnete, daß ich gut dreißig Millionen Gold, zwanzig Millionen Silber und mehrere in Diamanten dort gelassen hatte – da überschauerte es mich wie ein Wahnsinn. Ich hatte das Goldfieber!

In Smyrna gingen wir an Land, aber nur, um uns gleich wieder nach Frankreich einzuschiffen. Wir hatten das französische Schiff eben bestiegen, da schenkte Gott mir die Gnade, daß er mich von meinem Kameraden befreite. Damals ermaß ich kaum die Tragweite dieses teuflischen Zufalls, ich lächelte darüber. Beide waren wir so ganz und gar erschöpft gewesen, daß wir wie tot nebeneinander gehockt hatten, ohne miteinander zu reden, immer nur von dem einzigen Gedanken beherrscht, erst einmal in Sicherheit zu sein und dann unser Glück zu schlürfen. Was Wunder, daß jetzt den armen Burschen ein Schwindel der Freude überfiel. Aber Gott hat mich gestraft. Sie werden es sehen!

Erst als ich zwei Drittel meiner Diamanten in London und Amsterdam verkauft, meinen Goldstaub in Papieren angelegt hatte, wähnte ich mich wirklich sicher. Fünf Jahre hindurch verhielt ich mich still in Madrid. 1770 tauchte ich unter angenommenem spanischem Namen in Paris auf und führte dort ein glänzendes Leben. Bianca war tot. Mitten in diesem üppigen Leben – ich hatte damals den Ertrag eines Vermögens von sechs Millionen – erblindete ich. Zweifellos war das die Folge meiner Kerkerhaft und meiner Arbeit an dem Gemäuer – wenn nicht die Gabe, überall Gold zu sehen, meine Sehkraft beeinträchtigte und mich eines Tages das Augenlicht verlieren ließ.

Zu jener Zeit liebte ich eine Frau, mit der ich mich zu vereinigen hoffte. Ich hatte sie in das Geheimnis meines Namens eingeweiht, sie entstammte einer der mächtigsten Familien. Und ich hoffte auf die Gnade Ludwigs XV. Dieser Frau, einer Freundin der Madame Dubarry, hatte ich mein vollstes Vertrauen geschenkt; sie veranlaßte mich, in London einen berühmten Augenarzt zu konsultieren. Aber einige Monate später ließ sie mich hilflos dort im Hydepark stehen; sie hatte mir all meinen Besitz gestohlen, ich war völlig mittellos, und auch über meinen Namen mußte ich ja schweigen, damit ich nicht der Rache Venedigs verfiel; ich konnte mich also niemandem offenbaren, mußte vielmehr Venedig fürchten. Spione, die mir das Weib auf die Fersen setzte, nutzten meine Blindheit aus. Ach, ich könnte Ihnen Geschichten wie aus dem ›Gil Blas‹ erzählen. Dann kam Ihre Revolution. Man steckte mich ganz einfach in die Blindenanstalt; nachdem das Weib mich zwei Jahre hindurch in Bicêtre als einen Wahnsinnigen hatte festhalten lassen, brachte sie mich dort unter. Ich habe sie nicht töten können. Ich sah ja nichts, ich hatte nicht einmal Geld, um einen Mörder zu dingen. Wenn ich Benedetto Carpi, meinen Kerkermeister, vor seinem Ende noch hätte fragen können, wo eigentlich mein Kerker gelegen habe, so hätte ich in der Stunde, da Napoleon die Republik zertrat, den Ort des Schatzes bezeichnen und nach Venedig heimkehren können...

Nun, ich mag blind sein – wir wollen trotzdem miteinander nach Venedig gehen! Ich finde das Gefängnistor wieder, ich sehe hinter den dicken Mauern das Gold, unter dem Kanal, der darüber hintreibt, werde ich es riechen; denn die Geschehnisse, die zum Sturz Venedigs führten, haben das Geheimnis dieses Schatzes mit dem Dogen Vendramino, einem Bruder Biancas, von dem ich meine Aussöhnung mit den Zehn erhofft hatte, verlorengehen lassen. Ich habe einen Brief an den Ersten Konsul geschrieben, ich habe dem Kaiser von Österreich einen Vertrag vorgeschlagen, jeder hat mich, zwar schonend, aber wie einen armen Irren abgewiesen! Also gehen wir nach Venedig! Wir betteln uns durch – und kommen als Millionäre wieder, und Sie werden mein Erbe sein – Fürst von Varese!«

Schweigend hörte ich dieser Erzählung zu, die in meiner Seele schon zu einer starken Dichtung wurde, und ich schwieg auch, als der Greis nun fertig war. Vor mir glänzte sein weißer Schädel, ich starrte auf das schwarze Wasser der Bastillegräben und erwiderte nichts. Wahrscheinlich glaubte Facino Cane, ich ginge mit demselben gütigen Mitleid über ihn hinweg wie die anderen; denn seine Gebärde drückte eine gelassene Verzweiflung aus.

Vielleicht hatte die eigene Erzählung ihn in die glücklichen Tage nach Venedig geführt; er griff nach seiner Klarinette und spielte ein melancholisches Venezianerlied, eine Barcarole, in der er plötzlich als liebender Patrizier wiederkehrte; sie klang wie das klagende ›An den Wasserflüssen Babylons ...‹ Mir traten die Tränen in die Augen. Späte Fußgänger auf dem Boulevard Bourdon sind damals wohl stehengeblieben, um nach diesem letzten Gebet eines Flüchtlings und nach der letzten Klage über einen verschollenen Namen zu horchen, um den sich die Erinnerung an Bianca flocht. Das Gold aber war stärker, die verderbliche Leidenschaft verwischte den Schein von Jugend.

Er begann wieder: »Immerzu sehe ich den Schatz vor mir, wenn ich wache und wenn ich träume; in den goldenen Bergen blitzen die Diamanten. Oh, so blind, wie Sie meinen, bin ich nicht; Gold und Steine durchglitzern die Nacht des letzten Facino Cane, ja, des letzten; denn mein Rang geht auf die Memmi weiter. Guter Gott, wie rasch hast du den Mörder gestraft! Ave Maria . . .!«

Er sprach einige Gebete, aber ich verstand sie nicht.

»Wir gehen nach Venedig!« sagte ich, als er sich erhoben hatte.

»Also habe ich einen Mann gefunden!« rief er aus, und eine jähe Röte überflammte sein Gesicht.

Ich reichte ihm den Arm und führte ihn nach Hause. Vor der Blindenanstalt drückte er meine Hand. Eben taumelten Leute von der Hochzeit vorüber und johlten ihre Trunkenheit in die Nacht.

»Und – morgen brechen wir auf!?« fragte der Alte. – »Sobald wir das nötige Geld zusammenhaben.« – »Aber wir können doch zu Fuß gehen! Ich bettele . . . Ich bin ja rüstig, und wenn man Geld weiß, ist man jung.«

Facino Cane starb noch im Laufe dieses Winters. Er hatte sich erkältet und zwei Monate gelegen.

Das ungekannte Meisterwerk

Gegen Ende des Jahres 1612 ging an einem scharfen Dezembermorgen ein junger Mensch von recht ärmlicher Kleidung vor der Tür eines Hauses in der Rue des Grands Augustins in Paris auf und ab. Nachdem er lange umherspaziert war – voll Unentschlossenheit, wie ein Liebender, der es sich nicht getraut, bei seiner ersten Geliebten anzuklopfen, so freundlich sie auch sei –, übersetzte er schließlich die Türschwelle und fragte, ob Meister Franz Porbus anwesend sei. Eine Alte, die beschäftigt war, einen niedrig gelegenen Saal auszukehren, bejahte, und so stieg der junge Mensch langsam die Treppe hinauf; nach jedem Schritt hielt er inne; er glich einem unerfahrenen Hofmann, der nicht weiß, wie sein König ihn aufnehmen wird. Auf dem obersten Absatz der Rundtreppe hielt er einen Augenblick still; er schwankte, ob er die Hand an den grotesken Türklopfer legen solle, der das Atelier zierte, in dem jener Maler Heinrichs IV., der um des glücklichen Rubens willen von Maria de Medici zurückgesetzt worden war, sich ohne Zweifel der Arbeit hingab. Den jungen Menschen erschütterte jenes tiefe Gefühl, das die Seele der großen Schöpfer erbeben läßt, wenn sie, solange sie jung sind, mit ihrer heißen Zuneigung zur Kunst vor ein Meisterwerk oder vor einen Mann von Genie treten. Alle menschlichen Gefühle kennen eine Frühblüte; sie ist das

Geschöpf eines edlen Rausches – aber sie wird schwächer und blässer, bis die Erfüllung schließlich nur noch als Erinnerung bleibt und der Ruhm einer Lüge ähnlich sieht. Nichts unter all diesen zerbrechlichen Gefühlen ähnelt der Liebe so stark wie die jugendliche Leidenschaft des Künstlers, der eben zu begreifen beginnt, daß sein Schicksal aus Kostbarkeit und Unglück, aus Wunder und Wunden zusammengemischt sein wird: jene Leidenschaft voller Kühnheit und Befangenheit, voller unsicheren Glaubens und sicherer Entmutigung. Wem nicht – der arm ist und reich nur in der Gewißheit, ein Selbst zu haben – das Herz hörbar pochte, als er vor einen Meister trat, dem wird in diesem Herzen immer eine Saite fehlen, ein Pinselstrich, irgendeine Gefühlsfaser im Werk; ein gewisser Ausdruck der Poesie wird ihm mangeln. Ein Großsprecher, der von sich selber überquillt und allzu sicher seiner Zukunft ist, wird immer nur von den Dummen für einen großen Mann gehalten werden. Was das betraf, schien unser junger Unbekannter von echtem Talent zu sein, wenn anders die Anzeichen der Begabung in jener frühen Befangenheit erkannt werden dürfen, in jener undeutbaren Scham, die eine Schutzhülle ist um die künftige Unsterblichkeit der Künstler. Umgekehrt werfen die Frauen ihre Scham in der Arena der Koketterie ab. Wer sich an den Triumph gewöhnt, der vermindert den Zweifel – und die Scham ist möglicherweise nur solch ein Zweifel.

Überkommen vom Elend und eben jetzt erschrocken ob der eigenen Kühnheit, wäre der arme Neophyt vielleicht doch nicht bei dem Maler eingetreten, dem wir das köstliche Porträt Heinrich IV. verdanken, wenn ihm der

Zufall nicht eine Hilfe geschickt hätte, auf die er nicht hätte rechnen können. Ein Greis stieg die Treppe herauf. An seiner prächtigen Kleidung, an der Schönheit seiner geklöppelten Spitzenkrause und der machtvollen Sicherheit seines Fußes erriet er einen Gönner oder Freund des Malers. Er trat auf den Treppenabsatz zurück, um ihm auszuweichen, und sah ihn mit Neugier an; er hoffte in ihm die Gutmütigkeit des Künstlers oder die dienstbeflissene Neigung eines Kunstliebhabers zu finden. Statt dessen jedoch entdeckte er in diesem Antlitz einen teuflischen Zug – und zugleich auch jenes unbeschreibbare Etwas, das die Künstler fängt. Man denke sich eine nackte, hohe, gewölbt vorspringende Stirn, die scharf über einer zerquetschten und wie beim Rabelais und beim Sokrates unten aufgestülpten Nase endigt. Man denke darunter einen lachenden und verrunzelten Mund, ein kleines, aber stolz zustoßendes Kinn, an dem eine spitze, graue Bartfliege hängt – dazu Augen von meergrüner Farbe, die scheinbar das Alter gefügt hat, die aber im Gegensatz zu dem perlmutterfarbenen Weiß der schwimmenden Pupille zuweilen im Zorn oder im Rausch Blicke von magnetischer Gewalt zu schießen scheinen. Das Antlitz war freilich durch die Ermüdungen des Alters und mehr noch durch jene des Denkens, die Körper und Geist in gleicher Weise pflügen, erstaunlich welk geworden. Wimperlos waren die Augen; kaum sah man über ihrer tiefen Lagerung eine Erinnerung an die Brauen. Mit diesem Kopf kröne man nun einen kleinen und hinfälligen Körper; man umwerfe ihn mit einem leuchtendweißen Spitzenbehang, der in der Art einer Fischkelle gedacht ist; man lege eine goldene

Kette über das dunkle Wams – und es vollendet sich das Bild eines Menschen, dem das Halblicht des Treppenhauses noch einen besonders phantastischen Reiz gab. Es schien eine Leinwand Rembrandts zu sein, die, aus dem Rahmen gestiegen, schweigend die schwarze Luft durchschritt, die diesem Malergenie eignet. Der Alte senkte einen Blick kurzen, scharfen Beobachtens auf den Jüngling, klopfte dreimal an die Pforte und sagte, während ein vierzigjähriger, kränkelnder Mann ihm aufmachte: »Guten Tag, Meister!«

Ehrfürchtig verbeugte sich Porbus. In dem Glauben, er sei mit dem Alten gekommen, ließ er den jungen Menschen mit eintreten. Er kümmerte sich um so weniger um ihn, als der Neuling gänzlich dem Zauber erlag, den alle Maler von Geburt beim Anblick der ersten Werkstatt erleiden, in die sie treten und wo sie sich über einige stilistische Geheimnisse ihrer Kunst zum erstenmal klarwerden. Ein geöffnetes Dachfenster erleuchtete das Atelier des Meisters Porbus. Das volle Licht sammelte sich auf einer Leinwand, die an der Staffelei hing und nicht mehr als drei oder vier weiße Striche zeigte; es reichte nicht bis in die dunklen tiefen Ecken des riesenhaften Saales hinein; nur ein paar abgeirrte Widerscheine setzten in dieser roten Schwärze Lichter auf den Bauch und die Silberketten eines an der Wand hängenden Reiterpanzers; sie rissen einen raschen Leuchtstrich in die geschnitzte Politur eines archaischen Schenktisches, der sein wunderliches Geschirr trug, oder sie sprengten kleine Lichttropfen in das steife Gewebe alter Portieren aus großem, faltigem Goldbrokat, die der Maler zu Modellzwecken angeordnet hatte. Muskelabgüsse, Torsi, Fragmente antiker Göttinnen, die der Kuß der Jahrhunderte zärtlich erhalten hatte, standen auf Tischen und kleinen Schränken. Eigene Versuche ohne Zahl, Dreifarbenskizzen in Kreide, in Rötel, Federzeichnungen reichten an den Wänden empor bis unter das Dach. Kästen, mit Farben gefüllt, Phiolen mit Essenzen und Ölen, umgeworfene Staffeleien ließen nur einen engen Weg frei, auf dem man bis zu der Aureole gelangte, die das hohe Glasfenster hereinsandte. Das Licht fiel voll auf das bleiche Gesicht des Meisters Porbus und auf das elfenbeinfarbene Haupt des Sonderlings. Die Hingabe des jungen Mannes wandte sich bald ausschließlich einem Gemälde zu, das schon in jener Zeit der Unruhen und der Revolutionen seinen Ruhm besaß und das manche von jenen starren Willensmenschen gerne besuchten, denen wir in den damaligen schlimmen Zeiten die Erhaltung des heiligen Feuers verdanken. Dieses wunderbare Gemälde stellte eine Maria Aegyptiaca dar, die im Begriffe ist, das Boot für die Überfahrt zu bezahlen. Das Meisterstück, das für Maria de Medici angefertigt war, wurde später in den Tagen ihrer Armut von ihr zu Gelde gemacht.

»Deine Heilige«, wandte der Alte sich an Porbus, »behagt mir! Ich würde dir dafür zehn Goldfüchse mehr anbieten als die Königin – aber, verflucht, ich möchte ihr nicht den Weg kreuzen!« »Ihr findet sie also gut?« fragte der Maler.

»Gut?« versetzte der Alte. »Gut? Ja und nein! Nicht gerade übel ist diese Frau – nur lebt sie nicht. Ihr denkt immer, Ihr hättet alles richtig vollbracht, wenn Ihr das Gesicht richtig zeichnet und alles und jedes nach den

Gesetzen der Anatomie seinen Platz ausfüllt. Ihr färbt dieses Dessin mit einem Fleischton, den Ihr auf der Palette vorher mischt; Ihr seid besorgt, daß eine Seite dunkler aussieht als die andere, und glaubt, Ihr schriebet die Natur ab, weil Ihr von Mal zu Mal eine nackte Frau betrachtet, die Ihr auf einen Tisch gestellt habt. Ihr glaubt allen Ernstes, Maler zu sein und Gott sein Geheimnis entrissen zu haben. – Aber, zum Teufel, um ein großer Dichter zu sein, genügt es nicht, von Grund auf die Syntax zu kennen und keine Redefehler zu begehn! Betrachte deine Heilige, Porbus! Beim ersten Anblick scheint sie bewunderungswürdig – aber beim zweiten merkt man: daß sie auf den Hintergrund der Leinewand geklebt ist und daß man den Rundgang um ihren Körper nicht ausführen könnte. Sie ist ein Scherenschnitt mit nur einer einzigen Seite, sie ist eine Silhouette und Schemen, ein Ding, das sich nicht umdrehen und seine Stellung nicht wechseln kann. Ich fühle nichts von Luft zwischen diesem Arm und dem Feld des Bildes; kein Raum, keine Tiefe ist da. Obwohl die Perspektive genau beobachtet ist und die Abstufung der Luft genau stimmt, trotz all dieses löblichen Kraftaufwandes könnte ich nicht glauben, daß dieser schöne Körper vom heißen Hauch des Lebens durchpulst sei. Mir scheint: Sobald ich auf diesen Hals mit seiner festen Wölbung meine Hand lege, werde ich ihn kalt finden wie Marmor. Nein, teurer Freund, durch diese elfenbeinerne Haut rinnt kein Blut, kein Zauber der Existenz macht mit seinem Purpurhauch die Adern und Fibern schwellen, die unter den Schläfen, die durchsichtig wie Ambraschimmer sind und unter der Brust sich verflechten. Hier ist eine Stelle, die bebt – aber hier wieder eine andere, die sich nicht regt. Das Leben und der Tod kämpfen da lauter Einzelkämpfe. Hier sehe ich eine Frau, dort eine Statue, da gar nur einen Leichnam. Deine Schöpfung ist nicht vollkommen. Du hast nur einen Teil deiner Seele deinem geliebten Werk einzuhauchen verstanden. Die prometheische Fackel ist mehr als einmal in deinen Händen erloschen, und gar zu viele Winkel deines Bildes sind von der göttlichen Flamme nicht angeschienen worden.«

»Aber warum, mein teurer Meister?« fragte Porbus ehrfurchtsvoll den Greis, während der junge Mensch nur mit großer Mühe das Verlangen unterdrückte, auf den Mäkelnden einzuschlagen.

»Nun ja!«, entgegnete der kleine Greis, »du konntest dich nicht entscheiden und hast zwischen den beiden Methoden geschwankt: zwischen dem Zeichnen und dem Malen, zwischen der phlegmatischen und starren Genauigkeit der alten Deutschen und der glühenden Heftigkeit und überströmenden Fülle der italienischen Meister. Du hast zugleich Hans Holbein und Tizian, hast zugleich den Albrecht Dürer und den Paul Veronese nachahmen wollen. Gewiß, das war ein großartiger Ehrgeiz! Aber was ist dir schließlich geglückt? Du hast weder den pedantischen Reiz des trockenen Tons noch die betäubende Magie des Helldunkels gefunden. Hier, an dieser Stelle, hat wie eine glühende Bronze, die aus ihrer zu schwachen Form tritt, die blonde Farbenfülle des Tizian den mageren Kontur Albrecht Dürers, in den du sie gegossen hattest, zerbrochen. Dort wieder hat das Zeichnerische sich zur Wehr gesetzt und die tolle Überschwemmung der venezianischen Palette zurückgedrückt. Dein Bild ist weder vollkommen gezeichnet noch vollkommen gemalt; überall kann man die Spuren deiner mißgeschickten Unentschlossenheit gewahren. Wenn du dich nicht stark genug gefühlt hast, die beiden gegnerischen Stile im Feuer deines Genies zu verschmelzen, so hättest du kühnlich zwischen dem einen und dem anderen wählen müssen. Nur so hättest du die Einheit erreicht, die nun einmal eine der Grundbedingungen des Lebens vortäuscht. Lediglich deine Massen sind wahr; deine Konturen sind falsch; sie gehen nicht ineinander über und haben keinen Hintergrund. – Hier steckt Wahrheit!« fuhr er fort und wies auf den Busen der Heiligen. »Hier ebenfalls!« Er wies auf die Stelle, wo die Schulter endigte. »Aber dort«, schloß er, indem er sich wieder dem Hals zuwandte, »ist alles falsch! Wir wollen keine Analyse treiben – sie würde dich in Verzweiflung setzen!«

Der Alte ließ sich auf einen Stuhl nieder, nahm seinen Kopf zwischen die Hände und schwieg.

»Meister!«, versetzte Porbus, »und doch habe ich diesen Hals genau nach dem nackten Modell studiert! Aber unser Unglück will, daß es Dinge gibt, die in der Natur zwar wahr sind und die dennoch auf der Leinewand nicht mehr wahrscheinlich aussehen ...«

»Als ob es die Aufgabe der Kunst wäre, die Natur abzuschreiben! Sie soll die Natur ausdrücken!« rief heftig der Alte und unterbrach mit despotischer Handbewegung den Porbus. »Du bist kein Kopist, du bist ein Dichter! Was hätte ein Bildhauer wohl noch zu leisten, wenn er eine Frau nur abzugießen brauchte, was? Unternimm es einmal, von der Hand deiner Geliebten die Maske zu nehmen und sie vor dich hinzustellen – du wirst nichts als ein schaudervoll totes Glied erhalten, ohne jede Ähnlichkeit, und du wirst gezwungen sein, dir einen Meißel zu suchen, der die Bewegung und das Leben noch einmal hineinformen muß: aber ohne Kopie! Wir haben den Geist, die Seele, die bewegte Physiognomie der Dinge und der Wesen zu packen. Wirklichkeit? Sie ist nur eine Hülle des Lebens und keineswegs das Leben selbst. Die Hand des Menschen – um einmal bei diesem Beispiel zu bleiben, hängt ja nicht nur an seinem Leibe: Sie drückt selbständig einen Gedanken aus und vollendet ihn. Diesen Gedanken aber gilt es zu packen und wiederzugeben. Weder Maler noch Dichter, noch Bildhauer dürfen Wirkung und Ursache trennen; denn unbesiegbar ist eines in das andere verschachtelt. Hier ist das wahre Schlachtfeld. Es gibt viele Maler, die rein instinktmäßig siegen, ohne dieses Problem auch nur zu kennen. Ihr zeichnet eine Frau – aber Ihr seht sie nicht! So aber glückt es nicht, das Allerheiligste der Natur zu erobern. Du denkst nicht daran – aber deine Hand beweist dennoch das Modell, das du bei deinem Lehrer kopiert hast. Du steigst nicht in das Innerste der Form hinunter, du stellst ihr nicht mit Hingabe und Unentwegbarkeit nach, kennst ihre Umwege nicht und nicht ihre Flucht. Die Schönheit ist etwas Herbes und Strenges und läßt sich auf diese Art nicht fangen: Man muß ihre Stunden abwarten, ihr auflauern, sie unvermutet überfallen und sie im Kampf festbinden, um sie zu bezwingen. Die Form ist ein Proteus, der noch ungreifbarer und in seinen Verwandlungen unerschöpflicher ist als der Proteus der Odyssee; erst nach langen Kämpfen kann man sie zwingen, daß sie sich in ihrer wahren Erscheinung zeigt. Ihr aber habt schon genug mit der ersten Erscheinung, in der sie vor Euch tritt, allenfalls mit ihrer zweiten und dritten: so aber verfährt nicht, wer zu siegen versteht! Jene nie besiegten Meister, an die ich denke, lassen sich nicht durch ihre listigen Sprünge beirren, sie warten und warten, bis sie die Natur gezwungen haben, sich völlig nackt und mit ihrem wahrhaftigen Antlitz zu zeigen. So handelte Raffael!« Der Alte nahm seine schwarze Samtmütze ab als Ehrenbezeugung vor dem Kaiser der Malerei. »Raffaels große Überlegenheit kommt aus dem geheimen Sinn, der bei ihm die Form zu zerbrechen droht. In seinen Bildern ist die Form, was sie bei uns ist, ein Dolmetscher, der Ideen, Gefühle, kurz, eine ungeheuere Poesie mitzuteilen hat. Jede Figur bei ihm ist eine Welt, ein Porträt, dessen Modell in einer erhabenen Vision erschien, besprengt von Licht, bezeichnet von einer inneren Stimme, entkleidet von einem göttlichen Finger, der, im Vorüberzug eines ganzen Lebens, uns die Quellen des Ausdrucks wies. Ihr gebt Euren Frauen schöne Kleider aus Fleisch, schöne Schmuckwerke aus Haar – aber wo ist das Blut, das über Ruhe und Leidenschaft waltet und das die einzelnen Effekte erst erzeugt? Deine Heilige ist eine Brünette; aber das hier, mein armer Porbus, gehört zum Teint einer Blondine! Eure Figuren sind eben nur bemalte, in Wirklichkeit blasse Geisterwesen, die Ihr vor unseren Augen spazierenführt – und das nennt Ihr nun Malerei und Kunst! Weil Ihr irgend etwas gemacht habt, was allerdings einer Frau mehr ähnelt als einem Hause, meint Ihr das Ziel schon berührt zu haben und – ziemlich stolz, nicht gezwungen zu sein, an den Rand Eurer Gemälde zu schreiben »currus venustus« oder »pulcher homo«, wie die frühen Maler es mußten – stellt Ihr Euch schon vor, daß Ihr große Künstler seid. Ach Gott! Ihr seid noch nicht zu Ende, tapfere Kumpane! Ihr werdet noch viele Stifte brauchen und viele Tafeln füllen müssen, ehe Ihr beim Ziele näher ankommt. Bestimmt – so trägt eine Frau ihren Kopf, so hebt sie ihren Rock an, mit diesem Ausdruck sinkender Süße ermüden und verschwimmen ihre Augen, der Zitterschatten der Wimpern gleitet so ihre Wangen entlang! So ist es, und doch ist es nicht so. Was fehlt denn daran? Ein Nichts eigentlich – aber in diesem Nichts liegt doch alles. Den Anschein des Lebens habt Ihr, aber jenes Zuviel drückt Ihr nicht aus, das über seine Ufer schwillt, jenes Ichweißnichtwas, das möglicherweise die Seele bedeutet und das wolkengleich über der Hülle schwimmt; jene Blüte des Lebens meine ich, die Tizian und Raffael zu pflücken wußten. Ginge man von dem Extrem aus, an dem Ihr angelangt seid, so würde einem vielleicht eine wunderbare Art von Malerei beschieden sein; aber Ihr ermüdet zu rasch. Der Pöbel bewundert, und der wahre Kenner lächelt nur. O Mabuse, o mein Meister«, fügte der seltsame Mensch hinzu, »du bist ein Dieb, du hast mit dir das Leben mitgenommen! – Bis auf das, was ihr fehlt«, fuhr er fort, »hat diese Leinewand mehr Werte als die Malereien jenes Schelms von Rubens, mit seinen Bergen von flandrischem Fleisch, die mit Zinnober gepudert sind, seinen Überschwemmungen von rotem Haar und seiner Farbenraserei. Immerhin findet man doch dort

Farbe, Gefühl und Zeichnenkönnen – die drei Hauptbestandteile der Kunst.«

»Aber mein guter Mann!« rief der Jüngling mit kraftvoller Stimme aus seinem tiefen Traume hervor. »Diese Heilige ist ja herrlich. In diesen beiden Figuren, in der der Heiligen wie der des Schiffmanns, herrscht eine Zartheit der Erfindung, die den italienischen Malern nicht bekannt war, und ich wüßte niemanden, der die Unentschlossenheit des Schiffmanns hätte erfinden können.«

»Gehört dieser kleine Narr zu Euch?« fragte Porbus den Greis.

»Ach, Meister, vergebt meine Kühnheit!« erwiderte errötend der Neophyt. »Ich bin ein ungekannter und ungelehrter Farbenjünger und eben erst in dieser Stadt angekommen, die mir die Quelle aller Wissenschaft scheint.«

»Ans Werk!« sagte Porbus. Er präsentierte ihm einen Rotstift und ein Blatt Papier.

Der Unbekannte kopierte im Umriß die Gottesmutter.

»Sieh da! sieh da!« schrie der Greis. »Wie heißt Ihr?«

Der junge Mensch schrieb an den Rand des Bildes: Nicolas Poussin.

»Für den Anfang ist das nicht schlecht«, meinte der alte Sonderling, der sich so wild gebärdete. »Ich sehe, daß man in deiner Gegenwart vom Malen reden darf. Wenn du des Porbus Heilige bewunderst, so tadele ich das nicht. Für die Welt hat sie als Meisterwerk zu gelten, und nur diejenigen, die in die tiefsten Geheimnisse der Kunst hinabgestiegen sind, können entdecken, woran es ihr fehlt. Aber da du der Belehrung würdig scheinst und fähig, sie zu begreifen, so will ich dir zeigen, wie wenig es braucht, um dieses Werk zu vollenden. Sei ganz Auge und ganz Hingabe – eine derartige Gelegenheit, dich zu unterrichten, möchte sich sobald nicht wieder ergeben. – Gib mir deine Palette, Porbus.«

Porbus ging, Palette und Pinsel zu suchen. Mit einer gewaltsamen Bewegung riß der Alte seine Ärmel in die Höhe, stopfte den Daumen in die Palette, die mit allen Farben wie eine Wiese bedeckt war, und fetzte dem Porbus ein Bündel von Pinseln aller Größen mehr aus den Händen, als daß er sie nahm. Sein spitzer Bart, der unter wilden Erregungen zuckte, verriet den Reiz einer verliebten Phantasie. Er belud seinen Pinsel dick mit Farbe und grummelte zwischen den Zähnen hervor: »Die Farben sind gerade gut, um sie zum Fenster hinauszuwerfen – mitsamt dem, der sie gemacht hat: Sie sind von einer Rauheit und Falschheit, daß sie empören! Wie soll man damit malen!«

Er tauchte mit fieberhafter Lebendigkeit die Spitze seines Pinsels in die verschiedenen Farbenhaufen, deren ganze Tonleiter er zuweilen reißender durchjagte, als ein Kirchenorganist auf seiner Orgel das »O filii« der Ostermesse hören läßt. Porbus und Poussin hielten unbeweglich, jeder an einer Seite des Bildes, versunken in die gewaltsamste Kontemplation.

»Siehst du, junger Mann«, sagte der Greis, ohne sich umzudrehen, »siehst du, wie man mit drei oder vier Pinselstrichen und ein wenig Blaulasur die Luft um den Scheitel dieser armen Heiligen sich bewegen lassen kann, die ersticken müßte, erschöpft von einer derart verbrauchten Atmosphäre? Sieh an, wie diese Draperie jetzt flattert und wie man versteht, daß die Brise sie anhebt! Vorhin hatte sie den Anschein einer gestärkten Leinewand; sie machte den Eindruck, als ob sie von Stecknadeln gehalten sei. Merkst du, wie der Satin schimmert, den ich jetzt auf die Brust lege, und wie er das weiche Fett auf der Haut eines jungen Mädchens widerspiegelt, und merkst du, wie der Ton, gemischt aus bräunlichem Rot und kalziniertem Ocker, die graue Kälte dieses großen Schattens erwärmt, darin das Blut gefror, statt zu laufen? Junger Mann, junger Mann – was ich dir da zeige, könnte kein anderer Meister dir zeigen. Nur Mabuse besaß das Geheimnis, den Gestalten Leben zu geben. Mabuse hatte nur einen Schüler – und der bin ich. Ich selber habe keinen gehabt, und ich bin ein alter Mann! Du hast Intelligenz genug, das übrige zu erraten, nachdem ich dir Einblick gegeben habe.«

Immer im Sprechen, berührte der seltsame Greis alle Partien des Gemäldes. Hier brachte er zwei Pinselstriche an, dort einen einzigen, aber stets war die Änderung so treffend, daß man von einer neuen Malerei sprechen konnte, aber einer Malerei des Lichts. Er arbeitete mit einer so leidenschaftlichen Hitze, daß der Schweiß auf seinem nackten Schädel perlte. Er ging so rasch vorwärts, auf kleinen ungeduldigen und stoßenden Bewegungen, daß es dem jungen Poussin schien, als raste in dem Körper dieser bizarren Persönlichkeit ein Teufel, der durch seine Hände wirkte, indem er sie auf phantastische Weise wider das Wollen des Menschen bewegte. Der übernatürliche Ausbruch der Augen, das Zucken, das den Effekt eines Widerstands vortäuschte, liehen dieser Idee eine gewisse Wahrscheinlichkeit, die auf eine jugendliche Einbildungskraft wirken mußte. Der Alte sprach bei der Arbeit:

»Piff! Paff! Puff! So buttert man die Geschichte ein, mein Kleiner! – Kommt herbei, meine Strichelchen, und macht mir diese eiskalte Fläche warm! Los, zum Teufel! Piff! Paff! Puff!« trällerte er und erwärmte die Partien, wo er das fehlende Leben vorhin angemerkt hatte. Mit ein paar Farbflecken beseitigte er die Temperamentsunterschiede und stellte jene Einheit wieder her, die die Glut der Ägypterin verlangte.

»Siehst du, Kleiner, nur der letzte Pinselstrich gilt etwas. Porbus hat hundert getan – ich nur einen. Keiner weiß uns Dank für das, was unter der Oberfläche steckt. Merk du dir's!«

Schließlich hielt der Dämon inne und, sich gegen Porbus und Poussin wendend, die vor Bewunderung stumm waren, sprach er:

»Das erreicht meine ›Belle Noiseuse‹ noch nicht – aber ein derartiges Bild könnte man schon mit seinem Namen zeichnen. Ja, ich würde es zeichnen«, fügte er hinzu, indem er aufstand, um es im Spiegel zu betrachten. – »Jetzt aber wollen wir frühstücken gehen. Kommt alle beide in meine Wohnung! Ich habe Räucherschinken und guten Wein... Ja, ja! Trotz der schlimmen Zeiten wollen wir über Kunst sprechen! Wir sind eben stark. – Da ist übrigens ein kleiner Kerl, der Begabung besitzt!« vollendete er, indem er auf Nicolas' Schulter klopfte.

Als er das dürftige Röckchen des Normannen bemerkte, zog er aus seinem Gürtel eine Lederbörse, durchwühlte sie, nahm schließlich zwei Goldstücke und sagte, sie vor ihm blitzen lassend: »Ich kaufe deine Zeichnung.«

»Nimm nur!« sagte Porbus zu Poussin, als er diesen vor Scham erröten und beben sah; der kleine Adept besaß nämlich den Stolz der Armut. »Nimm nur – der hat in seinem Felleisen das Lösegeld für zwei Könige.«

Alle drei stiegen aus der Werkstatt hinunter und promenierten, im Gespräch über die schönen Künste, bis zu einem reichen Holzhaus, das dicht bei der Sankt-Michaels-Brücke lag, und dessen Verzierungen, Türklopfer, Fensterrahmen und Arabesken Poussin in Staunen versetzten. Der künftige Maler erlebte plötzlich, wie er in einem Raum des Erdgeschosses bei einem behaglichen Feuer saß, neben einem Tisch, der mit appetitlichem Eßwerk angerichtet war und noch dazu – welches Glück! – in Gesellschaft zweier Künstler, die groß und doch gute Kerle waren.

»Junger Mensch«, sagte Porbus zu ihm, den er offenen Mundes vor einer Leinewand stehen sah. »Diese Leinewand sieh dir nicht zu genau an – du würdest in Verzweiflung fallen!«

Es war Mabuses »Adam« – das Bild, das er gemalt hatte, um aus dem Kerker, darin seine Gläubiger ihn so lange festgehalten hatten, sich freikaufen zu können. In der Tat, diese Figur zeigte eine so übermäßige Gewalt der Wahrheit, daß Nicolas Poussin in diesem Augenblick den eigentlichen Sinn der irren Worte zu begreifen anfing, die der Greis gesprochen hatte. Der Alte warf einen Blick der Befriedigung auf das Bild, doch nicht eigentlich einen Blick der Begeisterung; es war, als ob er sagen wollte: »Ich selbst habe Besseres gemacht.«

»Es hat etwas Lebendiges«, sagte er, »mein armer Meister hat sich hier selbst übertroffen; aber im Hintergrund mangelt doch ein wenig die Wahrheit. Dieser Mensch da ist lebendig, er erhebt sich, er wird gleich auf uns zukommen. Aber die Luft, der Himmel, der Wind – was wir atmen, sehen und fühlen müssen, das fehlt eigentlich. Übrigens ist das hier auch nur ein Mensch! Ich glaube aber, daß der erste Mensch, den Gott unmittelbar aus seinen Händen hervorgehen ließ, etwas Göttliches an sich gehabt haben muß; und das fehlt diesem hier. Mabuse pflegte das selber mit einem Ärger zuzugestehen – wenn er nicht gerade betrunken war.«

Poussin sah mit Unruhe und Neugier bald den Greis, bald Porbus an. Er trat nahe an letzteren heran, als wollte er ihn um den Namen des Wirtes bitten; aber der Maler tat heimlich den Finger auf die Lippen, und der junge Mensch schwieg, obwohl ihn sein Nichtwissen lebhaft bewegte; er hoffte schließlich, daß früher oder später ihm eine Gesprächswendung gestatten würde, den Namen seines Wirtes zu erraten. Sein Reichtum und seine Talente freilich waren genugsam durch den Respekt erwiesen, den Porbus ihm bezeugte, und vor allem auch durch die Wunder, die in diesem Saale aufgehäuft waren.

Poussin, der auf der schwarzen Eichentäfelung des Saales ein wunderbares Frauenporträt erblickte, rief plötzlich: »Welch schöner Giorgione!«

»Nein«, erwiderte der Alte, »da habt Ihr eine meiner ersten Klecksereien ...«

»Himmel und Erde! Ich weile also bei dem Gott der Malerei!« wunderte sich kindlich Poussin.

Der Alte lächelte wie ein Mensch, der seit langem mit solchem Lob zu verkehren gewohnt ist.

»Meister Frenhofer«, sagte Porbus, »könntet Ihr nicht für mich ein wenig von Eurem trefflichen Rheinwein kommen lassen?«

»Aber zwei Fässer!« erwiderte der Alte: »Das eine, um dir für die Freude zu danken, die du mir heute morgen mit deiner schönen Fischerin machtest, und das andere als ein Geschenk meiner Freundschaft.«

»Ach, wenn ich nicht ewig leidend wäre«, entgegnete Porbus, »und wenn Ihr mich einmal Euere ›Belle Noiseuse‹ sehen lassen würdet, so könnte auch ich vielleicht noch ein Gemälde machen, das Höhe, Breite und Tiefe besitzt und in dem die Figuren in ihrer naturhaften Größe auftreten.«

»Zeigen? Mein Werk?« schrie der Alte erregt. »Niemals! Ich muß es noch vollenden! – Gestern gegen den Abend«, sagte er, »glaubte ich es vollendet zu haben. Die Augen schienen mir feucht, das Fleisch schien zu beben. Die Spitzen ihres Haares bewegten sich. Sie atmete! Obschon ich das Mittel gefunden habe, Relief und Rundheit der Natur auf einer flachen Leinewand wiederzugeben, erkannte ich heute morgen, im vollen Tageslicht, meinen Irrtum. Ach, um dieses gloriose Ziel zu erreichen, habe ich die großen Meister des Kolorierens von Grund auf studiert. Ich habe die Tafeln Tizians, dieses Lichtfürsten, analysiert und Schicht für Schicht abgehoben. Ich habe, wie dieser königliche Maler, meine Figur in einen klaren Ton mit einer weichen und fetten Paste gebadet – denn der Schatten ist nur ein unwichtiges Akzidens; merke dir das, mein Kleiner! Später bin ich zu meinem Werke zurückgekehrt, und halbe Töne und Glasuren benutzend, deren Durchsichtigkeit ich immer mehr verminderte, habe ich die kraftvollsten Schatten bis zum tiefsten Schwarz hin wiedergeben können. Die Schatten bei den gewöhnlichen Malern sind nämlich von anderer Natur als ihre lichten Töne; das ist Holz oder Erz oder alles, was Ihr wollt – nur Fleisch, das beschattet ist, ist das nicht. Man fühlt: Wenn solche Figuren sich jetzt anders hinstellen würden, so würden die Schattenpartien sich vom Schatten nicht reinigen und nicht licht werden. Ich habe diesen Fehler vermieden, dem viele unserer Berühmtesten erlagen; bei mir steigt das Weiß aus dem Dunkel des kräftigsten Schattens hervor! Ich habe nicht – wie diese Allerwelts-Ignoranten, die von sich glauben, sie zeichnen korrekt, wenn sie bewußte und saubere Striche machen – trocken die Konturen meiner Figur umschifft und dabei jede anatomische Einzelheit unterstrichen: Der menschliche Körper endet nämlich nicht in Linien. Hierin vermögen die Bildhauer sich der Wahrheit tiefer zu nähern als wir anderen Künstler. Die Natur baut sich aus einer Folge von Rundflächen auf, von denen die eine die andere einhüllt. Übertrieben gesprochen: Es gibt keine Zeichnung! – Lach nicht, mein Junge! So eigentümlich dir dies mein Wort erscheinen mag, du wirst eines Tages die Gründe einsehen. – Die Linie ist nicht mehr als ein Mittel, durch das der Mensch sich Rechenschaft gibt über den Effekt des Lichts auf den Dingen; aber in der Natur gibt es keine Linien! Da ist alles rund und gefüllt: Es geschieht nur beim Modellieren, daß man zeichnet. Das will sagen: Man nimmt die Dinge aus der Mitte ihrer Wesenheit heraus und zerlegt sie; die Verteilung des Lichtes erst ist es, die dem Körper auch Erscheinung gewährt! So habe ich denn auch nicht die Lineamente innegehalten. Ich habe auf die Konturen eine Wolke von blonden und warmen Halbtönen gegossen, die macht, daß man den Finger niemals genau auf den Platz legen könnte, wo die Konturen sich mit dem Hintergrund einen. Wenn man sehr nahe steht, scheint diese Arbeit dunkel und scheint der Klarheit zu ermangeln; aber wenn man zwei Schritte zurücktritt, rafft sich alles, hält an und steht entwickelt da; der Körper scheint drehbar, die Formen scheinen sich im Sprung zu bewegen, man fühlt die Luft um alles streichen. Dennoch bin ich noch nicht zufrieden, ich fühle noch Zweifel. Vielleicht sollte man überhaupt nicht einen einzelnen Zug wiedergeben, vielleicht wäre es besser, eine Figur in der Mitte zu attackieren, indem man sich zuerst an die am meisten belichteten, vorn liegenden Stellen macht und dann erst zu schwärzeren Teilen übergeht. Geht schließlich nicht so die Sonne selber vor, unser göttlicher Maler im Weltall? O Natur, Natur, wer hat dich je eingeholt auf deiner Flucht!... Da habt Ihr's – zuviel Wissenschaft stürzt – ganz ebenso wie die Ignoranz – in die Verneinung hinein. Ich zweifele an meinem Werk.«

Der Alte machte eine Pause, dann nahm er die Rede wieder auf: »Jetzt ist es zehn Jahre her, junger Mann, daß ich arbeite. Aber was sind zehn kleine Jahre, wenn es sich darum handelt, mit der Natur zu ringen? Wir kennen die Zeit nicht, die Herr Pygmalion aufwenden mußte, um eine Statue hervorzubringen, die laufen konnte!« Der Greis versank in tiefen Traum. Er verharrte mit starren Augen und spielte mechanisch mit seinem Messer. »Jetzt weilt er im Gespräch mit seinem Geist!« sagte Porbus mit leiser Stimme.

Bei diesem Wort fühlte Nicolas Poussin sich unter die Gewalt einer unerklärlichen Künstlerneugier geraten. Dieser Greis mit den weißen Augen, aufmerksam und dann wieder stumpfsinnig, war für ihn mehr als ein Mensch geworden; er erschien ihm wie ein phantastischer Genius, der in einer unbekannten Raumkugel lebte. Er weckte tausend wirre Gedankenströme in seiner Seele. Die moralische Erscheinung dieser Art von Bezauberung läßt sich so wenig erklären, wie man die Erregung erklären kann durch ein Lied, das dem Verbannten die Heimat zurückzaubert. Die sichtliche Verachtung dieses Alten für die schönsten Versuche der Kunst, sein Reichtum, seine Manieren, die Verehrung, die Porbus ihm entgegenbrachte, sein Werk, das er so lange geheimhielt, sein Werk voll Geduld und voll unzweifelhaftem Genie (wenn man dem Kopf der Maria glauben durfte, den der junge Poussin so freimütig bewundert hatte und der sogar an der Seite von Mabuses Adam noch immer das kaiserliche Können eines Kunstfürsten bezeugte): all das überstieg bei diesem Greise die Grenzen der menschlichen Natur. Was die reiche Einbildungskraft des Nicolas Poussin klar und eindringlich zu erfassen vermochte, als er dieses übernatürliche Wesen sah, war ein erfülltes Bild der Künstlernatur selbst – dieser tollen Natur, der so viele Kräfte anvertraut sind und die sie nur zu oft mißhandelt, indem sie den kalten Verstand, den Bürger und manchmal ein paar Liebhaber über viele rauhe Straßen führt, wo es für sie nichts mehr gibt –, während dieses in Phantasiesprüngen tolle Mädchen mit seinen glänzenden Flügeln hier Epen, Schlösser und Kunstwerke entdeckt. Eine neckisch boshafte und zugleich gute, eine fruchtbare und zugleich arme Natur! So war für den Enthusiasten Poussin dieser Greis durch eine plötzliche Transfiguration die Kunst selbst mit ihren Geheimnissen, die Kunst mit ihren Tollheiten und Träumen geworden.

»Ja, mein lieber Porbus!« nahm Frenhofer das Wort: »Es hat mir bis jetzt daran gefehlt, eine untadelige Frau zu treffen, einen Leib, dessen Konturen von vollkommener Schönheit sind und dessen Fleischton ... Aber wo gäbe es sie lebend«, unterbrach er sich, »diese unauffindbare Venus der Alten, die so oft gesucht wurde und der wir kaum in ein paar Einzelexemplaren begegnen? Oh! Um einen Augenblick, und nur ein einziges Mal, die Natur göttlich, vollkommen, kurz: um das Ideal zu sehen, möchte ich meinen ganzen Reichtum hingeben ... Ich würde dich in deinen Abgründen aufsuchen, himmlische Schönheit! Wie Orpheus würde ich in die Hölle der Kunst hinabsteigen, um das Leben daraus zurückzurauben!«

»Wir könnten jetzt fortgehen«, flüsterte Porbus dem Poussin zu. »Er hört und sieht nichts mehr von uns.«

»Gehen wir in sein Atelier!« schlug der junge Mann erstaunt vor.

»Oh! Der alte Kerl hat es verstanden, den Eingang zu verteidigen. Seine Schätze sind zu gut bewacht, als daß wir bei ihnen anlangen könnten. Ich habe nicht erst Eueren Rat und Eure Phantasie abgewartet, um ein Ansprung auf das Geheimnis zu wagen.«

»Da gibt es also ein Geheimnis?«

»Ja«, antwortete Porbus, »der alte Frenhofer ist der einzige Schüler, aus dem Mabuse etwas zu machen wünschte. Schließlich zu seinem Retter, zu seinem Freunde, seinem Vater geworden, opferte dieser Frenhofer den größten Teil seines Vermögens, um den Passionen seines Mabuse genugzutun. Umgekehrt hat Mabuse ihm das Geheimnis der Reliefmalerei hinterlassen, die Kraft, den Figuren jenes ungemeine Leben, jene Blüte der Natur zu verleihen, die unsere ewige Verzweiflung bildet; er aber besaß ihr Herstellungsgeheimnis so sehr, daß er eines Tages, als er den geblümten Damastrock, mit dem er sich beim Einzug Karls v. bekleiden sollte, verkauft und vertrunken hatte, seinen Lehrer in einem Papierkleid begleitete, das mit einem Ton wie Damast angemalt war. Der eigenartige Glanz des Stoffes, der von Mabuse getragen wurde, überraschte den Kaiser, und als er dem Protektor des alten Trunkenbolds darüber ein paar angenehme Worte sagen wollte, entdeckte er den Betrug. Frenhofer ist ein Mensch, der sich auf leidenschaftlichste Weise unserer Kunst hingibt, der höher und weiter sieht als die übrigen Maler. Er hat tief über die Farben und über die absolute Linie der Wahrheit meditiert; aber durch die Gewalt des Grübelns ist er dazu gelangt, am Objekt seines Grübelns zu zweifeln. In den Augenblicken seiner Verzweiflung behauptet er, es gäbe keine Zeichnung und man könne mit Strichen nur geometrische Gebilde wiedergeben; das ist zu hoch, um wahr zu sein – denn mit Hilfe des Strichs und des Schwarz, das keine Farbe ist, kann man durchaus eine Figur hinsetzen. Unsere Kunst setzt sich eben erwiesenermaßen ganz wie die Natur aus einer Unzahl von Elementen zusammen: Die Zeichnung gibt ein Skelett, die Farbe ist das Leben, aber lebendiges Fleisch ohne Knochengerüst ist eine noch unvollkommenere Sache als das Knochengerüst ohne das lebendige Fleisch. Also, es gibt etwas, was noch wahrer ist als all das: Übung und Beobachtung, meine ich, haben für einen Maler alles zu sein – und wenn die Vernunft und die Poesie mit den Pinseln gegeneinander prozessieren, so gelangt man zum Zweifel wie unser guter Mann hier, der ebensosehr Wahnsinniger ist wie Maler. Ein Maler von hohem Rang, hatte er das Unglück, reich geboren zu werden; das gestattete ihm, sich zu zersplittern. Ahmt ihn nicht nach! Arbeitet! Seid fleißig! Maler haben nur das Recht, mit dem Pinsel in der Hand zu denken!«

»Wir werden noch eindringen!« schrie Poussin, der Porbus nicht mehr hörte und an nichts mehr zweifelte.

Porbus lächelte über die Begeisterung des jungen Unbekannten und verließ ihn, nachdem er ihn zu häufigerem Besuch eingeladen hatte.

Nicolas Poussin gelangte mit langsamen Schritten in die Rue de la Harpe zurück und ging, ohne es zu bemerken, an dem bescheidenen Gasthaus vorbei, in dem er eingemietet war. Als er mit unruhiger Hast seine elende Treppe hinaufstieg, gelangte er in ein hochliegendes Zimmer, das nach Art eines Taubenschlages unters Dach eingebaut war; so naiv und leicht waren die Häuser im alten Paris gebaut. Nahe dem einzigen und düsteren Fenster saß ein junges Mädchen, das bei dem Geräusch der Tür sich plötzlich und in liebender Bewegung umdrehte; sie hatte den

Maler an der Art erkannt, wie er die Hand auf den Türgriff legte.

»Was hast du?« sagte sie.

»Ich ... ich habe ...«, rief er, vor Lust fast erstickend, »ich habe mich als Maler fühlen dürfen. Bis zum Augenblick hatte ich an mir gezweifelt, aber heute morgen habe ich an mich zu glauben begonnen; ich kann ein großer Mann werden. Ach, Gillette, wir werden reich sein und glücklich! Es steckt Gold in diesen Pinseln ...«

Aber er wurde plötzlich stumm. Sein ernstes und kräftiges Gesicht verlor den Ausdruck der Freude, als er die Unermeßlichkeit seiner Hoffnung mit der Armseligkeit seiner Mittel verglich. Die Mauern waren mit simplen Blättern bedeckt, auf denen man Bleistiftskizzen gewahrte. Er besaß nicht vier Leinwandstücke, die sauber gewesen wären. Die Farben hatten einen zu hohen Preis, und der arme junge Mensch sah seine Palette fast nackt. Im Schoße dieses ganzen Elends besaß und fühlte er freilich unwahrscheinliche Herzensreichtümer und die überströmende Fülle eines verzehrenden Genies. Durch einen befreundeten Aristokraten oder vielleicht auch durch sein eigenes Talent war er nach Paris gekommen und hatte sofort eine Geliebte gefunden, eine von jenen noblen und adeligen Seelen, die zu einem großen Manne kommen, um in seiner Nähe zu leiden. Sie heiraten seine Schmerzen und strengen sich an, seine Launen zu begreifen; sie sind stark im Ertragen des Elends und stark in der Liebe, wie andere Naturen, ohne die Wimper zu zucken, den Luxus tragen und mit ihrer Unempfindlichkeit paradieren. Das irrende Lächeln auf Gillettes Lippen vergoldete diese Dachkammer und stritt fast mit dem Himmelslicht. Die Sonne schließlich glänzte nicht immer; sie aber war stets da, hingegeben an ihre Leidenschaft, angekettet an ihr Glück, an ihr Leid, ein Trost dem Genie, das in der Liebe überschäumen mußte, ehe es sich der Kunst bemächtigte.

»Höre, Gillette, komm!«

Das gehorsame und freudige Mädchen sprang auf die Knie des Malers. Sie war ganz Grazie, ganz Schönheit, lieb wie ein Frühling, geschmückt mit allen Reizen der Frau und beleuchtet von der Glut einer schönen Seele.

»Mein Gott«, rief er, »ich könnte nie wagen, es ihr zu sagen...«

»Ein Geheimnis?« nahm sie auf. »Ich will es wissen!«

Poussin blieb träumerisch.

»Rede doch!«

»Gillette... mein armes geliebtes Herz!«

»Ach! Du willst etwas von mir.«

»Ja.«

»Falls du wünschst, daß ich wieder wie neulich vor dir posieren soll«, fuhr sie mit einer kleinen Miene der Schelmerei fort, »so werde ich dem nicht zustimmen – denn in diesen Augenblicken sagen mir deine Augen nichts mehr. Du denkst nicht mehr an mich, und dennoch betrachtest du mich...«

»Würdest du wollen, daß ich eine andere Frau male?«

»Wenn sie recht häßlich wäre – vielleicht.«

»Nun gut!« sagte Poussin mit ernster Stimme. »Wenn mein künftiger Ruhm es erforderte, wenn es, damit ich ein großer Maler würde, nötig wäre, daß du einem anderen Modell stündest?«

»Du kannst mich prüfen«, antwortete sie, »du weißt recht wohl, daß ich nicht zu ihm gehen würde.«

Poussin senkte den Kopf auf die Brust, wie ein Mensch, der dem Übermaß einer Freude oder eines Schmerzes nicht länger standhalten kann.

»Höre«, sagte sie und zog Poussin am Ärmel seines abgenutzten Rockes, »ich habe dir schon gesagt, Nick, daß ich mein Leben für dich hingeben könnte; aber ich habe dir nie versprochen, daß ich auf meine Liebe verzichten würde, solange ich am Leben bin.«

»Verzichten?« schrie der junge Künstler.

»Wenn ich mich einem anderen so zeigte, würdest du mich nicht mehr lieben – und auch ich selbst würde mich deiner unwürdig halten. Deinen Launen zu gehorchen, ist das nicht eine natürliche und einfache Sache? Manchmal wider mein Gefühl, bin ich doch glücklich und sogar stolz, deinen lieben Willen zu tun. Aber für einen anderen, pfui!«

»Verzeih mir, meine Gillette!« rief der Maler und warf sich auf die Knie. »Ich will lieber geliebt als berühmt sein. Für mich bist du schöner als Reichtum und Ehren. Geh, wirf meine Pinsel fort, verbrenne diese Skizzen, ich habe mich getäuscht. Meine Bestimmung ist: dich zu lieben. Ich bin kein Maler – ich bin ein Liebhaber. Möge die Kunst und mögen alle ihre Geheimnisse zugrunde gehen!«

Sie bewunderte ihn, glücklich, bezaubert! Sie war es, die regierte; sie fühlte, wie die Künste um ihretwillen vergessen waren und wie sie zu ihren Füßen hingeworfen lagen gleich einem Körnchen Weihrauch.

»Und doch ist er nur ein Greis«, begann Poussin wieder,

»er wird in dir nur die Frau sehen können. Dein Körper ist so vollkommen.«

»Man muß wohl lieben«, rief sie aus. Sie fühlte sich bereit, die Skrupel ihrer Liebe zu opfern, um ihren Liebhaber für alle Opfer zu belohnen, die er ihr brachte. »Aber«, vollendete sie, »das könnte mich verderben. Ach, mich für dich zu verderben – ja, das ist gewiß sehr süß! Du aber, du wirst mich vergessen. Oh, was für einen bösen Gedanken hast du da doch gehabt!«

»Ich habe ihn gehabt, und dennoch liebe ich dich«, sagte er, beinahe zerknirscht. »Bin ich nun eigentlich ehrlos?«

»Befragen wir Vater Hardouin!« sagte sie lächelnd.

»O nein! Das muß ein Geheimnis unter uns zweien bleiben.«

»Gut also, ich werde gehen; aber sei du nicht dabei. Bleib an der Tür, mit deinem scharfen Dolch – und wenn ich schreie, tritt ein, und töte den Maler!«

Poussin sah nichts als seine Kunst und preßte Gillette in seine Arme.

›Er liebt mich nicht mehr!‹ dachte Gillette, als sie allein war.

Sie bereute schon ihren Entschluß. Aber bald wurde sie die Beute einer Erstarrung, die grausamer war als ihre Reue; sie rang mit Anstrengung sich einen abscheulichen Gedanken aus dem Herzen. Sie glaubte den Maler bereits weniger zu lieben; denn sie hatte den Verdacht, er sei nicht mehr so ehrenhaft wie sonst.

Drei Monate nach der Begegnung des Poussin und des Porbus besuchte dieser den Meister Frenhofer. Der Alte war gerade die Beute einer jener tiefen und plötzlichen Entmutigungen geworden, deren Ursache, wenn man den Physikern unter den Ärzten glauben soll, in einer schlechten Verdauung, im Wind, in der Hitze oder in irgendeiner hypochonderischen Geschwulst zu liegen hat; wenn man freilich den Spiritualisten glaubt, in der Unvollkommenheit unserer sittlichen Natur. Der gute Mann hatte sich, um es klar und einfach zu sagen, überarbeitet beim Vollenden seines geheimnisvollen Meisterwerkes. Er saß halb verschmachtet in einem großen Lehnstuhl aus geschnitztem Eichenholz, der mit schwarzem Leder ausgeschlagen war; und ohne seine melancholische Haltung zu ändern, warf er auf Porbus den Blick eines Menschen, der seinen Kummer als Dauerwohnung bezogen hat.

»Nun, Meister«, sagte Porbus zu ihm, »war das Ultramarin, das Ihr in Brügge gekauft habt, schlecht? Oder habt Ihr unser neues Weiß nicht anrühren können? Ist Euer Öl widerspenstig geworden oder die Pinsel aufsässig?«

»Ach!« schrie der Greis. »Ich habe einen Augenblick geglaubt, mein Werk sei fertig, aber ich habe mich sicherlich in einigen Details getäuscht, und ich werde nicht ruhig werden, bevor meine Zweifel nicht aufgeklärt sind. Ich habe mich entschieden, zu reisen; ich werde in die Türkei, nach Griechenland, nach Asien gehen, um dort ein Modell zu suchen und mein Bild mit allerlei Naturen zu vergleichen ... Möglicherweise habe ich da oben«, fuhr er fort und ließ ein Lächeln der Befriedigung sich entschlüpfen, »die Natur selber. Manchmal habe ich gleichsam Furcht, daß ein Hauch mir diese Frau aufweckt und sie verschwinden macht.« Plötzlich sprang er auf, als wolle er schon abreisen.

»Oh! Oh!« antwortete Porbus. »Da komme ich ja zur rechten Zeit, um Euch Ausgabe und Mühe der ganzen Reise zu ersparen.«

»Wie das?« fragte Frenhofer verwundert.

»Der junge Poussin wird von einer Frau geliebt, deren unvergleichliche Schönheit geradezu vollkommen ist. Aber, mein lieber Meister, wenn er zustimmt, sie Euch zu leihen, so werdet Ihr uns zum mindesten Euer Gemälde sehen lassen müssen.« Der Greis verharrte regungslos, in einem Zustand völligen Stumpfsinns.

»Wie«, rief er schließlich in tiefem Schmerz, »Euch mein Geschöpf, meine Gattin zeigen? Den Schleier zerreißen, hinter dem ich mein Glück keusch bedeckte? Aber das wäre ja eine fürchterliche Prostitution! Zehn Jahre sind es jetzt, daß ich mit dieser Frau lebe; mein ist sie, mir gehört sie allein; sie liebt mich, mir hat sie bei jedem Pinselstrich zugelächelt, den ich ihr gab. Sie hat eine Seele, eine Seele – und ich habe sie ihr verliehen. Sie würde erröten, wenn andere Augen als meine sie betasteten. Sie zeigen! Wo ist ein Gatte, ein Liebhaber, der so käuflich wäre, sein Weib der Unehre zuzuführen? Wenn du ein Bild für den Hof machst, so legst du nicht deine ganze Seele hinein, du verkaufst den Höflingen nur angestrichene Gliederpuppen. Mein Bild ist kein Bild, es ist ein Gefühl, eine Leidenschaft! Geboren in meinem Atelier, muß sie hier jungfräulich bleiben und kann es nur bekleidet verlassen. Die Poesie und die Frauen geben sich nur ihren Liebhabern nackt. Besitzen wir denn das Modell des Raffael, die Angelika Ariosts, Dantes Beatrice? Nein! Wir sehen nur ihre Formen. Nun, das Werk, das ich da oben hinter meinen Riegeln verwahre, ist eine Ausnahme in unserer Kunst. Es ist keine Leinewand, es ist eine Frau! Eine Frau, mit der ich weine, lache, plaudere und denke. Willst du, daß ich plötzlich ein zehnjähriges Glück hinwerfe, wie man einen Mantel hinwirft – daß ich plötzlich aufhöre, Vater zu sein, Liebhaber, Gott? Diese Frau ist kein Geschöpf, sie ist eine Schöpfung. Mag er kommen, dein junger Mann: ich will ihm meine Reichtümer geben, ich will ihm Gemälde von Correggio und Michelangelo, Tizian schenken, ich will die Spur seiner Füße im Staube küssen, meinetwegen – aber ihn zu meinem Rivalen machen?! Schmach und Schande! Ach! Ich bin noch mehr Liebender als Maler. Wahrhaftig, ich würde die Kraft besitzen, bei meinem letzten Atemzug die ›Belle Noiseuse‹ zu verbrennen; aber sie den Blick eines Mannes, eines jungen Mannes, eines Malers ertragen lassen? Nimmermehr. Ich würde am nächsten Tag denjenigen töten, der sie mit einem Blick beschmutzt hätte! Ich würde dich, meinen alten Freund, töten, dich, wenn du sie nicht auf Knien begrüßtest! Willst du immer noch, daß ich mein Idol an die frostigen Augen und die stupiden Kritiken der Dummköpfe wegwerfe? Oh! Die Liebe ist ein Geheimnis – es spielt sich nur im Grunde der Herzen ab, und alles ist verloren, wenn ein Mensch es ausspricht, sogar wenn er es zu seinem Freunde sagt: Das ist die Frau, die ich liebe!«

Der Greis schien aufs neue jung geworden zu sein; seine Augen glänzten von Leben; seine bleichen Wangen färbte ein starkes Rot, seine Hände zitterten. Porbus, erstaunt von der heftigen Leidenschaft, mit der diese Worte hervorgestoßen wurden, wußte nicht mehr, was er einem ebenso neuen wie tiefen Gefühl hätte antworten sollen. War Frenhofer noch bei Vernunft, oder war er schon von Sinnen? War er der Unterjochung durch eine Künstlerlaune zum Opfer gefallen – oder entsprangen die Gedanken, die er äußerte, dem einzigartigen Fanatismus, den das lange Schwangergehen mit einem großen Werke erzeugt? Konnte man jemals hoffen, sich mit dieser bizarren Leidenschaft zu einigen?

Mit solchen Gedanken tief beschäftigt, fragte Porbus den Alten: »Aber wird hier nicht Frau für Frau gesetzt? Überantwortet Poussin nicht auch Euren Augen seine Geliebte?«

»Welche Geliebte«, erwiderte Frenhofer, »sie wird ihm früher oder später untreu werden. Meine bleibt mir ewig treu!«

»Nun gut«, versetzte Porbus. »Sprechen wir nicht mehr davon, aber ehe Ihr – und sei es selbst in Asien! – eine Frau findet, die so schön ist wie die, von der ich hier spreche, werdet Ihr vielleicht sterben, ohne Euer Werk vollendet zu haben.«

»Oh, es ist fertig! Wer es sähe, möchte glauben, eine Frau, unter Gardinen, auf einem sammetnen Bette gelagert zu sehen. Neben ihr haucht ein goldener Dreifuß Gerüche aus. Du würdest versucht sein, die Quasten der Schnüre zu ergreifen, die die Vorhänge festhalten; du würdest glauben, die Brust der ›Cathérine Lescault‹ zu sehen, jener schönen Kurtisane, die ›La Belle Noiseuse‹ genannt wird, und du würdest glauben, die Bewegung des Einatmens zu sehen. Immerhin, gern möchte ich sichergehen...«

»Geh doch nach Asien!« erwiderte Porbus. Er merkte, daß eine Art von Unschlüssigkeit im Blicke Frenhofers zitterte.

Und Porbus machte einige Schritte gegen die Tür des Gemaches hin.

In diesem Augenblick waren Gillette und Nicolas Poussin in der Nähe von Frenhofers Haus angelangt. Als das junge Mädchen im Begriff war einzutreten, ließ sie den Arm des Malers los und wich zurück, als faßte sie eine jähe Ahnung.

»Aber was werde ich hier tun?« fragte sie ihren Liebhaber mit tiefer Stimme und sah ihn mit starrem Blick an.

»Gillette, du bist deine und meine Herrin, ich will dir in allem gehorchen. Du bist mein Gewissen und mein Ruhm. Komm in unsere Wohnung zurück, ich werde glücklicher sein, vielleicht, wenn...«

»Gehöre ich dir, wenn du so sprichst? O nein, ich bin nur noch ein unmündiges Kind... gehen wir«, fügte sie mit dem Schein einer großen Anstrengung hinzu, »wenn unsere Liebe untergeht und ich in mein Herz eine lange Reue hineinhämmere, wird dann nicht dein Ruhm der Preis für meinen Gehorsam gegen deine Wünsche sein? Gehen wir getrost hinein – es wird ein zweites Leben heißen, wenn ich für immer als eine Erinnerung auf deiner Palette bleiben werde.«

Als sie die Haustür öffneten, stießen die beiden Liebenden mit Porbus zusammen; überrascht von Gillettes

Schönheit – ihre Augen schwammen in Tränen –, ergriff er sie und führte die Zitternde vor den Greis.

»Sieh doch«, sagte er, »wiegt sie nicht mit sich alle Meisterwerke der Welt auf?«

Frenhofer erbebte. Gillette stand da in der naiven und einfachen Haltung der Georgierin, die, unschuldig und furchtsam, von Räubern entführt, einem Sklavenhändler angeboten wird. Eine schamhafte Röte färbte ihr Gesicht, sie senkte die Augen, ihre Hände hingen kraftlos zur Seite, alle Stärke hatte sie verlassen, und nur Tränen erhoben Einspruch gegen die Gewalt, die ihrer Scham zugefügt wurde. In diesem Augenblick verfluchte Poussin sich selbst; die Verzweiflung zerriß ihn, daß er diesen köstlichen Schatz in seiner Kammer nicht für immer versteckt hatte. Er wurde jetzt mehr Liebhaber als Künstler – und tausend Qualen wandten ihm das Herz um, als er sah, wie das verjüngte Auge des Greises nach Malergewohnheit das junge Mädchen förmlich entkleidete, indem er ihre geheimsten Körperteile erriet. Er verfiel sofort der rasenden Eifersucht wahrer Liebe.

»Gillette, komm fort!« schrie er.

Bei diesem Ton, diesem Schrei erhob die Geliebte freudig die Augen gegen ihn, sah ihn und lief in seine Arme.

»Ach, du liebst mich also doch?!« antwortete sie und brach in Tränen aus. Sie hatte zwar die Kraft gehabt, ihr Leiden zu verschweigen, aber es mangelte ihr die Kraft, ebenso ihr Glück zu verhüllen.

»Oh, überlaßt sie mir für einen Augenblick!« sagte der alte Maler und: »Vergleicht sie mit meiner ›Catharina‹... Ja, ich bin es einverstanden.«

Immer noch gab es Liebe in diesem Schrei Frenhofers. Er schien für sein Phantom von Frau Koketterie einzusetzen und im voraus mit dem Triumph zu spielen, den die Schönheit seiner Schöpfung über die eines wirklichen jungen Mädchens davontragen mußte.

»Laßt ihn das nicht zurücknehmen!« rief Porbus und schlug auf Poussins Schulter. »Die Früchte der Liebe welken schnell, die der Kunst aber sind unsterblich.«

»Für ihn«, sagte Gillette und sah Poussin und Porbus aufmerksam an, »bin ich also nur eine Frau?« Sie hob stolz den Kopf; aber als sie, nachdem sie einen funkelnden Blick auf Frenhofer geworfen hatte, sehen mußte, wie ihr Liebhaber damit beschäftigt war, aufs neue das Porträt zu betrachten, das er erst kürzlich für einen Giorgione gehalten hatte, rief sie: »Ach – gehen wir hinauf! So hat er mich nie angesehen.«

»Greis!« sagte Poussin, durch Gillettes Stimme aus seiner Betrachtung gezogen. »Sieh diesen Degen, ich werde mit ihm dein Herz durchbohren beim ersten Seufzer, den diese Frau ausstößt – ich werde Feuer in dein Haus werfen, und niemand wird es verlassen! Verstehst du?«

Nicolas Poussin schien finster, sein Wort war schrecklich. Die Haltung und vor allen Dingen die Geste des jungen Malers trösteten Gillette, die ihm beinahe schon verzieh, daß er sie der Malerei und seiner glorreichen Zukunft opferte. Porbus und Poussin verblieben an der Tür des Ateliers; einer betrachtete schweigend den anderen. Wenn der Maler der »Maria Aegyptiaca« zunächst noch sich ein paar Ausrufe gestattete: »Ach, sie entkleidet sich … er sagt ihr, sie solle sich schärfer ins Tageslicht stellen... er vergleicht sie«, so verstummte er bald bei Poussins Anblick: Sein Gesicht war tieftraurig; und obgleich alte Maler Skrupel, die an der Kunst gemessen so unwichtig sind, nicht anerkennen, so bewunderte er sie diesmal doch – so kindlich und rührend waren sie. Der junge Mann hatte die Hand am Knauf des Degens und das Ohr fast an die Türe geleimt. Alle beide, im Schatten, glichen so zwei Verschwörern, die die Stunde eines Tyrannenmordes erwarten.

»Kommt, kommt!« rief plötzlich der Alte ihnen zu, strahlend vor Glück. »Mein Werk ist vollkommen – und jetzt kann ich es auch mit Stolz zeigen! Niemals werden Maler, Pinsel, Farben, Leinewand und Licht der schönen Kurtisane Catherine Lescault eine Nebenbuhlerin schaffen!«

Voll lebhafter Neugier eilten Porbus und Poussin in die Mitte eines wüsten Ateliers, das staubbedeckt überall Unordnung zeigte; hier und dort waren Gemälde an den Mauern befestigt. Sie hielten ganz zuerst vor einer Frauenfigur in natürlicher Größe inne; sie war halb nackt; sie wurden sogleich von größter Bewunderung ergriffen.

»Oh, beschäftigt Euch nicht damit!« sagte Frenhofer verächtlich. »Diese Leinewand habe ich nur bekleckst, um eine Pose zu studieren; dieses Bild hat nichts zu sagen. Hier hängen meine Irrtümer!« fuhr er fort, indem er ihnen wunderbare Kompositionen zeigte, die ringsumher die Wände schmückten. Bei diesen Worten begannen Porbus und Poussin, verblüfft ob der Verachtung solcher Meisterwerke, nach dem oft besprochenen Gemälde zu suchen; doch sie konnten es nicht erblicken.

»Aber da ist es ja!« rief der Greis. Sein Haar hing in wirren Strähnen, sein Gesicht war von übernatürlicher Begeisterung entflammt; die Augen funkelten, er atmete wild wie ein Jüngling, den die Liebe toll macht. »Ha!« rief er. »So viel Vollkommenheit hattet Ihr allerdings nicht erwartet. Ihr steht vor einer Frau – und gesucht habt Ihr ein Gemälde. Es ist eine solche Tiefe auf dieser Leinewand, und die Luft ist so wahr, daß Ihr sie nicht mehr von der Luft, die uns umgibt, unterscheiden könnt. Wo ist die Kunst? Verloren, verschwunden! Hier gibt es die Glieder der Frau selbst! Habe ich nicht die Farbe, das Leben der Linie, die den Körper zu umgrenzen scheint, wunderbar gepackt? Herrscht nicht bei den Dingen, die in der Luft stehen, dasselbe Phänomen wie bei den Fischen im Wasser? Bewundert, wie die Konturen sich vom Hintergrund abheben. Scheint es nicht, daß Ihr mit der Hand über diesen Rücken streichen könnt? So, so habe ich während sieben Jahren die Hochzeit des Lichts mit den Dingen und ihre Wirkung studiert. Und diese Haare hier – überschwemmt sie nicht das Licht? ... Aber jetzt eben hat sie geatmet ... ich glaube es fast! ... Dieser Busen, seht nur! ... Ach, wer möchte sie nicht auf den Knien anbeten? Das Fleisch zuckt, gleich wird sie aufstehen, wartet nur!«

»Bemerkt Ihr irgend etwas?« fragte Poussin den Porbus. »Nein ... und Ihr?«

»Nichts!«

Die beiden Maler überließen den Greis seiner Ekstase und untersuchten, ob nicht das Licht, das steil auf die Leinewand fiel, die er zeigte, nicht alle Effekte mit sich zerstörte. Sie schritten von rechts nach links, sie traten davor, bückten sich schließlich und erhoben sich wieder. Immer wieder examinierten sie das Bild.

»Ja, ja!« sagte Frenhofer. »Es ist wahrhaftig eine Leinewand!« Er täuschte sich über das Ziel dieser genauen Prüfung. »Da habt Ihr den Rahmen und die Staffelei – und da sind meine Farben und meine Pinsel!«

Er bemächtigte sich eines Pinsels und präsentierte ihn mit einer kindlichen Bewegung.

»Der alte Landsknecht macht sich über uns lustig!« zischte Poussin und ging wieder zu dem angeblichen Gemälde. »Ich sehe da nichts als Farben, die in wirrem Durcheinander massiert sind und von einer Fülle bizarrer Linien zusammengehalten werden – eine Mauer von Malerei stellt das dar!«

»Nein, wir täuschen uns, seht doch...«, versetzte Porbus.

Sich nähernd, entdeckten sie in einer Ecke des Bildes die Spitze eines nackten Fußes, die aus diesem Chaos von Farben, Tönen, unentschiedenen Nuancen, dieser ganzen nebelartigen Formlosigkeit herausragte: einen entzückenden, einen lebenden Fuß! Versteinert vor Bewunderung standen sie vor diesem Fragment, das einer unglaubwürdigen, einer langsamen und fortschreitenden Zerstörung entschlüpfen konnte. Dieser Fuß erschien wie der Torso irgendeiner Venus aus parischem Marmelstein, der aus den Ruinen einer zu Asche gebrannten Stadt sich erhebt.

»Es gibt eine Frau darunter!« schrie Porbus, indem er Poussin auf die Farbschichten aufmerksam machte, die der alte Maler eine nach der anderen darübergehäuft hatte in dem tragischen Glauben, daß er sein Bild vervollkommne.

Die beiden Künstler wandten sich spontan gegen Frenhofer: sie begannen zu begreifen, wenn auch nur dunkel, welcher Art die Ekstase war, in der er lebte.

»Er ist guten Glaubens...«, sagte Porbus still.

»Ja, mein Freund«, erwiderte der Greis erwachend, »Glauben, Glauben brauchen wir in der Kunst – und lange müssen wir mit unserem Werke leben, um eine ähnliche Schöpfung hervorzubringen. Manche von diesen Schatten haben mich sehr viele Mühe gekostet. Da! Über der Wange, unterhalb der Augen, liegt ein leichter Halbschatten, der, wenn Ihr ihn in der Natur beobachtet, unübersetzbar auf die Leinewand erscheint. Nun, glaubt Ihr nicht, daß dieser Effekt mir bei der Wiedergabe unerhörte Qualen verursacht hat? Trotzdem, sieh dir nur meine Arbeit aufmerksam an, mein lieber Porbus! Nunmehr wirst du verstehen, was ich dir über die Manier sagte, wie man Modellierung und Konturen behandelt. Betrachte das Licht auf dem Busen, und sieh, wie durch eine Folge von leichten Berührungen und immer stärker aufgetragenen Schichten es mir glückte, das wirkliche Tageslicht aufzufangen und mit dem glänzenden Weiß der illuminierten Töne zu verbinden. Betrachte auch, wie ich durch eine entgegengesetzte Bemühung dazu kam – indem ich die Plastik und das Korn der Paste zerstörte –, durch zärtliches Streicheln des Konturs, getränkt in Halbtönen noch jeden Gedanken an Zeichnung und an künstliche Mittel in die Flucht zu schlagen: – statt ihrer wußte ich den Aspekt und die volle Rundheit der Natur selbst zu spenden! Nähert Euch doch – so werdet Ihr besser diese Arbeit sehen! Von fern betrachtet, verschwindet sie. Kommt hierher!

Da, ich glaube, das hier ist recht bemerkenswert.« – Und mit der Spitze seines Pinsels wies er auf einen Flecken, der nichts als reine Farbe war.

Porbus schlug dem Greis auf die Schulter und wandte sich an Poussin: »Wißt Ihr, daß wir in ihm einen großen Maler zu sehen haben?«

»Er ist noch mehr Dichter als Maler«, sagte Poussin ernst.

»Hier«, versetzte Porbus und berührte die Leinewand, »endet unsere Kunst auf Erden.«

»Und von hier aus wird sie sich in die Himmel verlieren«, sagte Poussin.

»Wieviel Freuden gibt es doch auf diesem Stück Leinewand!« rief Porbus aus.

Der Greis, entrückt, hörte sie nicht und lächelte seiner imaginären Frau zu.

»Aber, früher oder später wird er dessen inne werden«, sagte Poussin, »daß nichts auf seiner Leinewand ist!«

»Nichts auf meiner Leinewand!« sagte Frenhofer und betrachtete abwechselnd die beiden Maler und sein angebliches Gemälde.

»Was habt Ihr gemacht!« sagte Porbus sehr leise zu Poussin.

Der Greis packte gewaltsam den Arm des jungen Menschen und schüttelte ihn: »Du siehst nichts, Halunke, Spitzbube? Du Narr, du Vieh, weshalb bist du zu mir heraufgekommen? – Mein guter Porbus«, er wandte sich zu dem Maler, »willst auch du dich über mich lustig machen? Antworte, denn ich bin dein Freund – sag, habe ich wirklich mein Bild verdorben?«

Porbus, unentschieden, wagte nichts zu sagen; aber die Angst, die sich auf dem weißen Gesichte des Greises malte, war so fürchterlich, daß er auf die Leinewand zeigte und still sagte: »Seht!«

Frenhofer betrachtete einen Augenblick sein Gemälde und schwankte.

»Nichts! Nichts! Und dafür habe ich zehn Jahre gearbeitet!«

Er setzte sich und brach in Tränen aus.

»Ein Verrückter bin ich also, ein Dummkopf! Ich habe also weder Talent noch Können, ich bin nichts als ein reicher Mann, der vorwärtskommt, wenn er die Beine bewegt! Nichts, nichts habe ich geschaffen!« Durch den Schleier seiner Tränen hindurch betrachtete er sein Bild. Plötzlich erhob er sich voller Stolz und warf einen funkelnden Blick auf die beiden Maler.

»Beim Blut, beim Körper, beim Haupt unseres Herrn Jesus Christus! Ihr seid zwei Eifersüchtige, die mich glauben machen wollen, diese Frau sei verdorben, um sie mir zu stehlen! Ich aber, ich sehe sie, und ich weiß es: Sie ist wunderbar schön!...«

In diesem Augenblick hörte Poussin das Schluchzen Gillettes. Sie stand vergessen in einer Ecke.

»Was hast du, mein Engel!« fragte der Maler und ward sofort wieder zum Liebhaber.

»Töte mich«, rief sie. »Ich wäre infam, wenn ich dich noch liebte, denn ich verachte dich... Ich bewundere dich, und du erregst mir Schauder! Ich liebe dich, und ich glaube, daß ich dich bereits hasse!«

Während Poussin auf Gillette hörte, bedeckte Frenhofer seine »Catharina« mit einer grünen Serge. Er tat es mit der ernsten und schweren Ruhe, mit der ein Juwelier seine Schubladen schließt, wenn er glaubt, daß er sich in der Gesellschaft aufmerksamer Diebe befinde. Er warf den beiden Malern einen Blick voller Vorsicht, voller Verdacht, einen Blick abgründiger Verachtung zu und schob sie still und zugleich mit konvulsivischer Geschwindigkeit gegen die Tür seines Ateliers zu. Dann, auf der Schwelle seines Hauses, sagte er halblaut:

»Adieu, meine kleinen Freunde!«

Dieses Adieu erstarrte die beiden Maler zu Eis. Beunruhigt, kehrte Porbus am nächsten Tage zurück, um Frenhofer zu sehen. Doch er vernahm, daß er in der Nacht gestorben sei, nachdem er zuvor seine sämtlichen Bilder hatte in Feuer aufgehen lassen.

El Verdugo

Von dem Turm der kleinen Stadt Menda hatte es Mitternacht geschlagen. Ein junger französischer Offizier stand an der Brüstung der langen Terrasse, welche die weiten Gärten des Schlosses von Menda umschließt. Er schien versunken in tiefere Gedanken, als man sie sonst einem unbekümmerten, jungen Soldaten zutraut. Aber selten haben Stunde und Landschaft mehr zur Nachdenklichkeit eingeladen. Der herrliche Himmel Spaniens entfaltete eine Kirchenwölbung von reinstem Azur über seinem Haupte, das Funkeln der Sterne und das hingehauchte Licht des Mondes liehen dem wundervollen Tal, das sich in seinem ganzen Zauber zu seinen Füßen ausbreitete, einen unbeschreiblichen Schimmer. Der Offizier, ein Bataillonschef, lehnte sich an einen blühenden Orangenbaum. Hundert Fuß unter sich sah er die Stadt Menda, die sich zum Schutz vor dem Nordwind unter die Felsen geschmiegt zu haben schien, auf deren steiler Höhe das Schloß stand. Wenn er den Kopf wandte, erblickte er das Meer, dessen dunkel strahlendes Gewässer die Landschaft mit einem breiten Streifen Silber umrahmte.

Das Schloß war hell beleuchtet. Das fröhliche Getümmel eines Balles, die rauschenden Fanfaren der Orchesterinstrumente, das Lachen der Offiziere und der Tänzerinnen, alles dies erreichte sein Ohr, ohne daß je die tiefe

Untermelodie des ferne rauschenden Meeres verstummte. Die herbe Kühle der Nacht ließ seinen Körper, so ermüdet er von der Hitze des Tages war, wieder aufleben, die Gärten ringsum waren erfüllt von so stark duftenden Bäumen und so süß hauchenden Blumen, daß der junge Mensch wie in ein Bad von Parfüm getaucht war.

Das Schloß Menda gehörte einem spanischen Granden, der es im Augenblick mit seiner Familie bewohnte. Während des heutigen Abends hatte die ältere Tochter des Hauses den Offizier so teilnahmsvoll und zugleich so traurig angesehen, daß das Gefühl des Mitleids, das die Spanierin in ihren Blick gelegt hatte, den Franzosen wohl nachdenklich stimmen konnte.

Klara war schön. Obwohl sie mit drei Brüdern und einer Schwester teilen mußte, schienen doch die Besitztümer des Marquis von Léganès bedeutend genug, um Victor Marchand davon zu überzeugen, daß das junge Mädchen auf eine große Mitgift rechnen konnte. Aber sollte es so kühn sein zu glauben, daß die Tochter des stolzesten aller Granden Spaniens ihm zur Frau gegeben würde, ihm, dem Sohn eines Spezereikrämers von Paris? Und wie waren die Franzosen verhaßt! Stand doch der Graf im besonders dringenden Verdachte des Generals G., des Gouverneurs der Provinz. Man flüsterte von einem Aufstand zugunsten Ferdinands VII., und Victor Marchands Bataillon war in der kleinen Stadt von Menda einquartiert einzig zum Zwecke, die umliegenden Gebiete, die dem Marquis von Léganès gehörten, in Schach zu halten. Eben war eine Depesche von Marschall Ney eingetroffen, die fürchten ließ, daß die Engländer demnächst an der Küste landen würden, und sie bezeichnete den Marquis als den Mann, der die Verbindung mit der Regierung in London aufrechterhielt. So kam es, daß Victor Marchand sich trotz des guten Empfangs, den dieser spanische Grande ihm und seinen Soldaten seinerzeit bereitet hatte, dauernd in Reserve hielt. Wenn der junge Offizier sich jetzt zu der Terrasse wandte, von wo er die Stadt und die ihm anvertrauten Landgebiete weithin übersehen konnte, fragte er sich, und nicht zum erstenmal, wie sollte er die Freundlichkeit verstehen, die der Marquis ihm unaufhörlich zu bezeugen nicht müde wurde, wie konnte der Frieden dieses ruhenden Landes in Einklang gebracht werden mit der mißtrauischen Unruhe seines Generals? Und im letzten Augenblick schwand diese Überlegung plötzlich mit einem Schlage aus dem Geist des jungen Kommandeurs vor dem Gefühl der Vorsicht und einer höchst begründeten Wißbegierde, denn er hatte eben in dieser Sekunde in der Stadt eine große Anzahl von Lichtern bemerkt. Wohl feierte man das Fest des heiligen Jakob, aber das änderte nichts an seinem Befehl von heute morgen, alles Feuer müsse zur vorgeschriebenen Stunde gelöscht sein. Einzig das Schloß fiel nicht unter diese Maßnahme. Hier und dort sah er zwar die Bajonette der Soldaten an den gewohnten Posten aufblitzen, aber das Schweigen war zu tief, und nichts mochte darauf hindeuten, daß sich die Spanier der wilden Freude eines Fests hingegeben hätten. Er versuchte sich auf irgendeine Weise diese Übertretung, deren die Einwohner sich zweifellos schuldig gemacht, zu erklären, fand aber um so weniger den Schlüssel des geheimnisvollen Vorgangs, als er in der Stadt Offiziere zurückgelassen hatte mit dem Auftrag, die Straßenpolizei und die Inspizierung der Posten zu überwachen. Mit dem ganzen Ungestüm seiner Jahre eilte er ohne den geringsten Verzug durch eine Lücke in der Mauer hinab über die Felsen, um schneller als auf dem gewöhnlichen Wege zu einem kleinen Wachposten zu gelangen, der auf der Seite des Schlosses am Eingang der Stadt aufgestellt war. Da unterbrach ihn ein schwaches Geräusch in seinem Lauf. Er glaubte den Sand der Allee unter dem leichten Schritt einer Frau knirschen zu hören. Er wandte den Kopf, sah aber nichts. Seine Augen wurden überwältigt durch den unbeschreiblichen Glanz des Ozeans. Da wurde er plötzlich eines so furchtbaren Schauspiels gewahr, daß er wie versteinert stillblieb, denn er traute seinen Sinnen nicht. Die weißen Strahlen des Mondes ließen ihn in weiter Ferne Segel von Kriegsschiffen erblicken. Er zitterte, wollte sich glauben machen, diese Vision sei nichts als eine optische Täuschung, Spiegelung der Wellen und des Mondes. Aber in diesem Augenblick stieß eine unterdrückte rauhe Stimme den Namen des Offiziers hervor, der eben den Blick auf die Bresche richtete; und dort richtete sich langsam der Kopf des Soldaten auf, der ihn vor kurzem bis ins Schloß begleitet hatte.

»Sind Sie es, Herr Kommandant?«

»Ja, was gibt's?« antwortete der junge Mann mit leiser Stimme, denn eine Vorahnung ließ ihn sich in acht nehmen.

»Die Schurken rühren sich wie die Würmer, und ich beeile mich mit Ihrer Erlaubnis, Ihnen meine kleinen Beobachtungen mitzuteilen.«

»Vorwärts!« sagte Victor Marchand.

»Ich bin eben einem Mann aus dem Schloß gefolgt, welcher sich hierher geschlichen hat, eine Laterne in der Hand. Eine Laterne ist etwas Verteufeltes, denn ich glaube nicht, daß dieser gute Christ jetzt um diese Stunde Kerzen anzünden will. Fressen wollen sie uns, das habe ich mir gesagt, und ich begann ihm auf den Fersen zu folgen. Und so, Herr Kommandant, habe ich drei Schritte von hier auf einem Felsstück einen hohen Haufen Reisig entdeckt.«

Ein furchtbarer Schrei mit seinem noch fürchterlicheren Widerhall unten in der Stadt unterbrach den Soldaten. Eine plötzlich aufschießende Helle beleuchtete den Kommandanten. Der arme Grenadier erhielt eine Kugel in den Schädel und fiel. Ein Feuer aus Stroh und trockenem Holz brannte zehn Schritte von dem jungen Mann lichterloh auf. Mit einem Schlage waren die Instrumente und das Lachen im Ballsaal verstummt. Nichts als Totenstille, unterbrochen von Stöhnen. Ein Kanonenschuß dröhnte auf der weiten Fläche des Ozeans.

Kalter Schweiß trat auf die Stirne des jungen Offiziers. Er hatte keinen Degen mit. Seine Soldaten mußten umgekommen sein, die Engländer standen vor der Landung. Er sah sich entehrt, falls er am Leben blieb, er sah sich verloren vor einem Kriegsgericht, und so maß er mit den Augen die Tiefe des Felsenhangs und wollte sich eben hinabstürzen, als Klaras Hand die seine erfaßte.

»Flieht!« sagte sie. »Meine Brüder folgen mir, um Sie zu töten. Am Fuß des Felsens werden Sie Juanitos Pferd finden. Gehen Sie!«

Sie trieb ihn vorwärts. Der junge Mann blickte sie einen

Augenblick starr an, dann gehorchte er dem Selbsterhaltungstriebe, der auch den stärksten Mann nicht verläßt, stürzte sich in der angegebenen Richtung in den Park, rannte über die Felsen, die bis jetzt bloß Ziegen betreten hatten. Hinter sich hörte er Klara ihren Brüdern zurufen, sie sollten ihr folgen, er hörte die Schritte seiner Mörder, an seinen Ohren pfiffen immer wieder Kugeln vorbei, aber er erreichte das Tal, fand das Pferd, bestieg es und verschwand wie der Blitz.

In wenigen Stunden erreichte der junge Offizier das Quartier des Generals G., den er mit seinem Generalstab bei der Tafel traf.

»Hier bringe ich Ihnen meinen Kopf«, rief der Bataillonschef, leichenblaß und verstört, an der Schwelle. Er setzte sich und begann das furchtbare Abenteuer zu erzählen. Ein schreckliches Schweigen war die Antwort.

»Ich finde Sie mehr unglücklich als tadelnswert«, antwortete endlich der furchtbare General. »Sie sind nicht verantwortlich für das Verbrechen der Spanier. Und wenn nicht der Marschall eine andere Entscheidung fällt, so spreche ich Sie frei.« Diese Worte mußten dem unglücklichen Offizier einen schwachen Trost geben.

»Was wird der Kaiser dazu sagen, wenn er's erfährt?« flüsterte er.

»Wenn der Kaiser davon hören wird, dann wird er Sie füsilieren«, sagte der General, »aber noch ist es nicht soweit. Wir wollen jetzt«, setzte er ernsten Tones fort, »nur davon reden, wie wir uns rächen können und wie wir einen heilsamen Schrecken diesem Lande einjagen, wo man den Krieg wie unter Menschenfressern führt.«

Schon eine Stunde später waren ein Regiment Infanterie, eine Kavallerieabteilung und eine Artilleriebrigade auf dem Marsche; der General und Victor waren an der Spitze dieser Kolonne. Die Mannschaft, der man das Massaker ihrer Kameraden mitgeteilt, war in beispielloser Wut. In Blitzesschnelle war die Entfernung zwischen dem Standort des Generals und der Stadt Menda durcheilt. Auf dem Wege traf der General ganze Städte in Aufruhr unter Waffen. Alle diese elenden Ortschaften wurden umzingelt und die Einwohner dezimiert.

Nun waren aber durch einen unerklärlichen Zufall die englischen Schiffe draußen liegengeblieben, ohne weiter vorzurücken. Erst später erfuhr man, diese Schiffe hätten bloß Artillerie getragen und wären dem Rest des Transportes vorausgeeilt. So war die Stadt Menda von den Verteidigern, die sich ihr durch die Erscheinung der englischen Segel angekündigt hatten, noch frei und konnte von den französischen Truppen ohne Schwertstreich genommen werden. In ihrem furchtbaren Schrecken wollten sich die Einwohner auf Gnade und Ungnade ergeben, aber in einem aufwallenden Opfergefühl, das dem Spanier nicht fremd ist, machten sich die Franzosenmörder anheischig, sich persönlich dem General zu stellen, denn sie konnten angesichts der bekannten Grausamkeit des Generals im voraus damit rechnen, daß andernfalls die Stadt Menda durch Brand vertilgt und die ganze Bevölkerung hingemordet würde. Der General nahm nun dieses Angebot an und stellte zur Bedingung, daß alle Bewohner des Schlosses, vom letzten Diener bis zum Marquis, in seine Gewalt überliefert würden. Unter der Voraussetzung dieser Kapitulation versprach der General, dem Rest der Bevölkerung Gnade zuteil werden zu lassen und seinen Soldaten Plünderung und Brandstiftung in der Stadt zu untersagen. Eine ungeheure Kontribution wurde angeordnet, die reichsten Einwohner stellten sich als Geiseln, um Zahlung innerhalb von vierundzwanzig Stunden zu verbürgen.

Der General traf nun alle Vorsichtsmaßregeln für die Sicherheit seiner Truppen, sorgte für die Verteidigung des Landes und verbot, die Soldaten in den Häusern unterzubringen. Dann stieg er zum Schloß empor und bemächtigte sich dessen mit militärischer Gewalt. Die ganze Familie de Léganès ebenso wie die Dienstboten wurden auf das sorgfältigste bewacht. Man hielt sie in Gesichtsweite geknebelt und gebunden in dem Saale, wo seinerzeit der Ball stattgefunden hatte. Von den Fenstern dieses Raumes aus konnte man die Terrasse, welche die Stadt beherrschte, überblicken. Der Generalstab etablierte sich in einer benachbarten Galerie. Der General hielt nun vor allem Kriegsrat ab, durch welche Maßnahmen man sich gegen die Landung schützen könne. Er sandte einen Adjutanten an Marschall Ney, stellte eine Anzahl Batterien auf die Höhe, und nun konnten der General und sein Stab sich mit den Gefangenen befassen. Zweihundert Spanier, von den Einwohnern ausgeliefert, wurden unverzüglich auf der Terrasse füsiliert. Nach dieser militärischen Exekution befahl der General ebenso viele Galgen auf der Terrasse aufzurichten, als es Gefangene in dem Saale des Schlosses gab. Auch befahl er dem Henker der Stadt, zu kommen. Victor Marchand benützte die Zeit vor dem Diner, um die Gefangenen zu sehen. Bald kehrte er zum General zurück.

»Ich bin erschienen«, sagte er mit bewegter Stimme, »Sie um Gnade zu bitten.«

»Sie!« antwortete der General mit bitterer Ironie.

»Ach«, antwortete Victor, »es handelt sich um eine traurige Gnade. Der Marquis hat gesehen, daß Galgen aufgerichtet wurden. Er hat gehofft, daß Sie die Art der Strafe für seine Familie ändern würden, und fleht Sie an, die Adeligen durch das Schwert hinrichten zu lassen.«

»Einverstanden«, sagte der General.

»Sie bitten außerdem, man möge ihnen den Beistand der Religion zuteil werden lassen und sie von ihren Fesseln frei machen. Sie versprechen, keinen Fluchtversuch zu unternehmen.«

»Auch damit bin ich einverstanden«, sagte der General, »aber Sie bürgen mir dafür.«

»Der alte Herr bietet Ihnen außerdem sein ganzes Vermögen, wenn Sie seinen jüngsten Sohn pardonieren wollen.«

»Was heißt das«, antwortete der Chef, »seine Güter gehören bereits dem König Josef.«

Dann überlegte er; Verachtung zeichnete sich auf seiner Stirne ab, und er sagte: »Ich will sogar noch weiter gehen, ich ahne die Bedeutung seiner letzten Bitte. Nun gut, er mag die ewige Dauer seines Namens erkaufen, aber ebenso möge sich immer Spanien seines Verrates und seiner Strafe erinnern. Ich lasse seine Güter, das Leben und sein Vermögen demjenigen seiner Söhne, der das Amt des Henkers übernimmt. Nun gehen Sie, und sprechen Sie nicht weiter davon.«

Das Diner stand bereit. Die Offiziere an der Tafel befriedigten ihren Appetit, den die Anstrengung noch vermehrt hatte. Nur einer, Victor Marchand, fehlte. Lange hatte er gezögert, dann trat er in den Saal ein, wo die stolze Familie de Léganès schmachtete. Er warf traurige Blicke rings in den Saal, wo noch vor zwei Tagen, hingerissen vom Zauber der Ballmusik, die Häupter der zwei jungen Mädchen und der drei jungen Männer sich im Tanze gewiegt hatten. Er dachte mit Zittern daran, daß sie binnen kurzem rollen sollten, abgeschlagen von dem Schwerte des Henkers. An ihre goldenen Fauteuils gebunden, blieben alle, Vater und Mutter, drei Söhne und zwei junge Mädchen, in völliger Bewegungslosigkeit. Acht Diener standen hinter ihnen, die Hände an den Rücken gebunden. Diese fünfzehn Personen sahen einander ernst an, und ihre stummen Augen verrieten kaum ihre innersten Gedanken. Und doch las man Bekümmernis auf dieser oder jener Stirne und tiefe Trauer, daß ihr Unternehmen mißlungen war. Regungslose Soldaten bewachten diese grausamen Feinde und achteten ihren Schmerz. Eine Regung der Neugier belebte die Gesichter, als Victor erschien. Er gab Befehl, die Verurteilten zu lösen, und gab sich selbst die Mühe, die Stricke zu durchschneiden, welche Klara an ihren Stuhl fesselten. Sie lächelte düster. Der Offizier konnte es sich nicht versagen, den Arm des jungen Mädchens zu streifen. Er bewunderte ihre schwarze Haarflut, ihre biegsame Taille. Es war eine echte Spanierin. Spanischer Teint, spanische Figur, lange, emporgebogene Wimpern und ein Auge, schwärzer als der Flügel eines Raben.

»Ist es Ihnen gelungen?« fragte sie und bot ihm ein

verschleiertes Lächeln, in dem doch noch sehr viel Mädchenhaftes war.

Victor mußte tief seufzen. Er sah nacheinander die drei Brüder und Klara an. Der älteste war dreißig Jahre, klein, schlecht gewachsen, von stolzem, geringschätzigem Wesen, und doch verriet er einen gewissen Adel in seinem Benehmen und schien nicht ganz jenes Herzenstaktes zu entbehren, der zu anderen Zeiten die spanische Galanterie so berühmt gemacht hat. Er nannte sich Juanito. Der zweite, Philipp, war ungefähr zwanzig Jahre alt. Er glich Klara. Ein Maler hätte vielleicht in den Zügen des dritten Sohnes, Manuel, ein wenig von jener römischen Standhaftigkeit entdeckt, die David den Kindern auf seinen republikanischen Bildern gegeben hat. Der alte Marquis mit seinen weißen Haaren schien aus einem Bilde von Murillo herausgetreten zu sein. Bei diesem Anblick warf der junge Offizier seinen Kopf zurück, denn er konnte nicht hoffen, daß eine von diesen vier Personen den Antrag des Generals annehmen würde. Nichtsdestoweniger wagte er Klara alles anzuvertrauen; die Spanierin erbebte, dann fand sie ihre Ruhe und kniete vor ihrem Vater nieder.

»Teuerster«, sagte sie leise, »lassen Sie Juanito schwören, daß er treu Ihren Befehlen gehorchen wird, und wir alle können zufrieden sein.«

Die Marquise zitterte vor Hoffnung. Als sie aber, gelehnt an ihren Gatten, Klaras furchtbares Wort hörte, fiel sie in Ohnmacht. Juanito verstand alles, er bäumte sich auf wie ein Löwe im Käfig. Victor nahm es auf sich, die Soldaten fortzuschicken, nachdem er vom Marquis das Versprechen völliger Unterwerfung erhalten hatte. Die

Diener wurden hinausgeführt und dem Henker überliefert, der sie aufhängte. Als die Familie nur Victor als Wächter über sich hatte, erhob sich der alte Vater.

»Juanito!« sagte er.

Juanito antwortete nur durch eine Kopfbewegung, die einem Nein gleichkam. Er sank in seinen Stuhl zurück und sah seine Eltern mit traurigen und furchtbaren Augen an. Klara setzte sich auf seine Knie und sagte ganz heiter:

»Mein lieber Juanito, wenn du nur wüßtest, wie süß mir der Tod von deiner Hand sein wird.«

Sie breitete den Arm um seinen Hals und küßte ihn auf die Augenlider.

»Ich werde nicht die verhaßte Berührung der Henkershände zu erdulden haben. Du wirst mich von allen künftigen Leiden heilen und – mein lieber Juanito, du wolltest mich doch keinem Mann gönnen.«

Ihre Samtaugen schleuderten einen Feuerblick auf Victor, um im Herzen Juanitos neuen Abscheu gegen die Franzosen zu erwecken.

»Mut«, sagte sein Bruder Philipp, »sonst ist unser fast königliches Geschlecht erloschen.«

Plötzlich erhob sich Klara; die Gruppe, die sich rings um Juanito gebildet hatte, trat auseinander, und Juanito, dieses aufrührerische Herz aus Treue, sah seinen alten Vater vor sich stehen und hörte seine feierliche Stimme:

»Juanito, es ist mein Wille.«

Der junge Graf blieb ohne Regung, sein Vater stürzte zu seinen Füßen hin. Unwillkürlich folgten Klara, Manuel und Philipp seinem Beispiel. Alle erhoben die Hände gegen den einzigen, der die Familie vor dem Vergessen bewahren konnte, und alle schienen in die Worte des Vaters mit einzustimmen:

»Mein Sohn, hast du keinen spanischen Mut, kein wahres Gefühl, willst du mich lange auf den Knien lassen, darfst du nur an dein Leben und dein Leiden denken? Ist das mein Sohn?« setzte der Alte hinzu, indem er sich an die alte Gräfin wandte.

»Er willigt ein«, rief die Mutter verzweifelnd.

Sie sah Juanito mit den Augenbrauen eine Bewegung machen, deren Bedeutung nur ihr bekannt war.

Marequita, die zweite Tochter, lag auf den Knien, ihre Mutter hielt sie mit ihren schwachen Armen umschlungen. Und da sie heiße Tränen weinte, kam ihr kleiner Bruder Manuel herbei, um sie zu schelten. In diesem Augenblick näherte sich der Almosenier des Schlosses und wurde sofort von der ganzen Familie umringt, die ihn zu Juanito hinführte. Victor konnte nicht länger diese Szene ertragen. Er machte Klara ein Zeichen und eilte fort, um einen neuen Versuch beim General zu unternehmen. Er traf ihn in guter Stimmung mitten an der Festtafel, wie er mit seinen Offizieren zechte. Die Gesellschaft begann fröhliche Reden zu führen.

Eine Stunde später kamen hundert der vornehmsten Bewohner auf die Terrasse, um auf Befehl des Generals Zeugen der Exekution der Familie de Léganès zu sein. Eine Abteilung Soldaten wurde aufgestellt, um die Spanier in Schach zu halten, denen man unter den Galgen Plätze anwies, an denen die Dienstboten des Marquis aufgehängt worden waren. Die Köpfe dieser edlen Bürger berührten fast die Füße der Märtyrer. Dreißig Schritte von ihnen entfernt erhob sich ein Block, und es glitzerte ein Richtschwert. Der Henker stand da, um im Falle der Weigerung Juanitos sein Werk zu verrichten. Bald hörten die Spanier im tiefsten Schweigen die Schritte von einigen Personen, den taktmäßigen Schall einer Soldatenabteilung auf dem Marsch und das leise Klirren ihrer Gewehre. Dazu kam der fröhliche Lärm des Festmahls und mischte sich damit, wie einst die Walzerklänge eines Balles die Vorbereitungen des blutigen Verrats überdeckt hatten. Alle Blicke wandten sich gegen das Schloß, und man sah, wie die edle Familie sich mit unglaublicher Sicherheit vorwärts bewegte. Aller Stirnen waren ruhig und heiter. Ein einziger Mann, blaß und gebrochen, stützte sich auf den Priester, der alle Tröstungen der Religion diesem Manne anbot, dem einzigen, der leben sollte. Der Henker verstand ebenso wie jedermann, daß Juanito seinen Platz für einen Tag angenommen hatte. Der alte Marquis und seine Frau, Klara, Marequita und die zwei Brüder knieten einige Schritte vor der Todesstätte nieder. Juanito wurde von dem Priester hingeführt. Als er zur Richtstätte kam, zog ihn der Henker am Ärmel zu sich und gab ihm einige Anweisungen. Der Beichtvater stellte die Opfer so auf, daß sie die Hinrichtung nicht sehen konnten. Aber es waren echte Spanier, die sich aufrecht hielten und Schwäche nicht kannten. Klara stürzte als erste vor ihren Bruder hin:

»Juanito«, sagte sie, »habe Mitleid mit meinem bißchen Mut, und beginne mit mir!«

In diesem Augenblick hörte man die schnellen Schritte eines Mannes. Victor erschien. Klara war schon niedergekniet, ihr blanker Hals schien das Richtschwert zu rufen. Der Offizier erbleichte, aber er fand die Kraft, hinzuzueilen.

»Der General begnadigt dich, wenn du mich heiraten willst«, sagte er mit leiser Stimme. Die Spanierin warf auf den Offizier einen Blick voll Verachtung und Stolz.

»Komm, Juanito«, sagte sie mit ihrer tiefen Stimme.

Ihr Haupt rollte zu Füßen Victors hin. Die Marquise de Léganès bäumte sich in einer plötzlichen krampfhaften Bewegung, als sie diesen Laut hörte. Das war alles.

»Halte ich mich so gut, mein lieber Juanito?« frug der kleine Manuel seinen Bruder.

»Ach, du weinst, Marequita«, sagte Juanito zu seiner Schwester.

»Ja«, antwortete das junge Mädchen, »ich denke an dich, du wirst sehr unglücklich ohne uns sein.«

Bald erschien die hohe Gestalt des Marquis. Er betrachtete das Blut seiner Kinder, wandte sich gegen die stummen und regungslosen Zuschauer, streckte die Hand gegen Juanito aus und sagte mit lauter Stimme:

»Spanier, ich gebe meinem Sohn den väterlichen Segen. Jetzt, Marquis, tu deinen Schlag ohne Furcht, denn du bist ohne Tadel.«

Aber als Juanito seine Mutter an den Armen des Beichtvaters kommen sah, schrie er auf: »Das ist der Leib meiner Mutter, die mich geboren hat!«

Seine Stimme weckte einen Schrei des Abscheus in der Gesellschaft. Der Lärm des Festes und das heitere Lachen der Offiziere verstummte vor diesem furchtbaren Schrei. Die Marquise fühlte, daß der Mut ihres Sohnes zu Ende war. Sie warf sich in ihrem verzweifelten Schmerz über die Balustrade und zerschmetterte ihr Haupt an den Felsen.

Ein Schrei der Bewunderung erhob sich. Juanito war ohnmächtig geworden.

»Mein General«, sagte ein Offizier, der etwas angeheitert war, »Marchand erzählt mir eben von dieser Hinrichtung; ich wette, das war nicht Ihr Befehl.«

»Haben Sie denn vergessen, meine Herren«, schrie der General, »daß von heute in einem Monat fünfhundert französische Familien in Tränen schwimmen werden und daß wir in Spanien sind? Wollt Ihr Eure Knochen hierlassen?«

Nach dieser Ansprache war kein Mensch mehr da, auch kein Unteroffizier, der Lust hatte, sein Glas zu leeren. –

Trotz der hohen Achtung, die er genießt, trotz des Titels »El Verdugo«, der Henker, den ihm der König von Spanien als Ehrentitel verliehen hat, wird der Marquis von Léganès von Kummer verzehrt. Er lebt in der Einsamkeit, kaum daß man ihn jemals sieht. Er wartet mit Ungeduld darauf, daß ihm die Geburt eines Erben das Recht gibt, den Schatten sich anzuschließen, die ihn unablässig verfolgen.

Das Mädchen mit den Goldaugen

Eines der erschrecklichsten Schauspiele ist ohne Zweifel der Gesamtanblick der Bevölkerung von Paris. Diese hohlwangigen, grünen, gegerbten Menschen sind entsetzlich anzusehen. Auf diesem weiten, durch einen Sturm von Interessen unaufhörlich bewegten Felde wächst eine dicht zusammengedrängte Menschensaat, die der Tod öfters und schneller fortmäht als anderwärts. Aus allen Poren dieser schiefen, verzerrten, verrenkten Gesichter dringt der Geist, dringen die Wünsche und Gifte, womit ihre Gehirne geschwängert sind. Nein, es sind nicht Gesichter, es sind häßliche Fratzen, es sind Masken der Schwäche, Masken der Stärke, Masken des Elends, Masken der Freude, Masken der Heuchelei – abgezehrte, mit dem unauslöschlichen Mal einer keuchenden Gier gebrandmarkte Masken. Was wollen sie? Gold oder Vergnügen.

Einige Bemerkungen über die Seele von Paris werden die Ursachen seiner Leichenphysiognomie erklären. Paris kennt nur zwei Alter: die Jugend und das Greisentum; eine greisenfahle Jugend und ein jugendlich geschminktes Greisentum. Der Fremde, der nicht gehalten ist, tiefgründige Überlegungen anzustellen, empfindet vor dieser exhumierten Menschenmenge zunächst ein Gefühl des Widerwillens. Doch nur zu bald läßt ihn die unermeßlich weite Stätte des Genusses nicht mehr los – er bleibt und formt sich selbst willfährig nach ihr um. Wenige Worte werden genügen, die fast höllische Farbe der Pariser Gesichter physiologisch zu rechtfertigen. Denn es ist keineswegs nur ein Scherz, wenn man Paris eine Hölle nennt. Sie ist es im wahrsten Sinne des Wortes. Hier raucht es und glüht und brodelt und zischt und lodert und flammt und dampft und erlischt und entbrennt aufs neue und funkelt und schimmert und glänzt und flimmert, bis es sich endlich verzehrt. In keinem Lande war das Leben jemals glühender, siedender als hier, wo es in ewigem Fluß ist und nach jedem vollendeten Werke auszurufen scheint: »Nun auf, zum nächsten!« – so, wie die Natur selbst es uns in jedem Augenblicke zuruft. Wie das Reich der Natur, so hat auch das der Gesellschaft seine Insekten und Eintagsblumen, sein Ungeziefer und Unkraut und speit Feuer und Flammen aus seinen ewigen Kratern. –

Unter dem Zwange, sich für alles interessieren zu müssen, interessiert sich der Pariser am Ende für gar nichts. Da auf seinem vom Sturm des Lebens früh verbrauchten Antlitz kein einziges Gefühl vorherrscht, wird es grau wie der Mörtel von Häusern, an denen sich allerlei Staub und Rauch festsetzt. Heute völlig gleichgültig dem gegenüber, woran er sich morgen berauscht, lebt der Pariser, wie alt er auch sein mag, in der Tat wie ein Kind. Er murrt über alles, tröstet sich über alles, spottet über alles, vergißt alles, will alles, versucht alles, fängt alles mit Feuereifer an und gibt alles sorglos auf: Seine Könige, seine Eroberungen, seinen Ruhm, seine Ideale wirft er fort wie seine Strümpfe, seinen Hut, sein Vermögen. In Paris hält kein Gefühl den ersten Angriffen stand, und ihr Verlauf zwingt zu einem Kampfe, der die Leidenschaften erschlafft. Hier ist die Liebe ein Gelüste, der Haß eine Laune; hier gibt es keinen näheren Verwandten als einen Tausendfrankenschein, keinen treueren Freund als das Pfandleihhaus. Sich von der allgemeinen Strömung treiben lassen trägt seine Früchte. Im Salon und auf der Straße ist keiner zu wenig und keiner zu viel, keiner absolut nützlich oder schädlich – weder die Rechtschaffenen und Geistreichen noch die Schurken und Dummköpfe. Hier wird alles geduldet: die Regierung und die Guillotine, die Religion und die Cholera. Wer es auch sei – in dieser Gesellschaft gefällt er immer und fehlt nimmer. Was also herrscht in diesem sittenlosen, glaubenlosen, gefühllosen Lande, worin dennoch alle Sitte, aller Glaube, alles Gefühl entspringt und mündet? Gold und Vergnügen. Man halte diese beiden Begriffe gleich einer Fackel empor, eile in die dunklen Gossen dieses Raupennestes und durchleuchte damit den Schwarm der Gedanken, von denen es erregt, bewegt und aufgewiegelt wird. Man steige ganz tief hinab und forsche zunächst in jener Welt, die nichts besitzt.

Der Arbeiter, der Proletarier, der Mann, der seine Beine, seine Hände, seine Zunge, sein Rückgrat, seinen rechten Arm, seine fünf Finger regt, um zu leben – gerade der also, der mit dem Gute des Lebens zu allererst haushalten sollte, überspannt seine Kräfte und mißbraucht Weib und Kind, indem er sie an das Räderwerk irgendeiner Maschine kettet. Wer versetzte dies Volk in Schwung, das mit seinen schmutzigen Händen Porzellanvasen dreht und vergoldet, Kleider und Röcke näht, das Holz hobelt, das Eisen stählt, den Draht zieht, das Garn spinnt, Erze schmilzt, Blumen nachmacht, Pferde zureitet, Wäsche stickt, Tressen flicht, Wagen anstreicht, Ulmenbäumchen zurechtstutzt, Glas bläst, Diamanten schleift, Kupfer hämmert, Marmor in Rankenwerk verwandelt, Pläne entwirft? Im Namen der Großstadtlaunen oder auf Drängen des Ungeheuers, das sich »Spekulation« nennt, kam der Fabrikherr daher und versprach dieser Welt von Geduld und Schweiß, von Wissen und Willenskraft einen übermäßigen Arbeitslohn. Einmal in Schwung gesetzt, begann das Volk zu wachen, zu arbeiten, seine Gesundheit zu schänden, zu stöhnen, zu fluchen, zu fasten, zu hasten, um jenes Gold zu verdienen, von dem es geblendet ist. Unbekümmert um die Zukunft und nach Genüssen dürstend, spielen diese Arbeitstiere dann für einen Tag den Grandseigneur und tragen ihr Geld in die Kneipen, die diese Stadt gleich einem schmutzigen Walle, gleich dem Gürtel der schamlosesten Venus umgeben. Auf seine starken Arme bauend, wie der Maler auf seine Palette, verspielt dieses Volk, das ebenso gierig auf Vergnügungen wie rührig bei der Arbeit ist, in wenigen Stunden sein periodisches Vermögen! Fünf Tage lang kennt die werktätige Bevölkerung von Paris keine Rast und Ruh. In zahllosen Strahlen quillt ihr schöpferischer Wille hervor, der ihren Rücken krümmt und ihre Wangen bleicht. Ihre Rast, ihre Zerstreuung ist eine erschöpfende Ausschweifung. Die Braunhäutigen, Schwarzhändigen werden fahl vor Trunkenheit oder grün vor Magenbeschwerden. Diese Ausschweifung währt nur zwei Tage, allein sie raubt das künftige Brot, die Suppe für die Woche, die Kleider für das Weib, die Windel für das völlig vernachlässigte Kind. All diese Menschen, die ohne

Zweifel zur Schönheit geboren sind – denn jedes Geschöpf hat seine relative Schönheit –, stehen seit ihrer Kindheit unter dem Befehl des Stärkeren, unter der Herrschaft des Hammers, der Blechschere, des Webstuhls. Sie haben sich rasch vulkanisiert.

Ist der Vulkan mit seiner Stärke und Häßlichkeit nicht das Sinnbild dieser starken, häßlichen Nation? Groß, ja erhaben in ihrem technischen Scharfsinn, zu normalen Zeiten ausdauernd und fleißig, furchtbar für einen Tag im Jahrhundert, leicht entzündlich wie Pulver, durch den Alkohol zur Brandfackel des Aufruhrs gerüstet, ist diese Nation imstande, auf ein Schlagwort hin Feuer zu fangen. Mag dieses Schlagwort lauten wie immer, es hat im Grunde genommen stets dieselbe Bedeutung: Gold und Vergnügen!

Schließt man alle ein, die ihre Hand nach einem Almosen, nach dem fälligen Arbeitslohn oder nach den der Pariser Prostitution zustehenden fünf Franken ausstrekken – kurz, alle jene, die auf gute oder schlechte Weise ihr Brot verdienen –, so zählt dieses Volk dreihunderttausend Seelen. Würde die Regierung nicht jeden Dienstag gestürzt werden, wenn es keine Schenken gäbe? Zum Glück für Frankreich ist das Volk am Dienstag wie betäubt. Es schläft seinen Rausch aus, besitzt keinen Sou mehr und kehrt, angeregt durch einen ihm zur Gewohnheit gewordenen Schaffensdrang, zur Arbeit und zu seinem trockenen Brot zurück.

Trotzdem hat dieses Volk seine Wunder an Tugend, Prachtmenschen, unbekannte Napoleons. Sie sind der Ausdruck einer zu höchster Entfaltung gelangten Stärke und fassen ihre soziale Bedeutung in einem Dasein zusammen, dessen Sinnen und Trachten weniger darauf ausgeht, Freude zu verbreiten, als darauf, die Wirkungen des Schmerzes zu lindern.

Der Zufall erzieht einen solchen Arbeiter ausnahmsweise zur Sparsamkeit, beschert ihm einen glücklichen Gedanken. Der Arbeiter kann den Blick in die Zukunft richten, er nimmt ein Weib und wird Vater. Nach jahrelanger harter Entbehrung gelingt es ihm, einen kleinen Kramladen zu pachten. Was geschieht, wenn nicht Laster oder Krankheit ihn zurückwerfen, wenn sein Schaffen blüht und gedeiht? Dieses aus Salpeter und Ammoniak zusammengesetzte Geschöpf, das dem Staat in beschwerlichen Nächten Kinder schenkt und sich selbst zum Wohl, Ruhm und Vergnügen seiner Mitbürger an jedem Tage vervielfältigt; dieser König des Pariser Lebens, der sich Zeit und Raum untertan macht, dieser vielseitige, unantastbare Beamte hat das Problem gelöst, gleichzeitig seiner Ehe, dem »Constitutionnel«, der Kanzlei, der Nationalgarde, der Oper und Gott zu dienen und »Constitutionnel«, Kanzlei, Nationalgarde, Oper, Weib und Gott in klingende Taler umzuwandeln.

Täglich um fünf Uhr morgens steht er auf und legt den Weg zwischen seiner Wohnung und der Rue Montmartre im Fluge zurück. Bei Wind und Wetter, Schnee und Regen wartet er vor dem »Constitutionnel« auf den Zeitungsstoß, dessen Verteilung ihm zugewiesen ist. Heißhungrig nimmt er das politische Brot in Empfang und trägt es aus. Um neun Uhr kommt er für eine Weile nach Hause, trinkt eine Tasse Kaffee, erzählt seiner Frau den neuesten Witz, raubt ihr mitunter einen derben Kuß und schilt die Kinder aus. Kurz vor zehn Uhr erscheint er im Rathause. Hier sitzt er auf dem hohen Schreibstuhl wie ein Papagei auf der Stange und trägt die Sterbefälle und Geburten eines ganzen Arrondissements – ohne ihnen jemals eine Träne oder ein freudiges Lächeln zu weihen – in das Register ein. Auf der Spitze seiner Feder lastet Glück und Unglück des Stadtteils wie vordem der Geist des »Constitutionnel« auf seinen Schultern. Dennoch wird ihm nichts zu schwer; nichts ist ihm zuviel. Stets geht er seinen geraden Weg. Er bezieht seinen Patriotismus fix und fertig aus der Zeitung, streitet nicht, schimpft und lobt mit der Allgemeinheit und lebt wie die Schwalbe auf dem Dache. Da die Pfarrkirche nur zwei Schritte entfernt ist, kann er bei besonderen Gelegenheiten seinen Platz leicht einem andern Beamten überlassen und im Kirchenchor ein »Requiem« mitsingen. Denn er ist Oratoriensänger, ist mit seiner imposanten Stimme an Sonn- und Feiertagen die schönste Zierde des Hochamts und weiß den großen Mund gehörig aufzureißen, wenn er ein freudiges »Amen« schmettert. Um vier Uhr ist er seines Amtes ledig und erscheint, um Freude und Frohsinn zu verbreiten, in seinem, dem berühmtesten Kramladen der Stadt. Seine Ehe ist glücklich, er hat keine Zeit zur Eifersucht und ist eher ein Mann der Tat als des Gefühls. Daher neckt er die Kassiererin, deren feurige Augen die Kunden in Massen anlocken, und freut sich an den Putzkragen, Halstüchern und all den hübschen Dingen, zu denen geschickte Arbeiterinnen seine Musseline verarbeiten. Noch öfter verdingt er sich für die Zeit vor dem Abendessen einem Notar, wo er eine Seite des Tagebuchs ins reine schreibt oder irgendeinen Wertgegenstand in Empfang nimmt, um ihn rechtzeitig zum Gerichtsvollzieher zu bringen. Jeden zweiten Tag steht er von sechs Uhr an treu auf seinem Posten in der Oper als unabsetzbarer erster Baß des Opernchores. Hier wird er Soldat, Araber, Gefangener, Wilder, Schatten, Kamelbein, Löwe, Teufel, Genius, Sklave, Eunuch, weiß sachverständig Freude, Schmerz, Mitleid, Erstaunen zu verbreiten, »Rom« oder »Ägypten« zu verkörpern, zu jubeln, zu murren, zu schweigen, zu jagen, zu kämpfen und bleibt dennoch immer im stillen – der Krämer. Gegen Mitternacht wird er wieder zärtlicher Vater, Gatte, Mensch und schlüpft in sein Ehebett. Noch halten die trügerischen Formen der Opernnymphen seine Einbildungskraft gespannt, die auf diese Art die Verderbtheit der Welt und die wollüstig runden Beine der Taglioni zum segensreichen Nutzen der ehelichen Liebe wandelt. Endlich schläft er ein. Sein Schlaf ist kurz; er sputet sich mit seinem Schlummer, wie er sich im Leben sputet. In ihm ist der Mensch zur Maschine, der Raum zum Menschen geworden. Er umfaßt alles in einer Person: Geschichte, Literatur, Politik, Kriegswissenschaft, Religion. Diese lebende Enzyklopädie, dieser groteske Atlas, dieser Proteus der Zivilisation ist immer auf den Beinen. Alles an ihm ist Bewegung. Wie könnte sich ein Antlitz bei solch rastlosem Schaffensdrang rein und jung erhalten? Nach Ansicht gewisser Philosophen, die ihr reichliches Auskommen haben, wird der früh gealterte Arbeiter, der mit dreißig Jahren stirbt, vielleicht für glücklicher gehalten werden als der Krämer. Der eine geht plötzlich, der andre nach und nach zugrunde.

Was dem vielseitigen Krämer seine Betriebsamkeit, seine Schultern, seine Kehle, seine Hände, sein Weib, sein Handel als Ertrag einbringt, sind einige tausend Franken, Kinder und das kümmerlichste Glück, das je ein Menschenherz ergötzte. Vermögen und Kinder, oder diese allein, wenn sie sein alles sind, sie werden die Beute der überlegenen Gesellschaftsschichten. Ihnen bringt er seine Taler, seine Töchter, ihnen bringt er seinen Sohn, den er im Gymnasium erziehen ließ und der, gebildeter als der Vater, seinen ehrgeizigen Blick höher nach aufwärts richtet. Wie gerne möchte des kleinen Krämers Sohn ein großer Staatsmann sein!

Dieser Ehrgeiz lenkt die Gedanken in die zweite Gesellschaftssphäre von Paris. Man steige also vom Erdgeschoß in den Zwischenstock hinauf oder vom Speicher in den vierten Stock hinab – kurz, man dringe ein in die Welt, die etwas besitzt. Hier zeigt sich das gleiche Ergebnis.

Die Händler und Kaufleute mit ihren Gehilfen, die Leute des kleinen Verdienstes und der großen Redlichkeit, die Angestellten der Gerichtsvollzieher, Anwälte und Notare, mit andern Worten die rührigen, denkenden, spekulativen Glieder eines Kleinbürgertums, das rastlos auf seiner Hut ist, um in der Riesenschmiede Paris immer nur Hammer und niemals Amboß zu sein; die Spitzbuben, Gauner und Schurken, die mit Lebensmitteln wuchern, die Fische aller Meere und den Wein eines jeden von der Sonne gesegneten Erdenfleckchens aufkaufen, die mit dem Schweiß des Proletariers erzeugten Waren zurückhalten, ihre gierigen Hände bis nach Indien und dem Orient ausstrecken, um Südfrüchte und Getreide, Seidenschals und

Teppiche zu erraffen, auf den »Absatz« warten, nach übermäßigem Gewinne trachten, dem Geschmack der Kinder auflauern, die Launen und Laster der Eltern erspähen und selbst aus Krankheit und Siechtum ein einträgliches Geschäft zu machen wissen – kurz, jene, die alles, was Wert besitzt, so lange hin- und herwälzen, bis es in die eigene Tasche rollt: sie alle überspannen ihre Kräfte, ohne sich im Sumpf der Festungsgräben zu berauschen wie der Arbeiter! Körper und Geist, der eine durch den andern, verdorren in brennender Gier und hasten sich zu Tode. Wird der Proletarier durch den Despotismus des herrischen »Ich will!« unablässig in die grausame Tretmühle materieller Arbeit getrieben, hier vollzieht sich die physische Spannung unter der Knute des Ehrgeizes und der Gewinnsucht, die den zweiten Kreis dieser ungeheuerlichen Stadt jeden Tag aufs neue geißelt. Also auch hier gilt es, die Zeit zu erjagen, sie zusammenzudrängen, in Tag und Nacht mehr als vierundzwanzig Stunden zu finden, sich zu zermürben und zu entnerven, zwei Jahre siecher Altersruhe mit einem ganzen Leben zu erkaufen. Auch hier heißt die Weltmacht, der sich alles beugt, »Gold und Vergnügen«. Indes, während der Arbeiter, sobald er zum Krüppel wird, im Krankenhause stirbt, versteift sich der Kleinbürger auf das Leben. Er lebt weiter, aber er verblödet. Mit glanzlosen Augen, verlebten, stumpfsinnigen Zügen, schlotternden Beinen schleppt er sich mühselig über die Boulevards der geliebten Stadt – dem traulichen Gürtel seiner Venus. Was ersehnt der Bürger? Den krummen Säbel der Nationalgarde, ein Stückchen Fleisch im Topf, einen ehrlich erworbenen Spargroschen für die alten Tage und ein bescheidenes Plätzchen auf dem Père-Lachaise. Sein Montag ist der Sonntag, seine Erholung eine Landpartie, auf der er mit Weib und Kindern vergnügt den Staub der Landstraßen schluckt und sich von der Sonne braten läßt, oder eine kurze Spazierfahrt in einer wackligen Mietdroschke; sein Festungsgraben ist das kleine Gasthaus, dessen Schlangenfraß einen gewissen Ruf genießt, oder irgendein Familienball, bei dem man längstens um Mitternacht erstickt.

Gar mancher erstaunt, wenn er den Wirbeltanz der Bakterien eines Wassertropfens unter dem Mikroskop betrachtet. Was aber würde der Riese Gargantua von Rabelais sagen, wenn es ihm eines Tages gefiele, aus himmlischen Höhen das Treiben dieses zweiten Pariser Gesellschaftskreises zu betrachten? Unter dem weitbogigen Kupferdache, das die Markthallen krönt, steht eine jener kleinen Bretterbuden, die schon im Sommer kalt sind und im Winter nicht anders geheizt werden können als mit Kohlenbecken. Hier sitzt vom frühen Morgen an die Gemüsehändlerin und verdient angeblich zwölfhundert Franken im Jahr. Ihr Mann ist inzwischen in einem dunklen Stübchen und verleiht an die Händler seines Viertels auf kurze Zeit zu Wucherzinsen Geld. Schon um neun Uhr geht er ins Paßamt, wo er Abteilungsvorstand ist. Am Abend ist er Kassierer des Théâtre-Italien oder irgendeines anderen Theaters. Die Kinder sind in Pflege gegeben und kommen erst nach Hause, wenn sie das Gymnasium oder ein Pensionat besuchen sollen. Mann und Frau leben im dritten Stockwerke, sie haben nur eine Köchin und geben in ihrem zwölf Fuß langen, acht Fuß breiten, mit

Quinquetlampen beleuchteten Salon zwei bis drei Bälle in jedem Winter. Aber ihre Tochter erhält eine Mitgift von hundertfünfzigtausend Franken, und sie setzen sich mit fünfzig Jahren zur Ruhe. In diesem Alter fangen sie an, zuweilen in einer Loge des dritten Ranges der Oper zu erscheinen, mit einem Fiaker nach Longchamp zu fahren oder sich, wenn die Sonne scheint, in verschossener Kleidung auf den Boulevards zu ergehen. Der Mann genießt in seinem Bezirk ein gewisses Ansehen. Er hat Beziehungen zu dem höheren Bürgertum, ist bei der Regierung beliebt, erhält mit fünfundsechzig Jahren das Kreuz der Ehrenlegion, und der Vater seines Schwiegersohns, der Kreisvorsteher ist, lädt ihn zu seinen Abendunterhaltungen ein. Dieses Kleinbürgertum erschöpft sein ganzes Leben in der unseligen Anstrengung, die Kinder zum höheren Bürgertum emporzuheben. Jede Gesellschaftsschicht legt ihre Brut in den Bereich der nächsthöheren. Der Sohn des reich gewordenen Krämers wird Notar, der des Holzhändlers Magistratsbeamter. Kein Zahn fehlt in diesem Getriebe, alles fördert die aufsteigende Bewegung, den Auftrieb des Goldes.

Nun zum dritten Kreis dieser Hölle, die eines Tages vielleicht ihren Dante finden wird! Dieser dritte Gesellschaftskreis ist eine Art Bauch von Paris, der die Interessen der Stadt verdaut und in einer Form verdichtet, die man »Geschäfte« nennt. In seinen gallebitteren Eingeweiden drängt und stößt sich die Masse der Anwälte, Ärzte, Notare, Richter, Großkaufleute, Bankiers und Börseaner. Hier treffen noch mehr Ursachen für den körperlichen und seelischen Verfall zusammen als anderwärts. Fast all diese Menschen leben in stickigen Lehrsälen, in verpesteten Empfangszimmern, in vergitterten Löchern, verbringen den Tag gebeugt von der Last der Geschäfte. Sie erheben sich mit der Morgenröte, um alles schaffen zu können, was sie vorhaben, um sich nicht ausplündern zu lassen, um alles zu gewinnen oder nichts zu verlieren, um sich eines Menschen oder seines Geldes zu bemächtigen, um geschäftliche Verbindungen anzuknüpfen oder zu lösen, um eine flüchtige Gelegenheit auszunützen, um einen Menschen aufzuhängen oder freizusprechen. Sogar auf die Pferde wirkt dieses Jagen und Hasten zurück, das sie überbürdet und zu Tode hetzt. Ihr Tyrann ist die Zeit; sie fehlt ihnen an allen Ecken und Enden, sie eilt ihnen davon, sie läßt sich nicht strecken, nicht zusammendrängen. Welche Seele kann rein und groß, welches Antlitz schön und edel bleiben in dieser verderblichen Ausübung eines Berufs, der dazu zwingt, all das Elend des Volkes zu ertragen, zu analysieren, zu erwägen, zu schätzen und andauernd auszubeuten? Diese Leute haben kein Herz, oder wenn sie eines haben, legen sie es ab, lassen es irgendwo liegen, bevor sie am Morgen zur Tiefe der Menschheitssorgen hinabsteigen. Für sie gibt es kein Geheimnis. Sie sind die Beichtväter der Gesellschaft, die sie verachten, weil sie ihre Kehrseite sehen. Mögen sie die Sittenverderbnis, mit der sie sich messen müssen, auch bedauern, verabscheuen oder sich ihr aus Müdigkeit, aus innerem Triebe angleichen – endlich stumpfen sich notwendigerweise alle ihre Gefühle ab, und sie stürzen sich auf Gesetze, Menschen und Institutionen wie die Dohlen auf den noch warmen Leichnam. Den ganzen Tag prüft und schätzt der Kaufmann die

Lebenden, der Anwalt die Toten, der Richter die Gewissen. Unter dem Zwange, fortwährend zu reden, ersetzen sie den Gedanken durch das Wort, das Gefühl durch die Phrase, und ihre Seele liegt im Kehlkopf. Sie verbrauchen sich und sinken moralisch herab. Weder der Großkaufmann noch der Anwalt, noch der Richter behält seinen geraden Sinn. Sie empfinden nicht mehr, sie wenden allgemeine Regeln an, ob sie nun zutreffen oder nicht. Durch ihr wild dahinstürmendes Dasein fortgerissen, sind sie nicht Gatte, nicht Vater noch Liebhaber. Sie leben nur für ihre Geschäfte und gleiten über die andern Dinge des Lebens in rasendem Laufe hinweg. Kommen sie abends todmüde nach Hause, so müssen sie in die Oper, zum Ball oder zu irgendeiner andern Festlichkeit, um Kunden zu fangen, Bekanntschaften anzuknüpfen, Gönner zu umwerben. Alle essen unmäßig, spielen nächtelang und schlafen nicht, und ihre Gesichter strecken oder runden und röten sich.

Solch furchtbarem Aufwand an Geisteskräften, solch vielfältiger Seelenpein setzen sie nicht etwa ruhige Erholung entgegen – der Gegensatz wäre ihnen ja noch immer nicht grell genug! –, sondern Ausschweifung, heimliche, unersättliche Ausschweifung. Denn sie verfügen über alle und über alles und sind die Träger der gesellschaftlichen Moral. Hinter ihrem engbegrenzten Fachwissen verbirgt sich völlige Unwissenheit. Sie verstehen ihren Beruf, haben aber keine Ahnung von dem, was außer ihm liegt. Ihrer Eitelkeit willen stellen sie daher alles in Frage. Sie geben sich den Anschein, Skeptiker zu sein, und sind in Wirklichkeit nichts als Dummköpfe, die ihren Geist in endlosen Auseinandersetzungen ertränken. Aus Bequemlichkeit wappnen sich die meisten mit gesellschaftlichen, literarischen und politischen Vorurteilen und stellen sich unter das schützende Dach des bürgerlichen und des Handelsgesetzbuches. Sie machten sich frühzeitig auf, um tüchtige Männer zu werden, und kriechen nun im Staube dahin auf den höchsten Gipfeln der Welt. Aus diesen Gründen zeigt ihr Antlitz die krankhafte Blässe, die falschen Farben, die glanzlosen, blauumränderten Augen, den schwatzhaften, sinnlichen Mund, woran der scharfe Beobachter die sittliche Entartung ihrer Gedanken erkennt. Indem sie sich immer nur im Kreise ihres Fachwissens drehen, ertöten sie die logischen Fähigkeiten ihres Hirns: Weitblick und logischen Scharfsinn. Sie schrumpfen fast alle in den Hochöfen ihrer Geschäfte zusammen. Kein Mann kann jemals groß werden, der sich von dem Triebwerk dieser ungeheuren Maschinen ergreifen und zermalmen läßt. Arbeitete Robespierre? Danton war ein Müßiggänger und wartete. Übrigens hat man weder diesen noch jenen um sein Gesicht, wie erhaben es auch sein mag, jemals beneidet.

All diese Geschäftsleute, diese im wahrsten Sinne des Wortes »Geschäftigen«, raffen Geld zusammen und häufen es auf, um sich mit der Aristokratie zu verbinden. Zielt der Ehrgeiz des Proletarier darauf ab, Kleinbürger zu werden, so sind hier die gleichen Leidenschaften rege. In Paris schließt die Eitelkeit alle Leidenschaften in sich. Sei es ein ehrgeiziger Bürger, der nach einem qualvollen, arbeitsreichen Leben in den Staatsrat gelangt wie die Ameise durch die Ritze; sei es irgendein Zeitungsredakteur, ein rücksichtsloser, gewissenloser Streber, dem der

König vielleicht nur deshalb die Pairswürde verleiht, um sich an der Aristokratie zu rächen; sei es irgendein Notar, der zum Kreisvorsteher ernannt wird: Sie alle erreichen, zermalmt, getötet von ihren Geschäften, das Ziel. In Frankreich herrscht der Zopf. Nur Napoleon, Louis XIV., die großen Könige, umgaben sich mit jungen Leuten, um ihre Absichten auszuführen.

Oberhalb dieser Sphäre lebt die Kunstwelt. Indes, auch hier noch sind die mit dem Siegel der Originalität geprägten Züge matt, zerfurcht und, wenn auch in edlerer Weise, unschön und verzerrt. Überreizt durch das unerbittliche Gebot zu schaffen, erschöpft durch ein zerstörendes Genie, lechzend nach Vergnügungen und kostspieligen Liebhabereien, die zu den Einkünften in krassem Mißverhältnis stehen, will der Pariser Künstler durch Überanspannung der Arbeit zurückgewinnen, was seine Trägheit verschuldete. Vergeblich trachtet er, Geld und Kunst, Gesellschaft und Ruhm zu versöhnen. Zu Beginn seiner Laufbahn stöhnt er andauernd unter seinen Gläubigern. Seine Bedürfnisse gebären Schulden, und diese fordern gebieterisch seine Nächte. Nach der Arbeit das Vergnügen. Der Schauspieler mimt bis Mitternacht, lernt am Morgen seine Rollen und steht mittags auf der Probe. Der Bildhauer meißelt an seiner Statue, bis ihn der Rücken schmerzt. Der Redakteur jagt bei Tag und Nacht Ereignissen, Gedanken und Einfällen nach wie der Soldat dem Feinde. Der Maler, der im Augenblick als zugkräftig gilt, wird mit Arbeit überhäuft, und dem andern, der keinen Auftrag erhält, nagt der Kummer am Herzen, wenn er sich als Genie fühlt. Die Konkurrenz, Brotneid und Verleumdungen morden jede Begabung. Die einen rollen verzweifelt in den Abgrund des Lasters, die andern sterben jung und verkannt, weil sie auf eine glückliche Zukunft gebaut und in Saus und Braus gelebt hatten. Nur selten bewahrt ihr Antlitz die ursprüngliche Schönheit. Übrigens wird diese leuchtende, flammende Schönheit des Künstlerkopfes gar nicht verstanden. In den Zügen eines Künstlers liegt immer etwas Außerordentliches; sie halten sich stets über oder unter den herkömmlichen Linien dessen, was der Torheit als Schönheitsideal vorschwebt. Wie heißt die Macht, die den Künstler zerstört? – Leidenschaft! In Paris liegt alle Leidenschaft zwischen zwei Grenzen: Gold und Vergnügen.

Nun aber weht reinere Luft. Hoch und frei wölbt sich der Raum. Nicht Arbeit noch Sorgen beklemmen den Atem. Die aufsteigende Spirale des Goldes hat den Gipfel erreicht! Von der Sohle der Kellerlöcher, wo sein Rinnsal beginnt, vom Grunde der Kramläden, wo dürftige Dämme es stauen, vom Schoß der großen Fabriken, wo es sich in Barren umgießen läßt, sprudelt das Gold empor und wird der Aristokratie – in der Gestalt von Mitgiften und Erbschaften – durch zarte Mädchenhände und knochige Greisenhände zugeführt. Dort hebt es an, von neuem zu leuchten, neuen Glanz zu entfalten und von neuem – zu verrieseln.

Vor dem Verlassen der vier Schichten, auf die sich der oberste Kreis der Pariser Gesellschaft stützt, ist es jedoch erforderlich, nach den moralischen auch die physischen Ursachen zu erwähnen und auf eine schleichende Seuche hinzuweisen, die das Antlitz des Portiers, des Krämers, des Arbeiters verunstaltet. Ist doch ihre Wirkung nicht minder schädlich als die Korruption der Pariser Verwaltung, die sie willfährig unterstützt!

Wenn die Luft in den meisten Häusern der Bürgerschaft verpestet ist, wenn die Straße in die luftarmen Höfe und Hinterläden zahllose grausame Miasmen speit, so ist dies nur der geringere Teil des verheerenden Gifts. Die vierzigtausend Häuser dieser Riesenstadt baden ihre Füße in scheußlichstem Unrat. Jenen, in deren Händen die Macht liegt, fehlte bisher der ernstliche Wille, die Grundmauern mit Beton zu umgürten, der verhindert hätte, daß stinkender Schmutz durch den Boden sickert, die Brunnen vergiftet und Lutetia Parisiorum, den altberühmten Namen der Stadt, unterirdisch fortbestehen läßt. Die Hälfte von Paris schläft in den fauligen Ausdünstungen der Höfe, der Gassen und der Senkgruben.

Doch in den hohen, luftigen, vergoldeten Salons, in den parkumrahmten Palästen einer müßigen, glücklichen Welt, die ihr reichliches Auskommen besitzt? Ach, ihre bleichsüchtigen, hohlwangigen Gesichter zernagt die Eitelkeit! Nur zu bald erschlafft die Natur all dieser Menschen und wird zur Unnatur. Da sie das Vergnügen suchen, müssen sie nicht Langeweile finden? Nur auf Genuß sinnend, mißbrauchen sie ihre Sinne, wie der Arbeiter seinen Branntwein mißbraucht. Das Vergnügen gleicht gewissen medizinischen Mitteln: Um fortgesetzt die gleiche Wirkung zu erzielen, muß die Dosis vervielfacht werden – die letzte, die größte führt zum Wahnsinn oder in den Tod. Alle unteren Klassen erniedrigen sich vor den Reichen und erspähen ihre Lüste, um daraus Laster zu machen und sie auszubeuten. Wie den Lockungen widerstehen, die sie in Versuchung führen? Nun, auch Paris hat seine Universalheilmittel, seine Opiate: das Spiel, die Bauchdienerei und die Dirnen. Schon frühzeitig treten deshalb bei jenen Menschen flüchtige Neigungen, romantische Launen und frostige Liebeleien an die Stelle wahrer Leidenschaft. Dort herrscht das Unvermögen. Alle Energie, alle starken Gedanken schmelzen in der weibischen, heuchlerischen Geziertheit des Boudoirs dahin. Es gibt Grünschnäbel von vierzig und pedantische Greise von sechzehn Jahren. Die Pariser Reichen finden durchgebildeten Geist, vorgekautes Wissen, festgefaßte Meinungen überall vor, was sie enthebt, Geist, Wissen, Meinungen zu haben. Die Unvernunft dieser Gesellschaft gleicht ihrer Schwachheit und Ausschweifung. Man geizt mit der Zeit, um sie zu vergeuden. Niemand suche dort nach Gefühlen – ihrer sind nicht mehr als Gedanken! Ungestüme Umarmungen verhüllen eine völlige Gleichgültigkeit und Höflichkeit eine tiefe Verachtung. Man liebt dort seinen Nächsten nicht. Seichte Scherze, Indiskretionen, Klatschereien, vor allem aber Gemeinplätze: dies ist der Stoff ihrer Gespräche! Allein diese unglücklichen Glückspilze geben vor, daß sie nicht zusammenkommen, um nach den Maximen des Larochefoucauld zu reden und zu handeln. Als gäbe es keine Mitte zwischen Geistesüberfülle und völliger Geistesleere!

Wenn wirklich ein paar gesunde, geistesfrische Männer über einen leichten, feinen Spott verfügen, wird er gar nicht verstanden. Und da sie stets nur geben müssen, ohne jemals zu empfangen, bleiben sie bald daheim und überlassen den Dummköpfen das Feld. Dies hohle Leben, diese immerwährende Erwartung eines Vergnügens, das sich nie einstellt, diese ewige Langeweile, diese Leere des Herzens und Hirns, diese Stumpfsinnigkeit der höchsten Pariser Gesellschaft spiegelt sich in ihren Zügen und erzeugt jene Fratze körperlichen und geistigen Unvermögens, jenes frühalte, runzlige Pappegesicht, von dem das Gold seine gleißenden Strahlen zurückwirft.

Der Einblick in die Seele von Paris beweist, daß sein Körper gar nicht anders sein kann, als er ist. Diese strahlenumgürtete Königin unter den Städten ist immer schwanger und hat unwiderstehlich wilde Gelüste. Paris ist das Haupt des Erdballs, ein Gehirn, das von Genie strotzt, ein schöpferischer Künstler, ein weitsichtiger Staatsmann, der Größte unter den Großen, die der Zivilisation der Menschheit voranleuchten, und zeigt darum notwendigerweise auch die Falten des Gehirns, die Launen des Künstlers, die Abgestumpftheit des Staatsmanns, die Laster der Großen. In seinem Antlitz keimt das Gute wie das Böse, Kampf und Sieg, die Geistesschlacht des Jahres siebzehnhundertneunundachtzig, von deren Fanfaren heute noch die Welt erdröhnt wie die Niederlage des Jahres achtzehnhundertvierzehn. Eine solche Stadt kann in ihren Sitten, in ihrem Tun und Lassen unmöglich sauberer sein als der Riesenkessel eines Dampfschiffes, das stolz die Fluten durchschneidet. Ist dies herrliche Schiff »Paris« nicht vollbeladen mit Geist? Wahrlich, sein Wappen ist eine Verheißung des Schicksals, die in Erfüllung ging. Auf seinem Hauptmast, der ganz aus Bronze ist, sind alle seine Siege eingraviert, und sein Lotse heißt Napoleon. Mag dieses Schiff auch schlingern und stampfen, es zerteilt doch sicher und stark die Wogen, schleudert aus dem hundertfältigen Munde seiner Lehrkanzeln Feuerbrände in die Welt, schwimmt mit vollen Segeln auf dem Meere der Wissenschaft, und vom Mastkorb her hallt der laute Ruf seiner Gelehrten und seiner Künstler: »Vorwärts! Mir nach!« Seine ungeheuer zahlreiche Bemannung findet Gefallen daran, es immer wieder mit neuen Wimpeln zu behängen. Die Schiffsjungen oben im Takelwerk sind sorglose Schelme, die Matrosen beteerte Arbeiter, sein Ballast schwerfällige Bürger. Die glücklichen Reisenden bleiben in den Kajüten oder rauchen, an die Schiffsbrüstung gelehnt, ihre Zigarre. Auf dem Oberdeck wimmelt es von Soldaten, Neuerungssüchtigen und Ehrgeizigen, die jeden Strand anlaufen wollen. Sie möchten überall ihr Licht leuchten lassen, überall um Ruhm und Liebe werben. Ruhm aber ist ein Vergnügen, und die Liebe verlangt nach Gold.

Die übermäßige Kraftanspannung des Proletariers, das verderbliche Streben, das die beiden Kreise des Bürgertums zermalmt, die grausamen Wirkungen der künstlerischen Denkart, die unablässige Sucht des Reichtums nach Vergnügen und Ausschweifung – all dies erklärt die bestehende Häßlichkeit des Pariser Antlitzes. Nur im Orient bietet der Mensch ein wahrhaft prächtiges Bild. Dies ist ausschließlich die Wirkung der andauernden Ruhe, der sich die Orientalen hingeben. Die kurzbeinigen, gedrungenen Philosophen mit der langen Pfeife verachten, ja verabscheuen jede Bewegung, während in Paris Hoch und Niedrig rastlos durchs Leben hastet. Denn über allen schwingt die Geißel der unerbittlichen Göttin Notwendigkeit – Notwendigkeit des Geldes, des Ruhms und des Vergnügens.

Daher zählt in Paris ein frisches, anmutiges, wahrhaft jugendliches Antlitz zu den seltensten Ausnahmen. Findet man es einmal, so gehört es sicherlich einem jungen, sehr frommen Priester oder irgendeinem biederen, wohlbeleibten Abbé mit vierzig Jahren; einem sittenreinen jungen Mädchen, wie sie in manchen Bürgerfamilien aufwachsen; einer zwanzigjährigen Mutter, die in einem Paradies von Träumen lebt und ihren Erstgebornen stillt; einem frisch aus der Provinz gelandeten Jüngling, dem die fromme Erbtante, die ihn betreut, nicht einen Sou in die Hand gibt; vielleicht irgendeinem Ladenjungen, der sich, ermüdet von dem ewigen Auf- und Abwickeln der Stoffballen, gegen Mitternacht schlafen legt und um sieben Uhr aufsteht, weil er das Schaufenster dekorieren muß; einem vermögenden Mann der Kunst oder Wissenschaft, der in klösterlicher Abgeschiedenheit schönen Ideen lebt und dabei mäßig, geduldig und keusch bleibt; einem selbstzufriedenen Toren, der sich von seiner Dummheit nährt, vor Gesundheit strotzt und sich mit nichts andrem beschäftigt, als über sich selbst zu lachen; oder einem jener stillvergnügten Müßiggänger, die als die einzigen wirklich glücklichen Menschen zu jeder Stunde das poesievolle Treiben von Paris genießen.

Dennoch gibt es auch in Paris einen Kreis auserlesener Geschöpfe, denen die übertriebene Regsamkeit der Arbeit, der Geschäfte, der Kunst und des Geldes zum Vorteil gereicht: die Frauen. Obwohl es nicht an unzähligen geheimen Ursachen gebricht, daß auch ihre Züge in Paris mehr als anderswo der Zerstörung verfallen, gibt es in der Frauenwelt kleine, glückliche Volksrassen, die nach Art der Orientalen leben und dadurch ihre Schönheit bewahren. Indes, solche Frauen sind auf der Straße nur selten zu sehen. Sie blühen im verborgenen wie jene exotischen Pflanzen, die ihren Blumenkelch nur zu gewissen Stunden erschließen.

Dabei ist Paris allerdings ganz entschieden eine Stätte der Gegensätze. Wenn echtes Gefühl nur spärlich vorhanden ist, so trifft man doch auch dort, wie überall, auf unbegrenzte Hingebung und edelste Freundschaft. Wie bei den zur Schlacht ziehenden Heeren die Selbstsucht triumphiert, weil es dem einzelnen obliegt, sich selbst zu wehren, so streben auf dem Schlachtfelde der Interessen und Leidenschaften die Gefühle der Vollkommenheit, wo immer sie sich äußern und miteinander messen. Und ebenso die Gesichtszüge. In der Pariser Hocharistokratie sieht man zuweilen bei jungen Leuten ein hinreißendes Antlitz. Es ist die Frucht einer ausgezeichneten Erziehung und ganz erlesener Sitten. Mit der Jugendschönheit englischen Blutes verbinden sie in ihren Zügen südliche Entschlossenheit, französischen Geist, Reinheit der Form. Das Feuer ihrer Augen, das frische Rot der Lippen, der schwarze Glanz des Haares, der weiße Teint und der vornehme Gesichtsschnitt schuf sie zu menschlichen Wunderblumen, die man nur mit höchstem Entzücken betrachtet, wo sie aus der Masse der glanzlosen, zerfurchten, verzerrten Fratzen der übrigen emporragen. Deshalb bewundern die Frauen solch ein Jünglingsantlitz mit der

Lüsternheit eines Mannes, der sich erdreistet, ein hübsches, ehrbares, anmutiges Weib unverwandt anzusehen, wenn es mit all jenen Reizen der Jungfräulichkeit ausgestattet ist, womit unsre Vorstellungskraft die Schönheit des vollkommenen Mädchens krönt.

Wenn diese flüchtige Skizze der Bevölkerung von Paris die Seltenheit eines raffaelischen Antlitzes erwies und auf die leidenschaftliche Bewunderung schließen ließ, die es auf den ersten Blick einflößen muß, dann ist der vornehmste Zweck dieser Geschichte erreicht. »Quod erat demonstrandum«, was zu beweisen war – so es erlaubt ist, die Formeln der Scholastik auf die Sittenlehre anzuwenden.

Es war an einem herrlichen Frühlingsmorgen. Die kaum entfalteten Knospen der Blätter grünten noch nicht. Aber der Himmel war blau, die Sonne glänzte auf jedem Dach und lockte die Pariser Bevölkerung aus ihren Löchern hervor. Summend zog sie über die Boulevards und kroch gleich einer in zahllosen Farben schillernden Schlange von der Rue de la Paix nach den Tuilerien, um das Hochzeitsfest der wiedererwachten Natur zu begrüßen. An jenem fröhlichen Tage ging in der Hauptallee der Tuilerien ein junger Mann spazieren. Er war schön wie dieser Frühlingsmorgen, geschmackvoll gekleidet und hatte ein sicheres, lässiges Auftreten.

Dieser Adonis hieß Henri de Marsay und war – mag dies Geheimnis schon hier gelüftet sein – ein Kind der Liebe, der natürliche Sohn des Lord Dudley und der berühmten Marquise de Vordac. Nach Henris Geburt kam Lord Dudley eilends nach Frankreich, um die junge Mutter an einen alten Edelmann, Herrn de Marsay, zu verheiraten. Dieser, ein erschlaffter, fast verlöschender Schmetterling, erkannte das Kind – dank einer jährlichen Leibrente von hunderttausend Franken, die übrigens nach seinem Ableben an Henri fallen sollte – als sein eigenes an. Der Scherz kostete Lord Dudley nicht allzuviel. Stand doch damals die französische Staatsrente auf siebzehneinhalb Franken! Der Edelmann starb, ohne seine Gemahlin gekannt zu haben, und Frau de Marsay vermählte sich nachher mit dem Marquis de Vordac. Bevor sie jedoch Marquise wurde, kümmerte sie sich um ihr Kind und Lord Dudley herzlich wenig. Zunächst hatte die Kriegserklärung zwischen Frankreich und England das Liebespaar getrennt, und die Treue »mit verschärften Bedingungen« war und wird wohl in Paris nie Mode werden. Dann aber erstickten die gesellschaftlichen Erfolge der schönen, eleganten, von aller Welt angebeteten Frau in der Pariserin jegliches Muttergefühl. Die Sorgfalt, die Lord Dudley seiner Nachkommenschaft zuwandte, war nicht größer als die der Mutter. Die jähe Untreue eines glühend geliebten Mädchens flößte ihm vielleicht eine Art Abneigung gegen alles ein, was vom Weibe herrührte. Mag sein, daß Väter überhaupt nur solche Kinder lieben, mit denen sie eine umfassende Bekanntschaft geschlossen haben. An diese für den Frieden der Familien hochbedeutsame Lehre sollten sich alle Junggesellen halten, denn sie beweist, daß die Vaterschaft lediglich ein durch das Weib, die Sitten und Gesetze im Treibhaus gezogenes Gefühl ist.

Auf diese Weise sah der arme Henri den Vater nur in demjenigen von beiden, der nicht verpflichtet war, es zu sein. Die Vaterschaft des Herrn de Marsay war begreiflicherweise recht mangelhaft. Nach den Naturgesetzen hat das Kind nur in äußerst wenigen Augenblicken einen Vater; und der Edelmann hielt sich in dieser Beziehung an die Natur. Es wäre diesem Biedermann nie eingefallen, seinen Namen zu verkaufen, wenn er keine Laster gehabt hätte. Er aß ohne Bedenken in Spielhöllen, vertrank dort die kärglichen Halbjahreszahlungen, womit der Staatsschatz die Rentner abfindet, und überließ das Kind der Obhut seiner alten Schwester. Fräulein de Marsay betreute es mit mütterlicher Sorgfalt. Für das von ihrem Bruder gewährte magere Kostgeld nahm sie einen Hauslehrer, einen Abbé, der nichts zu beißen und zu brechen hatte, der jedoch des Knaben Zukunft nüchtern erwog und beschloß, sich für die Sorgfalt, die er seinem lieben Mündel angedeihen ließ, aus dessen Hunderttausendfrankenrente später einmal bezahlt zu machen. Der Zufall fügte es, daß der Hauslehrer ein wirklicher Priester war – einer jener Geistlichen, die geboren sind, Kardinäle von Frankreich oder Borgias unter der Tiara zu werden. In einem Zeitraum von drei Jahren lehrte er den Knaben, was man ihm auf dem Gymnasium kaum in zehn Jahren beigebracht hätte. Abbé de Maronis, dies der Name des großen Mannes, krönte die Erziehung seines Zöglings, indem er ihn die Zivilisation von all ihren Seiten studieren ließ: Er speiste ihn mit seiner großen Erfahrung, führte ihn nur wenig in die damals geschlossenen Kirchen, dafür aber um so häufiger hinter die Kulissen und in Dirnengesellschaft. Er machte ihm nach und nach jedes menschliche Gefühl zuschanden; er weckte sein Verständnis für Politik, die damals in den

Salons der Vornehmen gärte; er setzte ihm das Triebwerk der Regierungsmaschine auseinander – kurz, er versuchte, aus Freundschaft für eine schöne, hoffnungsreiche, aber hilflose Natur, dem ihm anvertrauten Kinde die Mutter zu ersetzen. Ist die Kirche nicht die Mutter der Waisen?

Sein Zögling entsprach solcher großen Sorgfalt. Als der Ehrwürdige im Jahre achtzehnhundertzwölf als Bischof starb, geschah es mit der Genugtuung, auf Erden ein Kind zurückzulassen, dessen Herz und Geist schon mit sechzehn Jahren so gestaltet war, daß es einen Vierzigjährigen leicht übers Ohr hauen konnte. Wer vermutet hinter dem verführerischsten Äußern gleich jenem, womit die alten, so naiv empfindenden Meister die Schlange des Paradieses bedachten, ein ehernes Herz, ein vom Alkohol vergiftetes Hirn? Allein dies ist nicht alles. Darüber hinaus hatte der violette Teufel seinem Schoßkind in der vornehmen Gesellschaft gewisse Bekanntschaften vermittelt, die in Händen des jungen Mannes dem Ertrag einer weiteren Rente von hunderttausend Franken gleichkamen. Mit andern Worten: Dieser lasterhafte, aber schlaue, glaubenslose, aber gelehrte, hinterlistige, aber liebenswürdige Gottesmann war seinem Zögling so nützlich, dessen Lastern so gefällig; der scheinbar schwächliche, in Wirklichkeit an Körper und Geist gleich starke Priester wußte die Gewalt in allen ihren Formen so kühl zu erwägen, mit der Schuld des Nächsten so eingehend abzurechnen; er war so lustig bei Tisch, bei Frascati, bei ... weiß der Himmel, wo sonst noch: daß sein dankbarer Zögling nicht sonderliche Rührung empfand, wenn er im Jahre achtzehnhundertvierzehn das Bild des lieben Bischofs betrachtete, das ihm dieser als einzigen Wertgegenstand hinterlassen hatte. Gleichviel, nur dieser geniale Menschentypus wird die apostolische, römisch-katholische Kirche retten – vorausgesetzt, daß sie, die sich gegenwärtig durch die Schwäche ihres Nachwuchses und durch das Greisentum ihres Hohenpriesters so viel vergibt, überhaupt gerettet sein will.

Der Kontinentalkrieg verhinderte Henri de Marsay, seinen wirklichen Vater kennenzulernen, und es ist fraglich, ob er ihn mehr als dem Namen nach kannte. Auch seine Mutter kannte er nicht. Naturgemäß betrauerte er seinen vermeintlichen Vater nur sehr wenig. Dagegen ließ er Fräulein de Marsay, seiner wahren Mutter, gleich nach ihrem Tode eine sehr schöne kleine Gruft auf dem Père-Lachaise errichten. Monseigneur de Maronis hatte der alten Jungfer mit dem Perlenhäubchen einen der besten Plätze im Himmel zugesichert, so daß ihr Henri, als er sie glücklich sterben sah, selbstsüchtige Tränen nachweinte und begann, sie um seinetwillen zu betrauern. Als der Abbé dies wahrnahm, trocknete er die Schmerzenstränen seines Zöglings und gab ihm zu verstehen, daß die gute alte Dame auf recht widerwärtige Art geschnupft hatte und dabei so häßlich, taub und langweilig geworden war, daß er ihrem Tode eher zu Dank verpflichtet sei.

Im Jahre achtzehnhundertelf hatte der Bischof sein Mündel großjährig erklären lassen. Dann, als sich Henris Mutter wieder verheiratete, setzte er im Familienrat durch, daß einer jener ehrlichen Dummköpfe, die er hinter dem Gitterfenster des Beichtstuhls ausersehen hatte, den Auftrag erhielt, Henris Vermögen zu verwalten, dessen Ertrag zum Wohl der Gemeinde verwendet werden, dessen Höhe hingegen unvermindert erhalten bleiben sollte.

Gegen das Jahresende achtzehnhundertvierzehn hatte demnach Henri de Marsay keinerlei irdische Verpflichtungen und fühlte sich frei, wie der Vogel in der Luft. Obzwar er das zweiundzwanzigste Lebensjahr vollendet hatte, schien er kaum siebzehn zu zählen. Dabei hielten ihn auch die kritischsten seiner Rivalen für den hübschesten Jungen von Paris. Von seinem Vater, Lord Dudley, hatte er die trügerischsten, schmachtendsten Blauaugen, von seiner Mutter das dichteste, lockigste Schwarzhaar – von beiden zusammen reines, gesundes Blut, eine Mädchenhaut, ein sanftes, bescheidenes Wesen, eine schlanke aristokratische Gestalt und sehr schöne Hände. Ihn sehen hieß für jedes Weib sich närrisch in ihn verlieben – von einer jener Sehnsüchte befruchtet werden, die ans Herz greifen und dennoch bald in Vergessenheit geraten, weil es unmöglich ist, sie zu befriedigen. Denn der Pariserin fehlt im allgemeinen jede Zähigkeit. Nur wenige von ihnen bekennen sich zu dem »ICH HALTE FEST« des Hauses Oranien. Unter Henris Lebensfrische barg sich, trotz seiner wasserhellen Augen, der Mut des Löwen und die Geschicklichkeit des Affen. Er traf mit der Kugel eine zehn Schritte entfernte Messerklinge, ritt in einer Art, als gelte es, die Fabel der Zentauren zu verwirklichen, und lenkte einen Viererzug mit höchster Anmut. Er war flink wie ein Engel und sanft wie ein Lamm; er wußte die Leute aus der Vorstadt in den grausamen Spielen des Beinstoßens und Stockfechtens zu schlagen; er spielte Klavier mit einer Kunst, die er hätte ausüben können, wäre er je ins

Unglück geraten; und er besaß eine Stimme, die ihm bei Barbaja für jede Spielzeit fünfzigtausend Franken eingebracht hätte. Leider waren all diese guten Eigenschaften und hübschen Fehler von einem entsetzlichen Laster umgürtet: Er traute weder Männern noch Frauen, glaubte weder an Gott noch an Teufel! Das Werk, das eine spielerische Natur so liebreich begonnen hatte, ward durch das erbärmliche Spiel eines Priesters grausam vollendet.

Zum Verständnis dieser Geschichte ist es nötig, hier einzufügen, daß Lord Dudley begreiflicherweise gar viele Frauen fand, die geneigt waren, dieser prächtigen Blume einige Schößlinge zu entlocken. Sein zweites Meisterwerk dieser Art, ein Mädchen namens Euphémie, war einer spanischen Dame entsprossen, in Havanna erzogen und dann mit einer jungen Kreolin der Antillen und allerlei verderbten Gelüsten der Kolonien wieder nach Madrid zurückgebracht worden. Zum Glück hatte sie einen alten, außerordentlich reichen spanischen Edelmann, Don Hijos Marquis de San-Réal, geheiratet, der seit der Okkupation Spaniens durch die französischen Truppen in Paris, Rue Saint-Lazare, wohnte. Aus Sorglosigkeit, wie auch aus Ehrfurcht vor der Unschuld der Jugend, gab Lord Dudley seinen Kindern hinsichtlich der verwandtschaftlichen Bande, die er ihnen allerorts schuf, nicht den leisesten Wink. Dies ist ein leichter Nachteil der Zivilisation. Allein sie hat so viele Vorteile, daß man ihre gelegentlichen Härten um ihrer Wohltaten willen nachsehen muß. Lord Dudley kam, nebenbei bemerkt, im Jahre achtzehnhundertsechzehn auf der Flucht nach Paris, um den Verfolgungen der englischen Gerichtsbarkeit zu entgehen, die von allen

Einrichtungen des Orients nichts schützt als den Warenhandel.

Als der Lord eines Tages Henri auf einem Spaziergange begegnete und ihm auf die Frage, wer der hübsche junge Mann sei, dessen Name genannt wurde, rief er aus:

»Ah, das ist mein Sohn ... welch ein Unglück!«

Dies ist die Geschichte des jungen Mannes, der Mitte April achtzehnhundertfünfzehn in der Art all der Tiere, die sich ihrer Kraft bewußt sind und in majestätischer Ruhe einherschreiten, durch die Hauptallee der Tuilerien schlenderte. Die Bürgersfrauen blieben stehen und kehrten sich, um ihn möglichst lange zu sehen, unbefangen nach ihm um. Die andern, die vornehmen Damen, taten dies nicht, sondern warteten auf seine Wiederkehr und prägten inzwischen sein liebliches Angesicht, das auch die schönste unter ihnen nicht verunstaltet hätte, ihrem Gedächtnisse ein, um sich seiner rechtzeitig zu erinnern.

»Was machst du denn hier – heute, am Sonntag?« sagte Marquis de Ronquerolles im Vorbeigehen zu Henri.

»Ein Fisch zappelt im Netz!« erwiderte der junge Mann.

Dieser Gedankenaustausch vollzog sich mittels zweier bezeichnender Blicke, ohne daß sich Ronquerolles und Henri de Marsay den Anschein gaben, einander zu kennen. Der junge Mann beobachtete die Spaziergänger mit jener raschen Auffassungsgabe, die dem Pariser eigentümlich ist und ihn befähigt, im Augenblick alles zu sehen und zu hören, während er scheinbar nicht hört und nicht sieht.

Unmittelbar darauf trat ein junger Mann auf ihn zu, nahm ihn vertraulich am Arm und sagte:

»Wie geht's, mein Lieber?«

»Aber ganz vortrefflich!« antwortete Henri mit jener Liebenswürdigkeit, die unter der Pariser Jugend für Gegenwart und Zukunft nicht das geringste beweist. In der Tat, die jungen Leute in Paris sind mit jenen einer andern Stadt nicht zu vergleichen. Sie teilen sich in zwei Klassen: in solche, die etwas, und in solche, die nichts haben; die einen denken, die andern verschwenden. Dies trifft, wohlgemerkt, nur auf jene Eingeborenen zu, die sich der köstlichen Lässigkeit vornehmer Lebensführung erfreuen. Es gibt allerdings noch andre junge Leute in Paris. Jene aber sind große Kinder, die das Pariser Dasein sehr spät erfassen und zuletzt stets die Geprellten sind. Sie spekulieren nicht, sie studieren – sie »büffeln«, sagen die andern. Endlich begegnet man dort noch mancherlei jungen Leuten, reichen und armen, die eine Laufbahn vor Augen haben und fest und unbeirrt auf ihr Lebensziel zusteuern. Sie sind aus dem Holz des biederen Bürgers geschnitzt, haben etwas von Rousseaus Émile in sich und erscheinen nie in Gesellschaft. Die Schlauköpfe nennen sie unhöflicherweise Idioten. Idioten oder nicht – jedenfalls vermehren sie die Zahl der Mittelmäßigen, unter deren Bürde Frankreich zusammenzubrechen droht. Sie sind immer da, immer bereit, wenn es gilt, öffentliche oder private Angelegenheiten zu verpfuschen, und berufen sich dabei auf ihre Unfähigkeit, die sie Moral und Rechtschaffenheit nennen. Sie gehören zur Gattung der preisgekrönten Musterschüler, die alle Verwaltungszweige, Heer- und Gerichtswesen, Hof und Kammer unsicher machen. Sie erniedrigen, verflachen das Reich und führen dem Staatskörper gewissermaßen ein Gift zu, das ihn erschlafft und ihm den Magen verdirbt. Diese Biedermänner nennen den Befähigtsten einen Spitzbuben oder Schurken. Indes, wenn sich die Spitzbuben und Schurken ihre Dienste bezahlen lassen, so sind es doch wenigstens Dienste, die sie leisten; während die andern nichts als Schaden verursachen und dafür noch allgemeine Achtung genießen. Aber zum Glück hat die vornehme Jugend Frankreichs nur einen Namen für sie: Schafsköpfe.

So wäre es denn, auf den ersten Anschein hin, nur natürlich, die beiden Gattungen der liebenswürdigen Körperschaft, der auch Henri de Marsay angehörte, für deutlich unterscheidbar zu halten. Allein der Beobachter, der nicht an der Oberfläche der Dinge haftenbleibt, wird gar bald überzeugt, daß die Unterschiede rein geistiger Natur sind und daß nichts so sehr täuscht wie dieser holde Schein.

Gewiß, sie alle machen einander den Vorrang streitig. Sie alle sprechen unbesonnen über Dinge und Menschen, über Kunst und Literatur, und führen den jeweiligen Pitt und Koburg des Jahres im Munde. Sie alle unterbrechen ein geistreiches Gespräch durch ein albernes Wortspiel und ziehen die Wissenschaft und deren Jünger ins Lächerliche. Sie verachten alles, was sie nicht kennen oder wovor sie sich fürchten. Sie setzen sich rücksichtslos über alles hinweg und maßen sich an, über alle und überall Richter zu sein. Keiner von ihnen würde sich scheuen, seinen Vater zu hintergehen, im Schoß der Mutter Krokodilstränen zu vergießen. Aber im allgemeinen glauben sie an nichts und machen die Frauen schlecht; oder sie heucheln

Sittsamkeit und sind in Wirklichkeit einer lasterhaften Dirne oder irgendeinem alten Weibe untertan. Sie alle sind durch und durch berechnend und verderbt, von einem rohen Trieb nach sichtbaren Erfolgen bis auf die Knochen angefressen. Suchte jemand nach einem Steine, er fände ihn sicherlich in ihrem Herzen, mögen sie auch bei jeder sich bietenden Gelegenheit immer wieder ihre Freundschaftsgefühle ins Treffen führen. Sie alle zeichnen sich durch die angenehmsten Umgangsformen aus und sind zumeist ganz hinreißend. Ihre nach Zeit und Umgebung wechselnde Ausdrucksweise beherrscht der gleiche Spott. Ihre Art, sich zu kleiden, ist auf Verschrobenheiten abgesehen, und jeder von ihnen setzt seinen höchsten Ehrgeiz darein, die Torheiten dieses oder jenes gerade beliebten Schauspielers nachzuäffen. Knüpfen sie neue Beziehungen an, so eröffnen sie diese, wem immer sie gelten mögen, mit Geringschätzung oder Unverschämtheit, um bei diesem Spiele gewissermaßen die Vorhand zu haben. Aber wehe dem, der nicht versteht, jeden ihrer Backenstreiche doppelt heimzuzahlen! Mit andern Worten, sie alle gleichen dem hübschen, weißen Schaum, der die stürmische Woge krönt. Den Nöten und Plagen des Vaterlands stehen sie völlig gleichgültig gegenüber. Sie prassen und tanzen, sie putzen und belustigen sich am Tage einer Schlacht bei Waterloo, bei Ausbruch einer Cholera, im Sturm einer Revolution. Kurz, sie treiben alle den gleichen Aufwand; dann aber trennen sich ihre Wege: Die einen besitzen das Vermögen, das sie leichtfertig verschleudern, die andern erwarten es. Sie lassen bei dem gleichen Schneider arbeiten, aber die Rechnungen dieser andern bleiben offenstehen. Wenn jene, gleich einem Siebe, allerlei Gedanken empfangen, ohne einen einzigen zu behalten – diese erwägen sie und eignen sich die guten an. Wenn jene etwas zu wissen glauben und nichts wissen, wenn sie dem, der nichts braucht, alles leihe und dem, der nichts hat, alles abschlagen – diese studieren insgeheim die Gedanken ihres Nächsten und wissen aus allem, selbst aus ihren Torheiten, hohe Zinsen herauszuschlagen. Die einen empfangen keinen getreulichen Eindruck mehr, weil ihre Seele, gleich einem durch den Gebrauch matt gewordenen Spiegel, keinerlei Bild zurückwirft – die andern sparen mit dem Gute ihres Lebens und ihrer Sinne, obwohl sie sich den Anschein geben, es zum Fenster hinauszuwerfen. Die ersten ergeben sich ohne innere Überzeugung, auf eine bloße Hoffnung hin, einer politischen Anschauung, wenn ihr nur Wind und Strömung günstig sind; aber sie springen auf ein andres Schiff, sobald das erste von der richtigen Fahrt abgetrieben wird – die zweiten erwägen die Zukunft genau und sehen in der politischen Treue das, was der Engländer in der kaufmännischen Redlichkeit erblickt: eine Element des Erfolgs. Während der junge Mann, der etwas hat, mit einem Scherz, mit einem Wortspiel über den Thronumsturz hinwegsieht, stellt der andre, der nichts hat, vor aller Welt Berechnungen über die künftigen Folgen an, oder er sinnt insgeheim auf eine Schändlichkeit und erreicht, was er will, indem er seinen Freunden die Hand drückt. Die einen glauben niemals an anderer Fähigkeiten, sie halten ihre Ideen für neu, als wäre die Welt erst tags zuvor geschaffen worden; sie setzen ein unbegrenztes Vertrauen in sich und haben dabei keinen schlimmeren

Feind als sich selbst. Die andern hingegen schätzen die Menschen nach ihrem wahren Werte ein und sind ihnen gegenüber mit nie erlahmendem Mißtrauen gewappnet; sie sind verschlagen und haben vor ihren Freunden, die sie ausbeuten, stets einen Gedanken voraus. Wenn sie dann abends zu Bett gehen, wägen sie die Menschen wie der Geizige die Goldstücke. Die einen halten sich über die geringfügigste Taktlosigkeit auf, lassen sich aber willig von den Schlauen nasführen, die ihnen zu Ansehen verhelfen, indem sie den Hauptfaden jener Hampelmänner ziehen: die Eigenliebe. Die andern aber erwerben Achtung und wählen geschickt ihre Opfer und Gönner. Dann haben eines Tages jene etwas, die nichts, und jene nichts, die etwas hatten. Diese betrachten ihre zu Ansehen gelangten Kameraden als Schleicher und Streber, als rücksichtslose, aber starke Naturen. »Der ist stark!« – so lautet das ungeheure Lob, das nur denen gezollt wird, die quibuscumque viis eine politische Stellung, eine Frau, ein Vermögen errungen haben. Darunter trifft man gewisse junge Leute, die ihre Rolle zu spielen beginnen, indem sie Schulden machen. Sie sind natürlich ungleich gefährlicher als jene, die ihre Rolle spielen, ohne einen Groschen zu besitzen.

Der junge Mann, der sich den Titel eines Freundes von Henri de Marsay beilegte, war ein Leichtfuß aus der Provinz, und die elegante Pariser Jugend lehrte ihn die Kunst, glatt eine Erbschaft zu verjubeln. Allerdings blieb ihm in der Provinz ein gewisses Unternehmen als letzter Kuchen zu verzehren. Der junge Erbe hatte sich so lange mit einem monatlichen Taschengelde von hundert Franken bescheiden müssen, bis ihm eines Tages unvermittelt das ganze väterliche Vermögen in die Hände fiel. Und wenn ihm auch der Scharfsinn fehlte, um zu erkennen, daß man ihn zum besten hielt, so war er dennoch ein guter Rechner, der haltzumachen verstand, als er bei dem letzten Drittel der Erbschaft angelangt war. Dank einigen Tausendfrankenscheinen hatte er in Paris gar bald den Wert der verschiedenartigen Zaumzeuge entdeckt und die schwierige Kunst erlernt, seine Handschuhe nicht allzusehr zu schonen. Auch hörte er geistreiche Betrachtungen über die Verdingung der Dienerschaft und über die Art, wie man bei ihrer Entlohnung am vorteilhaftesten wegkomme. Es lag ihm viel daran, ein guter Écartéspieler zu sein, in Fachausdrükken von seinem pyrenäischen Hund und seinen Pferden sprechen zu können, seinem Gedächtnis einige Modeworte einzuprägen und nach Schuhwerk, Tracht und Gang eines Weibes zu erkennen, welcher besonderen Gattung es angehöre. Kurz, er hoffte, durch seine Beziehungen zu der Pariser Gesellschaft das erforderliche Ansehen zu erringen, um später, in der Provinz, die Vorliebe für Tee und englisch geformtes Silberbesteck einzuführen und solcherart für den Rest des Lebens das Recht zur Mißachtung seiner Umgebung zu erwerben. De Marsay hatte ihn freundschaftlich aufgenommen, um sich seiner in Gesellschaft zu bedienen, wie sich ein kühner Börsenspekulant eines Vertrauensmannes bedient. Diese falsche oder echte Freundschaft gab Paul de Manerville eine gesellschaftliche Stellung, und auch er hielt sich für »stark«, weil er den intimen Freund auf seine Art nach Kräften ausnützte. Er sonnte sich beglückt im Strahlenglanze seines Freundes und war der eifrigste Nachbeter seiner Anschauungen.

Stand er in seiner Nähe oder ging er gar an seiner Seite, dann schien es, als drohte er: »Fordert uns nicht heraus! Wir beide sind wahre Tiger!« – Mitunter brüstete er sich dieser Freundschaft und sprach: »Henri ist mir freundschaftlich so sehr ergeben, daß er mir dies oder jenes sicherlich nicht abschlüge, wenn ich ihn darum bäte!« – Indes, er hütete sich, auch nur das geringste von ihm zu erbitten. Er fürchtete ihn, und diese insgeheime Furcht, die sich auch auf die andern übertrug, nützte de Marsay für seine eigenen Zwecke aus. »Dieser Marsay ist ein ganz stolzer Mann!« pflegte Paul zu sagen, »paßt auf, der wird, was er werden will! Jedenfalls würde ich mich nicht wundern, ihn eines Tages als Minister des Äußern wiederzusehen! Es gibt kein Hindernis für ihn!« – Oft machte er aus de Marsay, was Korporal Trim aus seiner Mütze gemacht hat – einen immerwährenden Spieleinsatz: »Fragt de Marsay, ihr werdet ja sehen!« oder: »Unlängst machten wir, de Marsay und ich, einen Jagdritt. Ihr werdet es mir ja nicht glauben, aber ich nahm ein Gebüsch, ohne mich vom Sattel zu rühren!« oder auch: »Wir, de Marsay und ich, waren bei Weibern. Da habe ich, auf mein Ehrenwort...«

Paul de Manerville konnte daher nur in die große berühmte, mächtige Familie der Dummköpfe eingereiht werden, die ihr Glück machen. Er sollte eines Tages Abgeordneter werden – für den Augenblick war er nicht einmal ein junger Mann...

Sein Freund Henri de Marsay definierte ihn so: »Ihr fragt mich, wer Paul ist? Paul?... Hm, Paul ist... nun, Paul de Manerville!« –

»Ich wundere mich, mein Bester«, sagte Paul zu Henri, »daß du heute, am Sonntag, da bist.«

»Ich wollte dich das gleiche fragen!«

»Ein Abenteuer?«

»Ein Abenteuer!«

»Ach was?«

»Dir kann ich es ja sagen, ohne meine Leidenschaft bloßzustellen! Übrigens hat eine Frau, die sonntags nach den Tuilerien kommt, aristokratisch gesprochen, keinen Wert!«

»Oho!«

»Schweig, oder ich erzähle dir nichts weiter! Du lachst zu laut, mein Lieber, und erweckst den Glauben, wir hätten zu stark gefrühstückt. Und nun höre! Letzten Donnerstag ging ich hier auf der Terrasse der Feuillants spazieren, ohne an etwas zu denken. Als ich an das Gitter der Rue de Castiglione kam, durch das ich fortgehen wollte, stand ich plötzlich Aug in Aug einer Frau oder vielmehr einem jungen Mädchen gegenüber. Wenn sie mir nicht gleich um den Hals fiel, so hielt sie, glaube ich, weniger menschliche Ehrfurcht davon ab, sondern jenes tiefe Staunen, das Arme und Beine lähmt, entlang des Rückgrats bis zur Fußsohle hinabgleitet und uns an den Erdboden festnagelt. Ich habe schon öfter dergleichen Wirkungen hervorgerufen. Es ist eine Art tierischer Magnetismus, der sehr stark wird, wenn die Beziehungen wechselseitig ineinander eingreifen. Jedenfalls, mein Lieber, war es weder eine gewöhnliche Betäubung noch ein gewöhnliches Mädchen. Nun, moralisch gesprochen, schien ihr Gesicht mich zu fragen: ›Wie? Du – hier? Du – mein Ideal, der

Inhalt meiner Gedanken und Träume bei Tag und Nacht! Wieso bist du hier? Und warum heute? Warum nicht gestern? Nimm mich hin, ich bin dein!‹ Und so weiter und so weiter. – Gut, dachte ich mir, wieder eine! Ich sehe sie mir also an. Ach, mein Lieber, die Unbekannte ist, physisch gesprochen, die bezauberndste Frau, der ich jemals begegnet bin! Sie gehört zu jener Spielart des Weibes, die von den Römern ›fulva flava‹, Feuerweib, genannt wurde. Was mir jedoch vor allem andern auffiel und was mich noch immer reizt, das sind zwei gelbe Augen, gelb wie Tigeraugen; ein Goldgelb, das glänzt wie leibhaftiges Gold – Gold, das denkt, Gold, das liebt, Gold, das durchaus in deinen Geldbeutel kommen will.«

»Wir denken immer nur an Gold!« rief Paul aus. »Sie kommt öfter hierher. Es ist das Mädchen mit den Goldaugen. Diesen Namen haben wir ihr gegeben. Sie ist ungefähr zweiundzwanzig Jahre alt. Ich sah sie schon, als die Bourbonen noch hier waren – aber mit einer Frau, die ihr himmelweit überlegen ist.«

»Schweige, Paul! Keiner einzigen Frau ist es möglich, jenes Mädchen zu übertreffen, das sich, gleich einer Katze, schmeichelnd an deine Beine schmiegen zu wollen scheint. Diese lilienweiße Stirne, dies aschblonde Haar, diese zarte Gestalt! Dabei ein lichter Flaum auf den Wangen, dessen Seidenschimmer bei den Ohren beginnt und sich am Halse verliert!«

»Ach, die andre erst, mein lieber Henri! Ich sage dir, die hat zwei schwarze Augen, deren Glut noch von keiner Träne gelöscht ward. Die schwarzen, zusammenstoßenden Augenbrauen geben ihr den Anschein einer Härte, die der schwellende Mund schnell Lügen straft: Ein Kuß, der sich ins bebende Netz ihrer jugendheißen Lippen verirrt, bleibt sicher nicht lange allein. An ihrem warmen maurischen Teint erhitzt sich der Mann wie an der Sonne ... Ja, aber ... sie ähnelt dir – auf Ehrenwort!«

»Du schmeichelst ihr!« warf de Marsay ein.

»Sie ist schlank gebaut, wie ein Rennboot, das mit echt französischem Ungestüm über ein Handelsschiff herfällt und es mit Blitzesschnelle in den Grund bohrt.«

»Das ist ja alles recht schön und gut, mein Lieber; indes, was liegt mir an einer Frau, die ich nie gesehen habe? Seitdem ich die Weiber studiere, ist meine Unbekannte die einzige, deren jungfräulicher Busen, deren glühende, süßwollüstige Formen meinen Traum vom Weibe in die Wirklichkeit umsetzten. Sie stellt die Verkörperung des phantastischen Freskogemäldes dar, das den Titel trägt: ›Das Weib, seinen Sehnsuchtstraum liebkosend‹. Es ist die loderndste, die teuflischste Eingebung des antiken Genius – eine heilige Offenbarung, die jeder entweiht, der sie in Mosaik- oder Freskotechnik zu kopieren wagt. Ein Häuflein beschränkter Bürger sieht darin allerdings nichts anderes als ein hübsches Uhranhängsel. In Wirklichkeit aber ist dies das ganze Weib – ein unabsehbarer Abgrund der Wollust, in dem man rettungslos versinkt, das Ideal des Weibes, das man zuweilen in Spanien und Italien, fast niemals aber in Frankreich antrifft. Nun denn, ich habe dieses Mädchen mit den Goldaugen gesehen. Ich sah das seinen Sehnsuchtstraum liebkosende Weib hier, an dieser Stelle, letzten Freitag wieder! Ich ahnte, daß sie tags darauf zur gleichen Stunde abermals erscheinen würde. Ich täuschte mich nicht. Es machte mir Vergnügen, ihr zu folgen, ohne daß sie mich bemerkte, und den lässigen Gang einer Frau zu studieren, die nichts zu tun hat, aus deren Bewegungen sich aber die in ihr schlummernde Wollust ahnen läßt. Als sie sich umwandte, sah sie mich an. Wieder bewunderte sie mich, wiederum schauderte sie. Dann gewahrte ich die echt spanische Duenna, die das liebliche Geschöpf behütet und bewacht. Sie ist eine Hyäne, die ein Eifersüchtiger in Frauenkleider steckte, eine gutbezahlte Teufelin. Oh, diese Duenna machte mich mehr als verliebt: Ich wurde neugierig! – Gestern, Sonnabend, war nichts. Nun bin ich heute wieder da, warte auf dieses Weib, dessen Sehnsuchtstraum ich bin, und wünschte nichts sehnlicher, als die Stelle des Ungeheuers auf dem Freskogemälde einzunehmen.«

»Da ist sie!« rief Paul leise. »Alles dreht sich nach ihr um...«

Als die Unbekannte Henri erblickte, errötete sie, und ihre Augen funkelten. Dann senkte sie die Lider und ging weiter.

»Du glaubst, daß du ihr auffällst?« scherzte Paul de Manerville.

Die Duenna starrte die beiden Herren mit größter Aufmerksamkeit an. Als die beiden Paare einander zum zweitenmal begegneten, streifte die schöne Unbekannte Henris Ellenbogen und drückte ihm im Vorbeigehen schnell die Hand. Dann wandte sie sich nach ihm um und lächelte mit verhaltener Leidenschaft. Aber die Duenna zog sie hastig in der Richtung des Gitters der Rue de Castiglione mit sich fort. Die beiden Freunde folgten dem jungen Weibe und bewunderten dabei den prächtigen Hals, an dem dort, wo er sich in kraftvoll geschwungenen Linien mit dem Köpfchen vereinigte, ein paar Blondlocken eigensinnig emporstrebten. Das Mädchen mit den Goldaugen besaß jenen winzigen, schlanken, gutgefesselten Fuß, der einem lüsternen Vorstellungsvermögen so unsagbaren Reiz bietet; auch trug sie einen kurzen Rock, der elegante Schuhe und Strümpfe sehen ließ. Während sie weiterging, wandte sie sich alle Augenblicke nach Henri um. Offenbar folgte sie nur mit Bedauern ihrer Beschützerin, deren Herrin und Sklavin zugleich sie zu sein schien: Sie konnte die Alte grün und blau prügeln, durfte sie aber nicht wegschicken. All dies war ohne weiteres zu erkennen.

Als die beiden Freunde bei dem Gitter anlangten, ließen zwei livrierte Diener das Trittbrett einer wappengezierten, sehr eleganten Equipage herab. Das Mädchen mit den Goldaugen stieg als erste ein und setzte sich so, daß sie, nach dem Wenden des Wagens, gesehen werden mußte. Dann legte sie die Hand auf den Wagenschlag und bewegte, ohne daß die Duenna dies wahrnahm, ihr Taschentuch. Gleichgültig setzte sie sich über die Klatschsucht der Spaziergänger hinweg und gab Henri mit dem Winken des Taschentuchs vor aller Welt zu verstehen, was sie ersehnte: »Folge mir nach!«

»Sahst du jemals das Taschentuch besser werfen?« sagte er mit siegesbewußtem Lächeln zu Paul de Manerville.

Er sah eine Droschke, die ein paar Fahrgäste abgesetzt hatte und im Begriffe war fortzufahren. Er gab dem Kutscher ein Zeichen, zu halten:

»Folgen Sie jenem Wagen, und geben Sie acht, in welche

Straße und vor welches Haus er fährt! Sie bekommen zehn Franken dafür ... Auf Wiedersehen, Paul!« –

Die Droschke fuhr der Equipage nach, die alsbald die Rue Saint-Lazare erreichte und in eines der schönsten und vornehmsten Häuser dieses Stadtteils einbog. Henri de Marsay war keineswegs unbesonnen. Jeder andre junge Mann hätte dem Verlangen, über dies Mädchen auf der Stelle einige Aufklärungen zu erlangen, sicherlich nicht widerstanden. Verwirklichte sie doch die glänzendsten Gedanken orientalischer Dichtkunst über Frauenschönheit! Allein, er war zu gewandt, auf diese Weise die Zukunft seines unverhofften Glücks zu gefährden. Daher befahl er dem Kutscher, die Rue Saint-Lazare weiterzufahren und ihn bei seinem Hause abzusetzen. –

Tags darauf wartete sein Kammerdiener Laurent, gleich dem Frontin des altfranzösischen Lustspiels ein schlauer, geriebener Bursche, in der Nähe des von der Unbekannten bewohnten Hauses auf den Zeitpunkt, wo die Briefpost ausgetragen wurde. Um nach Belieben spionieren und das Haus umschleichen zu können, hatte er – nach Art von Polizeileuten, die sich verkleiden wollen – an Ort und Stelle den Plunder eines Auvergnaten erstanden und versuchte nun, dessen Haltung und Gebaren anzunehmen. Als der Briefträger, der an diesem Morgen in der Rue Saint-Lazare den Dienst versah, an Laurent vorbeikam, täuschte dieser einen Dienstmann vor, dem es Mühe machte, sich des Namens einer Person zu entsinnen, der er ein Paket überbringen sollte. Er befragte den Briefträger. Im guten Glauben, mit einem wirklichen Dienstmann zu sprechen, gab diese inmitten der Pariser Bevölkerung so überaus malerische Figur die Auskunft, daß das Haus, worin das Mädchen mit den Goldaugen wohnte, dem spanischen Granden Don Hijos, Marchese de San-Réal, gehöre. Selbstverständlich hatte der Auvergnat mit dem Marchese nichts zu schaffen:

»Mein Paket«, sagte er, »ist für die Marchesa.«

»Die ist verreist!« entgegnete der Briefträger. »Ihre Briefe sind nach London zu senden.«

»Die Marchesa ist also nicht ein Mädchen, das ...«

»Ah«, unterbrach ihn der andre und sah ihn durchdringend an, »mein Guter, Ihr seid geradeso Dienstmann, wie ich Seiltänzer bin!«

Laurent ließ einige Goldstücke sehen, und der würdige Mann mit dem Posthörnchen fing an zu lachen.

»Wartet einmal! ... Hier habt Ihr den Namen jener Dame, der Ihr nachlauft!« sagte er und zog dabei aus seiner Ledertasche einen Brief hervor, der den Stempel »London« trug. Darauf stand, in der kleinen, schlanken Handschrift einer Frau, die Adresse:

Mademoiselle Paquita Valdès
Paris
Rue Saint-Lazare, Palais San-Réal.

»Hättet Ihr gegen eine Flasche Chablis in Begleitung eines Schmorbratens mit Champignons und, vorher als Unterlage, gegen einige Dutzend Austern etwas einzuwenden?« sagte Laurent vertraulich, der damit die wertvolle Freundschaft des Briefträgers erobern wollte.

»Um halb zehn – nach meinem Dienst ... aber wo?«

»An der Ecke der Rue de la Chaussée-d'Antin und der Rue Neuve-des-Mathurins«, schlug Laurent vor, »im ›Puits sans vin‹.«

»Hört mich an, Freundchen!« sagte der Briefträger, als er eine Stunde später wieder mit dem Kammerdiener zusammenkam. »Wenn Euer Herr in das Mädchen verliebt ist, halst er sich eine saure Arbeit auf! Ich glaube kaum, daß es ihm glücken wird, sie nur zu sehen. Ich bin seit zwei Jahren Briefträger in Paris und habe, weiß Gott, mancherlei Formen des Einlasses kennengelernt, wenn ich die Klingel zog. Aber ich kann wohl sagen, und keiner meiner Kameraden wird mir unrecht geben, daß es an keiner Haustür so geheimnisvoll zugeht wie an der des Herrn Marchese. Ohne, ich weiß nicht, welches, Losungswort kommt in dieses Haus kein Mensch hinein. Ihr werdet vielleicht bemerkt haben, daß es zwischen Hof und Garten liegt und vermutlich in der Absicht gewählt wurde, jedwede Verbindung mit andern Häusern zu verhindern. Der Portier ist ein alter Spanier, der nicht ein Wort Französisch spricht. Er sieht sich jeden Fremden genau an, ob er es nicht etwa mit einem Spitzbuben zu tun hat – geradeso wie der Polizeipräsident Vidocq, der alle ihre Schliche noch aus eigener Erfahrung her kennt. Und wenn sich dieser erste Gefängniswärter von einem Liebhaber, von einem Dieb oder, ohne Euch nahe treten zu wollen, von Euch dennoch hinters Licht führen ließe, dann stoßt Ihr in dem ersten Saale, der durch eine Glastüre verschlossen ist, auf einige Lakaien und den Haushofmeister. Der alte Narr ist noch bösartiger und mürrischer als der Portier. Wenn jemand die Schwelle der Haustüre überschreitet, kommt mein lieber Haushofmeister sogleich herab, erwartet Euch unter dem Säulengang und unterzieht Euch einem Verhör wie einen Verbrecher. Das ist sogar mir, einem einfachen Briefträger, einmal geschehen! Er hätte mich für eine verkleidete Halbkugel gehalten, sagte er mir und grinste über seinen albernen Scherz. Und was die Dienerschaft betrifft, so glaubt ja nicht, daß Ihr aus diesen Leuten etwas herausziehen könnt! Ich halte sie für stumm. Keiner in dem Viertel kennt auch nur den Klang ihrer Stimme. Ich weiß nicht, was man ihnen zahlt, da sie weder sprechen noch trinken. Tatsache ist, daß sie unnahbar sind – vielleicht, weil sie Angst haben, erschossen zu werden oder eine Riesensumme zu verlieren, falls sie etwas ausplaudern. Ist die Liebe Eures Herrn zu Paquita Valdès groß genug, all diese Hindernisse zu überwinden, so wird er endlich an der Wachsamkeit der Concha Marialva scheitern. Das ist die Duenna, die sie immer begleitet und die sie eher unter die Röcke verstecken als einen Augenblick lang allein lassen würde. Die beiden machen den Eindruck, als seien sie aneinandergenäht.«

»Was Ihr mir da erzählt, mein Bester«, versetzte Laurent, nachdem er vom Wein genippt hatte, »bestätigt mir nur, was ich soeben erfuhr. Auf Ehre, ich glaubte, man hielte mich zum Narren! Die Obsthändlerin drüben sagte mir, daß zur Nachtzeit die Hunde im Garten losgelassen werden und daß man ihr Futter an Pfählen aufhängt, so daß sie es nicht erreichen können. Sobald sich einer verdächtig macht und näher herankommt, glauben die vom Hunger zu Tode gepeinigten Tiere, es sei auf ihr Futter abgesehen, und reißen den Eindringling in Stücke. Ihr werdet vielleicht einwenden, daß man den Hunden ein Stückchen Fleisch als Köder hinwerfen könnte; aber es hat den Anschein, als seien sie dressiert, nur aus der Hand des Portiers zu fressen.«

»Ja, tatsächlich, das hat mir der Portier des Herrn Baron von Nucingen auch erzählt!« versetzte der Briefträger. »Und der muß es doch wissen, da der Garten des Barons an den des Palais San-Réal angrenzt.«

»Na, schön, mein Herr kennt ihn und weiß Bescheid!« dachte Laurent... »Hört mich an!« fuhr er fort, indem er seinen Gast verstohlen anblickte. »Der Herr, dem ich angehöre, ist ein gar kühner Mann, und wenn er sich in den Kopf setzte, die Fußsohlen einer Kaiserin zu küssen, müßte sie sich's gefallen lassen! Ich wünschte nur, daß er Eurer Dienste bedürfte, denn er ist sehr großmütig. Könnte man dann auf Euch zählen, lieber Herr... Herr...«

»Moinot«, ergänzte der andre, »M-o-i-n-o-t schreibe ich mich und wohne Rue des Trois-Frères Nummer elf, fünf Treppen. Ich habe ein Weib und vier Kinder, und wenn das, was Ihr von mir wollt, nicht gegen meine Dienstpflicht oder mein Gewissen verstößt, bin ich jederzeit gerne der Eure!«

»Ihr seid ein wackerer Mann!« versetzte der Kammerdiener und drückte ihm anerkennend die Hand.

»Offenbar ist Paquita die Geliebte des Marchese de San-Réal, der mit König Ferdinand befreundet ist«, sagte Henri de Marsay, als ihm sein Kammerdiener das Ergebnis seiner Nachforschungen berichtete. »Nur solch ein achtzigjähriger wandelnder Leichnam ist imstande, derartige Vorsichtsmaßregeln zu ersinnen.«

»Gnädiger Herr«, ereiferte sich Laurent, »anders als mit einem Luftballon kommt in das Haus dort keiner hinein!«

»Rindvieh! Braucht man denn dort einzudringen, um Paquita zu haben, wenn sie das Haus allein verlassen kann?«

»Aber die Duenna, gnädiger Herr!«

»Man wird sie für ein paar Tage absondern, deine Duenna.«

»Also«, rief Laurent und rieb sich vergnügt die Hände, »dann werden wir Paquita ja dennoch haben!«

»Kerl, ich verurteile dich auf ein Jahr zur Concha«, entgegnete Henri, »wenn du dich noch einmal unterstehst, in solcher Weise von einer Frau zu sprechen, bevor sie mein war! ... Denk lieber daran, mich anzuziehen – ich will ausgehen!«

De Marsay blieb eine Weile in freudige Betrachtungen versunken. Zum Lob der Frauen sei es gesagt: Alle wurden sein, die er zu ersehnen würdigte! Und was sollte man von einer ungeliebten Frau auch denken, die ihm widerstanden hätte? Strotzte er nicht von Schönheit, die der Geist des Körpers, und von Geist, der die Anmut der Seele ist? War er nicht gewappnet mit Charakterstärke und Vermögen, den beiden einzigen wirklichen Mächten? Aber seine Triumphe wurden ihm so leicht gemacht, daß sie ihn langweilen mußten. Deshalb langweilte er sich seit zwei Jahren recht häufig. Bis auf den Grund der Wollust hinabtauchend, fischte er statt Perlen zumeist Sand ...

Er war darum, gleich manchen Monarchen, auf den

Gedanken verfallen, vom Schicksal ein Hindernis, einen zu überwindenden Widerstand – kurz, irgendein Unternehmen zu erflehen, das ihn zu der Entfaltung seiner brachliegenden geistigen und körperlichen Kräfte anspornte. Obwohl ihm Paquita Valdès eine ganz wunderbare Vereinigung weiblicher Vorzüge darbot, die er bisher nur einzeln genossen hatte, stand der Trieb der Leidenschaft in ihm fast auf dem Nullpunkt. Andauernde Übersättigung hatte in seinem Herzen das Gefühl der Liebe gänzlich erschlafft. Gleich Greisen und blasierten Lebemännern besaß er nur noch absonderliche Launen, verderbte Sehnsüchte, deren Befriedigung keinerlei angenehme Erinnerung in ihm hinterließ. Bei Jünglingen ist die Liebe das schönste der Gefühle; sie läßt Leben in der Seele erblühen, und ihre Sonnenkraft bringt große Gedanken, edle Begeisterung zu höchster Entfaltung: Erste Genüsse besitzen allüberall einen gar köstlichen Geschmack. Bei reifen Männern wird die Liebe zur Leidenschaft: Kraft führt zu ihrem Mißbrauch. Bei Greisen sinkt sie zum Laster hinab: Unvermögen führt in die Irre.

Henri war gleichzeitig Jüngling, Mann und Greis. Um Gefühlserregungen wirklicher, echter Liebe in ihm hervorzurufen, hätte er, wie Lovelace, einer Clarisse Harlowe bedurft. Ohne den Zauberglanz dieser für ihn unauffindbaren Perle blieb ihm nur wenig übrig: entweder Leidenschaften, die durch irgendeine der Pariser Eitelkeiten aufgestachelt waren, oder der in seinem Hirne ausgeklügelte Entschluß, ein bestimmtes Weib zu einem bestimmten Grad der Verderbtheit hinabzuziehen, oder endlich irgendein Abenteuer, das seine Neugierde reizte.

Der Bericht seines Kammerdieners machte ihm das Mädchen mit den Goldaugen sehr begehrenswert. Galt es doch, einem unsichtbaren Feinde, der ebenso gefährlich wie geschickt zu sein schien, eine Schlacht zu liefern. Gelang es, ihn zu besiegen, so waren all die Kräfte, worüber Henri verfügte, nicht unnütz vertan. Er ging daran, jene alte, ewig neue Komödie zu spielen, deren Personen ein Greis, ein junges Mädchen, ein Liebhaber sind – Don Hijos, Paquita, Henri. Und wenn Laurent als Figaro gelten konnte, die Duenna war allem Anscheine nach unbestechlich. Solcherart knüpfte der Zufall diese lebende Komödie viel stärker zusammen, als es ein Dramendichter je vermocht hätte. Indes, ist nicht auch der Zufall ein Genie?

»Er wird recht vorsichtig spielen müssen!« dachte Henri.

»Nun, wie weit sind wir?« fragte Paul de Manerville, als er bei Henri eintrat. »Ich möchte mit dir essen gehen!«

»Meinetwegen!« erwiderte de Marsay. »Es stört dich doch nicht, wenn ich mich vor dir umkleide?«

»Du scherzest wohl?«

»Durchaus nicht. Wir nehmen gegenwärtig von den Engländern so vieles an, daß wir scheinheilig und prüde werden könnten wie sie.« –

Laurent hatte inzwischen allerlei Geräte, so viele verschiedene zierliche Kleinigkeiten vor seinen Herrn hingestellt, daß sich Paul nicht enthalten konnte auszurufen:

»Allmächtiger, du scheinst dich ja für zwei Stunden einzurichten?«

»Nein«, entgegnete Henri ruhig, »für zweieinhalb Stunden!«

»Wir sind ja unter uns und können einander alles sagen, Henri! Nun erkläre mir, weshalb ein so überlegener Mann wie du – denn du bist überlegen – die Geckenhaftigkeit, die dir unmöglich angeboren sein kann, so sehr übertreibt! Warum sich stundenlang striegeln und bügeln, wenn zum Baden, Kämmen und Ankleiden eine Viertelstunde ausreicht? Kannst du mir dein System auseinandersetzen?«

»Mir scheint, ich muß dich wirklich gerne haben, Dikker, daß ich dir solch hohe Gedanken anvertraue!« erwiderte Henri, der sich inzwischen die Füße mit englischer Seife und einer weichen Bürste abreiben ließ.

»Du genießest dafür meine aufrichtige Zuneigung!« gab Paul de Manerville zur Antwort. »Ich verehre dich, weil ich finde, daß du mir überlegen bist...«

»Du dürftest beobachtet haben – vorausgesetzt, daß du überhaupt imstande bist, eine rein geistige Tatsache zu beobachten –, daß das Weib die Gecken liebt!« versetzte de Marsay, ohne auf Pauls Erklärung einzugehen. »Und weißt du, warum? Weil die Gecken die einzigen Männer sind, die sich sorgfältig pflegen. Was bedeutet dies anderes, als daß man in seiner Person das Gut des Nächsten pflegt? Der Mann, der nicht sich angehört, das ist just der Mann, nach dem die Weiber lüstern sind. Denn die Liebe ist im Grunde genommen diebisch veranlagt. Ich rede nicht von jenem Übermaß an Sauberkeit, in das sich die Weiber vergaffen. Zeige mir doch eine, die sich für einen Schmutzfink erwärmt, mag er auch sonst ein hervorragender Charakter sein! Wenn es überhaupt je der Fall war, dann muß es auf Rechnung der verschrobenen Gelüste einer Schwangeren gesetzt werden. Ich sah im Gegenteil sehr bedeutende Männer, die lediglich wegen ihrer Fahrlässigkeit, wegen ihres Mangels an Sorgfalt sitzenblieben. – Ein Geck, der sich mit seiner Person beschäftigt, befaßt sich mit Albernheiten, mit Nichtigkeiten. Und was ist das Weib? Ein Nichts, eine Summe von Albernheiten! Gibt man ihr mit zwei gedankenlos ins Blaue gesprochenen Worten nicht Arbeit für vier Stunden? Sie ist überzeugt, daß sich der Geck mit ihr befaßt, weil er an große Dinge nicht denkt. Sie wird wegen Ruhm, Ehrgeiz, Politik, Kunst – diesen großen Dirnen, die ihre Nebenbuhlerinnen sind – niemals vernachlässigt werden. Außerdem bringt der Geck den Mut auf, sich lächerlich zu machen, um einer Frau zu gefallen; und diese ist voll Dankbarkeit einem Manne gegenüber, der sich aus Liebe zu ihr auslachen läßt. Endlich kann ein Mann nur dann zum Gecken werden, wenn er ein Recht hat, es zu sein. Die Frauen sind es, die uns diesen Würdentitel verleihen. Der Geck ist der Oberst der Liebe: Ein Liebling der Frauen, hat er deren ein ganzes Regiment zu kommandieren! In Paris erfährt man alles, mein Bester, und kein Mann kann hier, mir nichts, dir nichts, den Gecken spielen. Du, der du nur eine Frau liebst und vielleicht im Rechte bist, daß es nur eine ist: Versuche du doch einmal, hier den Gecken zu spielen! Du würdest dadurch nicht einmal lächerlich, du wärest einfach tot. Du wärest das auf zwei Beinen wandelnde Vorurteil – einer jener Männer, die unvermeidlich dazu verurteilt sind, stets ein und dasselbe zu tun. Du wärest gleichbedeutend mit dem Begriff der Torheit, so wie La Fayette Amerika, Talleyrand Diplomatie, Désaugiers Gesang, Ségur Romanze bedeutet. Gehen sie aus ihrer Eigenart heraus, so glaubt man nicht mehr an den Wert dessen, was sie tun. So sind wir Franzosen nun einmal – ungerecht über alle Maßen!... Talleyrand ist vielleicht ein ausgezeichneter Finanzmann, La Fayette ein Tyrann und Désaugiers ein Beamter. Magst du im nächsten Jahre auch vierzig Frauen besitzen – die Öffentlichkeit wird dir nicht eine einzige zugestehen! Auf diese Weise, mein Lieber, wird die Gekkenhaftigkeit zum Zeichen einer über das Weibervolk unbestreitbar errungenen Macht. Ein Mann, der von mehreren Frauen geliebt wird, gilt als höheres Wesen, und sie machen ihn einander um die Wette streitig – den Unglücklichen! Aber glaubst du denn, es sei nichts, in einen Salon eintreten und alle Leute durch das Lorgnon mustern zu dürfen? Glaubst du, man habe umsonst das Recht, den überlegensten Mann von oben herab anzusehen, weil er eine unmoderne Weste trägt?... Au, du tust mir weh, Laurent!... Nach dem Essen, Paul, gehen wir in die Tuilerien und sehen uns das entzückende Mädchen mit den Goldaugen an!« –

Als die beiden Jünglinge nach einer ausgezeichneten Mahlzeit die Terrasse der Feuillants und die Hauptallee der Tuilerien durcheilten, fanden sie von der herrlichen Paquita Valdès nicht eine Spur. Ihr zuliebe hatten sich an die fünfzig Vertreter der elegantesten Pariser Jugend gestiefelt und gespornt, parfümiert, mit Reitpeitsche und hoher Halsbinde dort eingefunden, die plaudernd und lachend auf und ab gingen und einander zu allen Teufeln wünschten.

»Weiße Messe!« bemerkte Henri zu seinem Begleiter. »Aber da ist mir ein glänzender Gedanke gekommen.

Dieses Mädchen bekommt Briefe aus London. Also muß man den Briefträger bestechen oder betrunken machen, einen dieser Briefe entsiegeln und selbstverständlich lesen, ein Liebesbriefchen dazuschmuggeln und ihn wieder versiegeln. Der alte Tyrann, Paquitas crudel tiranno, dürfte die Person, die aus London schreibt, ohne Zweifel genau kennen und daher ihren Briefen nicht mehr mißtrauen.« –

Am nächsten Tage lustwandelte de Marsay abermals auf der sonnigen Terrasse der Feuillants und erblickte Paquita Valdès endlich wieder. Schon hatte sie die Leidenschaft, die sie für ihn empfand, in seinen Augen verschönert. Er verliebte sich ernstlich in ihren gleich der Sonne strahlenden Blick, dessen Gluten ihres Leibes ganze Wollust widerspiegelte. Er lechzte danach, das Kleid des verführerischen Mädchens zu streifen, als sie aneinander vorbeigingen. Allein seine Versuche waren vergeblich. In der Absicht, die beiden Frauen zu überholen, beschleunigte er seine Schritte, um sich nachher, wenn Paquita und deren Begleiterin wieder wendeten, an der Seite des Mädchens mit den Goldaugen zu befinden. Doch Paquita, nicht minder ungeduldig als er, ging gleichfalls schneller, und plötzlich fühlte er seine Hand mit einer so bedeutsamen Leidenschaftlichkeit gedrückt, daß er wähnte, einen elektrischen Schlag erhalten zu haben. Jählings wallte alles Jugendfeuer wieder in ihm auf. Als dann die beiden Liebenden einander wieder begegneten, schlug Paquita verschämt die Augen zu Boden. Indem sie solcherart dem Blicke Henris auswich, glitt der ihrige unter den Liedern hervor und weidete sich an der Gestalt und den Beinen eines Mannes, den die Frauen, vor der Revolution, ihren »Eroberer« zu nennen pflegten.

»Dies Mädchen wird ganz bestimmt meine Geliebte!« dachte Henri im stillen.

Als er ihr, auf der Seite, wo sich die Place Louis xv. befindet, bis ans Ende der Terrasse folgte, gewahrte er den alten Marchese de San-Réal, der dort, auf den Arm seines Kammerdieners gestützt, mit der ganzen Vorsicht eines griesgrämigen, sauertöpfischen Gichtkranken spazierenging. Die mißtrauische Duenna nahm Paquita zwischen den Greis und sich in die Mitte.

»Oh, du ...«, dachte de Marsay, während er einen verachtenden Blick auf Concha warf. »Gelingt es nicht, dich zur Übergabe zu zwingen, so wird man dich ein bißchen mit Opium einschläfern. Wir wissen in der Mythologie Bescheid und kennen die Geschichte des Argus ...« –

Bevor das Mädchen mit den Goldaugen in den Wagen stieg, wechselte es mit dem Geliebten einige Blicke, deren Ausdruck nicht mißverstanden werden konnte. Henri war hingerissen. Allein die Duenna ließ sich so leicht nicht hinters Licht führen. Als sie einen dieser Blicke auffing, sprach sie einige hastige Worte, und Paquita warf sich mit verzweifelter Miene in den Wagen.

Während der nächsten Tage erschien das Mädchen mit den Goldaugen nicht mehr in den Tuilerien. Laurent, der auf Befehl seines Herrn in der Umgebung des Palais San-Réal auf der Lauer stand, erfuhr von den Nachbarn, daß seit dem Tage, an dem die Duenna einen Blick zwischen Henri und dem ihrer Obhut anvertrauten Mädchen aufgefangen hatte, weder die zwei Frauen noch der Marchese ausgegangen waren. Das so zarte, schwache Band, das die Liebenden vereint hatte, war also schon zerrissen. –

Einige Tage darauf hatte Henri de Marsay sein Ziel erreicht, ohne daß irgend jemand erfuhr, wodurch. Er besaß Petschaft und Siegellack ganz genau gleich denen, womit die an Paquita Valdès gerichteten Briefe verschlossen waren, ferner dasselbe Briefpapier, dessen man sich in London bedient hatte, und endlich alle notwendigen Stempel und sonstigen Hilfsmittel zum Aufdruck der englischen und französischen Poststempel. Er hatte folgenden Brief geschrieben und ihm ganz das Aussehen eines von London gesandten gegeben:

Teuerste Paquita!

Es ist nicht meine Absicht, die Leidenschaft zu schildern, die Sie mir einflößten. Sollten Sie, zu meinem Glück, diese Leidenschaft teilen, so mögen Sie wissen, daß ich Mittel und Wege fand, mit Ihnen zu korrespondieren.

Ich heiße Adolphe Gouges und wohne Rue de l'Université Nr. 54. – Wenn Sie zu sehr überwacht wären, um mir zu schreiben, und wenn Sie weder Papier noch Feder hätten, dann erführe ich dies aus Ihrem Stillschweigen. Sollten Sie daher morgen zwischen acht Uhr früh und zehn Uhr abends keinen Brief über die Mauer Ihres Gartens in den des Barons von Nucingen geworfen haben (man erwartet ihn dort den ganzen Tag), so wird Ihnen übermorgen um zehn Uhr vormittags ein mir völlig ergebener Mann zwei Fläschchen an einer Schnur über die Gartenmauer gleiten lassen. Trachten Sie also, um diese Zeit dort spazierenzugehen! Eines der beiden Fläschchen enthält Opium und dient dazu, Ihren Argus einzuschläfern. Sechs Tropfen genügen. Das andre Fläschchen enthält Tinte. Die beiden Fläschchen sind so flach, daß Sie imstande sind, sie in Ihrem Schnürleib zu verbergen. Das Tintenfläschchen ist geschliffen, das andre ist glatt.

Alles, was ich schon tat, um mit Ihnen korrespondieren zu können, soll Ihnen sagen, wie sehr ich Sie liebe. Zweifeln Sie daran, so gestehe ich, daß ich für ein Stelldichein mit Ihnen, und währte es nur eine Stunde, gerne mein Leben dahingebe.

»Sie glauben das wirklich, diese armen Geschöpfe!« sagte sich Henri, als er den Brief vor dem Versiegeln noch einmal überlas. »Aber sie haben recht. Was dächten wir von einer Frau, wenn sie sich durch einen Liebesbrief, der von so beweiskräftigen Umständen begleitet ist, nicht verführen ließe!« –

Dieser Brief wurde dem Portier des Palais San-Réal tags darauf, gegen acht Uhr morgens, von dem Briefträger Moinot eingehändigt.

Um dem Schlachtfelde möglichst nahe zu sein, hatte sich de Marsay an diesem Tage bei Paul de Manerville, der an der Rue de la Pépinière wohnte, zum Frühstück eingeladen. Gegen zwei Uhr – gerade als sich die beiden Freunde über den Zusammenbruch eines ihrer Bekannten unterhielten, der ohne festes Einkommen ein elegantes Leben führen wollte, und sie mit übermütigem Gelächter nach einem passenden Ende für den Unglücklichen suchten – meldete der Diener, daß Henris Kutscher in Begleitung zweier merkwürdiger Personen hierhergekommen sei, die dringend verlangt hätten, mit Herrn de Marsay selbst zu sprechen.

Die eine dieser Personen war ein Mulatte, der Talma, wäre er ihm je begegnet, ohne Zweifel zu der Rolle des »Othello« inspiriert hätte. Keines Afrikaners Antlitz vermochte der überragenden Größe im Augenblick der Rache, dem jähen Erwachen eines Verdachts, der glühenden Energie in der Ausführung eines Gedankens, der sehnigen Kraft des Mauren und seiner kindlichen Unüberlegtheit beredteren Ausdruck zu geben. Die schwarzen, wimperlosen Augen hatten den starren Blick des Raubvogels und waren, wie bei einem Geier, von einer bläulichen Haut umringt. Die kleine, niedrige Stirne hatte etwas Drohendes. Offenbar stand dieser Mann unter dem Druck eines einzigen Gedankens. Sein starker Arm gehörte nicht ihm...

Dem Mulatten folgte ein Wesen, das alle Phantasie, von Grönland angefangen, wo sie mit den Zähnen klappert, bis hinunter nach Neuengland, wo sie sich in Schweiß badet, nach dem Satze formt, der da heißt: »Dies ist ein Unglücksmensch!« – Danach wird sich jedermann, je nach der Eigenart der Gedankenwelt seines Landes, von diesem Wesen eine Vorstellung machen können. Wer aber vermöchte sich dies blasse Runzelgesicht mit dem langen Barte richtig vorzustellen? Wer sähe seine schmutziggelbe, fadenscheinige Halsbinde, den speckigen Kragen, den zerschlissenen Hut, den altersgrünen Überrock, die jämmerlichen Beinkleider, die zusammengeschrumpfte Weste, die Busennadel aus falschem Gold, die kotbespritzten Schuhe, deren Bänder durch den Straßenschmutz geschleift waren? Wer erfaßt dieses Wesen in der Unermeßlichkeit all seines gegenwärtigen und vergangenen Elends? Wer? Der Pariser allein! Der Pariser Unglücksmensch ist der vollständig unglückliche Mensch, denn er findet noch Gefallen daran, zu wissen, wie sehr er unglücklich ist. Der Mulatte sah aus wie zur Zeit Louis' XI. ein Henker, der einen Verurteilten aufhängen soll. –

»Wo hat man denn diese beiden Kerle eingefangen?« rief Henri aus.

»Donnerwetter«, sagte Paul de Manerville, »vor dem einen gruselt's mich ordentlich!«

»Wer bist du?« fuhr Henri fort, indem er sich an den Unglücksmenschen wandte. »Ja – du, der du aussiehst, als seist du der christlichere von euch beiden?«

Der Mulatte heftete seine Blicke abwechselnd auf die beiden Freunde, wie ein Mensch, der nicht versteht, was ein andrer spricht, und es dennoch wenigstens aus dessen Gesten und Lippenbewegungen zu erraten sucht.

»Ich bin Amtsschreiber und Dolmetscher. Ich heiße Poincet und wohne im Gerichtsgebäude.«

»Gut – und der da?« versetzte Henri und deutete auf den Mulatten.

»Ich weiß nicht«, gab der Unglücksmensch zur Antwort. »Er spricht nur ein spanisches Kauderwelsch und brachte mich hierher, damit er sich mit Ihnen verständigen könne.«

Da zog der Mulatte den Brief aus der Tasche, den Henri an Paquita geschrieben hatte, und überreichte ihn, ohne ein Wort zu sprechen.

»Ah – jetzt beginnt es zu tagen!« dachte Henri und warf den Brief ins Feuer. Dann wandte er sich zu seinem Freunde und sagte:

»Bitte, laß uns eine Weile allein!« –

»Ich mußte ihm den Brief übersetzen«, begann der Dolmetscher, nachdem Paul das Zimmer verlassen hatte; »und kaum war dies geschehen, da lief der Mann auf und davon. Nach einiger Zeit kam er wieder und holte mich ab. Ich sollte ihn hierherführen, wofür er mir zwei Louisdor versprach.«

»Was hast du mir mitzuteilen, du Kaffer?« fragte de Marsay.

»Ich sagte nicht ›Kaffer‹ zu ihm!« bemerkte der Dolmetscher, während er den Worten des Mulatten aufmerksam folgte. Als dieser verstummte, fuhr er fort: »Er sagt, mein Herr, Sie möchten sich morgen abend um halb zehn auf dem Boulevard Montmartre in der Nähe des Kaffeehauses einfinden. Dort würden Sie einen Wagen stehen sehen, in dem Sie Platz nehmen sollen. Doch müßten Sie dem, der sich bereithalten wird, den Wagenschlag zu öffnen, das Wort ›cortejo‹ zurufen. – Dieses Wort ist spanisch und bedeutet ›Liebhaber‹«, fügte Poincet mit einem beglückwünschenden Blick auf Henri hinzu.

»Gut!«

Der Mulatte wollte dem Dolmetscher die zwei Louisdor geben. Allein Henri litt es nicht und entlohnte ihn selbst. Während Poincet das Gold in Empfang nahm, sprach der Mulatte einige Worte.

»Was sagt er?«

»Er warnt mich«, antwortete der Unglücksmensch,

»und droht mir, er wolle mich erdrosseln, wenn ich auch nur das Geringste verriete. Er ist ein Heide und macht ganz den Eindruck, als wäre er dessen fähig.«

»Ohne allen Zweifel«, bestätigte Henri, »der tut wirklich, was er sagt!«

»Er fügt noch hinzu«, fuhr der Dolmetscher fort, »daß die Person, die ihn hersandte, Sie nicht nur im eigenen, sondern auch in Ihrem Interesse beschwört, bei jeder Ihrer Handlungen die allergrößte Vorsicht walten zu lassen. Sonst könnten die Dolche, die über Ihren beiden Häuptern schweben, in Ihre Herzen sinken, ohne daß irgendeine Macht imstande wäre, sie davor zu schützen.«

»Das sagte er? Um so besser – es wird wenigstens unterhaltender sein! ... Paul, du kannst schon wieder hereinkommen!« rief Henri ins Nachbarzimmer. Und der Mulatte, der Paquitas Geliebten während der ganzen Zeit mit starren, fast magnetischen Blicken beobachtet hatte, zog mit dem Dolmetscher von dannen. –

»Endlich!« rief de Marsay seinem Freunde entgegen. »Endlich einmal ein romantisches Abenteuer! Lange genug nahm ich gezwungen an einigen teil. Endlich stoße ich in diesem langweiligen Paris auf ein Abenteuer, das ernste Nebenumstände und größere Gefahren begleiten! Ah, verteufelt, wie macht Gefahr die Weiber kühn! Gibt ein Mann, der seine Frau quält und ihr Gewalt antun will, dieser Frau damit nicht ein Recht und den Mut zugleich, Schranken mit einem Satze zu überspringen, zu deren Überwindung sie sonst langer Jahre bedurfte? Geh und spring, mein Täubchen! Sterben? Armes Kind! – Dolche? Weibergrillen! – Sie alle haben das Bedürfnis, ihren kleinen Scherzen Wichtigkeit beizulegen. Übrigens wird man daran denken, Paquita! Man wird daran denken, mein Kind! ... Hol mich der Teufel, jetzt, wo ich weiß, daß das schöne Mädchen, dieses Meisterwerk der Natur, mir angehört, hat das Abenteuer seinen ganzen Reiz für mich verloren!« –

Trotz dieser leichtfertigen Rede kamen die beiden Freunde am Abend wieder zusammen. Um schmerzlos auf den nächsten Tag zu warten, nahm Henri zu ausschweifenden Genüssen Zuflucht: Er spielte mit seinen Freunden und gewann ihnen zehn- bis zwölftausend Franken ab, er trank wie ein Droschkenkutscher und fraß wie ein Deutscher. Um zwei Uhr nachts kam er vom Rocher de Cancale heim, legte sich nieder und schlief wie erschlagen. Als er am Morgen erwachte, war er frisch und rosig wie ein Kind und kleidete sich an. Er wollte nach den Tuilerien gehen und nahm sich vor, sein Pferd zu reiten, wenn er Paquita gesehen haben würde, damit er Appetit bekomme und so imstande sei, sich durch ein üppiges Diner die Zeit bis zum Abend besser zu vertreiben.

Zur festgesetzten Stunde war er auf dem Boulevard Montmartre. Er sah den Wagen und gab einem Manne, den er für den Mulatten hielt, das genannte Losungswort. Im Augenblick öffnete der Mann den Wagenschlag und ließ das Trittbrett herab. Kaum war Henri eingestiegen, da setzte sich der Wagen in Bewegung und trug ihn sehr schnell davon. Eine Gedankenflut raubte dem jungen Manne die Fähigkeit, auf die Straßen zu achten, durch die er fuhr, so daß er nicht wußte, wo er sich befand, als der Wagen hielt. Der Mulatte führte ihn in ein Haus, dessen

Treppe nächst dem Haustor lag. Die Treppe war dunkel, gleich dem Flur, in den sie mündete und wo Henri eine Zeitlang warten mußte, bis der Mulatte die Türe zu einer feuchten, muffigen, stockfinstern Wohnung aufgeschlossen hatte. Bei dem Schein einer Kerze, die sein Führer im Vorzimmer fand, schienen ihm die Wohnräume mangelhaft eingerichtet und leer, ähnlich denen, deren Bewohner auf Reisen sind. Unwillkürlich erwachten in seinem Innern Empfindungen wieder, die ihn einst erregt hatten, als er einen von Anne Radcliffes Romanen las, worin der Held kalte, finstere, unbewohnte Säle in irgendeiner öden, traurigen Gegend durchwandert.

Endlich öffnete der Mulatte die Tür eines Salons. Der Zustand der alten Möbel und die zerschlissenen Vorhänge gaben diesem Raume das Aussehen eines Salons in einem verrufenen Hause. Es war die gleiche anmaßende Eleganz, der gleiche Staub und starrende Schmutz, die gleiche Anhäufung von Dingen schlechten Geschmacks. Im Winkel eines qualmenden Kamins, dessen Glut in der Asche erstickte, saß auf einem schäbigen roten Plüschdiwan ein altes schlechtgekleidetes Weib. Den Kopf bedeckte ein Turban, wie ihn Engländerinnen tragen, wenn sie ein gewisses Alter erreichen, und mit dem sie in China, wo des Künstlers Schönheitsideal in der Ungeheuerlichkeit besteht, sicherlich unendlichen Erfolg errängen.

Dieser verwahrloste Salon, dieses alte Weib, dieser kalte Herd – Henris Liebe wäre erfroren, hätte sie der Anblick Paquitas nicht neu entfacht. In einem duftigen Morgenkleid, frei von allem Zwange, frei in ihren goldflammenden Blicken, frei im Spiel ihres feingefesselten Fußes, ihrer wollüstigen Bewegungen, erwartete das Mädchen mit den Goldaugen, auf einem Kanapee sitzend, den Geliebten.

Dieses Stelldichein war, was alle ersten Zusammenkünfte temperamentvoller Personen sind, die einander noch nicht kennen und dennoch glühend ersehnen. Es ist ausgeschlossen, daß in einer solchen Situation, bei der jähen Überbrückung des gegenseitigen Abstandes, anfangs nicht mancherlei quälende Unstimmigkeiten vorkommen, bis die Seelen auf den gleichen Ton abgestimmt sind. Die Begierde treibt den liebenden Mann zur Verwegenheit und macht ihn geneigt, schonungslos vorzugehen. Die Geliebte hingegen müßte kein Weib sein, wenn sie nicht, angesichts des so schnell erreichten Ziels und der Notwendigkeit, sich hinzugeben, schaudernd zurückschreckte. Wie groß ihre Liebe auch sein mag, sie hat die Empfindung, als stürze sie in einen Abgrund, ohne zu wissen, was sie an dessen Sohle erwartet. Die unwillkürliche Kühle solch einer Frau steht im vollen Gegensatz zu der eingestandenen Leidenschaft und wirkt notwendigerweise auf den verliebtesten Liebhaber zurück.

Diese Gedanken, die oft gleich Nebeln die Seele umschweben, bewirken dort eine Art vorübergehender Krankheit. Auf der süßen Reise, die zwei Menschenkinder in die seligen Gefilde der Liebe unternehmen, gleicht dieser mehr oder minder lange Zeitraum einer öden, abwechselnd heißen und feuchten, von glühendem Sand überdeckten und von Morästen durchschnittenen Steppe, die zu lachenden Rosenhainen führt, wo Amor und sein Gefolge auf weichen Matten ihr wonniges Spiel entfalten. Oft findet der geistreichste Mann nichts als ein albernes Grinsen, das ihm für alles zur Antwort dient. Sein Geist ist wie erstarrt unter dem Eisesdruck seiner Sehnsucht. Es wäre nicht unmöglich, daß sich zwei schöne, kluge, leidenschaftliche Wesen anfangs in den einfältigsten Gemeinplätzen unterhielten, bis ihnen endlich der Zufall, ein Wort, ein Blick, ein von Herzen zu Herzen springender Funken den glücklichen Übergang zeigt, der sie auf den lauschigen Blumenpfad führt, wo man nicht mehr wandert, sondern sanft herabgleitet, ohne selbst herabzusteigen. Dieser Seelenzustand setzt jedoch eine besondere Heftigkeit der Gefühle voraus. Zwei Wesen, die einander nur schwach lieben, erfahren nichts Ähnliches. Die Wirkung einer solchen Krise läßt sich vielleicht mit jener vergleichen, die ein vollkommen klarer Himmel auf das Auge hervorruft. Die Natur macht den Eindruck, als sei sie mit einem feinen Schleier bedeckt. Der Azur des Himmels erscheint dunkel. Die stärkste Helligkeit ähnelt der Finsternis. –

Sowohl Henri als auch Paquita waren von dem gleichen Ungestüm erfüllt. Und das Gesetz der Statik, wonach sich zwei gleich große Kräfte aufheben, die einander begegnen, dürfte auch im Reich der Seele Geltung haben.

Die Verlegenheit dieses ersten Augenblicks wurde durch die Anwesenheit der alten Mumie nur noch vermehrt. Die Liebe erschrickt oder freut sich über alles. Nichts ist ihr gleichgültig. Für sie hat alles einen Sinn. Alles gilt ihr als glückliche oder unheilvolle Vorbedeutung. Das steinalte Weib erschien hier wie die menschgewordene Lösung des Knotens dieses Liebesdramas und stellte den abscheulichen Fischschwanz dar, womit der symbolische Sinn der alten Griechen die Sirenen versah, deren Oberleib so trügerisch, so verführerisch war, wie es die Leidenschaft im Anfang immer und überall ist.

Obwohl Henri durchaus nicht das war, was man mit einigem Hohne einen starken Geist nennt, sondern ein Mann von außerordentlicher Macht, ein Mann von Größe – soweit dies ohne Glauben möglich ist – fühlte er sich all diesen Umständen gegenüber aufs höchste betroffen. Übrigens sind die stärksten Männer von Natur aus die empfänglichsten und folglich auch die abergläubischsten, wenn überhaupt das Vorurteil des ersten Eindrucks als Aberglauben bezeichnet werden kann. Jedenfalls gewähren beide, Vorurteil und Aberglauben, in dem Zusammenhang zwischen Ursache und Wirkung einen rätselhaften Einblick, der andern Augen als den ihrigen verschlossen bleibt.

Die schöne Spanierin benutzte diesen Augenblick der Betroffenheit, um sich jener Ekstase hinzugeben, die das Herz einer wahrhaft liebenden Frau erfaßt, wenn sie sich endlich in Gegenwart ihres lange vergeblich ersehnten Idols befindet. Sie stand völlig unter seinem Zauber und berauschte sich furchtlos an einer längst erträumten Seligkeit.

Mit einem Male erschien sie Henri so wunderbar schön, daß all der Spuk von Lumpen und Greisentum, die zerschlissenen roten Vorhänge, die grünen Strohmatten vor den schäbigen Lehnstühlen, die rötlichen ungescheuerten Steinfliesen – kurz, der ganze sieche, armselige Luxus sofort verschwand. Der Salon wurde heller, und nur noch wie durch einen Nebelschleier sah Henri die furchtbare

Harpyie starr und stumm auf ihrem Diwan sitzen. Die häßlichgelben Augen verrieten sklavische Gefühle, die das Unglück einflößt – wenn es nicht vom Laster herrührt, unter dessen tyrannischer Geißel der Mensch zum Tier herabsinkt. Diese Augen hatten den kalten Glanz der Augen eines im Käfig eingeschlossenen Tigers, der seine Ohnmacht kennt und sich gezwungen sieht, seinen Vernichtungstrieb hinunterzuwürgen. –

»Wer ist dieses Weib?« fragte Henri.

Aber Paquita antwortete nicht. Sie bedeutete ihm, daß sie kein Französisch verstünde, und fragte dann, ob er englisch spreche, worauf er seine Frage englisch wiederholte.

»Es ist die einzige Frau, der ich mich anvertrauen darf, obgleich sie mich einst verkauft hat«, sagte Paquita ruhig. »Es ist meine Mutter, lieber Adolphe, eine Sklavin aus Georgien, die nur ihre Muttersprache kennt und vor Jahren wegen ihrer hervorragenden Schönheit gekauft wurde. Heute ist freilich nur wenig davon übriggeblieben.«

Das Gebaren der Alten und ihre Gier, aus den Gesten Henris und ihrer Tochter zu erraten, was zwischen den beiden vorging, wurden dem jungen Manne plötzlich klar. Die Erklärung des schönen Mädchens gab ihm seine Ungezwungenheit zurück.

»Wir werden also niemals frei sein, Paquita?« entgegnete er nach einer Weile.

»Niemals!« sagte sie traurig. »Es bleiben uns überhaupt nur wenige Tage!«

Sie senkte die Augen nieder, betrachtete ihre Hand und begann, mit der Rechten an den Fingern der Linken zu zählen. Dabei zeigte sie Hände, wie sie Henri schöner niemals gesehen hatte.

»Eins, zwei, drei...«

Sie zählte bis zwölf.

»Ja«, sagte sie hierauf, »wir haben zwölf Tage!«

»Und dann?«

»Dann?« wiederholte sie und knickte zusammen wie im Angesichte des Henkers ein Weib, das der Todesangst erliegt, bevor noch sein Beil es erreicht. Im Bann ihrer Furcht war sie bar der prächtigen Energie, die ihr die Natur nur deshalb verliehen zu haben schien, um die Wollüste ihres Leibes zu vermehren und die grobsinnigsten Wonnen in Gedichte ohne Ende umzuwandeln.

»Dann...«, wiederholte sie nochmals. Ihre Augen wurden starr. Sie schien einen in der Ferne drohenden Gegenstand zu betrachten.

»... Ich weiß nicht!« sagte sie endlich leise vor sich hin.

»Dieses Weib ist verrückt!« dachte Henri im stillen und versank nun gleichfalls in seltsame Betrachtungen.

Ohne Zweifel war Paquita in Gedanken mit irgend etwas beschäftigt, das nicht er war. Sie machte ihm den Eindruck, als sei sie gleicherweise von Gewissensbissen und Leidenschaften bedrückt. Ob sie eine andre Liebe im Herzen trug, derer sie abwechselnd gedachte und wieder vergaß? Eine Zeitlang stürmte auf Henri eine Unzahl der widerspruchsvollsten Gedanken ein. Das Mädchen mit den Goldaugen wurde für ihn zu einem Geheimnis. Aufmerksam betrachtete er Paquita – mit dem wissenden Blick des Blasierten, mit dem unstillbaren Durst nach unbekannten Wonnen, jenem furchtbaren Durste, von dem große Seelen so häufig befallen werden und den einst ein König des Orients empfunden hatte, als er seinen Ministern befahl, ihm täglich eine neue Wollust zu verschaffen. Da erkannte Henri, welch unsagbaren Reichtum dieses Wunderwesen in sich berge, das zur Liebe zu erschaffen der Natur selbst Wohlgefallen bereitet haben mußte. Jeden andern hätte das widerliche Spiel, das sie, allem Anscheine nach, mit ihm trieb, alsbald abgestoßen. Er jedoch war wie geblendet von der reichen Ernte an Wonnen, die ihm in Aussicht stand, von der beständigen Abwechslung im Glück, die jeder Mann, jedes Weib erträumt und erstrebt. Es betörte ihn die gleichsam mit Händen greifbare Unendlichkeit der Natur, die sich hier in den unermeßlichen Wonnen eines einzigen ihrer Geschöpfe offenbarte. All dies sah er auf einmal viel deutlicher als je zuvor. Denn Paquita ließ sich nur zu gerne sehen und war glücklich, bewundert zu werden.

Henris Bewunderung wuchs schnell zu heftigster Leidenschaft. Es trieb ihn, die Spanierin gänzlich zu durchschauen. Er warf ihr einen Blick zu, den sie verstand, als sei sie gewohnt, ähnliche zu empfangen.

»Wenn du nicht mir allein angehören solltest«, drohte er, »würde ich dich töten!«

Als Paquita diese Worte vernahm, barg sie ihr Gesicht in den Händen und rief:

»Heilige Jungfrau! Was habe ich da angestellt!«

Sie erhob sich, stürzte nach dem roten Diwan, versank mit dem Köpfchen in die Lumpen, die den Busen ihrer Mutter verhüllten, und weinte. Die Alte nahm sie an sich, ohne ihre Haltung zu ändern oder irgendwelche Teilnahme zu äußern. Sie besaß in hohem Maße den Ernst der Wilden, jene statuenhafte Ruhe, an der jeder Versuch der Erforschung scheitert. Liebte sie ihre Tochter oder nicht? Wer vermöchte dies zu sagen? Hinter dieser Steinmaske glommen alle menschlichen Gefühle, die guten und die bösen – das alte Weib ließ alles erwarten. Langsam schweifte ihr Blick von dem schönen Haare, das ihre Tochter wie ein Mantel einhüllte, zu Henris Antlitz. Sie beobachtete ihn mit unaussprechlicher Neugier und schien sich zu fragen, welcher Zauber ihn hierhergeführt und aus welcher Laune ihn die Natur so verführerisch geschaffen hatte.

»Diese Weiber wollen mich zum besten halten!« sagte sich Henri.

In diesem Augenblick erhob Paquita den Kopf und warf ihm einen jener Blicke zu, deren Flammenglut bis in die Seele dringt. Sie schien ihm so unsagbar schön, daß er sich in seinem Innern schwor, diesen köstlichen Schatz um jeden Preis zu besitzen.

»Oh, Paquita, sei mein!«

»Willst du mich töten?« versetzte sie furchtsam, bebend, schaudernd und dennoch durch eine unerklärliche Kraft zu ihm hingezogen.

»Dich töten? – Ich?« sagte er lächelnd.

Da stieß Paquita einen Schreckensschrei aus und raunte ihrer Mutter einige unverständliche Worte zu. Mit gebieterischer Gebärde ergriff die Alte Henris und ihrer Tochter rechte Hand, betrachtete sie lange und gab sie dann mit einer grausam bezeichnenden Kopfbewegung wieder frei.

»Sei mein, Paquita! Heute abend – gleich jetzt! Folge

mir, verlasse mich nicht! Ich will es, Paquita! Liebst du mich, so komm!«

Und er flüsterte ihr hastig ungezählte törichte Worte zu. Es war wie ein Sturm, der zwischen Klippen einherjagt und den gleichen Ton, jedoch in der verschiedenartigsten Weise, immer wiederholt.

»Die gleiche Stimme«, sagte Paquita melancholisch, ohne daß Henri es hörte, »... und die gleiche Glut!« fügte sie hinzu. –

»Ja denn«, rief sie nach kurzem Schweigen in leidenschaftlichster Hingebung aus, »ja – aber nicht heute abend, Adolphe! Heute gab ich Concha zu wenig Opium. Wenn sie erwachte, wäre ich verloren. Das ganze Haus glaubt, ich sei gegenwärtig in meinem Zimmer und schlafe. Komm in zwei Tagen zur gleichen Stunde an den gleichen Ort! Der Mann, der dich am Wagenschlag erwarten wird, ist wiederum Christemio. Er ist mein Nährvater und betet mich an. Eher stürbe er auf der Folter, als daß man ihm ein Wort entrisse, das mir schaden könnte. – Und nun, leb wohl!«

Sie preßte den Geliebten an sich, umwand ihn wie eine Schlange, glitt mit ihrem Kopf unter den seinigen und bot ihm die bebenden Lippen. Der glühende Kuß versetzte die beiden Liebenden in namenlosen, nie geahnten Taumel. Henri glaubte, es öffne sich die Erde unter seinen Füßen. Paquita aber rief immer wieder: »Geh fort! Geh fort!«, und der verschleierte Klang ihrer Stimme bewies zur Genüge, wie wenig sie Herrin war über sich selbst. Dabei schmiegte sie sich, trotz ihrem wiederholten Ausruf, mit leidenschaftlicher Zärtlichkeit an den Geliebten und geleitete ihn so langsam bis zur Treppe.

Dort angekommen, nahm der Mulatte, dessen helle Augen bei dem Anblick Paquitas aufleuchteten, die Kerze aus den Händen seines Abgotts und führte de Marsay durch den gewölbten Gang, wo er den Leuchter stehenließ, nach der Straße zurück. Er öffnete den Wagenschlag, half Henri beim Einsteigen und setzte ihn alsbald auf dem Boulevard des Italiens ab. Diese Fahrt ging mit so wunderbarer Schnelligkeit vor sich, daß es ihm schien, als hätten die Pferde die Hölle im Leib.

Das eben erlebte Stelldichein war für de Marsay wie ein Traum. Einer jener Träume, die in der Seele eines Mannes im Augenblick ihres Entschwindens ein Gefühl übernatürlicher Wollust zurücklassen, hinter der er für den Rest seines Lebens rastlos einherjagt. Ein einziger Kuß hatte genügt. Niemals war ein Stelldichein in einer züchtigeren, keuscheren, vielleicht kälteren Weise, an einem abstoßenderen Orte, in Gegenwart einer scheußlicheren Gottheit vor sich gegangen. Denn diese Mutter war in Henris Vorstellungskraft etwas Teuflisches, Lauerndes, Lasterhaftes, Grausam-Wildes, Verwestes, wie es noch keines Dichters und Malers Phantasie geschaut hatte. In der Tat, nie noch hatte ein Stelldichein seine Sinne mehr erregt, nie hatte es glühendere Wollust enthüllt, nie hatte es sein Innerstes so entflammt, daß ihn die Liebe wie eine süße, köstliche Dufthülle rings umgab! Es war etwas Dunkles, Geheimnisvolles, Sanftes, Zartes, etwas Bedrückendes und Befreiendes zugleich, eine Paarung von Glanz und Scheußlichkeit, von Paradies und Hölle, die de Marsay wie trunken machte. Er glaubte, nicht mehr er selbst zu sein, und war dennoch groß genug, dem Rausch der Lust zu widerstehen.

Zum richtigen Verständnis seines Verhaltens am Ende dieser Geschichte bedarf es der Erklärung, wie es kam, daß sich seine Seele schon in einem Alter vertiefte, in dem die jungen Herren durch allzu regen Umgang mit Frauen zumeist verflachen. Er war durch eine Reihe merkwürdiger Umstände, die ihn mit einer ungeheuren geheimnisvollen Macht belehnten, über seine Altersgenossen herausgewachsen. Der Jüngling hielt ein mächtigeres Zepter in Händen als das eines modernen Königs, der in seinen geringfügigsten Willensäußerungen durch Gesetze gebunden ist. De Marsay besaß die selbstherrliche Macht eines orientalischen Despoten. Aber diese in Asien von vertierten Menschen so stumpfsinnig ausgeübte Macht war verzehnfacht durch europäische Intelligenz und französischen Geist – das empfindlichste, geschärfteste aller geistigen Instrumente. Henri konnte tun, was er im Interesse seines Vergnügens und seiner Eitelkeit tun wollte. Diese unsichtbare Herrschaft über die menschliche Gesellschaft bekleidete ihn mit einer königlichen, aber geheimen Majestät, mit einer von ihm ausstrahlenden selbstverständlichen Würde. Er hatte von seiner Person nicht etwa jene Meinung, die Louis XIV. von sich haben durfte, sondern die stolzere Meinung der Kalifen, der Pharaonen, der beiden Xerxes, die sich für göttlich hielten, wenn sie Gott nachahmten und ihr Antlitz, unter dem Vorwand, daß ihr strahlender Blick todbringend sei, vor den Untertanen verhüllten. So empfand auch de Marsay durchaus keine Gewissensbisse, in eigener Sache gleichzeitig Kläger und Richter zu sein. Kaltblütig verurteilte er jedermann, der ihn ernstlich beleidigte, zum Tode. Und obwohl dieses

Urteil mitunter recht leichtfertig ausgesprochen wurde, blieb es unwiderruflich. Ein Irrtum war eben ein Unglück – ähnlich dem, das der Blitz verursacht, wenn er auf eine in irgendeiner Droschke glückliche Pariserin niederfährt, anstatt den alten Kutscher zu treffen, der sie zum Stelldichein bringt. Deshalb erzeugte der bittere, beißende Scherz, der Henris Unterhaltung auszeichnete, ziemlich allgemeines Grausen. Niemand fühlte Lust, ihn zu verletzen. Seltsamerweise lieben die Frauen gerade solche Männer, die sich selbst als Pascha bezeichnen und die, von Henkern und Löwen begleitet, in einer Rüstung des Schreckens einherzugehen scheinen. Dies gibt derartigen Männern jenes Machtbewußtsein, jene Sicherheit des Handelns, jenen stolzen Blick, jenen Löwenmut, worin sich für alle Frauen der von ihnen erträumte Typus männlicher Kraft verkörpert. Und ein solcher Mann war auch Henri de Marsay.

Im Glauben an eine glückliche Zukunft wurde er wieder jung und geschmeidig und dachte nur an Liebe, als er schlafen ging. Er träumte von dem Mädchen mit den Goldaugen, wie temperamentvolle junge Leute träumen. Ungeheuerliche Bilder, reich an Licht und unfaßlichen Wunderlichkeiten, enthüllten ihm ferne, ungeahnte Welten. Indes, es geschah auf eine unvollständige Art und Weise, wie immer, wenn durch einen zwischen Bild und Auge stehenden Schleier die optischen Verhältnisse geändert sind.

Am nächsten und übernächsten Tage blieb Henri verschwunden, ohne daß jemand wußte, wohin er gegangen war. Seine Macht gehörte ihm nur unter gewissen Bedingungen an, und zum Glück für ihn war er während dieser beiden Tage im Dienst jenes Dämons, dem er sein zaubrisch wirkendes Dasein verdankte, nur ein einfacher Soldat. Aber am Abend des zweiten Tages erwartete er auf dem Boulevard, zur festgesetzten Stunde, den Wagen. Er ließ nicht lange auf sich warten. Alsbald kam der Mulatte heran und sagte Henri einen Satz in französischer Sprache, den er offenbar auswendig gelernt hatte:

»Wenn Sie wollen kommen, sie hat zu mich gesagt, dann Sie müssen sein einverstanden, zu verbinden lassen Ihre Augen!«

Und Christemio deutete dabei auf ein weißseidenes Tuch in seiner Hand.

»Nein!« entgegnete Henri, dessen Machtbewußtsein sich plötzlich empörte.

Er wollte einsteigen. Der Mulatte gab jedoch ein Zeichen, und der Wagen fuhr davon.

»Ja!« rief da Henri aus. Es verdroß ihn, daß er ein ihm zugesagtes Glück einbüßen sollte. Auch sah er die Unmöglichkeit ein, mit einem Sklaven zu verhandeln, dessen Gehorsam ebenso blind war wie der eines Henkers. Durfte er seinen Zorn über dies hilflose Werkzeug ergießen?

Christemio pfiff, und der Wagen kam zurück. Henri stieg schnell ein, denn schon drängten sich einige Spaziergänger neugierig heran. De Marsay war sehr kräftig. Er wollte dem Mulatten einen Streich spielen. Als der Wagen in schnellstem Trab davonfuhr, packte er Christemio bei den Händen und wollte sich seines Wächters bemächtigen. Auf diese Weise hoffte er die Herrschaft über sein Gesicht wiederzuerlangen und zu erfahren, wohin es ging. Allein der Versuch war fruchtlos. Die Augen des Mulatten funkelten im Dunkeln. In seiner Kehle erstickte ein heiserer Wutschrei, er befreite sich, stieß Henri zurück und nagelte ihn förmlich an das Rückenkissen fest. Dann zog er mit der freien Hand einen dreikantig geschliffenen Dolch hervor und pfiff. Der Kutscher hörte es und hielt an. De Marsay war waffenlos und mußte sich beugen. Ohne Widerstand hielt er den Kopf gegen das Seidentuch. Diese Geste der Unterwerfung beruhigte Christemio, und er verband Henri mit einer Ehrfurcht und Behutsamkeit, die eine Art Verehrung für die Person des von seinem Abgott geliebten Mannes bewies. Indes, bevor er diese Sorgfalt walten ließ, hatte er seinen Dolch mißtrauisch in die Seitentasche gesteckt und sich bis ans Kinn zugeknöpft...

»Er hätte mich umgebracht, dieser Kaffer!« sagte sich Henri. –

Der Wagen rollte schnell dahin. Einem jungen Manne, der sich in Paris so gut auskannte wie Henri, stand ein einfaches Hilfsmittel zur Verfügung, um zu wissen, wohin die Fahrt ging. Er brauchte nur achtzugeben und, solange der Wagen geradeaus fuhr, nach der Anzahl der überquerten Rinnsteine die auf den Boulevards einmündenden Straßenzüge zu zählen. Auf diese Weise konnte er erkennen, durch welche Seitenstraße der Wagen die Boulevards verließ, und aus der Weiterfahrt, entweder in der Richtung zur Seine oder auf die Höhen des Montmartre, ohne Schwierigkeit auf Namen oder Lage jener Straße schließen, wo sein Führer halten lassen würde. Indes, die aus seinem Ringkampf herrührende heftige Erregung, der Zorn über die erlittene Bloßstellung seiner persönlichen

Würde, die in ihm aufsteigenden Vermutungen über die peinliche Sorgfalt, die das geheimnisvolle Mädchen aufwandte, um ihn zu sich kommen zu lassen: all dies hinderte ihn, jene Aufmerksamkeit des Blinden zu entwikkeln, die durch vollständige Sammlung der Geisteskräfte zu der erforderlichen Anschaulichkeit des Gedächtnisses führt. Die Fahrt währte ungefähr eine halbe Stunde. Als der Wagen hielt, befand er sich nicht mehr auf dem Straßenpflaster. Der Mulatte und der Kutscher nahmen Henri mitten um den Leib, hoben ihn auf, legten ihn auf eine Art Tragbahre und trugen ihn durch einen nach Laub und Blumen duftenden Garten. Das hier herrschende Schweigen war so tief, daß Henri das eigenartige Geräusch der von Blatt zu Blatt fallenden Regentropfen wahrnehmen konnte. Die beiden Männer hoben ihn auf einer Treppe empor, ließen ihn dann aufstehen und führten ihn durch mehrere Räume, bis er endlich in einem mit Wohlgerüchen geschwängerten Zimmer stand und unter den Füßen einen weichen Teppich fühlte. Eine Frauenhand drückte ihn auf einen Diwan nieder und löste den Knoten der Seidenbinde. Er blickte auf: Da stand Paquita vor ihm – aber Paquita in der ganzen Pracht des wollustatmenden Weibes!

Die eine Hälfte des Boudoirs, worin Henri saß, beschrieb einen weichen, anmutigen Kreisbogen, während an der Stirnwand der andern vollkommen rechtwinklig ausgestalteten Hälfte ein Kamin weiß und golden glänzte. An der einen Seitenwand befand sich ein Fenster, und diesem gegenüber, hinter einem reichgestickten Vorhang verborgen, die Türe, durch die er eingetreten war.

Diesen hufeisenförmigen Raum schmückte ein echter türkischer Diwan, das heißt eine auf die Erde gelegte Matratze – aber eine Matratze von fünfzig Fuß Umfang und hoch wie ein Bett! Der weiße Kaschmir des Diwans war stellenweise mittels rautenförmig angeordneter, schwarzer und mohnroter Quasten hochgerafft. Die Rückwand dieses Riesenbettes reichte einige Zoll über zahlreiche Kissen empor, deren geschmackvoller Zierat es nur noch verschönerte. Die Wände waren mit rotem Stoff bespannt, und darauf lag indischer Musselin in Form dicht aneinanderstehender halber Hohlröhren gespannt, ähnlich den Auskehlungen der korinthischen Säule. Der obere und untere Rand bestand aus einem mohnfarbigen, mit schwarzen Arabesken bemalten Stoffband. Unter der lichtbrechenden Wirkung der durchscheinenden Musselinröhren erschien der Tapetenstoff nicht mehr mohnrot, sondern schillerte, je nach der Richtung des Blicks, bald rosenfarben, bald weiß. Die Farbe der Liebe schimmerte auch aus den Fenstervorhängen wider, deren indischer Musselin mit rosafarbener Seide gefüttert und mit schwarzen und mohnroten Fransen verziert war. Zur Beleuchtung des Diwans dienten sechs vergoldete, je zwei Kerzen tragende Wandarme. Die Decke, in deren Mitte ein mattvergoldeter Lüster herabhing, erglänzte in leuchtendem Weiß, und die Gesimse waren vergoldet. Der Teppich war einem orientalischen Schal nachgebildet und erinnerte an die Lieder der persischen Sklaven, die ihn gewirkt hatten. Die Stühle waren mit weißem Kaschmir bezogen und mit schwarzen und mohnfarbigen Schnüren und Quasten verziert. Die Standuhr, die Kandelaber – alles war weißer

Marmor und Gold. Auf dem Tische, dem einzigen dieses Raumes, lag eine Kaschmirdecke. Prächtige Jardinièren enthielten allerlei Rosen, weiße und rote Blumen. Kurz, selbst die geringfügigste Einzelheit tat liebevollste Sorgfalt kund. Niemals hatte sich Reichtum so kokett den Blicken entzogen wie hier, wo er, zu anmutvoller Eleganz gewandelt, köstlichste Wollust einflößte. Hier mußte das kälteste Wesen entflammen. Die Seele hat eine seltsame Vorliebe für Weiß, die Liebe für Rot, und das Gold ergötzt die Leidenschaften, denn es hat die Macht, ihre Launen zu verwirklichen. All die seltsamen, unerklärlichen, geheimnisvollen Neigungen, die der Mensch in sich trägt, fühlten sich hier geschmeichelt. Die vollendet schöne Farbenharmonie rief in der Seele unwillkürlich wollüstige, in fernen Welten umherschweifende Gedanken wach.

Inmitten der mit wundersamen Düften geschwängerten Nebelsphäre leuchtete Paquita. Mit einem schneeweißen Morgengewand bekleidet, Orangenblüten im aschblonden Haar, kniete sie barfüßig vor Henri, als bete sie den Gott an, der ihr die Gnade erwiesen hatte, diesen Tempel zu betreten. Obwohl de Marsay gewohnt war, das Gesuchte des Pariser Luxus zu sehen, überraschte ihn der Anblick dieser Liebesmuschel. Venus selbst ward in keiner schöneren geboren. War es eine Wirkung des Kontrastes zwischen der Dunkelheit, aus der er kam, und dem Licht, worin seine Seele nun badete, war es der blitzschnell angestellte Vergleich zwischen diesem und dem Orte des ersten Stelldicheins – er empfand eine jener süßen Erregungen, die wahrer Poesie allein entspringen. Als er inmitten dieses köstlichen, unter dem Zauberschlag einer gütigen Fee ihm erschlossenen Schlupfwinkels das Mädchen mit den Goldaugen erblickte – dieses Meisterwerk der Schöpfung, dessen zarte Haut durch den rosigen Widerschein und die Ausstrahlung unsagbar süßer Liebesdünste in warmen, wie vergoldeten Farben schimmerte –, da war sein Zorn, sein Rachedurst, seine verletzte Eitelkeit mit einem Schlage versunken. Wie ein Adler auf seine Beute, so stürzte er sich auf sie, zog sie ungestüm an sich und gab sich in einem Rausch unbeschreiblicher Wonne der wollüstigen Umarmung dieses Mädchens hin, dessen so üppig entfaltete Schönheit ihn sanft umwob.

»Komm, Paquita!« sagte er leise.

»Sprich laut«, versetzte sie, »sprich ohne Furcht! Dieser Schlupfwinkel wurde für die Liebe geschaffen. Er hält die Musik der geliebten Stimmen mit solchem Ehrgeiz gefangen, daß kein Laut aus ihm entflieht. Wie stark ein Schrei auch sei, er kann in der Umgebung nicht vernommen werden. Und wenn man hier jemanden töten wollte, es wäre zwecklos, um Hilfe zu rufen. Seine Klagen würden verhallen, als befände er sich inmitten der großen Wüste.«

»Wer verstand es denn, der Eifersucht und ihren Bedürfnissen so trefflich gerecht zu werden?«

»Frage mich nie danach!« antwortete sie und löste dabei mit unnachahmlicher Anmut seine Halsbinde; offenbar wollte sie seinen Hals sehen.

»Ja, – dies ist der Hals, den ich so liebe!« fuhr sie fort. »Willst du mir eine Freude bereiten?«

Diese Frage, die der Tonfall beinahe unzüchtig machte, entriß de Marsay seinem düsteren Brüten über Paquitas despotische Antwort. Was bedeutete das seltsame Verbot, dem unbekannten Wesen, das wie ein Schatten über ihnen schwebte, jemals nachzuforschen?

»Und wenn ich trotzdem wissen möchte, wer hier herrscht?« entgegnete er.

Paquita sah ihn bebend an.

»Nicht ich bin es also?« fuhr er fort. Er erhob sich und löste sich so schnell aus ihrer Umarmung, daß ihr Kopf hintenüber fiel. »Ich will allein sein, wo ich bin!«

»Auffallend! ... Auffallend!« flüsterte sie entsetzt.

»Für wen hältst du mich denn? ... Willst du mir antworten?«

Paquita erhob sich sachte. In ihren Augen standen Tränen. Sie holte aus einem der beiden Ebenholzschränkchen einen Dolch und überreichte ihn Henri mit einer Gebärde der Unterwürfigkeit, die jeden Tiger erweicht hätte.

»Gib mir ein Fest«, bat sie, »wie Männer es geben, wenn sie lieben! Und töte mich, während ich schlafe, denn ich kann dir nicht antworten. Sieh, ich bin wie ein armseliges Tier an einen Pfahl gebunden. Noch immer staune ich, daß ich über den Abgrund, der uns trennt, eine Brücke schlagen konnte. Berausche mich, und nachher töte mich! ... Nein, nein!« rief sie mit gefalteten Händen. »Töte mich nicht! Ich lebe ja so gerne! Das Leben ist so schön für mich! Sklavin bin ich, doch auch Königin! Ich könnte dich mit Worten täuschen, könnte dir sagen, dir beweisen, daß ich nur dich liebe, könnte meine augenblickliche Herrschaft über dich ausnützen und sagen: ›Nimm mich hin, wie man den Duft der Rose im Garten eines Königs genießt!‹ Hätte ich so die listige Beredsamkeit des Weibes aufgeboten und die Schwingen der Lust entfaltet, um meinen Durst zu stillen, dann könnte ich dich in einen Brunnen werfen, wo niemand dich fände. Dieser Brunnen wurde geschaffen, die Rache des Herzens zu kühlen, ohne jene des Gesetzes nach sich zu ziehen. Er ist voll Ätzkalk, der dich verbrennen und vollkommen verzehren würde, so daß sich auch nicht das kleinste Teilchen deines Körpers wiederfände. Du bliebest in meinem Herzen, gehörtest mir – für immer!«

Henri sah Paquita an, ohne zu zittern. Sein furchtloser Blick erfüllte sie mit jäher Freude:

»Nein«, fuhr sie fort, »ich tue es nicht! Du bist hier nicht in eine Falle geraten, sondern an das Herz einer Frau, die dich vergöttert. Nicht dich, mich wird man in den Brunnen werfen!«

»Dies alles erscheint mir ganz komisch und seltsam!« bemerkte Henri mit einem durchdringenden Blick auf Paquita. »Ich halte dich für ein gutes Mädchen, du hast ein phantastisches Wesen. Wahrhaftig, du bist ein lebendes Rätsel, dessen Schlüssel nur schwer zu finden ist.«

Paquita begriff nicht, was Henri ihr sagte. Sie sah ihn mit ihrem sanften Blicke an, aus dem zuviel Sinnlichkeit sprach, als daß er jemals einfältig scheinen konnte.

»Höre, Geliebter!« begann sie, auf ihre frühere Absicht zurückkommend. »Willst du mir eine Freude bereiten?«

»Ich will alles tun, was du willst... sogar das, was du nicht willst!« gab Henri lachend zur Antwort. Er hatte seine frühere Ungezwungenheit wiedergefunden und beschloß, sich von seinem glücklichen Geschick treiben zu lassen, ohne vor- noch rückwärts zu blicken. Vielleicht auch baute er auf seine Macht, auf seine Gewandtheit als

Mann der Frauengunst, wenn er hoffte, dieses Mädchen nach einigen Stunden zähmen zu können und alle ihre Geheimnisse zu erfahren.

»Wohlan!« rief sie fröhlich. »Laß mich dich nach meinem Geschmack herrichten!«

Lachend entnahm sie einem der beiden Schränkchen ein rotseidenes Frauengewand und zog es Henri an. Dann setzte sie ihm ein Spitzenhäubchen auf und umwand ihn mit einem prächtigen Schal. Mit kindlicher Unschuld gab sie sich all diesen Torheiten hin. Indes, ihr Lachen hatte dabei etwas Krampfhaftes. Sie glich einem geängstigten Vogel, der mit den Flügeln um sich schlägt.

Unmöglich wäre es, die unerhörten Wonnen zu schildern, die dieses vom Himmel in einem seligen Augenblick der Freude geschaffene Menschenpaar jauchzend genoß. Es dürfte darum notwendig sein, wenigstens die ganz außerordentlichen, fast phantastischen Eindrücke des jungen Mannes in Worte zu fassen.

Was Leute vom Schlage Henri de Marsays, die eine gesellschaftliche Stellung einnehmen und so leben, wie er lebte, am allerbesten zu erkennen wissen, ist die Unschuld eines Weibes. Aber seltsam, mochte Paquita auch Jungfrau sein – unschuldig war sie gewiß nicht! In ihrem zugleich launenhaften und erhabenen Wesen spiegelte sich dies ganze Abenteuer wider, das Geheimnis und Wirklichkeit, Licht und Schatten, Schönheit und Abscheulichkeit, Freude und Gefahr, Hölle und Paradies in so bizarrer Weise miteinander verband. Alles, was raffinierteste Wollust je ersann, alles, was Henri von jener Poesie der Sinne, die man Liebe nennt, je erfahren hatte, überboten die wunderbaren Schätze dieses Mädchens, dessen Funkelaugen niemals verleugneten, was sie einmal versprochen hatten. Es war ein orientalisches Märchen, ein Gedicht von Saadi oder Hafis, aus dessen leichtbeschwingten Strophen die Sonne des Morgenlandes strahlt. Allein weder Saadis noch Pindars Verse hätten die von Erstaunen und Verwirrung erfüllte Verzückung zum Ausdruck bringen können, von der Paquita ergriffen ward, als der trügerische Wahn zerriß, in dem sie, unter dem Druck einer eisernen Faust, bisher gelebt hatte.

»Tot!« flüsterte sie. »Ich bin tot, Adolphe! Führe mich doch ans Ende der Welt, auf eine Insel, wo keine Menschenseele uns vermutet! Unsere Flucht darf keine Spur hinterlassen! Man würde uns bis in die Hölle verfolgen ... Allmächtiger, es graut der Tag! Flieh, rette dich! Seh' ich dich jemals wieder? Ja, morgen will ich dich wiedersehen – müßte ich auch um dieses Glückes willen alle meine Wächter töten! ... Auf morgen denn!«

Bebend vor Todesgrauen, schloß sie ihn fest in ihre Arme. Dann drückte sie auf eine Feder, die mit einer Glocke in Verbindung zu sein schien, und beschwor den Geliebten, sich die Augen verbinden zu lassen.

»Du würdest nur meinen Tod beschleunigen!« setzte sie hinzu. »Denn jetzt weiß ich, daß ich für dich sterben werde!« –

Henri ließ alles mit sich geschehen. Jeder Mann, der sich an Liebeswonnen gesättigt hat, empfindet unmittelbar darauf den Wunsch, zu vergessen, eine eigenartige Neigung zur Undankbarkeit, eine Sehnsucht nach Freiheit, eine Lust spazierenzugehen, einen Anflug von Geringschätzung oder gar Widerwillen seinem Idol gegenüber. Mit einem Worte, es kommt zu unerklärlichen Gefühlen, die ihn erniedrigen. Die Gewißheit dieses wirren, aber wirklichen Leidenszustandes einer Seele, der die Beständigkeit, die Hartnäckigkeit des Gefühls fehlt, weil sie des erleuchtenden Himmelslichtes, weil sie des heiligen Balsams enträt, der es stärkt – diese Gewißheit gab Jean-Jacques Rousseau ohne Zweifel die Idee zu den Abenteuern des Mylord Edouard, womit die Briefe der ›Nouvelle Héloïse‹ schließen. Wenn Rousseau tatsächlich von Richardsons Werken inspiriert ist, so weicht er in so zahllosen Einzelheiten davon ab, daß dieses Meisterwerk unstreitig originale Geltung besitzt. Die großen, weitblikkenden Gedanken, wodurch es sich der Nachwelt empfiehlt, erschließen sich der Analyse allerdings nur schwer, wenn man es, in der Jugend, mit der Absicht liest, nichts als das heißblütige Gemälde des körperlichsten unsrer Gefühle darin zu finden. Selbst ernsthafte philosophische Schriftsteller verwenden nur die Bilder davon, die sie für die Darstellung eines umfassenden Gedankens brauchen. Dabei enthalten die Abenteuer des Mylord Edouard, vom europäischen Standpunkt aus betrachtet, die scharfsinnigsten Gedanken des ganzen Werkes.

Henri befand sich also im Banne einer Gefühlszerfahrenheit, die echter Liebe fremd ist. Um ihn zu einer Frau zurückzuführen, bedurfte es gewissermaßen eines überzeugenden Vergleichsurteils, bedurfte es des unwiderstehlichen Zaubers der Erinnerung. Wahre Liebe herrscht hauptsächlich durch Erinnerung. Kann eine Frau, die sich weder durch ein Übermaß an Wonnen noch durch die

Stärke des Gefühls in des Mannes Seele einzugraben vermochte, jemals wahrhaft geliebt sein? Paquita hatte sich durch diese zwei Mittel, ohne daß Henri es ahnte, in seiner Seele verankert. Allein jetzt, ermattet vom Glück, im Augenblick einer süßen Melancholie des Körpers, vermochte er sein Herz selbst dann nicht zu erforschen, wenn er von den Lippen die köstliche Frucht höchster Wollust schlürfte, die sie kurz zuvor geerntet hatten.

Bei Tagesanbruch befand er sich auf dem Boulevard Montmartre und sah stumpfsinnig der enteilenden Equipage nach, die ihn hier abgesetzt hatte. Er zog zwei Zigarren aus der Tasche und steckte eine davon an der Laterne einer biedern Frau in Brand, die für Arbeiter, Zeitungsausträger, Gemüsegärtner – kurz, für jenen Teil der Bevölkerung, dessen Tagwerk vor dem Tag beginnt – Kaffee und Schnaps feilhielt. Dann steckte Henri mit einer wahrhaft beschämenden Ungezwungenheit seine Hände in die Hosentaschen und ging rauchend davon.

»Solch eine Zigarre ist doch ein gutes Ding«, sagte er vor sich hin, »ihrer wird kein Mann überdrüssig!« – An das Mädchen mit den Goldaugen, für das die elegante Jugend von ganz Paris so sehr schwärmte, dachte er kaum. Wenn dieses herrliche Geschöpf, das durch seine Mutter an den Huris Asiens, durch die Erziehung an Europa, durch die Geburt an den Tropen hing, inmitten höchster Liebeslust ernste Todesgedanken geäußert, wenn Todesfurcht Paquitas reine Stirne wiederholt verdüstert hatte, so hielt er dies lediglich für eine jener Täuschungen, wodurch alle Frauen versuchen, sich interessant zu machen.

»Sie stammt aus Havanna, aus dem spanischsten Land

der Neuen Welt. Daher spielt sie lieber die Entsetzte als die Duldende oder die Kokette, die einem andauernd ihre Pflichten an den Kopf wirft, wie die Pariserin dies tut. Bei ihren Goldaugen! Ich habe große Lust, zu schlafen!«

An der Ecke des Café Frascati stand eine Mietsdroschke und wartete auf einige Spieler. Er weckte den Kutscher auf, ließ sich nach Hause fahren, legte sich nieder und schlief den Schlaf der Ungerechten, der ebenso tief ist wie der Schlaf der Gerechten. Merkwürdigerweise ließen sich die Volkssänger diese Tatsache bisher entgehen, die eine Wirkung des lehrreichen Sprichworts sein dürfte, das da heißt: Die Extreme berühren sich.

Gegen Mittag reckte Henri de Marsay erwachend seine Glieder. Er verspürte einen Heißhunger wie ein Soldat am Tage nach siegreicher Schlacht und war daher sehr froh, daß er Paul de Manerville an seinem Bette stehen sah. Denn nichts ist angenehmer, als in Gesellschaft zu essen.

»Nun?« begann sein Freund. »Wir dachten schon, das Mädchen mit den Goldaugen hielte dich seit zehn Tagen gefangen?«

»Das Mädchen mit den Goldaugen? Ich denke nicht mehr daran! Auf Ehre, ich habe andre Eisen im Feuer.«

»Ah, du spielst den Diskreten!«

»Warum nicht?« lachte de Marsay. »Lieber Freund, Diskretion ist die geschickteste Rechnung. Höre, ich will dir etwas sagen ... aber nein, ich tue es nicht. Von dir lerne ich ja auch nichts. Fällt mir nicht ein, dir aus den Schätzen meiner Politik etwas abzugeben! Es wäre für mich glatter Verlust. Das Leben ist ein Fluß, der dazu dient, Handel zu treiben. Bei allem Heiligen auf Erden, zum Beispiel bei dieser Zigarre, ich bin nicht Professor der Volkswirtschaft für den Horizont von Dummköpfen. Gehen wir zum Frühstück! Es ist weniger kostspielig, dir eine Thunfischomelette zu geben, als mein Hirn an dich zu verschwenden.«

»Du führst Rechnung im Verkehr mit deinen Freunden?«

»Mein Lieber«, versetzte Henri, der sich selten einen Spott versagte, »wie einem andern, könnte es auch dir geschehen, daß du meiner Diskretion bedarfst. Und da ich dich gerne habe ... ja, ich habe dich wirklich gerne, mein Ehrenwort! Wenn es nur eines Tausendfrankenscheins bedürfen sollte, zu verhindern, daß du dir eine Kugel durch den Kopf schießest, wirst du ihn jederzeit bei mir finden – wir haben ja hienieden noch nichts verpfändet, nicht wahr, Paul? Und wenn du dich morgen schlagen müßtest, hielte ich mich bereit, die Distanz zu messen und die Pistolen zu laden, damit du nach Vorschrift getötet wirst. Kurz, wenn sich, außer mir, jemand unterfinge, dir in deiner Abwesenheit etwas Übles nachzusagen, dann müßte er sich mit dem unangenehmen Ehrenmann messen, der in meiner Haut steckt. Siehst du, dies heiße ich ›bewährte Freundschaft‹. Nun, mein Kleiner, bedarfst du der Diskretion, so erfahre, daß es zweierlei Arten gibt: aktive und passive Diskretion. Die passive Diskretion ist die der Dummköpfe; sie verwendet das Schweigen, die Verneinung, das Stirnrunzeln, die Verschwiegenheit der verschlossenen Türen und ist demnach gänzlich ohnmächtig. Die aktive Diskretion hingegen geht mittels Bejahung vor. Sieh mal, wenn ich heute abend im Klub sagte: ›Auf

Ehrenwort, das Mädchen mit den Goldaugen ist nicht wert, was sie mich gekostet hat!‹, so würde jedermann nach meinem Weggehen ausrufen: ›Habt ihr diesen Gekken gehört? Er will uns weismachen, daß er das Mädchen mit den Goldaugen schon besaß! Auf diese Art möchte er sich seiner Nebenbuhler entledigen. Er ist gar nicht so ungeschickt!‹ – Aber diese List ist gemein und außerdem gefährlich. Wie derb eine Dummheit, die uns entschlüpft, auch sein mag, sie findet immer noch Dummköpfe, die daran glauben. Die beste Diskretion ist jene, deren sich schlaue Weiber bedienen, sobald sie ihren Mann hinters Licht führen wollen. Sie besteht darin, irgendeine Frau, an der uns nichts liegt oder die wir nicht lieben oder die wir nicht besitzen, rücksichtslos bloßzustellen, um die Ehre jener andern zu schützen, die wir lieben und achten. Die erstere ist das, was ich meinen ›Wandschirm‹ nenne ... Ah, da kommt Laurent! Was bringst du uns?«

»Ostende-Austern, Herr Graf!«

»Eines Tages wirst du erkennen, mein lieber Paul, wie unterhaltsam es ist, die Welt dadurch am Narrenseil zu führen, daß man ihr das Geheimnis unsrer Neigungen vorenthält. Es macht mir ungeheuren Spaß, dem blöden Urteil der Massen zu entwischen, die niemals wissen, was sie wollen und was man von ihnen will; die das Mittel für den Erfolg halten und nacheinander vergöttern und verfluchen, aufbauen und zerstören. Welch ein Glück, ihnen Anregungen aufzudrängen, anstatt welche von ihnen zu empfangen; sie zu beherrschen und ihnen nie zu gehorchen! Wenn man auf etwas stolz sein kann, so ist es die aus eigenem errungene Macht, deren Ursache und Wirkung, deren Grundlage und Ergebnis zugleich wir sind! Was nun mich betrifft, so weiß kein Mensch, wen ich liebe, noch auch, was ich will. Möglich, daß man eines Tages weiß, wen ich geliebt, was ich gewollt habe. Am Ende eines Dramas weiß man ja auch, wie es verlaufen ist. Aber jemanden in meine Karten sehen lassen?... Schwachheit, Blödsinn! Mir erscheint nichts verächtlicher als eine Kraft, die sich durch Gewandtheit übertölpeln läßt. Ich führe mich lachend in das Handwerk des Gesandten ein, wenn überhaupt die Diplomatie so schwer zu erlernen sein sollte wie das Leben. Ich bezweifle es stark. Bist du ehrgeizig? Willst du etwas werden?«

»Mir scheint, Henri, du machst dich über mich lustig. Als wäre ich nicht mittelmäßig genug, um alles zu erreichen!«

»Sehr gut, Paul! Wenn du fortfährst, dich über dich selbst lustig zu machen, wirst du bald imstande sein, dies über die ganze Welt zu tun.« –

Als sich de Marsay nach dem Essen anschickte, eine Zigarre zu rauchen, sah er allmählich die Ereignisse der verflossenen Nacht in einem ganz eigenartigen Lichte. Gleich so vielen großen Geistern fehlte seinem Scharfsinn das Spontane: Er drang nicht sofort auf den Grund der Dinge. Wie bei allen Naturen, die stark in der Gegenwart leben und die Gabe haben, sozusagen ihren Saft auszudrücken und zu schlürfen, brauchte sein zweites Gesicht eine Art Schlaf, um wirksam zu werden und sich in die Ursachen einer Erscheinung hineinzudenken. Kardinal Richelieu war ebenso veranlagt – was nicht ausschloß, daß bei ihm in allen wirklich großen Staatsangelegenheiten schon der erste geistige Entwurf die erforderliche Voraussicht bewies. De Marsay verfügte über dieselben Geisteswaffen; er gebrauchte sie jedoch zunächst nur für seine Vergnügungen. Erst als er sich an den Freuden gesättigt hatte, an die ein junger Mann, wenn er Gold und Macht besitzt, vor allem andern denkt, wurde er einer der tiefgründigsten Politiker der Gegenwart. Der Mann stählt sich so: Er verdirbt das Weib, damit es nicht ihn verderben kann.

Als nun de Marsay die verflossene Nacht in ihrer Gesamtheit überblickte und feststellte, daß ihre Wonnen zuerst nur spärlich gerieselt waren, um sich am Ende reißend zu ergießen, da erkannte er, daß Paquita ihr Spiel mit ihm getrieben hatte. Er konnte demnach jetzt in diesen so effektvollen Blättern seines Liebesromans lesen und ihren tieferen Sinn erraten. Die rein physische Unschuld Paquitas, ihr entzücktes Erstaunen, einige dunkle, inmitten ihrer Freude entschlüpfte Worte, die ihm nunmehr so klar erschienen – alles bewies ihm, daß er für eine andre Person genommen worden war. Da er die Verderbtheit der Gesellschaft nur zu gut kannte, jeder ihrer Launen gegenüber völlige Gleichgültigkeit an den Tag legte und diese Launen durch die nackte Tatsache, daß sie Befriedigung fanden, für gerechtfertigt hielt, erschreckte ihn das Laster nicht. Er kannte es, wie man einen Freund kennt. Aber es verletzte ihn, ihm zum Fraß gedient zu haben. Trafen seine Vermutungen zu, so hatte man ihn im Innersten seines Wesens beschimpft. Schon der Verdacht allein brachte ihn in Raserei. Er ließ das Gebrüll eines Tigers hören, den eine Gazelle verhöhnte – das Gebrüll eines Tigers, der tierische Kraft mit dämonischer Intelligenz verband.

»Oho, was hast du denn?« fragte Paul.

»Nichts!«

»Ich möchte nicht, daß du, wenn dich jemand fragte, ob du etwas gegen mich hast, ein ähnliches ›Nichts‹ zur Antwort gibst. Wir müßten uns am Tage darauf unbedingt schlagen!«

»Ich schlage mich nicht mehr!« entgegnete de Marsay.

»Das erscheint mir noch tragischer. Du mordest also?«

»Du verdrehst die Worte. Ich vollstrecke!«

»Lieber Freund«, versetzte Paul, »du machst heute morgen recht grimmige Scherze!«

»Je nun, Wollust führt zur Wildheit. Warum, weiß ich nicht und bin auch nicht neugierig genug, nach den Ursachen zu forschen. Diese Zigarren sind ausgezeichnet. Gib deinem Freund eine Tasse Tee!... Weißt du, Paul, daß ich ein ganz brutales Leben führe? Es wäre an der Zeit, sich eine Bestimmung zu erwählen, seine Kräfte irgendwie zu verwenden, damit sich die Mühe lohnt, zu leben. Das Leben ist eine merkwürdige Komödie. Ich bin entsetzt und lache dabei über den Widersinn unsrer Gesellschaftsordnung. Die Regierung läßt einem armen Teufel, der einen Menschen tötet, den Kopf abschlagen und überhäuft einen andern, der in jedem Winter eine Handvoll junger Leute, bildlich gesprochen, auf die große Reise schickt, mit Amt und Würden. Die Moral ist ohnmächtig gegenüber einem Dutzend von Lastern, die ungestraft die Gesellschaft zerstören... Noch eine Tasse, Paul!... Mein Ehrenwort, der Mensch ist ein Narr, der über einem Abgrund tanzt. Man redet uns von der Unsittlichkeit der ›Liaisons dangereuses‹ und ich weiß nicht welchen Hintertreppenromans. Aber es gibt ein Buch, abscheulich, schmutzig, entsetzlich, schlüpfrig, das für jedermann offenliegt und nie geschlossen wird: das große Buch der Welt – ganz zu schweigen von dem andern, ungleich gefährlicheren Buch, das sich aus all dem zusammensetzt, was abends auf dem Balle die Herren einander ins Ohr tuscheln und was die Damen hinter ihren Fächern flüstern.«

»Kein Zweifel, Henri, in dir geht etwas Seltsames, Außergewöhnliches vor. Das erkennt man trotz deiner aktiven Diskretion.«

»Ja! – Höre mal, ich muß die Zeit bis zum Abend totschlagen. Gehen wir spielen! Vielleicht habe ich Glück und verliere.«

De Marsay erhob sich, nahm eine Handvoll Banknoten, schob sie in seine Zigarrentasche, zog den Frack an und fuhr in dem Wagen seines Freundes Paul nach dem Salon des Étrangers. Hier verbrachte er die Zeit bis zum Diner mit den Erregungen abwechselnden Gewinnens und Verlierens – der letzten Zuflucht starker Naturen, die gezwungen sind, sich in Hohlheit zu üben. Abends kam er zum Stelldichein und ließ sich willig die Augen verbinden. Dann, mit jenem festen Willen, den nur wahrhaft starke Menschen entwickeln können, verwandte er seine ganze Aufmerksamkeit und Intelligenz, um zu erraten, durch welche Straßen der Wagen fuhr. Er empfand eine Art Gewißheit, nach der Rue Saint-Lazare gefahren zu sein und dort an der Gartentür des Palais San-Réal zu halten. Wie tags vorher wurde er nach dem Überschreiten der Schwelle dieser Türe wieder auf eine Tragbahre gelegt, die ohne allen Zweifel von dem Mulatten und dem Kutscher fortbewegt wurde. Als er den Sand unter ihren Füßen knirschen hörte, begriff er den Zweck dieser so peinlichen Vorsichtsmaßregeln. Frei und aufrecht gehend, hätte er den Zweig eines Strauches pflücken, die Natur des an seinem Schuhwerk haftenden Sandes untersuchen können. So hingegen, gewissermaßen auf dem Luftweg in ein unzugängliches Haus getragen, sollte die ihm beschiedene Liebesgunst bleiben, was sie ihm bisher gewesen war: ein Traum.

Indes, der Mensch vermag zu seiner Verzweiflung nur Stückwerk zu schaffen – im Guten wie im Bösen. Alle seine geistigen und körperlichen Werke tragen von Anfang an das Mal der Vernichtung. – Es hatte leicht geregnet, die Erde war feucht. Zur Nachtzeit duften gewisse Pflanzen stärker als bei Tage. Henri spürte daher den Duft der Reseden entlang der Allee, durch die er getragen wurde. Dieser Fingerzeig sollte ihm bei den Nachforschungen dienen, die anzustellen er sich vornahm, um das Palais, worin sich Paquitas Boudoir befand, wiederzuerkennen. Ebenso achtete er auf die Kreuz- und Querwege seiner Träger im Innern des Gebäudes und war überzeugt, sich ihrer im gegebenen Augenblick erinnern zu können. Wie am Vorabend befand er sich endlich wieder, auf dem Diwan sitzend, vor Paquita, die ihm die Binde von den Augen nahm. Aber sie sah blaß und verändert aus. Sie hatte geweint. Kniend wie ein betender Engel, jedoch wie ein trauernder, tieftrauriger Engel, glich das arme Geschöpf nicht mehr dem neugierigen, ungeduldigen, übersprudelnden Wesen, das den Geliebten auf seinen Flügeln in den siebenten Himmel der Liebe entführt hatte. Es lag etwas so

Echtes, Wahres in dieser durch die Freude des Wiedersehens gedämpften Verzweiflung, daß in Henris Brust die Grausamkeit einer tiefen Bewunderung für dieses neue Meisterwerk der Natur wich und er das Hauptinteresse dieses Stelldicheins für eine Weile ganz vergaß.

»Was hast du denn, Paquita?«

»Ach, mein Freund«, versetzte sie, »nimm mich mit dir, noch diese Nacht! Führe mich an irgendeinen Ort, wo niemand, der mich sieht, sagen kann: ›Da ist Paquita!‹, und keiner antwortet: ›Ein Mädchen mit Goldaugen und langem Haar!‹ – Dort will ich dir Wonnen bereiten, soviel du von mir empfangen willst. Und dann, wenn du mich nicht mehr liebst, wirst du mich verlassen. Ich werde mich nicht beklagen, werde nichts sagen. Auch brauchst du dir meiner Verlassenheit wegen keinerlei Gewissensbisse zu machen. Denn ein Tag bei dir, ein einziger Tag, an dem ich dich ansehen darf, wird mir ein ganzes Leben entgelten. Wenn ich dagegen hierbleibe, bin ich verloren!«

»Ich kann Paris nicht verlassen, liebe Kleine!« gab Henri zur Antwort. »Ich gehöre mir nicht an. Ein heiliger Eid bindet mich an das Geschick mehrerer Menschen, die mir ebenso angehören wie ich ihnen. Allein, ich kann dir in Paris ein Asyl bereiten, wo keines Menschen Macht hingelangt.«

»Nein«, entgegnete sie, »du vergißt die Macht des Weibes!«

Niemals fand Entsetzen in einer Menschenstimme vollendeteren Ausdruck.

»Wer könnte denn zu dir gelangen, wenn ich mich zwischen dich und die Welt stellte?«

»Das Gift!« versetzte sie schaudernd, während glänzende Tränen über ihre Wangen rollten. »Schon mißtraut dir Duenna Concha ... Es ist ja auch so leicht zu erkennen, daß ich nicht mehr dieselbe bin! Nun denn, willst du mich dem Zorn dieses Ungeheuers überlassen, das mich verschlingen will, so möge dein heiliger Wille geschehen! Aber komm und mache, daß alles Lebens Wollust in unsrer Liebe sei! Übrigens werde ich flehen, weinen, schreien, werde mich verteidigen und so vielleicht retten.«

»Wem gegenüber wirst du denn flehen?«

»O schweige!« rief Paquita. »Wenn mir vielleicht Gnade wird, erlange ich sie nur wegen meiner Verschwiegenheit.«

»Gib mir dein Gewand!« sagte Henri arglistig.

»Nein, nein«, erwiderte sie lebhaft, »bleibe, was du bist – einer von den Engeln, die man mich als abscheuliche Ungeheuer hassen lehrte ... während ihr das Schönste, Herrlichste unter der Sonne seid!« fügte sie sanft hinzu, indem sie Henris Haar streichelte. »Du ahnst nicht, wie töricht ich bin. Ich habe nichts gelernt. Seit meinem zwölften Jahre war ich eingesperrt, ohne jemanden zu sehen. Ich kann weder lesen noch schreiben, spreche nur Englisch und Spanisch.«

»Wie ist es dann möglich, daß du aus London Briefe bekommst?«

»Meine Briefe? ... Sieh her, da sind sie!« sagte sie und holte aus einer hohen Japanvase einige Papiere hervor.

Erstaunt, befremdet erblickte Henri in diesen Briefen nichts als eine Unzahl wunderlicher Figuren ähnlich Bilderrätseln, die mit Blut gezeichnet waren und Gedanken voller Leidenschaft zum Ausdruck brachten.

»Aber«, rief er aus, während er diese Hieroglyphen einer höchst findigen Eifersucht unwillkürlich bewunderte, »du stehst in der Macht eines genialen Teufels!«

»Ja, eines Teufels!« wiederholte sie.

»Wie gelang es dir denn auszugehen?«

»Ach, daher kommt ja mein Untergang. Ich ließ der Duenna die Wahl zwischen der Furcht vor einem sofortigen Tode und jener vor einem künftigen Zorne. Ich hatte eine dämonische Neugier und wollte die Mauer durchbrechen, die man zwischen der Schöpfung und mir errichtet hatte. Ich wollte sehen, was das sind, junge Männer. Denn bis dahin kannte ich von Männern nur den Marchese und Christemio. Unser Kutscher und der Diener, der uns begleitet, sind Greise...«

»Aber du warst doch nicht immer eingesperrt. Deine Gesundheit erheischte...«

»Ja«, unterbrach sie ihn, »wir gingen wohl spazieren – aber in der Nacht und auf dem Lande, an den Ufern der Seine, fern der Welt.«

»Bist du nicht stolz, so geliebt zu werden?«

»Nein«, erwiderte sie, »nicht mehr! Dieses Leben in der Verborgenheit ist, wenn auch abwechslungsreich, so doch ein Schatten im Vergleich zum Licht.«

»Was nennst du Licht?«

»Dich, mein Schönster! Dich, Adolphe, für den ich gern mein Leben dahingebe! Alles, was ich an Leidenschaft einflöße, fühle ich für dich allein! In manchen Augenblikken wurde ich aus dem Leben nicht klug. Jetzt aber weiß ich, wie wir lieben. Früher ward ich nur geliebt – allein ich liebte nicht! Ich verließe alles um dich. O führe mich hinweg! Nimm mich als ein Spielzeug, wenn du willst, doch laß mich bei dir sein, bis du mich zerbrichst!«

»Würdest du es nicht bedauern?«

»Niemals!« sagte sie, indem sie ihn in ihren rein und klar schimmernden Goldaugen lesen ließ. –

»Bin ich der Bevorzugte?« fragte sich Henri. »Nun – wir werden ja sehen!«

Angesichts der Tatsachen fühlte er sich nunmehr geneigt, die ihm angetane Schmach um einer so unbefangenen Liebe willen zu vergeben. Wenn ihm Paquita auch keinerlei Rechenschaft wegen ihrer Vergangenheit schuldete, so war doch die geringste Erinnerung daran in seinen Augen ein Verbrechen. Er brachte wirklich die klägliche Kraft auf, einen Gedanken für sich zu behalten, die Geliebte zu studieren und zu beurteilen, während er sich den berückendsten Wonnen überließ, die jemals ein vom Himmel herabgestiegenes Engelswesen für den Geliebten erfand!

Paquita schien durch eine besondere Sorgfalt der Natur für die Liebe eigens geschaffen zu sein. Von einer Nacht zur andern hatte das Weib in ihr unerhört schnelle Fortschritte gemacht. De Marsay fand, trotz seiner Gleichgültigkeit gegenüber den Wonnen der Liebe und trotz seiner Übersättigung am Vorabend, in dem Mädchen mit den Goldaugen jenes Serail, das ein liebendes Weib zu schaffen weiß. Welcher Mann könnte solchem Weibe jemals entsagen? Paquita entsprach der Leidenschaft, die alle wahrhaft großen Männer hegen – jenem im Faust so dramatisch, im

Manfred so poetisch ausgedrückten inneren Drang nach Unendlichkeit, der Don Juan trieb, in den Herzen der Frauen zu wühlen. Sie alle sehnen sich nach dem unermeßlichen, grenzenlosen Reich der Gedanken, das die vielen Gespensterjäger entdecken möchten, das die Gelehrten in der Wissenschaft erblicken und das die Mystiker in Gott allein finden.

Die Hoffnung, endlich das ideale Wesen zu besitzen, das ewigen Kampf ohne Ermattung verhieß, begeisterte de Marsay. Zum erstenmal seit langer Zeit erschloß sich sein Herz. Seine Nerven entspannten sich, seine Kälte zerschmolz in der Atmosphäre dieser glühenden Seele, seine Grundsätze flatterten davon, und das Glück färbte sein Dasein so bunt wie Paquitas weiß- und rosenfarbenes Boudoir. Von überlegener Wollust aufgestachelt, wurde er weit über die Grenzen hinaus mitgerissen, in denen er bis dahin seine Leidenschaft eingeschlossen hatte. Er wollte von diesem Mädchen nicht übertroffen werden. Hatte sie eine in gewissem Sinne künstliche Liebe von vornherein für die Bedürfnisse seiner Seele geschaffen, so verlieh ihm jene Eitelkeit, die den Mann treibt, in allem und jedem Sieger zu bleiben, hinreichende Kräfte, Paquita zu beherrschen. Hinausgeschleudert aus dem Bereich, wo die Seele Herrin ist über sich selbst, verlor er sich in jenen köstlichen Vorhimmel, den das Volk töricht genug den »imaginären Raum« nennt. Er wurde zärtlich, gütig und mitteilsam und machte Paquita nahezu toll.

»Warum sollten wir nicht nach Nizza, Sorrent, Chiavari gehen? Warum sollten wir nicht unser ganzes Leben auf Reisen verbringen? Willst du?« sagte er eindringlich.

»Brauchst du mir jemals zu sagen: ›Willst du?‹ – Habe ich denn einen Willen? Ich bin dein, bin nur nicht ganz du selbst, damit ich dir ein bißchen Freude bereiten kann. Willst du einen Zufluchtsort wählen, der unser würdig sei, dann ist Asien das einzige Land, wo die Liebe ihre Fittiche entfalten kann...«

»Du hast recht!« versetzte Henri. »Gehen wir nach Indien, wo die Erde im bunten Blumenschmuck eines ewigen Frühlings prangt und wo der Mensch die ganze Pracht eines gekrönten Fürsten entfalten kann, ohne daß man darüber spöttelt wie in den albernen Ländern Europas, die das blöde Hirngespinst der Gleichheit verwirklichen wollen. Gehen wir in das Land, wo man inmitten eines Volkes von Sklaven wie ein König lebt, wo im Sonnenschein die blendendweißen Marmorpaläste leuchten. Gehen wir dahin, wo man süße Düfte in die Luft säet, wo die Vögel von Liebe singen und wo man stirbt, wenn man nicht mehr lieben kann!«

»Und wo man gemeinsam stirbt!« warf Paquita ein. »... aber nicht erst morgen, sogleich wollen wir abreisen! Christemio nehmen wir mit!«

»Vergnügen ist, weiß Gott, des Daseins schönster Sinn. Gehen wir also nach Asien! Indes, mein Kind, zum Reisen braucht man Gold, viel Gold! Und um Gold zu haben, muß man seine Angelegenheiten in Ordnung bringen.«

Paquita begriff derartige Überlegungen nicht:

»Gold gibt's dort – so hoch!« entgegnete sie und streckte dabei die Hand empor, so hoch sie konnte.

»Das ist nicht mein!«

»Was liegt daran?« versetzte sie ruhig. »Wenn wir es brauchen, nehmen wir es!«

»Es gehört nicht dir!«

»Gehören?« rief sie erstaunt. »Hast nicht du mich auch genommen? Wenn wir uns das Gold genommen haben werden, gehört es uns!«

Er fing an zu lachen und erwiderte:

»Armes Dummchen! Du weißt nichts von den Rechtsbegriffen dieser Welt.«

»Nein – das aber weiß ich!« rief sie aus, indem sie Henri zärtlich umschlang.

Sein ganzer Argwohn versank, er vergaß alles und faßte den festen Entschluß, sich dieses wunderbare Geschöpf für immer zuzueignen. Da empfing er inmitten seines Entzückens einen Dolchstoß, der ihm, zum erstenmal in seinem Leben, wirklich ins Herz drang. Paquita war, während sie den Geliebten, wie um ihn zu betrachten, mit kraftvollem Schwunge in die Luft gehoben hatte, der Ausruf entschlüpft: »Oh, Mariquita!«

»Mariquita?« schrie er auf. »Ha, nun weiß ich, woran ich noch zweifeln wollte!«

Er stürzte an den Schrank, aus dem Paquita tags vorher den Dolch geholt hatte. Zu ihrem Glück war dieser Schrank verschlossen. Sein rasender Zorn wuchs bei diesem Hindernis noch mehr. Aber alsbald fand er seine Ruhe wieder. Er nahm seine Halsbinde ab und trat mit einer so bezeichnend grimmigen Gebärde auf sie zu, daß Paquita klar erkannte, es handle sich um ihren Tod, obwohl sie nicht begriff, welchen Verbrechens sie sich schuldig gemacht hatte. Sie sprang mit einem Satz bis ans andre Ende des Zimmers, um dem würgerischen Knoten zu entgehen, den ihr de Marsay um den Hals schlingen wollte. Zwischen den beiden entspann sich ein furchtbares Ringen. Kraft und Geschmeidigkeit waren auf beiden Seiten gleich groß. Um den Kampf zu beenden, warf Paquita dem Geliebten ein Kissen zwischen die Beine, das ihn zu Fall brachte. Die kurze Frist, die sie auf diese Weise gewann, benutzte sie dazu, die Feder neben der Türe zum Abzug zu bringen, worauf eine Klingel ertönte. Der Mulatte eilte blitzschnell herbei. Er sprang auf Henri, schleuderte ihn zu Boden und setzte ihm den Fuß auf die Brust, den Absatz gegen die Kehle gerichtet. De Marsay begriff, daß ihn Christemio, auf einen einzigen Wink Paquitas hin, im Augenblick zermalmen würde, wenn er versuchen wollte, sich zu wehren.

»Warum wolltest du mich töten, Geliebter?« begann das junge Mädchen verwundert. »Sag es mir! Komm, sprechen wir uns darüber aus!«

Henri bewahrte die gleichgültige Haltung des Starken, der sich geschlagen weiß. Es war die kalte, stumme, durchaus englische Art der Selbstbeherrschung, die das Bewußtsein der eigenen Würde durch vorübergehende Resignation zu erkennen gibt. Trotz der Aufwallung seines Zorns hatte er überdies auch schon bedacht, daß es recht unvorsichtig wäre, dieses Mädchen kurzerhand zu töten und sich mit den Gerichten einzulassen, statt den Mord in geeigneter Weise vorzubereiten, um sich Straflosigkeit zu sichern.

»Geliebter«, fuhr Paquita fort, »sprich mit mir! Laß mich nicht ohne einen letzten Liebesgruß! Ich möchte nicht das furchtbare Entsetzen hüten, das du vorhin in mein Herz legtest... Wirst du endlich sprechen?« rief sie zornig aufstampfend.

De Marsay warf ihr als Antwort nur einen Blick zu: »Du wirst sterben!« sagte dieser Blick so deutlich, daß Paquita zu ihm stürzte.

»Du willst mich also töten? Kann dir mein Tod ein Vergnügen bereiten, so töte mich!«

Sie gab Christemio ein Zeichen. Er zog den Fuß von der Brust des jungen Mannes zurück und ging davon, ohne auf seinem Gesichte merken zu lassen, ob er über seine Herrin eine gute oder eine schlechte Meinung mit sich nahm.

»Das ist ein Mann!« bemerkte Henri mit einer unbestimmten Handbewegung nach dem Mulatten hin. »Es gibt nur eine Hingebung: jene, die der Freundschaft dient, ohne sie zu richten. Du hast an dem Mulatten einen wahren Freund!«

»Ich gebe ihn dir, wenn du willst!« antwortete sie. »Er wird dir mit der gleichen Hingebung dienen, die er für mich hegt, wenn ich es ihm befehle.«

Sie wartete auf ein Wort der Erwiderung, doch er schwieg.

»Adolphe«, fuhr sie mit dem Ausdruck unendlicher Zärtlichkeit fort, »sage mir ein einziges gutes Wort... Bald dämmert der neue Tag!«

Henri gab keine Antwort. Sein Charakter hatte einen traurigen Vorzug – denn die Menschen halten alles, was der Kraft ähnelt, für etwas gar Großartiges und verhimmeln die überspanntesten Torheiten –: Henri konnte nicht verzeihen. Das Einlenkenwissen, sicherlich eine der anmutigsten Zierden der Seele, war in seinen Augen nur ein Unsinn. Die rauhe Unbändigkeit des vollblütigen Nordländers hatte er von seinem Vater her. Er war unbeugsam in seinen guten wie in seinen bösen Gefühlsregungen. Paquitas unwillkürlicher Ausruf entsetzte ihn um so mehr, als er sich von dem süßesten Triumph seiner Manneseitelkeit entthront fühlte. Die Hoffnung, die Liebe, jedes Gefühl war in seiner Brust erglüht und hatte ihm Herz und Vernunft entflammt. Dann aber waren diese Fackeln, die sein Leben erleuchten sollten, durch einen kalten Windstoß ausgelöscht worden.

Vom Schmerz wie betäubt, hatte Paquita nur die Kraft, das Zeichen zum Scheiden zu geben.

»Dies ist überflüssig«, rief sie aus und warf die Augenbinde fort, »wenn er mich nicht mehr liebt, wenn er mich haßt, ist ohnehin alles zu Ende!«

Sie wartete auf einen Blick aus Henris Augen. Allein er tat, als sehe er sie nicht. Da fiel sie ohnmächtig zu Boden. Der Mulatte schleuderte dem jungen Manne einen so vielsagenden, so furchtbaren Blick zu, daß Henri, dem niemand die Gabe einer ganz außerordentlichen Unerschrockenheit absprach, zum erstenmal in seinem Leben schaudernd erbebte. »Wenn du sie nicht gehörig liebst und ihr nur das geringste zuleide tust, dann töte ich dich!« – Dies war der Sinn jenes flüchtigen Blicks.

De Marsay wurde mit fast untertäniger Sorgfalt durch einen langen Gang geführt, der sein Licht aus den anstoßenden Wohnräumen empfing. Am Ende des Ganges schritt er über die Schwelle einer Geheimtüre und kam an eine verborgene Treppe, die in den Garten des Palais San-

Réal ging. Dort geleitete ihn der Mulatte vorsichtig eine Lindenallee entlang bis zu einer kleinen Türe und schloß sie auf. Henri trat hinaus und befand sich auf der um diese Stunde völlig menschenleeren Straße, wo ihn Paquitas Wagen erwartete. Diesmal begleitete ihn der Mulatte nicht mehr. Als er aber sein Gesicht an das Wagenfenster lehnte, um Palais und Garten noch ein letztes Mal zu sehen, kreuzte sich sein Blick mit dem aus Christemios hellen Augen.

Dieser Blick war, von beiden Seiten, eine Herausforderung, ein Fehdebrief, eine Kriegserklärung zweier wilder Stämme, ein Duell, wobei die üblichen Gesetze schweigen und Treulosigkeit und Verrat erlaubte Mittel sind. Christemio wußte, daß Henri seiner Herrin den Tod geschworen hatte. Und Henri wußte, daß Christemio ihn töten wollte, bevor er Paquita tötete. Die beiden verstanden einander aufs allerbeste...

»Das Abenteuer verwickelt sich auf eine recht interessante Art!« flüsterte Henri vor sich hin.

»Wohin, gnädiger Herr?« fragte der Kutscher.

Er ließ sich zu seinem Freunde Paul de Manerville fahren. –

Während mehr als einer Woche blieb de Marsay seinem Hause fern, ohne daß jemand wußte, wo er weilte und was er tat. Diese Zurückgezogenheit rettete ihn vor dem Zorn des Mulatten und verursachte zugleich den Untergang des armen Geschöpfes, das all seine Hoffnung auf ihn gesetzt und ihn geliebt hatte, wie kein Geschöpf auf Erden jemals liebte.

Am letzten Tag der folgenden Woche kam Henri gegen

elf Uhr nachts in einem Wagen an die kleine Gartentüre des Palais San-Réal. Vier Männer begleiteten ihn. Der Kutscher war unstreitig einer seiner Freunde; denn er richtete sich fortwährend vom Kutschbock auf wie eine aufmerksame Schildwache, um sich auch das geringste Geräusch nicht entgehen zu lassen. Von den drei andern blieb einer jenseits der Türe auf der Straße, der zweite, an die Mauer gedrückt, im Garten stehen, und der letzte, der einen Schlüsselbund in der Hand hielt, begleitete de Marsay.

»Henri«, sagte dieser, »wir sind verraten!«

»Wieso, mein guter Ferragus?«

»Es schlafen nicht alle«, erklärte das Haupt der Zerstörer; »ohne Zweifel ist einer im Hause, der weder gegessen noch getrunken hat! ... Siehst du dort das Licht?«

»Wir haben ja den Plan des Hauses. Woher kommt es?«

»Um das zu wissen, brauche ich den Plan nicht«, entgegnete Ferragus; »das Licht kommt aus dem Zimmer der Marchesa!«

»Ah«, rief de Marsay leise, »offenbar ist sie heute von London angekommen. Dieses Weib will mich sogar um meine Rache bringen! Aber wenn sie mir zuvorkommt, werden wir sie den Gerichten ausliefern, mein guter Gratien!«

»Horch! ... Es ist geschehen!« sagte Ferragus.

Die beiden Freunde lauschten und hörten Klagerufe, die einen Stein erweicht hätten.

»Deine Marchesa hat nicht bedacht, daß das Geräusch durch den Schornstein dringt!« bemerkte das Haupt der Zerstörer mit dem Lächeln des Kritikers, der sich freut, in einem Kunstwerk einen Fehler zu entdecken.

»Ja – wir«, versetzte Henri, »wir allein verstehen es, alles vorauszusehen ... Erwarte mich hier! Ich will sehen, was da oben vorgeht, und möchte wissen, auf welche Art und Weise sie ihre ehelichen Zwistigkeiten behandeln ... Herr des Himmels, ich glaube, sie läßt das Mädchen bei kleinem Feuer langsam schmoren!«

De Marsay erklomm behutsam die verborgene Treppe und schlich durch den langen Gang nach dem Boudoir. Als er dessen Türe öffnete, packte ihn jener unwillkürliche Schauder, der selbst den entschlossensten Mann beim Anblick vergossenen Blutes ergreift. Das Schauspiel, das sich ihm darbot, gab ihm übrigens mehr als einen Grund zum Erstaunen. Die Marchesa war Weib: Sie hatte ihre Rache mit der vollendeten Hinterhältigkeit schwacher Tiere berechnet und ihren Zorn absichtlich verhehlt, um sich des begangenen Verbrechens zu vergewissern, bevor sie es bestrafte.

»Zu spät, du mein Vielgeliebter!« flüsterte Paquita mit einem verlöschenden Blick auf Henri.

Das Mädchen mit den Goldaugen verschied in Blut gebadet. Die festliche Beleuchtung, ein deutlich wahrnehmbarer köstlicher Duft, eine gewisse Unordnung, woran ein Mann, der Glück bei Frauen hat, unwillkürlich die allen Leidenschaften gemeinsamen Torheiten erkennen muß: all dies bewies, daß die Marchesa bei dem Verhör der Schuldigen sehr geschickt vorgegangen war. Dieser weiße Raum, aus dem das rote Blut so grell hervorstach, verriet einen erbitterten Kampf. Paquitas Hände waren in die Kissen eingekrallt. Überall hatte sie sich ans Leben gehängt, überall hatte sie sich gewehrt, und überall war sie geschlagen worden. Ihre blutigen Hände hatten ganze Streifen des Tapetenstoffes herabgerissen. Sie mußte wohl versucht haben, die Zimmerdecke zu erklimmen: Ihre nackten Füße zeichneten sich längs des Diwanrückens ab, auf dem sie offenbar gelaufen war. Ihr von mörderischen Dolchstichen zerfleischter Leib zeugte für die Erbitterung, mit der sie ihrer grausamen Henkerin ein Leben, das ihr durch Henri so teuer geworden war, streitig gemacht hatte. Noch im Sterben hatte sie, auf dem Boden liegend, der Marchesa die Muskeln des Spanns durchbissen!

Manche Tiere stürzen sich wutentbrannt auf ihren Feind, geben ihm den Tod und scheinen hernach, im ruhigen Bewußtsein ihres Sieges, alles vergessen zu haben. Andre dagegen umschleichen und bewachen ihr Opfer voller Angst, daß man es ihnen raube. Sie ähneln dem Achilles Homers, sie schleifen den besiegten Gegner an den Füßen neunmal um die Ringmauern Trojas. So war auch die Marchesa. Das Haar zerrauft, mit blutenden Bißwunden bedeckt, halb nackt in ihrem völlig zerfetzten Gewand, das den mit Schrammen übersäten Busen frei ließ, den blutrünstigen Dolch noch in der Hand, war sie furchtbar und erhaben anzusehen. Dem lüsternen, zornbebenden Antlitz entströmte Blutgeruch. Ihr keuchender Mund stand halb offen, die Nase genügte nicht, Atem zu holen.

Sie wußte nicht, daß de Marsay eingetreten war. Sie sah ihn nicht. Zunächst war sie zu sehr überzeugt, allein zu sein, als daß sie einen Zeugen fürchtete. Dann aber war sie von dem vorangegangenen Kampfe so erregt, von dem dampfenden Blut so berauscht, daß es ihr auch entgangen wäre, wenn ganz Paris einen Zirkus rings um sie gebildet hätte. Und wäre ein Blitzstrahl auf sie herabgefahren, sie hätte ihn gar nicht gefühlt. Sie hatte nicht einmal Paquitas Sterbeseufzer vernommen und glaubte, noch von ihrem Opfer gehört zu werden.

»Stirb ohne Beichte!« rief sie aus. »Fahre zur Hölle, du undankbares Ungeheuer! Du wirst keinem andern mehr angehören als dem Teufel! Für das Blut, mit dem du dich ihm verschriebst, schuldest du mir das deinige. Stirb, stirb, Schamlose, und erleide tausendfachen Tod! Ich war zu gut zu dir. Nur einen Augenblick verwandte ich dazu, dich zu töten. Ich hätte dich all die Schmerzen erleiden lassen sollen, die du mir hinterläßt! Ich – ich werde ja leben ... unglücklich leben. Fortan bin ich gezwungen, nur mehr Gott zu lieben!«

Sie betrachtete die Hingeschiedene.

»Sie ist tot«, fuhr sie nach einer Weile fort, »tot! Ach, ich sterbe vor Schmerz!«

Überwältigt von einer Verzweiflung, die ihr die Stimme raubte, wollte sie sich auf den Diwan werfen. Da erblickte sie Henri.

»Wer bist du?« herrschte sie ihn an, indem sie mit gezücktem Dolch auf ihn zueilte.

De Marsay fiel ihr in den Arm. Aug' in Auge standen sie einander gegenüber. Da befiel die beiden eine entsetzliche Überraschung. Das Blut erstarrte in ihren Adern, und sie zitterten in den Beinen wie zwei erschreckte Pferde.

»Lord Dudley muß dein Vater sein!« riefen sie wie aus einem Munde.

Zustimmend senkten sie beide langsam ihr Haupt.

»Sie ist dem Blute treu geblieben!« bemerkte Henri, auf Paquita weisend.

»Ihre Schuld ist so klein wie nur möglich!« erwiderte Margarita-Euphémia Porrabéril. Sie warf sich mit einem Verzweiflungsschrei über den Leichnam. »Mein armes Mädchen! Oh, ich wollte, ich könnte dich wieder zum Leben erwecken. Ich hatte unrecht – verzeihe mir, Paquita...! Du bist tot, und ich – ich lebe! Ich bin die Unglücklichere von uns beiden!«

In diesem Augenblick erschien das abstoßende Gesicht der Mutter Paquitas im Rahmen der Tür.

»Ah«, rief die Marchesa, »ich weiß, warum du aus deiner Höhle kommst! Du willst mir sagen, daß du sie nicht verkauft hast, damit ich sie töte. Nun – ich werde sie dir zweimal bezahlen. Schweig!«

Sie holte aus dem Ebenholzschrank einen Beutel mit Goldstücken und warf ihn dem alten Weib verächtlich vor die Füße. Der Klang des Goldes zauberte ein schwaches Lächeln auf das unbewegliche Antlitz der Georgierin. –

»Ich kam gerade noch recht, um dir zu helfen, Schwester!« sagte Henri. »Bald ruft die Gerechtigkeit nach dir...«

»Nichts da!« entgegnete die Marchesa. »Nur eine einzige Person könnte mich dieses Mädchens wegen zur Rechenschaft ziehen. Christemio ist tot!«

»Und die Mutter?« sagte Henri, indem er auf die Alte deutete. »Wird sie dich nicht andauernd erpressen?«

»Sie stammt aus einem Lande, wo die Frauen keine Menschen sind, sondern Dinge, mit denen man tut, was man will; die man kauft und verkauft, die man tötet – kurz, die der Laune dienen wie hierzulande ein Möbelstück. Übrigens hat sie eine Leidenschaft, die alle andern unterjocht und auch ihre Mutterliebe ersticken würde, wenn sie ihre Tochter überhaupt jemals geliebt hätte. Eine Leidenschaft...«

»Welche?« unterbrach hastig de Marsay.

»Das Spiel – wovor Gott dich beschützen möge!«

»Aber von wem willst du dir helfen lassen, um die Spuren dieser Laune zu verwischen, die dir das Gericht unmöglich nachsehen kann?«

»Ich habe ihre Mutter!« antwortete die Marchesa und gab der Georgierin ein Zeichen, zu bleiben.

»Nun – wir sehen uns wieder!« bemerkte Henri, der an die Beunruhigung seiner Freunde dachte und die Notwendigkeit empfand, fortzugehen.

»Nein, Bruder, wir sehen uns nie wieder! Ich kehre nach Spanien zurück und gehe ins Kloster ›Los Dolores‹.«

Er schloß sie in seine Arme, küßte sie und sagte: »Du bist noch zu jung – und zu schön!«

»Leb wohl!« versetzte sie ernst. »Nichts tröstet über den Verlust dessen, was uns ewig schien!« –

Acht Tage später traf Paul de Manerville seinen Freund Henri de Marsay in den Tuilerien, auf der Terrasse der Feuillants.

»Nun, du Wüstling, was ist denn aus unserem schönen Mädchen mit den Goldaugen geworden?« fragte er ihn.

»Sie ist gestorben.«

»Gestorben? Ja, woran denn?«

»An der Brust.«

Georges Simenon

Balzac – ein Porträt

All jenen, die aus Vergnügen, aus Eitelkeit oder in der Hoffnung auf leicht verdientes Geld Romane verfassen, den Lehrern, Politikern, den jungen Mädchen oder jungen Ehefrauen, die so großen Wert darauf legen, uns ihre Vorstellungen und kleinen Erfahrungen mitzuteilen, ebenso wie auch all jenen, die sich einbilden, das Handwerk des Romanschriftstellers sei eben ein Handwerk wie jedes andere. Möge es mir gelingen am Beispiel *Balzacs* zu beweisen, daß dazu ganz im Gegenteil eine Berufung gehört, die Verzicht bedeutet, ja die oft wie ein Fluch oder eine Krankheit ist.

20. Mai 1799. Sieyès wird Mitglied des Directoire. Bonaparte hebt die Belagerung Akkons auf und beschließt, nach Frankreich zurückzukehren, wo er schon bald darauf die Macht ergreift. Lamartine ist acht Jahre alt; Alfred de Vigny ein zweijähriges Knäblein.

In einem Bürgerhaus von Tours kommt ein Kind männlichen Geschlechts zur Welt, das standesamtlich unter dem Namen Honoré Balzac gemeldet wird.

Sein Vater, ein Bauer aus dem Tarn, war einst zu Fuß und in Etappen bis nach Tours gekommen. Unterwegs hat er sich weitergebildet, wurde Gehilfe eines Staatsanwalts, änderte seinen Namen Balssa in Balzac um und gehört mittlerweile als Beisitzer des kantonalen Friedensrichters, als Verwalter der Allgemeinen Pflegeanstalt und Leiter des Proviantamts des 22. Wehrbereichs zu den Honoratioren der Stadt.

Er ist dreiundfünfzig Jahre alt.

Seine Frau ist erst einundzwanzig und hat ihm bereits eine Tochter geschenkt. Sie entstammt einem weniger rauhen Milieu. Anne-Charlotte Sallambier ist Pariserin, im Marais-Viertel als Tochter einer reichen Kaufmannsfamilie geboren, die inzwischen auch öffentliche Ämter bekleidet. Zu ihrer Mitgift gehört ein Hof in Beauce, später erbt sie von ihrer Familie an die hunderttausend Goldfranken.

Zu Hause wird viel über Geld geredet. Man verkauft Land, um Wertpapiere zu kaufen, man verkauft Wertpapiere, um Tontine[1] zu spielen, man leiht und verleiht, wobei über jede Transaktion sorgfältig Buch geführt wird.

Ein Jahr nach Honorés Geburt wird eine weitere Tochter geboren. Und wenige Jahre später bekommt Madame Balzac noch einen Sohn, allerdings nicht von ihrem Ehemann, sondern von M. de Margonne, dem Schloßherrn von Saché.

Doch gibt es deshalb kein Drama. Allerdings macht der alte Monsieur Balzac als Zweiundachtzigjähriger dann seinerseits einer Bäuerin ein Kind.

Jener, der am 20. Mai 1799 geboren wurde, sollte nur fünfzig Lebensjahre vor sich haben, fünfzig Jahre, in denen er einen ganzen Kosmos erschafft, der ebenso wirklich ist wie das Leben in den damaligen Straßen von Tours.

Diese Straßen sind heute nicht mehr wie früher. Die Passanten ebenfalls nicht. Aber die zweitausenddreihundert Personen Balzacs leben immer noch, sie werden ewig leben: Goriot, Rubempré, Rastignac, Gaudissart, Vautrin, die Herzogin von Langeais, Eugénie Grandet, der Vetter Pons, die Bankiers und Hofschranzen, die Handwerker und Lehnsherren, die Damen von Welt und die Wäscherinnen... Sie gehören zur Familie jedes Menschen, in den Vereinigten Staaten ebenso wie in China.

1 Tontine. Ehem. Kartenspiel mit zahlreichen Spielern, bei dem am Ende einer alle Mitspieler aussticht und den gesamten Einsatz an sich rafft. (A. d. Ü.)

Wer aber war ihr Schöpfer? Was für ein Mensch war er? Welche Zeugnisse haben wir von ihm?

Von den Häusern, in denen Balzac gelebt hat, stehen nur noch jene, die ihm nicht gehörten: das Collège von Vendôme, wo er unglücklich war, das Schloß von Saché, das dem Liebhaber seiner Mutter gehörte und wohin er sich in schlechten Zeiten flüchtete, unter anderem, um innerhalb von drei Tagen *Vater Goriot* zu schreiben, und ein kleines Haus in Passy, das seine Haushälterin zu einem Zeitpunkt, da er von seinen Gläubigern verfolgt wurde, auf ihren Namen mietete. Dieses kleine Haus ist heute das Balzac-Museum.

Von seinem Geburtshaus, das bei einem Bombenangriff zerstört wurde, besitzen wir nur noch ein Foto der Fassade. Sein Sterbehaus in der Avenue de Friedland ist nur noch ein blinder Mauerrest, seine übrigen Wohnstätten sind nicht erhalten oder bloße Fassaden.

Von seinen persönlichen Gegenständen gibt es nur noch ein paar verstreute Reliquien: zwei Spazierstöcke, eine Tabaksdose, Hosenträger, eine aus einem seiner Schlafröcke geschneiderte Weste, ein Tintenfaß, ein Kruzifix, die berühmte Kaffeekanne, der er vorwarf, daß sie ihn töten wollte. Als hätte die Zeit versucht, jede Spur seines privaten Lebens auszulöschen.

Vom Äußeren des Schöpfers der *Menschlichen Komödie* haben uns zeitgenössische Maler und Bildhauer zahlreiche Bilder hinterlassen. Einige haben ihm offensichtlich geschmeichelt, andere Porträts wiederum sind boshaft grotesk. Am wenigsten enttäuschend ist zweifellos jene Statue, die wir einem ebenso großen Genie verdanken: Rodins Balzac, der mitten zwischen der Pariser Menschenmenge steht. Man hat an diesem Bildnis auszusetzen gehabt, daß es sozusagen kein Gesicht habe, sondern nur ein von einer dumpfen Energie erfüllter Steinblock sei. Vielleicht hatte Rodin verstanden, daß bei seinem Modell der Mensch nicht zählte, weil er hinter den Personen zurücktrat, die seiner Feder entsprungen sind?

Über den Schriftsteller Balzac sind Hunderte von Werken verfaßt worden, über den Menschen Balzac wissen wir fast nichts.

Er ist gedrungen, sanguinisch, nachlässig, prahlerisch. Er lacht dröhnend über seine gewagten Späße, und eine mit ihm befreundete vornehme Dame rügte, daß er mit dem Messer aß. Er lügt, er betrügt, er prahlt und weint vor Selbstmitleid und schreibt in der Einsamkeit in einem Zug vierzig unsterbliche Seiten. Zeugen berichten von einem genialen Feuer in seinem Blick, andere bestätigen seine Arglosigkeit, ja kindliche Naivität.

In seinen Büchern ist er überall und nirgends zugleich. Man gewinnt den Eindruck, die von ihm selbst geschaffene Welt sei ihm über den Kopf gewachsen und erdrücke ihn, ja manchmal meint man geradezu, er beneide seine eigenen Geschöpfe.

Moderne Psychologen sind sich im großen und ganzen darin einig, daß der Mensch die Außenwelt nur während einer relativ kurzen Periode aufnimmt. Die meisten sprechen von achtzehn Jahren, andere von sechzehn, wieder andere setzen die Grenze noch niedriger an. Gehen wir einmal davon aus, daß der Mensch mit achtzehn Jahren all die Eindrücke, Gefühle, Bilder, unwillkürlichen Beobachtungen gesammelt hat, die ihn allmählich geformt haben. Von diesem Erfahrungsschatz zehrt er in seinem weiteren Leben, es sind dies die Bausteine, über die er verfügt.

Müssen für einen Künstler, für einen schöpferischen Menschen die ersten Lebensjahre nicht noch entscheidender sein als für andere?

Außerdem hört man oft, der typische Romancier sei ein Mensch, der seine Mutter nicht geliebt oder Mutterliebe nicht kennengelernt habe. Eine auf den ersten Blick vielleicht billige Behauptung. Aber hätte ein glücklicher, harmonisch in eine Welt nach seinem Maß eingebetteter Mensch je das Bedürfnis, andere Menschen zu schaffen, eine Vielzahl von verschiedensten Personen aus sich herauszuholen? Warum sollte man das Leben anderer leben wollen, wenn man sicher und ohne Aufruhr in sich selber ruht? Und wird die innere Ruhe einem Kind nicht gerade durch die Mutterliebe und seine Liebe zur Mutter vermittelt?

Balzac schafft man noch als Säugling aus dem bürgerlichen Elternhaus in Tours fort, wo seine junge, hübsche, kokette und ehrgeizige Mutter keine Zeit für ihn hat.

Man bringt ihn aufs Land, nach Saint-Cyr-sur-Loire, zur Frau eines Gendarmen, wohin ein Jahr später, im Jahr 1800, auch seine Schwester Laure kommt. Dort führen die beiden über vier Jahre lang praktisch das Leben von Waisenkindern. Ihre Mutter besucht sie in der ganzen Zeit nur einmal.

In *Die Lilie im Tal* sollte Balzac später schreiben: »Zu einer Amme aufs Land geschickt, von meiner Familie vergessen, zählte ich so wenig, daß ich bei den Leuten Mitleid erregte.«

Was für einer Familie steht er dann später in Tours gegenüber? Madame Balzac sieht alles, hat alles fest in der Hand, ist, trotz ihrer angegriffenen Gesundheit, ihren Zuständen und Ohnmachtsanfällen, voll überschäumender Vitalität und überall gleichzeitig. Ihr Mann, der sich ganze Tage lang in seinem Arbeitszimmer einschließt, interessiert sich für die vielfältigsten Probleme, für die Wissenschaft und die Medizin ebenso wie für die Politik. Er schreibt unter anderem eine Geschichte der Tollwut und eine *Abhandlung über die Mittel zur Verhinderung von Diebstählen und Morden, über die Wiedereingliederung der Täter in die gesellschaftliche Arbeit und über die Mittel zur Vereinfachung der Justizordnung.*

Er will hundert Jahre alt werden.

Im Jahre 1807 ist Honoré acht, ein linkischer, plumper Junge, den man als Internatszögling in das Collège der Oratorianer in Vendôme steckt, das heute Lycée Ronsard heißt.

Dort herrscht strenge Disziplin. Im Schulregister ist über seinen Eintritt folgender Vermerk zu lesen: »Nr. 460. Honoré Balzac hatte die Blattern: sanguinischer Charakter, der sich leicht erhitzt, gelegentlich an Fieberanfällen leidend.«

Er ist launisch, hat heftige Zornesausbrüche. Als ein mittelmäßiger, verschlossener Schüler nimmt er selten an den Spielen seiner Kameraden teil. Seine Lehrer beklagen sich über seine Unzugänglichkeit. Nach Aussagen des Schuldirektors war er mindestens an vier Tagen in der Woche, außer bei Frost, in einem Verlies unter der Treppe eingesperrt, das als Karzer diente. Dieses Verlies nannte man Alkoven. Im Alter von zehn Jahren schreibt er den ersten Brief, den wir von ihm besitzen:

> *»Meine liebe Mama,*
> *ich glaube, daß mein Papa sehr betrübt war, als er erfuhr, daß ich im Alkoven war. Ich bitte Dich, ihn zu trösten und ihm zu sagen, daß ich eine Belobigung bekommen habe. Ich vergesse nicht, meine Zähne mit meinem Taschentuch zu reiben. Ich habe ein Heft gemacht, in das ich meine Hefte sauber abschreibe, und ich habe gute Noten, und damit hoffe ich Dir Freude zu machen. Ich umarme Dich von ganzem Herzen, und die ganze Familie und alle Herren, die ich kenne. Hier die Namen von denen, die Preise bekommen haben und von Tours sind: Bois-le-Compte. Ich erinnere mich nur an ihn.*
> *Balzac Honoré,*
> *Dein ergebener und Dich liebender Sohn.«*

Er verbringt sechs Jahre in Vendôme. Die Oratorianer kennen keine Ferien. Seine Mutter besucht ihn in den sechs Jahren zweimal.

Mit vierzehn verläßt er das Internat. Wenn es zutrifft, daß der Mensch die Außenwelt nur bis zu seinem sechzehnten oder achtzehnten Lebensjahr aufnimmt, bleibt ihm nicht mehr viel Zeit, um Material zu sammeln.

Vier Jahre bei der Amme. Vier Jahre in Tours, doch seltener bei seiner Familie als in der Legay-Schule, die er haßt. Sechs Jahre in Vendôme, gedemütigt durch seine Erfolglosigkeit, seine Faulheit, seinen schwerfälligen Körper, erst recht aber dadurch, daß er jener Schüler ist, der niemals Besuch von seinen Eltern bekommt.

Zum Glück befreit ihn dann seine Krankheit aus dieser Lage. Sein Teint ist wächsern, die Wangen sind hohl. Oft verfällt er während des Unterrichts in physische und geistige Erstarrung, einen Zustand, den er »Koma« nennt.

Am Ende des zweiten Trimesters, am 22. April 1813, wird die Familie aufgefordert, diesen unbequemen Schüler vom Internat zu nehmen, und als die Großmutter Sallambier, die sich bei seiner Ankunft gerade in Tours aufhält, ihn dann vor sich sieht, ruft sie aus: »So also bekommen wir sie aus dem Internat zurück!«

Seine Schwestern behaupten später, daß er schon zu jener Zeit, als er wieder neue Kräfte sammelte, hin und wieder sagte: »Ihr werdet schon sehen, meine Kleinen, eines Tages spricht man über euren Bruder Honoré als über einen großen Mann. Ihr werdet schon sehen ... ihr werdet schon sehen ...«

Soll man dies als eine Vorahnung deuten, als eine selbstbewußte Einschätzung seines Wertes? War es nicht eher so, daß er angesichts seiner schändlichen Mittelmäßigkeit gar keine andere Wahl hatte, als etwas Großes zu vollbringen?

Aber was? Das wußte er noch nicht. Ob er sich in der Politik, in der Finanzwelt, im Handel oder durch eine glanzvolle Heirat auszeichnen sollte, diese Frage stellt er sich damals wahrscheinlich nicht. Er sollte sie sich später stellen, und zwar sehr ernsthaft. Noch deutet nichts darauf hin, daß er an die Literatur dachte.

Eine neue Lebensphase beginnt, als der Vater zum Leiter des Proviantamtes in Paris bestallt wird. Die Familie läßt sich in der Rue du Temple Nr. 40, im Marais-Viertel, nieder, wo Madame Balzac geboren ist und die ganze Familie Sallambier noch immer wohnt.

Honoré wechselt wieder einmal die Schule, er kommt jetzt in das Lepître-Internat. Dort ist er ein ebenso mittelmäßiger Schüler wie in Tours. Und er ist auch ebenso unglücklich. Obwohl seine Eltern nur zwei Schritte von ihm entfernt wohnen, besucht ihn seine Mutter höchstens, um ihm Vorhaltungen und Vorwürfe zu machen.

Soll man sich da wundern, daß er sein ganzes Leben lang immer nur ältere Frauen gesucht hat, wirklich mütterliche, sanfte und nachsichtige Frauen, die nicht nur fähig waren, ihn zu lieben, sondern die ihn auch bewunderten?

Außer seiner Schwester Laure bewundert ihn niemand, glaubt keiner an ihn, interessiert sich keiner für ihn, es sei denn, um über ihn zu lachen.

Nach zwei Jahren legt er die Prüfung ab, die dem heutigen Abitur entspricht, und ist jetzt fast ein Mann. Er ist siebzehn Jahre alt, noch immer plump, zeigt *keine bestimmte Neigung und keine besondere Begabung.*

Da seine Familie es von ihm verlangt, studiert er Jura und arbeitet in einer Notarskanzlei. Er hat angefangen, bei den Bouquinisten an den Quais herumzustöbern, und verschlingt kunterbunt alles, was er in die Hände bekommt.

Ist dies nun endlich ein Hinweis auf eine Neigung? Trotz aller Disziplin, die seine Mutter ihm auferlegt, trotz der strengen Zeiteinteilung, zu der sie ihn zwingt und die sie auf die Minute genau überwacht, besucht er obendrein noch Vorlesungen an der Sorbonne.

Es sind kaum Freunde von ihm bekannt, kein einziger enger Freund. Seine Kommilitonen nennen ihn *Elefant.* Und seine erste Tanzlektion endet tragisch mit einem Sturz aufs Parkett. Er wird sein ganzes Leben lang nie mehr tanzen.

Drei Jahre Arbeit, Disziplin, dafür aber zum Ausgleich die Straßen von Paris, die Quais an der Seine, ein Menschengewühl um diesen Jungen, der fast sein ganzes Leben in Internaten verbracht hat.

Er ist zwanzig. Er hat soeben seine Licence in Jura erworben. Seine Familie gerät in Geldnot und flüchtet aufs Land. Vor dem Umzug wird noch Honorés Zukunft besprochen, und es wird beschlossen, daß er Notar werden soll.

Staunend kann man nun miterleben, wie dieser stets gehorsame Elefant sich gegen diesen Beschluß zur Wehr setzt und verkündet, daß er Dichter werden will.

Die ganze Familie ist entsetzt, nur sein Vater, der jetzt vierundsiebzig Jahre alt ist und nie gewagt hatte, seiner Frau die Stirn zu bieten, stellt sich auf seine Seite. Zumindest schlägt er ihm einen Kompromiß vor: Honoré bekommt zwei Jahre Probezeit. Er soll allein in Paris bleiben, in einer Mansarde und gerade mit so viel Geld, daß er nicht Hungers stirbt. Nach zwei Jahren soll er dann, wie früher die Handwerker ihr Gesellenstück, seinerseits ein Meisterwerk vorlegen.

Wenn es mißrät, droht ihm das Notariat. Doch diese Eventualität zieht Balzac nicht einmal in Betracht. Er ist frei! Er bewohnt eine Mansarde in der Rue Lesdiguières, und seine Mutter ist nicht mehr da, um Rechenschaft für seine Zeiteinteilung zu verlangen.

Was wird er schreiben? Er schwankt zwischen einem Drama in fünf Akten, einem historischen Roman und einer komischen Oper. Allein in Paris ist er fröhlich, zum erstenmal in seinem Leben. Seine Briefe an die Schwester sind heiter und lustig.

»Ich bin schließlich bei dem Cromwell-Stoff geblieben.

Erzittere, liebe Schwester: Ich brauche mindestens sieben bis acht Monate, um ihn in Verse zu bringen und zu erfinden, und mehr noch, um daran zu feilen …

Was für einen Kopf man braucht! Und ob ich den habe, er platzt mir schier, von furchtbaren Zahnschmerzen gepeinigt! Bedauere mich! Beneide mich! Denke an mich! Doch bedauere mich nicht zu sehr. […]

Ich lebe ein wenig wie Curius – Nüsse – Birnen – Brot – ich bin ein kleiner Heiliger. […]

Sage meiner lieben guten Mutter nichts über meine Nachtarbeit. Ich bin entschlossen, auch wenn ich dabei draufgehe, den Cromwell *zu beenden und etwas fertig zu bekommen, bevor Mama von mir Rechenschaft über meine Zeit verlangt.«*

Wird er sich damit zufriedengeben, ein Dichter zu sein? Derselbe Brief enthält an anderer Stelle einen Hinweis auf noch ganz andere Bestrebungen.

»Wenn ich ein ganzer Kerl *bin (was wir noch nicht wissen), kann ich mehr erreichen als literarischen Ruhm. Es ist schön, ein großer Mann und ein großer Bürger zu sein. Du weißt, daß ich den Reichtum nur liebe als ein Mittel, zusätzlichen Ruhm zu erwerben, jenen Ruhm, den man genießt, wenn man Gutes tut und alle glücklich macht, die einen umgeben. Nichts, nichts als die Liebe und der Ruhm können den großen Raum ausfüllen, der in meinem Herzen ist und in dem Du Dich bequem eingerichtet hast.«*

Was für Verrücktheiten wird dieser zwanzigjährige junge Mann anstellen, der zwei Jahre lang seine Freiheit genießen darf? Man sieht ihn weder im Theater noch im Café; er hält sich keine Mätresse, hat überhaupt keine Liaison und scheint sich auch nie mit den leichten Mädchen abgegeben zu haben, von denen es in den Galerien des Palais-Royal nur so wimmelte.

Eine Verrücktheit begeht er aber doch, und zwar jene, die er sein ganzes Leben immer wieder begeht. Er ist arm. Er hat nichts zum Heizen. Und dennoch schreibt er an seine Schwester:

»Liebe Schwester, Du willst Einzelheiten, wie ich mich eingerichtet habe, und über meine Lebensweise wissen. Hier sind sie!

Ich habe Mama persönlich über die Einkäufe berichtet! Doch erzittere über etwas weit Schlimmeres als einen Einkauf, ich habe mir einen Diener genommen!...

›Einen Diener, mein Bruder? Hast du dir das auch überlegt?‹

Der von Monsieur Nacquart heißt Tranquille, meiner heißt Ich Selbst. Wenn ich aufwache, läute Ich Selbst, und er macht mein Bett.

›Ich Selbst!‹

›Ja, mein Herr?‹

›Ich bin heute nacht gebissen worden, schauen Sie nach, ob da Flöhe sind.‹

›Da sind keine Flöhe, mein Herr.‹

›Gut.‹

Dann fängt er an zu kehren, aber er ist nicht sehr geschickt!

›So machen Sie doch nicht so viel Staub!‹

›Aber, mein Herr, ich sehe keinen Staub.‹

›Schweigen Sie doch, Sie Widerspruchsgeist!‹

Dann schweigt er. Wirklich angenehm, ein solcher Diener.«

Doch diese Euphorie hält nicht lange an, bald schon schreibt er:

»Ob ich ein Genie bin oder kein Genie bin, beides bringt mir nur Kummer. Wenn ich kein Genie bin, bin ich erledigt. Dann muß ich mein Leben lang mit Wünschen leben, mich als mittelmäßiger Mensch fühlen, mich mit meinem Schicksal begnügen! Wieviel Sorgen! Wieviel Mühen! Wenn ich ein Genie bin, dann sehe ich mich schon verfolgt und heimatlos herumirren, ein Märtyrer der Dame Wahrheit, aber Fräulein Glorie wird mich dafür belohnen – ein Taschentuch, mit dem ich mir meine Tränen gut abwischen kann.«

Ist er ganz aufrichtig? Entwirft er da nicht bereits eine Rolle, die er noch oft spielen wird, immer nur vor Frauen, mit bestimmten Retuschen und Varianten je nach Charakter jeder einzelnen?

Er war zwar auch Laures Beschützer, als deren großer Bruder er sich fühlte. Schon bald aber nimmt er ihre Dienste in Anspruch, wobei er, wenn es sein muß, auf ihr Mitgefühl pocht, er verlangt immer wieder Hilfe von ihr, Nachforschungen für seine Dokumentation, und fordert sie auf, bei ihrem Vater einen Tacitus »abzustauben«, den er braucht.

Nachdem er seine Tragödie beendet hat, legt er sie wie abgesprochen dem versammelten Familienrat vor. Erstaunlicherweise hatte er seine Mutter darum gebeten, das Manuskript abzuschreiben. Betreten schweigend hören alle zu. Dann schlägt sein Schwager, um ihn zu retten, vor, das Werk einem Schiedsrichter vorzulegen, Andrieux, der Professor am Collège de France ist. Das Verdikt dieses Experten lautet kategorisch: »Er soll machen, was er will, nur keine Literatur.«

Laure heiratet. Honoré erreicht von seinem Vater die Zustimmung zu einem neuen Versuch, kehrt nach Paris zurück und beschließt, da er für die Tragödie nicht geschaffen ist, Romanautor zu werden wie Walter Scott.

Auf dem Lande hat er zwei Frauen kennengelernt. Die erste, Zulma Carraud, ist nur drei Jahre älter als er. Sie ist verheiratet, Balzac wird Freund der Familie. Zwischen ihm und Zulma besteht bis zu seinem Tod nur zärtliche Freundschaft.

Die zweite Frau hingegen, die erste Liebe Balzacs, ist dreiundvierzig Jahre alt wie seine Mutter. Sie heißt Laure de Berny. Sie ist reich. Sie hat neun Kinder. Balzac verliebt sich in sie. Sie treffen sich bei Mondschein. Ihre Liaison dauert mit Höhen und Tiefen bis zum Tode Madame de Bernys im Jahre 1836.

Diese Frau hat genau verstanden, was Balzac braucht. Sie schreibt ihm: »Sie sind eine Blume, die auf einem Misthaufen gewachsen ist, Sie sind ein Adlerei, das Gänse ausgebrütet haben.«

Er ist einundzwanzig. Er schreibt zwei Romane, *Sténie* und *Falhurne,* die er nicht mit seinem Namen zeichnet. Die heitere Stimmung seiner ersten Pariser Monate ist verflogen. Am 15. August 1821 schreibt er an seine Schwester:

> *»Ich hatte gehofft, mit Hilfe von Romanen reich zu werden. Was für ein Reinfall! Warum habe ich keine Rente von tausendfünfhundert Pfund, um auf rühmliche Art arbeiten zu können! Nun, man muß sich unabhängig machen, und ich habe nur dieses abscheuliche Mittel dazu! Papier vollzuschmieren und die Presse zum Stöhnen zu bringen. [...]*

Ich habe nur zwei Leidenschaften: die Liebe und den Ruhm, und noch nichts ist befriedigt, und nichts wird es je sein!«

Denselben Ton finden wir von nun an in allen seinen Briefen: das Geld, der Ruhm, das Werk, das er schreiben muß. Aber nicht immer nimmt das Werk bei ihm die erste Stelle ein. Einige Wochen später schreibt er:

»Seit gestern habe ich die reichen alten Schachteln erledigt und verlege mich jetzt auf die dreißigjährigen Witwen. Schick mir alle, die Du findest, einfach an meine Pariser Adresse, das genügt, sie ist an den Schlagbäumen bekannt! Nota: *Schicke sie mir frei Haus, bruch- und nahtlos; sie sollen reich und liebenswert sein; hübsch ist nicht nötig... Der Lack geht ab, und der Bodensatz bleibt!«*

Schon jetzt nimmt er die gefährliche Gewohnheit an, Verträge für Werke zu unterschreiben, für die er noch nicht einmal einen Titel hat, und Vorschüsse oder Wechsel mit dem Versprechen zu kassieren, das Werk zu einem bestimmten Datum abzuliefern. So gerät er in ein Räderwerk, in das er bald vollständig hineingezogen wird.

Man kann sich fragen, ob er ohne solche Verpflichtungen, manchmal auch durch die Gerichte gezwungen, die ungeheure Energie aufgebracht hätte, sein Werk zu schreiben. Ich persönlich bezweifle dies.

Nichts kommt ihm zu Hilfe. Nichts endet zu seinen Gunsten. Was auch immer er schreibt, wird ein Mißerfolg. Noch als Fünfundzwanzigjähriger tritt er auf der Stelle und sucht verzweifelt nach irgendeinem Ausweg.

Wenn die Literatur ihm weder Geld noch Ruhm eingebracht hat, müssen daran die Verleger schuld sein. Also wird er selber Verleger. Seine Familie ermutigt ihn dazu, steckt sogar Geld in das Unternehmen. Madame de Berny ebenfalls. Es wird eine

Gesellschaft gegründet, um die Werke La Fontaines in einem Oktavband zu veröffentlichen, danach kommen Corneille, dann Racine und andere Klassiker an die Reihe. Eine Sammlung wie die *Pléiade*, nur hundert Jahre früher. Hundert Jahre zu früh, wie sich herausstellt, das Unternehmen wird ein Mißerfolg und stürzt Balzac in große Schulden. Das hindert ihn nicht daran, weitere Geschäfte zu wagen. War denn der Verlag nicht deshalb gescheitert, weil er keine eigene Druckerei besaß? Also kauft er eine Druckerei und veröffentlicht eine Reihe von Werken, darunter auch ein eigenes, hastig zusammengeschriebenes Buch: *Die Kunst, seine Schulden zu zahlen und seine Gläubiger zu befriedigen, ohne einen Sou auszugeben.*

Leider beherrscht er diese Kunst nur in der Theorie. Die Druckerei geht schlecht. Er kauft eine Gießerei hinzu, die noch schlechter geht, leiht bei Madame de Berny, pumpt noch einmal seine Familie an, macht wieder Pleite und sitzt mit immer drükkenderen Schulden da.

Schulden, Romane, mißglückte Geschäfte, neue Schulden, neue, mit Vorschüssen bezahlte Romane, die er um jeden Preis zu Ende schreiben muß, dies ist von nun an sein Los.

Er leiht, unterschreibt Verträge, um zurückzuzahlen, schließt sich ein, um zu schreiben, hofft auf ein Wunder, auf ein phantastisches Wunder, auf einen politischen Triumph, der ihn endlich ein für allemal flottmachen und ihm erlauben würde... ja was erlauben? Zu schreiben oder nicht mehr zu schreiben? Das muß man sich fragen. Und er selber fragt es sich auch:

> *»Die Druckerei hat mir alles genommen, sie muß es mir zurückgeben. Honoré, meine liebe Schwester, ist ein über beide Ohren in Schulden steckender Leichtfuß, der nicht ein einziges Mal über die Stränge geschlagen hat. In diesem Augenblick sitzt er in seinem Arbeitszimmer gefangen und hat ein Duell am Hals. Er muß einen beträchtlichen Stapel*[2]

2 Er sagt *demi-rame*. Ein *rame* entspricht 500 Blatt Papier. (A. d. Ü.)

Papier erledigen und mit halbwegs guter Tinte bedecken, damit sein Beutel sich freuen und jubeln kann.

Ich verlasse Dich, um auf den Père-Lachaise zu gehen und Schmerzstudien zu betreiben, wie Du Studien an Muskelmännern betrieben hast. Den Jardin des Plantes habe ich aufgegeben, weil er zu traurig war, und bin nun wieder auf dem Père-Lachaise, der mir einen Strich durch große Überlegungen macht.

Herrgott, ich glaube, die Literatur ist heutzutage ein Handwerk wie das von Straßenmädchen, die sich für hundert Sous prostituieren. Das führt zu nichts, und ich habe große Lust, herumzustreunen, zu suchen, mich zum lebenden Drama zu machen, mein Leben zu riskieren. [...]

Ich gehe in die Faubourgs, um die Sitten, die Bewohner und ihre Charaktere zu studieren. Schlecht gekleidet wie die Arbeiter und jede Etikette mißachtend, erwecke ich bei ihnen kein Mißtrauen; ich kann mich unter ihre Gruppen mischen, sehen, wie sie ihre Geschäfte betreiben und sich streiten, wenn sie ihren Arbeitsplatz verlassen. [...]

Wie ich lebe? Wenn ich nicht schreiben kann, mache ich meine Manuskripte, wenn ich nicht meine Manuskripte mache, denke ich darüber nach, ich ruhe nie aus. Ich werde meine Ohren vor den Vorwürfen verschließen, weil ich genau weiß, was ich tue; bei all dem Kummer, den mir meine künstlerische Arbeit, meine Notlage und meine Geschäfte bereiten, möchte ich am liebsten aus dem Leben scheiden.

Ob ich auch 1836 noch so lebendig und bei Verstand sein werde, bezweifle ich. Manchmal habe ich das Gefühl, daß mein Gehirn in Flammen aufgeht und daß ich an Überanstrengung meines Kopfes sterben werde. [...]

Seit drei Monaten hat sich eine Wandlung in mir vollzogen, der Ehrgeiz ist verschwunden. Ich will nicht mehr über ein Abgeordnetenamt oder den Journalismus ins Geschäft kommen, daher gehen meine Anstrengungen jetzt dahin, mich von der ›Chronique de Paris‹ zu befreien. In zwei

Jahren will ich versuchen, mir die Pforten der Académie mit Pauken und Trompeten zu öffnen, denn die Académie-Mitglieder können Pairs werden, und ich werde versuchen, ein so großes Vermögen zu schaffen, daß ich ins Oberhaus komme und so durch die Macht selbst an die Macht komme. [...]

Bei mir ist die Beobachtung schon zur Intuition geworden; sie dringt in die Seele ein, ohne den Körper außer acht zu lassen; oder vielmehr, sie erfaßt die äußeren Details so genau, daß sie sofort darüber hinausgeht; sie verleiht mir die Fähigkeit, vom Leben des Individuums zu leben, an dem sie sich schult, indem sie mir erlaubt, mich an seine Stelle zu versetzen, so wie der Derwisch aus Tausendundeiner Nacht *Besitz von Körper und Seele der Personen ergreift, über die er gewisse Wörter ausspricht.*

Wenn ich einem Arbeiter und seiner Frau begegne, die gerade zusammen aus dem ›Ambigu-Comique‹ kommen, mache ich mir einen Spaß daraus, ihnen vom Boulevard du Pont-aux-Choux bis zum Boulevard Beaumarchais zu folgen. Diese guten Leute sprechen zunächst über das Stück, das sie gesehen haben; dann kommen sie im Laufe ihres Gesprächs auf ihre eigenen Angelegenheiten; die Mutter zieht ihr Kind an der Hand hinterher, ohne auf seine Klagen oder seine Fragen zu achten; die beiden Eheleute zählen das Geld, das ihnen morgen ausgezahlt wird, und geben es auf zwanzig verschiedene Weisen aus...

Wenn ich diesen Leuten zuhöre, kann ich in ihr Leben hineinschlüpfen, ich fühle ihre Lumpen am eigenen Leib, ich gehe mit ihren durchlöcherten Schuhen an den Füßen, ihre Wünsche, ihre Bedürfnisse, alles geht in meine Seele ein, und meine Seele geht in die ihre ein. [...]

Grauenhafte Qualen, über die auch nur ein Wort zu schreiben mir unmöglich ist, denn dadurch müßte ich ein zweites Mal leiden: Es war so weit mit mir gekommen, daß ich kein Brot, keine Kerzen, kein Papier mehr hatte, die Gerichtsvollzieher haben eine Treibjagd auf mich veranstaltet wie auf einen Hasen, ich bin allein und verlassen. Meine Mutter stirbt vor Kummer über all dies, aber ich bin allein mit dem Geheimnis der Zukunft: Ich sehe in den nächsten zwei Monaten Ereignisse kommen, die mich auf diesem schwierigen Weg meiner Befreiung voranbringen.

Die Menschliche Komödie *wird endlich schön, gut korrigiert und fast vollständig dastehen: Das ist ein Unternehmen, mit dem allein ich meine Schulden bezahlen kann, aber darauf setze ich nicht, ich setze nur auf meine Feder und auf neue Werke. Ich habe in diesem Jahr dreißigtausend Zeilen für die Zeitungen geschrieben und werde im Jahr 1842 fünfzigtausend schreiben, und wenn ich dabei drei Francs pro Zeile herausholen kann, werde ich damit meine Schulden bezahlen. Ich habe in diesem Jahr insgesamt sechzehn Bände geschrieben, ich habe damit mehr als zweihundert Nächte verbracht, und ich muß langsam meine Freizeit zurückerobern.«*

Sobald Balzac bekannt ist, wird er ständiger Gast der Salons, schreibt für die Zeitungen und findet auch noch die Zeit, mit den *Szenen aus dem Privatleben* zu beginnen.

In einem einzigen Jahr schreibt er: *Das Haus zur ballspielenden Katze, Der Ehekontrakt, Der Ball von Sceaux, Eine Episode aus der Zeit der Schreckensherrschaft, Eine Leidenschaft in der Wüste ...*

Im darauffolgenden Jahr hat er mit *Das Chagrinleder* neuen Erfolg, er wird ein Dandy, kauft Pferde und Tilbury, hält sich livrierte Domestiken.

Da er für den Adel schwärmt, nimmt er das »von« wieder an, mit dem sich sein Vater vor der Revolution geschmückt hatte, und da er kein Familienwappen besitzt, eignet er sich jenes der Balzac d'Entragues an, mit denen ihn nichts verbindet, und krönt es mit einer Marquis-Krone. Schließlich ist Alfred de Vigny Graf und Hugo Vicomte.

Er hat eine neue Idee, nämlich, Bücher mit einem Jahresabonnement zu verkaufen. Das Projekt scheitert, dabei ist es heute das Prinzip aller Buchklubs.

Er trägt jetzt zu Hause einen weißen Frack wie Napoleon. Sein silbernes Geschirr ist mit seinem Wappen verziert. Seine Anzüge stammen von Brisson, dem Modeschneider der Dandys.

Er schreibt an Zulma Carraud:

> *»Glauben Sie mir nur, wenn ich ein mondänes Leben führen wollte, anstatt glücklich und bescheiden zu sein, so eben deshalb, weil mir das reine und durchschnittliche Glück gefehlt hat.«*

Er lebt in einem Wirbel und nimmt alle Leute in Anspruch, auf die er zählen kann. Seine Schwester muß ihm hier einen Stoff, dort eine Vase besorgen; Madame de Berny ist geradezu seine Dienerin geworden. Und seine Mutter, inzwischen Witwe, die er nicht mehr zu hassen scheint, schickt er los, um Geld für ihn zu leihen. Er beauftragt sie sogar mit delikaten Verhandlungen über eine Heirat, die aber dann doch nicht stattfindet.

So möchte man behaupten, daß er als Dreiunddreißigjähriger, nachdem er in einem einzigen Jahr acht Romane veröffentlicht hat und dabei ist, *Vater Goriot* zu schreiben, noch immer seinen Weg sucht. Er will den Ruhm, gewiß. Auch das Geld. Aber wie will er dies erreichen? Mit der Literatur? Der Politik? Dem Journalismus? Dem Theater? Einer guten Partie oder einem vorteilhaften Geschäft? Er weiß es nicht. Von seinem Werk ist sozusagen noch nicht die Rede.

In jenem Jahr erhält er auch den ersten Brief einer polnischen Verehrerin, Madame Hanska. Sie wird im Laufe der Zeit und ohne daß er deshalb auf die Unterstützung der vier anderen Frauen in seinem Leben verzichtet, eine immer wichtigere Rolle für ihn spielen.

Er hat seine Tilburys verkauft, seine Dienerschaft entlassen. Sein Leben geht weiter mit allen Höhen und Tiefen, neuen Hoffnungen und neuen Enttäuschungen.

»Ich erlebe fürchterliche Stürme, in einer Einsamkeit, die niemand teilt. Es gibt für mich keine Zerstreuungen. Nichts kühlt dieses Feuer ab, das sich immer mehr ausbreitet und mich vielleicht verschlingen wird. [...]

Gibt es auf dieser Welt denn keine Frau für mich? Meine Anfälle von Melancholie und physischer Not werden immer länger und häufiger.«

Hundertmal findet man in seiner Korrespondenz dieselbe Klage, dieselbe Beteuerung, daß er die Liebe seinem Werk geopfert habe. Hundertmal wiederholt er auch, daß er keusch lebt. Er macht sich auch mehrmals die Mühe zu erklären, daß Keuschheit unabdingbar für die Entwicklung von Intelligenz sei.

Die Wörter Zärtlichkeit, Reinheit, Milde kommen ihm ebenso häufig unter die Feder wie der Ausdruck »engelhafte Seele«. Nie ein Wort über Sinnlichkeit und Sexualität. Auch in seinem Briefwechsel mit Madame de Berny weist nichts darauf hin, daß es zwischen ihnen mehr gibt als Küsse und recht keusche Umarmungen.

Vor kurzem hat ein Genfer Arzt, Dr. Michel Folman, versucht, anhand dieses Briefwechsels eine medizinische Diagnose Balzacs zu stellen, wie er es zuvor auch schon bei anderen Schriftstellern getan hatte.

Er stellt die Hypothese auf, daß der Romancier an endokrinen Störungen litt, die wir seit dreißig Jahren unter dem Namen Cushingsche Krankheit kennen. Deren wesentliche klinische Symptome sind: Ermüdbarkeit, Neuralgien, Migräne, ›Vollmondgesicht‹, Fettsucht vor allem am Rumpf, Stiernacken, Gemütsschwankungen, psychische Störungen und schließlich Störungen der Geschlechtsdrüsen, die bis zur zeitweiligen oder völligen Impotenz führen können.

Dr. Folman war beeindruckt von gewissen Körpermerkmalen Balzacs, seinem Stiernacken, seiner scheinbaren Körperkraft – wobei Balzac aber selber sagt, daß er keine Muskeln habe –, seinen Ohnmachtsanfällen schon in der Schule und seinen lebenslangen Klagen. Folman hat aufschlußreiche Textstellen gefunden.

»Ich habe noch nie unter so starkem Kopfweh gelitten.«

»Es ist ein höllischer Schmerz.«

»Das Übel wurde so heftig, daß ich meinen Brief unterbrechen mußte.«

»Ein grauenhaftes Leiden, das nirgends lokalisiert und überall zugleich ist, das man nicht beschreiben kann und das einem das Herz und das Gehirn angreift.«

Später quälen ihn die Nerven. Er schreibt:

»Das Gehirn ist umnebelt [...]. Ich verliere manchmal den Sinn für die Senkrechte, der im Kleinhirn sitzt. Sogar in meinem Bett habe ich das Gefühl, daß mein Kopf nach links und nach rechts fällt, und wenn ich aufstehe, trägt mich ein enormes Gewicht davon, das in meinem Kopf ist.«

Mit vierunddreißig Jahren:

»Meine Anfälle von Melancholie und physischer Not werden immer länger und häufiger.«

An anderer Stelle gesteht er Carraud:

»Ich fürchtete, verrückt zu werden.«

Mit achtunddreißig Jahren:

»Mein verwirrter Geist hat mich an die gut besuchten Ufer des Selbstmords getrieben. Ich bin an einem Punkt angelangt, wo ich dem Leben nicht mehr nachweine.«

Nicht nur in den Schreiben an seine vier Briefpartnerinnen stöhnt er, um sich trösten zu lassen. Dieser dicke Mann mit dem rosigen Gesicht, der vollen Lippe, den großen Worten, den alle Welt für einen Koloß hält, weint oft. Er gesteht es selber.

»Die kleinste Widrigkeit bringt mich zum Weinen.«

»Ich weine immerzu, wenn ich allein bin, wie ein Kind.«

»Meine Augen füllen sich ohne Anlaß und ohne Grund mit Tränen.«

Er fühlt sich als Opfer einer Verschwörung:

»Alles, was eine Feder hat, haßt mich und verfolgt mich.«

»Ich möchte mit keinem von der Literatur je mehr etwas zu tun haben.«

»Mein ganzes Unglück kommt von meiner Mutter; sie hat mich aus Berechnung und mit Lust zugrunde gerichtet.«

Und an Madame Hanska, die er zu heiraten hofft:

»Wenn Sie wüßten, was meine Mutter für eine ist! Sie ist gleichzeitig ein Ungeheuer und eine Ungeheuerlichkeit. Sie haßt mich aus vielerlei Gründen.«

Über seine Keuschheit schreibt Théophile Gautier:

»Er predigte uns eine seltsame literarische Hygiene. Wir sollten ganz von der Außenwelt abgeschnitten und in strengster Enthaltsamkeit leben. Auf dieser letzteren Empfehlung beharrte er sehr. Das äußerste Zugeständnis, das er uns machen wollte, war, daß wir die geliebte Person eine halbe Stunde pro Jahr sehen durften; hingegen erlaubte er Briefe. Das bilde den Stil.«

Litt Balzac an der Cushingschen Krankheit? So etwas läßt sich nach über einem Jahrhundert natürlich nicht einfach behaupten.

Wenn ja, müßte der tägliche Kampf des Romanciers gegen seinen Elefantenleib nur noch ergreifender erscheinen. Könnte eine teilweise oder zeitweise Impotenz nicht auch sein Verhalten gegenüber den Frauen erklären, die er liebte?

Auch frage ich mich, ob eine solche Krankheit, eine solche Behinderung letzten Endes nicht auch sein Bedürfnis nach Rache, nach Ruhm, Geld, Macht erklären könnte, ebenso die Tatsache, daß er sich, nachdem er sein Genie erkannt hatte, eine ganz eigene Welt schaffen wollte, die Welt der *Menschlichen Komödie*.

Die Idee zu diesem Kolossalgemälde kam ihm übrigens erst ziemlich spät, mit zweiundvierzig Jahren. Und um dies auszuführen, muß er, wie er so oft wiederholt, sein privates Leben, sein persönliches Glück opfern.

> *»Sie können sich nicht vorstellen, was* Die Menschliche Komödie *eigentlich ist. Sie ist, literarisch gesehen, gewaltiger als die Kathedrale von Bourges, architektonisch gesehen.«*

Man könnte sagen, daß Balzac sein Leben verpfuschen mußte, um uns dieses Werk zu hinterlassen.

> *»Ich hasse sie, die Romane, vor allem die Romane, die zu Ende geschrieben werden müssen.«*
>
> *»Gestern war ich unfähig, auch nur eine Zeile zu schreiben.«*
>
> *»Ich habe weder Herz noch Seele, alles ist tot. Ich werde an Erschöpfung sterben. Ich werde an Arbeit und an Angst sterben, das fühle ich. Höre, nicht nur Herz und Seele sind angegriffen, sondern, das sage ich Dir ganz leise, ich verliere das Gedächtnis für die Substantive.«*

Von seinem einunddreißigsten Lebensjahr an, als er mit *Die Königstreuen*, vor allem aber mit *Der Ehekontrakt* seinen ersten Erfolg erlebt, und bis zu seinem Tode mit einundfünfzig Jahren zieht er durch ganz Europa, er schreibt, reist weiter, versteckt sich in der Provinz, in Saché oder anderswo, erbaut in Paris »Les Jardies«, kauft Möbel, Bilder, verschwendet ganze Vermögen, die er teilweise mit Hilfe von vollgeschriebenen Seiten zurückgewinnt, aber nur, um auch diese zu verschwenden. Sechs bis acht

Romane im Jahr, trotz all der Tage und Nächte in der Postkutsche, Genf, Aachen, Rom, Neapel, Wien, drei- oder viermal Polen und Rußland, wo er seinen Traum verfolgt, um jeden Preis die adlige und reiche Frau zu heiraten, die er zur Gemahlin erkoren hat. Madame Hanska ist bereits verheiratet. Balzac wartet.

Im Jahre 1839 haben seine Schulden ihren Höhepunkt erreicht: 233 620 Gold-Francs damaliger Zeit.

Hugo wird in die Académie aufgenommen. Balzac bewirbt sich, macht aber einen Rückzieher, als auch Vigny kandidiert. Hugo wird zum Pair de France ernannt. Balzac bewirbt sich vergebens um ein Abgeordnetenamt. Es ist weder das erste noch das letzte Mal.

Madame Hanska wird Witwe. Balzac eilt nach Sankt Petersburg, doch kann er sie nicht dazu bestimmen, ihn zu heiraten.

Bei seiner Rückkehr behandelt ihn Dr. Nacquard wegen einer Hirnhautentzündung.

Er schreibt *Die Herzogin von Langeais, Der berühmte Gaudissart, Eugenie Grandet, Cäsar Birotteaus Größe und Niedergang, Glanz und Elend der Kurtisanen, Der Landpfarrer von Tours, Die Lilie im Tal,* weitere Dutzende von Romanen ...

Er hat es mit dem Theater versucht, doch jeder Versuch endet in einer Katastrophe. Eugène Sue veröffentlicht gleichzeitig *Die Geheimnisse von Paris*, und alles spricht nur von ihm, ihn plazieren die Damen des Hauses zu ihrer Rechten.

Unterdessen wächst die *Menschliche Komödie* Baustein für Baustein. Nur – wie viele seiner Zeitgenossen sind sich dessen bewußt?

Liest man seine Korrespondenz, gewinnt man den Eindruck, daß er in seinem Leben nur noch zwei Ziele, zwei fixe Ideen hat, die allmählich zu Zwangsvorstellungen werden: auf der einen Seite sein Werk, auf der anderen Seite seine Heirat, die für ihn Symbolcharakter bekommt – sie wird zum Symbol für Erfolg, Frieden und ein endlich gesichertes Leben.

Madame Hanska ist dick, krank, zänkisch. Aber das spielt

keine Rolle. Balzac verfolgt sie mit seinen Briefen und durchquert ganz Europa mit der Postkutsche, um sie zu besuchen.

Mit jeder Reise scheint er an Boden zu gewinnen. Aber dann stellt sich ihm jedesmal ein anderes Hindernis in den Weg. Die Tochter ist verlobt. Sie heiratet, und nun hat auch der Schwiegersohn etwas zu sagen. Die ganze Familie mischt sich ein und zitiert die Gesetze des zaristischen Rußlands, die verlangen, daß eine Frau, die einen Ausländer heiratet, ihren Grund und Boden innerhalb von sechs Monaten verkaufen muß.

Sie ziehen Anwälte zu Rate.

Madame Hanska sagt ja.

Dann sagt sie nein.

Die Jahre vergehen. Die Bücher türmen sich. Balzac verkauft »Les Jardies«, ein Haus, in das er sein mit zwanzig Romanen verdientes Geld gesteckt hat. Bereits mit dem Geld Madame Hanskas und in deren Namen kauft er dann in der Rue Fortunée ein anderes Haus, in dem er seinen Hausstand gründen will.

Wir sind im Jahre 1846. Er ist siebenundvierzig Jahre alt. Madame Hanska ist noch immer nicht zur Ehe entschlossen. In Dresden hat sie eine Totgeburt. Sie leidet an Gicht. Sie kommt in die kritischen Jahre. Im Winter schwellen ihre Hände und ihre Füße so an, daß sie weder schreiben noch gehen kann. Balzac läuft von einem Antiquitätenhändler und Polsterer zum anderen, um sein künftiges Nest auszustatten. Er schreibt *Tante Lisbeth* und *Vetter Pons*. Er fühlt sich gesundheitlich immer schlechter. Dennoch macht er Pläne für weitere Werke und sieht noch etwa vierzig Romane bis zum Abschluß seiner *Menschlichen Komödie* vor. In Wahrheit wird er keinen mehr schreiben.

1847 fährt er wieder in die Ukraine, um einen neuen Versuch bei Madame Hanska zu wagen. Trotz eines verzweifelten Kampfes mit der Familie kehrt er wieder einmal unverrichteter Dinge zurück. Bei den Wahlen im Februar 1848 kandidiert er noch einmal und scheitert erneut. Etwas später bewirbt er sich bei der Académie française, erhält aber nur zwei Stimmen, jene Victor Hugos und jene Lamartines. Er besitzt nichts. Er ist allein, körperlich gezeichnet, und er verfolgt noch immer seine fixe Idee einer Heirat mit der reichen Aristokratin aus Polen.

»Ich interessiere mich für nichts mehr. Ich beginne dieses leere Haus zu hassen, wo alles für eine Abwesende vorbereitet worden ist.«

»Arbeite, kleiner Autor der Menschlichen Komödie... *Bezahle deinen Luxus, büße für deine Verrücktheiten, und warte auf deine Eva in der Hölle des Tintenfasses und des weißen Papiers!«*

»Ich glaube nicht mehr an die Zukunft.«

Und in der Tat hat er keine Zukunft mehr vor sich. Es bleibt ihm nur noch ein einziges Lebensjahr. Er verbringt es damit, dieser Heirat nachzurennen, die er als seinen Rettungsanker sieht.

Er reist wieder nach Wierzchownia und ist entschlossen, nur als verheirateter Mann zurückzukehren. Er ist seiner Sache so sicher, daß er seiner Mutter die Aufgabe überträgt, die Ausstattung in der Rue Fortunée zu vervollständigen. Monat um Monat schickt er Berichte.

An seine Schwester:

»Bei Madame Hanska ist durch eine Unbedachtsamkeit Getreide im Wert von achtzigtausend Francs verbrannt, und dieses Unglück hat alle meine Pläne zunichte gemacht!«

An seine Mutter:

»Was das Pfandhaus betrifft, flehe ich Dich an, alle Darlehen zu behalten, die zwei- bis dreihundert Francs aufzusparen, die für die Verlängerung nötig sind, und diese unbedingt rechtzeitig vorzunehmen, da sonst...«

Und weiter an seine Mutter:

»Es dauert noch mindestens zwei Jahre, bis die literarischen Geschäfte wieder bessergehen. [...] Bis dahin habe ich Manuskripte fertig [...]. Madame Hanska hat nur eine Leibrente, die auch nicht so beträchtlich ist, wie gewisse Leute behaupten, die ein Interesse daran haben, alles aufzubauschen. Ihr Vermögen wird notfalls für die Ausgaben des Hauses reichen. Aber ich kann und darf nur auf meine Arbeit bauen, um mir ein persönliches Vermögen zu schaffen und meine Schulden zu bezahlen.«

Wieder an seine Mutter:

»Die Person, von der ich mir alles Glück meines Lebens erhoffe, ist eine Person, die über vierzig Jahre alt und sehr mißtrauisch ist, und die Ereignisse haben ihr Mißtrauen aufs äußerste verstärkt [...]. Laure schreibt mir einen Brief, in dem sie ihre und ihres Mannes Lage in den düstersten Farben malt; sie spricht von Elend. Was glaubst Du, halten Ausländer, die die größten Herren dieses Landes sind, von einer Familie, wenn sie die Schwester in dieser Lage sehen?

Ich habe Dir diesen Brief natürlich nachts geschrieben, damit ihn niemand zu Gesicht bekommt.«

Er hat so große Angst, mit dieser Ehe zu scheitern, daß er auch seiner Schwester eine Lektion erteilt:

»Ich bitte Dich, zeige Dich ihr gegenüber weder unterwürfig noch hochmütig, weder gekränkt noch allzu gefällig; Natürlichkeit und freundliche Zuneigung, das ist es, was die Vernunft als Verhaltensweise dieser Person gegenüber befiehlt.«

Und als Postskriptum fügt er noch hinzu:

»Bitte doch meine Mutter, Tüll zu kaufen und die doppelten

Vorhänge für den Alkoven des Schlafzimmers in Kuppelform zu machen und Spitze einzunähen.«

Die Krankheit überfällt ihn aufs neue:

»Es ist jetzt so weit mit mir gekommen, daß ich mich ohne Atemnot und Herzklopfen nicht einmal mehr kämmen kann. Ich habe zweimal schlimmste Erstickungsanfälle erlitten, weil ich nicht mehr ein- und ausatmen konnte.«

Im August geradezu ein Triumphschrei:

»Ab dem 15. Oktober kannst Du das Haus auf Hochglanz polieren. Vor allem soll Santi gemeinsam mit dem Ofensetzer den Küchenherd in Ordnung bringen, damit Marguerite gut daran arbeiten kann.«

September:

»Ich werde bestimmt in den letzten Oktobertagen in Paris sein. [...] Was meine Hoffnungen betrifft, gibt es keine Fortschritte. Ich bin unglaublichen, unzähligen Schwierigkeiten ausgesetzt, die nicht von der Art sind, daß ich darüber sprechen kann.

Sobald ich in Paris bin, muß ich mich wieder ans Werk machen.«

Im Oktober an seine Schwester:

»Es ist etwas ausgebrochen, das der hiesige Arzt als intermittierende fiebrige Kephalgie bezeichnet. Es ist furchtbar. Ich bin mager wie als Zwanzigjähriger. Nur ein bißchen Bauch habe ich noch, weil der meine so groß war, daß er die letzte Zuflucht der Körperfülle bleibt.«

Am folgenden Tag fügt er mit kindlicher Freude hinzu:

»Ich habe, weil ich krank bin, einen Schlafrock aus Thermolama erhalten. In diesem persischen Stoff ganz aus Seide komme ich mir vor wie« [...] (die Fortsetzung des Absatzes ist verlorengegangen).

»Meine Krankheit hat mich wieder zum Kind gemacht, denn ich habe eine dieser Freuden erlebt, die man nur mit achtzehn erlebt, wenn man mit achtzehn erst zwölf ist.«

Januar:

»Am 15. Februar werde ich auf dem Wege nach Paris sein. Da im Februar noch furchtbare Kälte herrscht, braucht Ihr vor dem 15. März nicht mit mir zu rechnen.«

Februar:

»Meine liebe Mutter, ich habe vergessen, Dich darum zu bitten, die Fußmatten und Abtreter zu erneuern.«

März:

»Es ist mehr als wahrscheinlich, daß die Fastenzeit unsere Pläne durchkreuzt. Diese Dinge sind hier wie überall erst vollzogen, wenn man von der Zeremonie kommt. [...]

Bei Erfolg wird es am 14. dieses Monats, morgens um sieben Uhr sein. Ich möchte, daß Madame Honoré ihr Haus in schönstem Schmuck vorfindet und daß in allen Vasen schöne Blumen stehen ...«

Ende März:

»Meine liebe gute, geliebte Mutter,

gestern um sieben Uhr morgens wurde gottlob in der

Gemeinde Sainte-Barbe von Berditcheff meine Trauung durch einen Gesandten des Bischofs von Gitomir, der mich gern selber getraut hätte, vollzogen.

Madame Eve de Balzac, Deine Schwiegertochter, hat, um alle geschäftlichen Hindernisse aus dem Weg zu räumen, einen heroischen Entschluß von sublimer Mütterlichkeit gefaßt: nämlich, ihr ganzes Vermögen ihren Kindern zu überlassen und für sich selbst nur eine Rente zu beanspruchen.«

April, wieder an seine Mutter:

»Ich hoffe, am 20. in der Rue Fortunée zu sein. Ich bitte Dich also inständig: Alles soll bis zum 19. bereit sein, und daß wir ein Mittagessen oder Abendessen vorfinden, auch wenn die Vorräte verderben sollten. […]

Ich beschwöre Dich, entweder nach Suresne oder zu Laure zu gehen, denn es wäre weder würdig noch schicklich, Deine Schwiegertochter in ihrem Haus zu empfangen. Sie schuldet Dir Respekt und muß Dich in Deinem Haus besuchen. François wird da sein, um uns zu empfangen.

Sobald meine Frau Dir gegenüber ihre Schuldigkeit getan hat, kommst Du uns am folgenden Tag besuchen, und wir machen unsere Abrechnungen. Du kannst in den ersten Tagen nach meiner Ankunft mit dem Dir zustehenden Betrag rechnen. […] Vergiß die Blumen nicht.«

Madame Honoré de Balzac fügt dem Brief diese Zeilen an:

»Ich habe zu meinem größten Kummer von Ihrem Leidenszustand gehört, Madame, und ich hoffe, daß die Ankunft Ihres lieben Sohnes Sie wieder genesen läßt. Ich hätte ihn Ihnen nur gern in einer besseren gesundheitlichen Verfassung zurückgebracht – Eve de Balzac.«

Die Polin hat bei ihrem Mann durchgesetzt, daß sie nicht in ihrem eigenen Haus von der Schwiegermutter empfangen wird. Die Reise nimmt ihr Ende. Balzac bringt endlich seine Frau nach Paris mit.

Der Wagen passiert den Zoll und erreicht die Rue Fortunée bei Dunkelheit. Alle Fenster sind festlich erleuchtet. Balzac klopft, Balzac ruft. Niemand antwortet. Er beunruhigt sich, läßt einen Schlosser kommen. Als das Paar endlich eintreten kann, entdeckt es den Diener François, der plötzlich verrückt geworden ist.

Wenige Tage später ist Balzac ans Bett gefesselt.

Sein letzter Brief stammt nicht mehr von seiner Hand. Er hat ihn seiner Frau diktiert und ihn an seinen Schwager gerichtet:

> *»Mein lieber Surville,*
> *könntest Du so freundlich sein, meine Mutter zu fragen, wie hoch die Restsumme ist, die sie noch in Händen hat. Wenn sie in Druck ist, soll sie es mir offen sagen. Sag mir nächsten Mittwoch Bescheid, wenn Du kommst, um meine [...].«* (Die Fortsetzung des Briefes ging verloren.)

Am 21. August 1850 überführt ein Leichenwagen dritter Klasse Balzac zum Père-Lachaise.

> *»Ich gehe selten hinaus«*, hatte er als Achtzehnjähriger geschrieben, *»aber wenn ich frei umherziehe, gehe ich gern auf den Père-Lachaise. [...] Und während ich dort nach Toten suche, sehe ich nur Lebende.«*

Seine Frau läßt sein Grab später verkommen. Sie wird immer dicker, hat mehrere Liebhaber, darunter einen Maler, Jean Gigou, der so häßlich war, daß man ihm den Spitznamen Graue Laus gab. Sie stirbt erst 1882, zweiunddreißig Jahre nach ihrem Mann.

(Echandens, 30. Januar 1960)